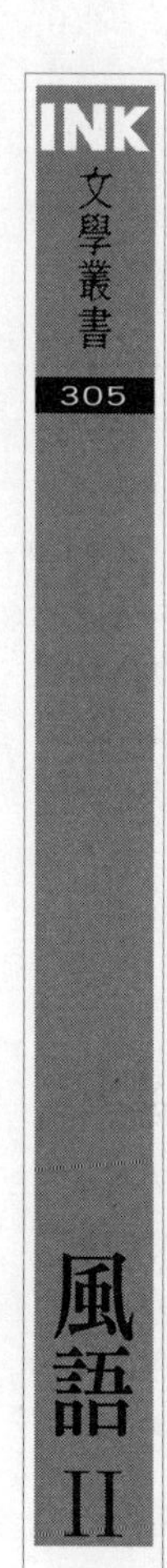
INK
文學叢書
305
風語
II
麥家◎著

目錄

第一章

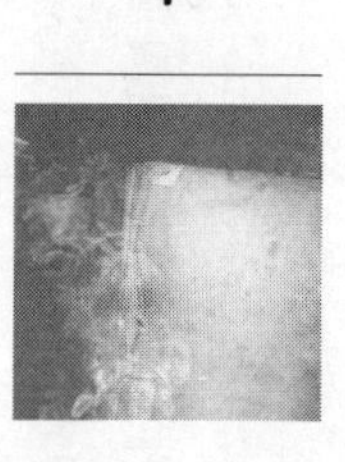

他追著陽光，無意識地舉目眺望，
近處、遠處、空中、地上、屋尖、街角，
目光像風一樣飄忽、茫然。

一

時間彷彿被切走了一片。

不知怎麼的，陳家鵠突然發現身邊空空如也，教授（海塞斯）不在了，所長（陸從駿）也不見了。明明，剛才這兩人還在他嶄新的辦公室裡跟他聊天、說事，轉眼間說不見就不見了，蒸發了，只留下兩人丟在菸缸裡的菸頭：一個紙菸頭，小半截雪茄。

那紙菸頭還在冒煙呢。

見鬼！

陳家鵠嘀咕一句出了門，四顧張望：沒有，院子裡只有靜物，間或有一兩片樹葉在拂動。喊一聲，不見回音。又喊一聲……連喊幾聲都沒有回音。難道我是在夢中？陳家鵠突然懷疑自己還是在山上，下山後的一切不過是他作的一個長長的夢。他邁著夢的步子，返身入屋。辦公室在廊道盡頭，佔用了廊道，是長長的一間，坐北朝南，南邊窗戶呈拱形，北窗是四方形的，玻璃都是普通玻璃，看上去不結實，也不是太通透明亮。

陳家鵠入屋後，漫無目的地踱著步，從拱形南窗踱到方形北窗，又從北窗踱往南窗，像在丈量自己的心智。不知踱了多少個回合，他最後停步在北窗前。已是午後四點多鐘，太陽光都移到北邊，北邊的空間顯得比南邊開闊、明亮。他追著陽光，無意識地舉目眺望，近處、遠處、空中、地上、屋尖、街角，目光像風一樣飄忽、茫然。

這是一九三八年十月二十五日，是一千二百公里外的武漢歷史上最陰霾的日子，日軍第六師團之佐野支隊在飛機大炮的火力配合下，強行渡河，攻克了漢口的最後一道防線——戴家山防線，從而宣告武漢淪陷。對陪都重慶來說，這是個哭泣的日子，天若有情，應該落雨代泣。但那個年代，天道也偏袒大和人，炎黃子孫只配受嘲弄、欺辱。這一天，重慶的陽光是少見的燦爛，即使是午後四點多鐘的太陽，依然燦得喧囂，烈得張狂。陽光把一片片黛瓦烤得黑中透亮，空氣乾燥得刺刺啦啦響，似乎落個火星子就會熊熊燃燒，把天地燒成一堆茫茫白煙的樣子。

一道哀怨的聲音拔地而起，響徹空中。

起先，陳家鵠以為這是空襲警報聲。仔細聽，發現不一樣，警報聲要更粗糲、更渾厚，且節奏明快，聽了身體會不由地緊張起來。這聲音尖細尖細的，飄飄的，緩緩的，帶著怨氣和哭訴，像一艘大船被洶湧波濤吞沒時的哭訴，浸滿了無辜、無助的傷痛。

其實，這是為武漢淪陷的哀悼聲。

三公里外的一號院內，以委員長為首的一群官僚政要，包括杜先生在內，正在為國難舉行降旗儀式。默哀。黑壓壓的一片人頭，似乎在等人開鐮收割。

別了，武漢！

別了，陣亡的將士們！

別了，武漢的父老鄉親！

哀號如訴，翻山越嶺，波及四方。

陳家鵠一直用心地聽辨到最後，也沒有確定這到底是什麼「號」，倒是這聽辨的過程讓他的注意力集中起來，精神飽滿了。待哀悼號結束，他的目光陡然變成了探照燈，在空中——高空，低空——掃來掃去，最後從空中降落在兩個不知從哪兒驟然冒出來的背影上。

背影居然有點熟悉，一個高大，另一個更高大；他們並肩走著，正往陳家鵠剛才進來的門而去。門口的哨兵看見他們過去，搶先拉開了大鐵門，然後立正恭候兩人離去。就在兩個背影即將走出門、消失之前，陳家鵠猛然認出，他們就是陸所長和海塞斯。

他們剛從陳家鵠那兒出來，這會兒正準備回斜對面的五號院去。他們的出現使陳家鵠又回到現實中，他想起剛才與他們相見、相談的種種細節，可就是想不起他們是怎麼與自己分手的。分手的過程成了一個黑洞，把他的心智吞沒得無蹤影，黑洞洞一個孔，一團沒有過去和未來的時間切片。

這到底是怎麼回事？

事實上，他是又犯病了：靈魂出竅的「迷症」。

但不論是陳家鵠還是海塞斯，或是陸從駿，此時都沒有意識到這是病。這是一種罕見而神秘的病，確診它需要一段時間和數量的演化過程，還要一定的機緣巧合。最後，陳家鵠把這個「黑洞」歸結爲人太累（發生了這麼多怪事）。海塞斯和陸從駿剛把它看做是他對這個地方（過去的監獄）

或者這種方式（把他騙下山）的厭惡、反感，心裡有氣，於是有意冷淡他們，趕他們走。

二

與此同時，李政正在四公里外的陸軍醫院裡尋找陳家鵠。他從蒙面人徐州那兒得知陳家鵠是被一輛陸軍醫院的救護車接下山的，便下山直撲陸軍醫院來找陳家鵠。

當然找不到。

門診，住院部，樓上樓下，每一個病房都找了，連廁所都去暗探了，就是沒有。他靈機一動，去找那輛救護車。醫院就一輛救護車，一個司機，沒費什麼周折，車子和人都找到了。司機也不知道陳家鵠是什麼人，沒什麼警惕性，加上李政連哄帶騙的功夫實在是一流，兩支香菸沒抽完，李政已經從他嘴裡挖到全部眞實情況：什麼時間，什麼地方，陳家鵠從他車上下來，上了一輛什麼車——老孫的吉普車——不知去向。

一個小時後，天上星根據李政瞭解的這些情況，做出了正確判斷：陳家鵠沒有得病，下山看病只是個幌子。「救護車把他接下山，又沒有送他去醫院，這說明什麼？」天上星看看李政沉吟道，「他沒有病。」

「嗯，」李政點頭稱是，「我懷疑他是去了黑室。」

「黑室不在山上？」

「嗯，徐州同志明確告訴我，山上只是一個培訓學員的基地，眞正的黑室在另外一個地方，可惜他也不知道在哪裡。」

「他必須知道。」天上星沉默一會，斬釘截鐵地說，「陳家鴿下山了，他現在在山上，我看用處也不是很大，讓徐州設法混進黑室去。」頓了頓，又說，「我以為他早進了黑室，原來還在外面轉。」

「看來黑室真的是不好進。」李政說。

「不好進也要進，他是我們現在唯一可以打探到黑室駐地的同志。」天上星目光炯炯地對李政說，「你盡快再上一趟山，告訴他我們的困難，我們只有依靠他才能找到黑室，讓他務必設法鑽進黑室去。」

當天上星說完這話時，腦門子似乎突然哧地亮了一下，恍然看見老錢在郵局伏案工作的樣子。其實，就在昨天晚上，天上星才同老錢交流過，希望通過他的崗位和人脈也打探一下黑室的駐地。這會兒，老錢正在打探呢。

三

老錢在郵局是個新人，但彷彿又是個有來頭的人，一來就高居二樓，坐進了負責受理收發電報的辦公室裡，整天日不曬，雨不淋，悠悠閒閒地喝著茶，看著報，幹著活。稍加觀察，發現局長大人還對他蠻客氣的。有一次兩人在小酒館裡喝酒，被樓下張阿姨瞅見。張阿姨是張快嘴，第二天郵局上下都在悄悄議論這回事。這更讓局裡的同仁驚異，把他想得很是複雜，暗暗地把他當成了一個有什麼來路的人，有關係和背景的人。會不會是局長大人的什麼秘密親屬？抑或是某個大官的三親六戚？這兒不是黑室，人們的想像力有限，根本沒有往他的胳肢窩裡去想。如果大家知道他的胳肢窩裡夾著一個「延安」，估計誰都不會挨近他。現在大家都喜歡挨近他，好像挨近他就挨近了局長大人似的。

對一個背景黑乎乎的人，關心他的背景是大家熱衷的事。於是一有空閒，局裡人就在背地裡打問老錢的過去、周邊、老底。可打問來打問去，誰都沒能打問到任何有關他的資訊，就連他從哪裡來，家住何處，有無家小，局裡人都全然不知。問老錢，他也不說，總是淡淡一笑。有一次他好像很高興，跟樓下張阿姨說什麼戰亂歲月，國破山河碎，有家即無家，無家即有家，四海就是家。說得雲裡霧裡，高深莫測，更讓張阿姨覺得不可小瞧。跟快嘴張阿姨說什麼，等於是對全局人說什麼。老錢是闖過江湖的，他知道該怎麼來對付這些小龍蝦們的熱情關注，就是：要保持一定的神秘度，又不能趾高氣揚；要給他們一定距離，又要給他們一定的親近感。平時沒事，他喜歡往樓下跑，去跟那些跑外勤、負責送信的人抽菸，插科打諢。有時見他們忙不過來，還幫他們分信，幫他們把自行車推出去，吩咐他們在路上慢點，注意安全，等等。漸漸地，他跟這些跑外勤的人都熟了，大家都覺得他人好，有情義，好親近，可交際。

老錢這是有意爲之的，只有跟他們親密上了，稱兄道弟了，有些工作才得以有施展的空間。老錢想幹什麼？當然是找黑室的地盤。老錢一直在悄悄找尋給黑室送信的人，卻怎麼也找不到，好像黑室的信根本不是從這兒走的。爲什麼會出現這種情況？昨天晚上天上星找他聊，對這個問題進行了深入的分析。天上星認爲信肯定是從郵局走的，只是可能黑室剛成立不久，往來信件還不多，要他耐心等待機會。

說來也巧，機會說來就來。這天午後，老錢辦完手裡的事，照例又逛去樓下幫郵遞員們分發信件。才剛分了幾封，他猛然看見惠子寫給陳家鵠的信，便有意套郵遞員的話，「嘿，陳家鵠？這名字我怎麼這麼眼熟？哦，想起來了，上次有人曾上樓來找我問過這個人。」說的就是汪女郎以陳家鵲小妹（陳家燕）之名來打聽這個單位位址的事。

郵遞員是個年輕的小夥子，本地人，二十出頭，留著偏分頭，看樣子是讀過幾天書的。他把信放在一邊，向老錢擠擠眼，帶點兒炫耀口氣說：「那人後來被抓走了你知道嗎？」

「怎麼不知道？親眼看見的。」

「你知道爲什麼抓她嗎？」

「據說這是個保密單位，不能隨便問的。」

小夥子抬頭警覺地問他：「你聽誰說的？」

老錢指指樓上，「頭兒說的。」接著又說，「我還聽說這單位裡的人都是很有分量的高級知識分子，還有好多氣質非凡的大美女，你整天給他們送信一定見過不少大美人吧。」

小夥子說：「大美人我倒還沒見到，我見到的只有一個大黑鬼，北方佬。」

老錢笑道：「難道他們從來就沒讓你進過大門？」

小夥子說：「大門我也沒見過。」

這怎麼可能？聽小夥子說了老錢才明白，黑室的信都是他們自己來取的，小夥子不知道，可能這裡也無一人知道，黑室到底在哪個死角落。好了，既然有人來取，把這個人挖出來，然後尋機會跟蹤他即可。這麼想著，老錢繼續不動聲色地套小夥子的話，很快就把那個「北方佬」的情況都挖清爽了：長什麼相貌，一般什麼時候來取信，是開車來的還是騎車的。

第二天，老錢掐著時間注意觀察著，守望著。果然，正如小夥子說的，到了上午九、十點鐘，便有一個大塊頭北方人騎著車來郵局交接信件。他的打扮很普通，穿的不是制服，而是一身廉價便衣，騎的車也是破破爛爛的，看上去像一個負責買菜的伙夫。從騎車這點上判斷，黑室就在本區域內，至少不可能過江，也不可能上山，因爲那都是自行車去不了的地方。重慶的自行車很少的，因爲到處是坡坎，用處不大，只有在小範圍內可以用。老錢沒有自行車，眼睜睜看著那個北方人灑下一路鈴聲消失在視線中，空歎息顧影自憐。

次日，老錢在八辦借了一輛自行車，請了半天假，穿了件鄉下人的粗布對襟衫，戴了頂大斗笠，架了兩簍子的山珍，一個上午都貓在郵局對門的小巷子裡當小販，推銷山珍，一邊挨時守著那個北方人的來和去。

這回，自然是跟上了。

結果，跟到了渝字樓。

黑室在渝字樓。

這是個好消息啊，終於有個底了。可以想見，陳家鵠也一定在那兒。放出去的風箏是要收回來的，失蹤了去哪裡收啊？現在好了，人找到了，便可以設法安排人去接觸，去慢慢工作，去收攏他的心。人在黑室不是問題，關鍵是心，他的心必須要有人去工作、去收攏，最後交給延安。

安排誰去？天上星盤算一番，覺得目前還是老錢最合適，因爲陳家鵠知道他是延安的人。明有明的好處，暗有暗的便利。在天上星的設想中，現在一些鋪墊和預熱工作，只要有機會，老錢是可以明目張膽地去做的，等哪天徐州打入黑室後，可以暗中幫老錢敲邊鼓。這樣明暗相輔，相得益彰，到一定時候再由李政去添最後一把火，效果一定好。

這樣，天上星首先決定要給老錢調整工作崗位，讓他去當郵遞員，負責跑渝字樓那條線的郵遞員，伺機聯絡上陳家鴿。郵局局長是童秘書的鄉黨，當初老錢進郵局工作就是童秘書找他安排的，現在調整個崗位應該更不在話下吧。

錯！

童秘書這下使不上力了。

原來，渝字樓雖然離郵局不遠，可以騎車來往，但是這條郵路總的說客戶分散，路線拖得長，且要上山過嶺，有一大半以坡路居多，只能徒步。所以，那些郵遞員都不愛跑這條路線。老錢是樓上的，坐辦公室的，地位比郵遞員本身高一格，現在要從二樓下到一樓，從室內趕到戶外，而且去跑最差的路線，這明顯是貶，貶中又貶！你老錢想去跑這條路，就是說你犯賤，讓童秘書去找他的老鄉局長去說情，這肯定行不通的。人往高處走，水往低處流，你要往上跑，燒香拜佛，托人求情，可以理解；你犯賤，要去找屎吃，怎麼找人去說情，不神經病了嘛！

怎麼辦？

犯錯誤！

老錢利用收發電報的職權，貪污了一筆公款，照理要開除公職。這時候，你再請童秘書出馬，讓他去找他的老鄉局長送送禮，說說情，給他一次悔過革新的機會，這就能說得通了。

既然是悔過自新，跑一條最差的路線，理所當然。

老錢就這樣瞎折騰一番，終於如願以償，成了跑渝字樓這條線的郵遞員，每天早出晚歸，走街串巷，磨破腳皮子。在徐州同志下山前，八辦的同志都以為黑室在渝字樓裡，直到徐州下山，送出情報後，才知道守錯了地方。

這是後話。

四

徐州下山其實是「上刀山」，其間他所付出和所體現的，絕不亞於江寧一戰中對他的考驗。那次「稱雄」，他憑的是一種簡單的不要命的熱情，他看見那麼多戰友都像鐮刀下的麥稈一樣紛紛倒下，葬身於火海，他突然對自己活著有一種恐懼感。他希望自己速死，與戰友一起命歸黃泉，哪知道有時候死亡的權利也不在自己手上。他對死的渴求反而塑造了一個英雄的光輝形象，事後徐州總有種恍若隔世的感覺——像一場夢，所有的付出、勇氣、恐懼、收穫，都是夢的組成部分，是夢中的「他」的一次歷險、一次榮光，跟他本人並無關聯。這一次，他希望自己回到夢中，但時時刻刻，他分明感受到，一切都要靠他堅強的意志和毅力去完成。

在反覆的思考中，徐州得出一個結論，想讓自己下山，只有一個辦法：讓自己剛長好新肉的半張疤臉重新發炎、腐爛。山上只有一個醫生，只能對付簡單的感冒、發燒、肚子痛等小毛病，一張臉爛了，重新腐爛，想必是對付不了的。於是，徐州決定搞壞自己的臉，讓傷口發炎、腐爛。他在昏暗的燈光下，對著妖氣的鏡子，舉著從鬼子手上繳獲的排雷刀，舉了一個多小時都下不了手。

這幾乎比割斷自己的喉嚨還要難！

好不容易，刀子下去了，創口有了，血流出來了——不要以爲這就夠了，這僅僅才是開始，還要想辦法讓傷口爛成一團惡臭的腐肉，刀口才會消失，才能瞞天過海。

徐州首先想到的辦法是用鹽。「往傷口上撒鹽」，這話人人都在說，但幾乎沒人試過，因爲實在太殘忍，太毒辣，除非是用來撬開頑固的嘴，或是對付切齒痛恨的仇敵。徐州也許缺乏把自己當做萬惡日鬼的想像力，但他並不缺少爲凌雲壯志赴湯蹈火的勇氣，他放下刀，毫不遲疑地抓起一把粗鹽抹在傷口上。

頓時，天地昏暗，心如刀絞！

徐州不敢叫，不能喊，只能靠握碎雙拳、口咬毛巾來抵抗這鼎鑊刀鋸的徹痛徹苦的大滋大味。他在劇痛中手腳抽搐，渾身痙攣，頭暈目眩，最後腦袋裡鑽進了大片大片的氤氳——他昏死過去了，像一匹被剝了皮的死馬。

黎明時分，徐州在火辣辣的煉痛中醒來，他掙扎著抓過鏡子看，一個踉蹌險些摔倒。千古艱難唯一死，比身體痛苦更令人承受不了的唯有精神的絕望。徐州萬萬沒有想到，鹽能令傷口痛徹骨髓，卻無法令其腐爛，相反，表層還會更快地彌合——見風就長，吸血而合。他是如此的難以接受這個事實：一整晚令他痛不欲生的傷口竟在鹽的幫助下開始結痂！

顯然，撒鹽是個誤操作。鹽只能痛上加痛，卻不能傷上加傷，讓傷肉腐爛。

怎麼辦？

徐州強迫自己冷靜下來。他背靠在牆壁上大口喘氣，一邊凝神聚心，窮思竭慮。突然，他想起了很多年前，在家鄉看到的兩個地痞打架的事：其中一個把另一個人的頭按進一堆生石灰堆裡，然後朝他頭上撒尿，對方頓時如被丟入油鍋似的，痛得嗷嗷叫。後來，這個人再出門時已是一個瞎子和麻子，滿臉都是豆大的疤痕。徐州想，尿其實是起了水的作用，生石灰遇到水，像熱鍋上的油遇到火苗子……想到這裡，他心裡燃燒了。

培訓中心初創不久，修建房屋剩下的材料都堆放在倉庫裡。徐州輕而易舉就從那裡搞到了一小袋生石灰。他揭開新長的痂殼，將白色粉末抹上去，沒等他潑水傷口就冒出嗞嗞的聲音。徐州一頭栽倒在地，來回翻滾，以頭撞地，比之前十倍的疼痛將他推到了發狂的邊緣，不用看鏡子，他也清楚地感覺到傷口的肌肉在燃燒，在潰敗，在稀巴爛。

可是光稀巴爛不行，要發臭腐爛才行，否則傷口太新鮮，容易被醫生看出破綻。就是說，他必須再堅持兩天，等待傷口腐爛化膿。

這兩天，徐州真正感受到了什麼叫做度時如年，每一分鐘他都覺得自己要崩潰，要割斷喉嚨來解脫難以忍受的苦刑。生石灰粉，還有後來加上的辣椒面，在徐州臉上充分摧毀著人的意志，它們躲在面罩裡面，時而哈哈大笑，時而竊竊暗笑，等待著一個世上最蠢的太笨蛋最後的崩潰。兩天裡，幾千分鐘裡，徐州找到了幾千個理由讓自己放棄生命，可就是找不到一個理由讓他放棄李政給他轉達的天上星的一句話：

徐州同志，我們現在沒有第二條路可以走，你必須付出一切努力，想盡一切辦法下山來，讓我聽到黑室的聲音！

正是這句話，讓徐州艱難地挺過了幾千分鐘，騙過了山上的醫生——他幾乎被創口腐敗的爛肉嚇壞了，陣陣惡臭熏得他連忙捂住嘴鼻，屏氣靜息，像個酸腐的臭知識分子。「我這兒根本不行，必須馬上轉到山下去治療。」當徐州聽到醫生在電話裡這麼對陸從駿所長說時，他忍不住號啕大哭。幾千分鐘的痛死痛活終於換來了勝利的回報，他太激動了！淚水漫過腐爛的傷口，又一次刺激著傷口，但徐州感覺不到痛，而是感到一種秋風送爽的感覺。

最後的苦往往有一種甜的感覺。

到了山下醫院，徐州又費盡心機與醫生們做遊戲，傷口稍爲見好又做點小手腳，讓傷口再發作，一而再，再而三。三天，五天，一周，傷口總是不痊癒，車子天天送他下山來換藥，別說司機煩，連汽車都煩了。一個無足輕重的廢物居然要這麼侍候著，實在是荒唐啊。

一天，徐州搭保安處長老孫的便車下山去換藥，徐州不失時機地向他訴苦傾吐衷腸，深表歉意的同時又大表決心。

「這張爛臉我也不知啥時能好，鬧得人心慌啊。司機天天爲我跑差，早看我不順眼了，左主任也看我心煩，不知處長能不能給我在山下找個工作，那樣的話我就可以一邊治病一邊工作，也好讓我心安。」

「笑話，你這樣子怎麼工作？」

「可以的，我已經給自己找了一份最合適的工作。」

「什麼工作？」

「保護陳先生。」

「保護他？」

「他不是生病住院了？我想組織上肯定專門安排了人在保護他，我覺得這事可以交給我來做，這樣免得司機每天接送我上下山，窮折騰，花掉的汽油費都比我的命還値錢。」

話到此爲止，還未引起老孫的足夠重視，他接著說：「我和陳先生在山上相處得很好，我相信他也希望我去保護他。」徐州一邊這麼說著一邊在心裡想，這話是賭了，老孫一定會去徵求陳先生的意見。那麼，陳先生會不會給他機會呢？他只有一半的把握。

結果，陳家鵠給了他機會。

陳家鵠本來就在懷疑他是個共產黨，很想進一步瞭解他，面對老孫的提議，他爽快地答應了，「好啊，你這算是找對人了，這兒本來就是個鬼地方，他來守門倒是很合適嘛，這樣這兒就更像個鬼地方了。」

徐州就這樣出色地完成了任務，下了山，留在了陳家鵠身邊。如果說留在陳家鵠身邊有一點賭博性質，有一定的偶然性，但徐州同志實施的上刀山、下火海的「苦肉計」，一定意義上來說是註定他要下山來工作的，因爲誰也受不了他天天下山來換藥。這問題遲早要解決，要解決的辦法只有一個就是：把他留在山下工作，這樣他可以自己走著去換藥，不必動車耗油。要留在山下，他這嚇人巴煞的鬼樣子放在人來人往的渝字樓肯定不合適，要放只有放到黑室去。

這一點，徐州是算到了的，否則他也不會這麼虐待自己。

現在情況比他預想的好，不但到了陳家鵠身邊，還在黑室的屋邊邊上，眞正是兩全其美啊。這一回，徐州顯然是交了好運，運氣如此眷顧他，也許是出於同情吧，他付出的太多！

醫院與黑室相隔兩條街，相距不到三公里。開始一段時間，徐州每天上午都要去醫院換藥，一個人，步行往返，自由自在。也正是利用這個條件，他與組織取得了聯繫，及時把黑室的準確地址和陳家鵠的確切消息報告給了組織上，從而結束了他們對渝字樓的「一往情深」。

五

話說回來，入駐五號院附院的陳家鵠，雖然對這地方一百個不喜歡，但對提前下山來工作這件事心裡是認可的。事到如今，退出黑室的夢想已經沒有了，既然如此，還不如早點幹出點業績，好讓人尊重。人微言輕，只有被人尊重了，他才可能去尊重他該尊重的人，比如回家會會惠子，看看父母。以他對教授的瞭解和認識看，他覺得他是個可以信賴的人，前次食言決非他本意——是不巧，被陸從駿撞上了。他對重慶不熟悉，但是相信下山後一定離家是更近了。他希望自己能盡快破掉一部密碼，好得個獎賞：回家去看看。

所以，入住當天他便馬不停蹄地投入工作，半個下午看了好多資料。吃過晚飯，他想與教授做個交流，年輕的衛兵嚴格遵守紀律，不准他邁出院門一步，那就只有委屈海塞斯到他這裡來。他打了電話，海塞斯很快就來了，又給他帶來大量資料，把四面牆壁都掛滿了：重慶市區地圖、前線戰略圖、敵台控制表、敵台電報流量、敵情分析圖、統計表，等等，屋子裡頓時有一種戰鼓四起、明槍暗箭在亂放的感覺。

海塞斯帶他走到一面牆前，指著敵台控制表，介紹道：「目前我們控制了六套敵台，其中四套是敵人軍事電台，兩套敵特電台。特一號線（標示爲特1#，以此類推）電報流量不大，但表現異常。具體說來，在敵機來空襲我西郊軍工廠之前，敵特一號線幾乎沒有電報，二號線電報流量高於往常。所以，我原來判斷二號線跟空襲有關，但是空襲後敵特二號線沒有任何動靜，這讓我感到奇怪，因爲按理說空襲後二號線至少要向上面彙報空襲情況，該有電報的，但就是沒有，倒是之前在空襲前露臉甚少的敵特一號線意外的活躍。」

陳家鵠問：「所以你懷疑一號線跟空襲有關？」

海塞斯答：「是的。」

陳家鵠認眞地翻看一會電報，沉思半晌，緩緩地道：「二號線，空襲之前電報多，這些電報我估計主要是報天氣情況的，空襲之後沒有電報，再次證明之前的那些電報是在報天氣情況。一號線空襲之前沒電報，空襲之後反而電報劇增，說明它是負責實施配合空襲任務的，那些電報是彙報空襲戰果。看來一號線才是眞正的特務台，二號線可能是敵人空軍派出來的氣象台。」

一下說到了點子上！

敵特一號線其實就是薩根跟南京宮裡的聯絡線，海塞斯早從後來薩根跟宮裡的一系列聯絡中做出正確判斷，故意這麼說是想考考陳家鵠，看他對敵情的分析判斷力。沒想到，他一針見血，一語中的，便估計他下午一直在研究這些特情資料，並且已有斬獲。

果然，陳家鵠找出一份材料，問教授：「我看前不久，也就是空襲我西郊軍工廠的次日，我方端掉了一個特務據點，怎麼就沒有找到電台？」

海塞斯說：「是啊，電台肯定是有的，只是我們沒找到。我們把人家窩都端了還沒有找到，說明他們至少有兩個窩，電台在另一個窩裡。那個窩在哪裡，陸所長也知道，可就是端不了。」

「爲什麼？」

「因爲在美國大使館。」

「美國大使館？」

「是的，那裡面有一個叫薩根的人，是使館內的報務員，被日本特務機構收買了。」

這是陳家鵠第一次聽見薩根的名字，不覺好奇地問教授，薩根是誰。

海塞斯搖著頭，歎了口氣說：「我感到很慚愧，此人竟是我的同胞。我在替中國人民抗日，他卻在毀我的事業，眞是荒唐。」

陳家鵠看他眞的面露愧色，上前安慰他，「別說是你的同胞，就是我的同胞都有當漢奸的。在我回國之前，經常看到貴國報紙上諷刺我們中國人，說這兒的漢奸和勇士一樣多。」

海塞斯笑笑，說：「以我來中國後僅有的見聞看，我認爲這不是諷刺，而是事實。蔣先生是主戰的，不惜炸開黃河與敵人同歸於盡，精神可嘉，但反對蔣先生降和的聲音一直沒有停止過。是戰，是和，中國正走在十字路口。」

「不可能和的。」陳家鵲斷然地說。

「爲什麼?」

「中國太大，鬼子吞不下去的。大有大的難處，什麼人都有，人心渙散，人面獸心，不團結，狗咬狗。但大也有大的好處，餓死的駱駝比馬大，要讓四億中國人都服輸，跪地求和，比登天都還難。再說了，要是求和，也不需要興師動眾輾轉到這兒那兒的，這個架勢就是要戰到底的架勢，重慶不行了撤到貴州，貴州不行了去西北，中國大著哪。你看，這篇文章就說得很透徹。」說著，陳家鵲從抽屜裡翻出一本白皮小冊子遞給海塞斯，一邊背了一大段，「中國在戰爭中不是孤立的，這一點也是歷史上空前的東西。歷史上不論中國的戰爭也好，印度的戰爭也罷，都是孤立的。唯獨今天遇到世界上已經發生或正在發生的空前廣大和空前深刻的人民運動及其對於中國的援助。」

「這是什麼?」

「你可以看一看。」

海塞斯當即翻開，看起來：

……

日本是小國，地小、物少、人少、兵少，中國是大國，地大、物博、人多、兵多這一個條件，於是在強弱對比之外，就還有小國、退步、寡助和大國、進步、多助的對比，這就是中國決不會亡的根據。強弱對比雖然規定了日本能夠在中國有一定時期和一定程度的橫行，中國不可避免地要走一段艱難的路程，抗日戰爭是持久戰，而不是速決戰；然而小國、退步、寡助和大國、進步、多助的對比，又規定了日本不能橫行到底，必然要遭到最後的失敗，中國決不會亡，必然要取得最後的勝利。

……

中日戰爭既然是持久戰，最後勝利又將是屬於中國的，那麼，就可以合理地設想，這種持久戰將具體表現爲三個階段。第一個階段，是敵之戰略進攻、我之戰略防禦的時期。第二個階段，是敵之戰略保守、我之準備反攻的時期。第三個階段，是我之戰略反攻、敵之戰略退卻的時期。三個階段的具體情況不能預斷，但依目前條件來看，戰爭趨勢中的某些大端是可以指出的。客觀現實的行程將是異常豐富和曲折變化的，誰也不能造出一本中日戰爭的「流年」來；然而給戰爭趨勢描畫一個輪廓，卻爲戰略指導所必需。所以，儘管描畫的東西不能盡合將來的事實，而將爲事實所校正，但是爲著堅定有目的地進行持久戰的戰略指導起見，描畫輪廓的事仍然是需要的……

小冊子其實是毛澤東的《論持久戰》。抗戰全面爆發後，國內出現了「速勝論」和「亡國論」等論調。但是，抗戰十個月的實踐證明亡國論、速勝論都是完全錯誤的。抗日戰爭的發展前途究竟如何，一時成了人們最關注的問題。一九三八年五月二十六日，延安召開了爲期一周的抗日戰爭研究會。期間，毛澤東做了「論持久戰」的講演，不久後講演稿即結集出版。武漢會戰後，身在陪都重慶的周恩來將《論持久戰》送給「小諸葛」白崇禧，白氏讀後拍案讚賞，對秘書程思遠說：

「這才是克敵制勝的高韜戰略！」

遂在國民黨上層不斷宣揚、介紹「持久戰」理論，很快在當時中國軍事界產生了重大影響。白崇禧爲毛澤東「論持久戰」的理論和觀點所折服，甚至還將毛澤東歎爲軍事天才，這些都逐漸傳到了蔣介石耳中，並引起了他的注意。白崇禧趁此機會向蔣介石轉述了《論持久戰》的主要精神，並讓程思遠送了一冊書稿過去。不出所料，蔣也對《論持久戰》深以爲然，武漢會戰後的局面也印證了「抗日戰爭必將經歷三個階段」的論斷。於是在蔣介石的支持下，白崇禧把《論持久戰》的精神歸納成兩句話：「積小勝爲大勝，以空間換時間」。由軍事委員會通令全國，作爲抗日戰爭中的戰略指導思想，並將《論持久戰》印成小冊子廣爲刊發，組織軍民一體學習。

當然，軍事委員會肯定不可能讓軍民知道，此乃延安毛澤東的思想，所以陳家鵠給海塞斯看的小冊子與其他人手裡的一樣，其間涉及共產黨字眼的句子都被刪去，封面也沒有署名作者，只有「國民黨軍事委員會印發」之字樣。扉頁則是蔣委員長的墨寶：國民抗戰必勝！

海塞斯默不作聲地一口氣看完，掩卷長歎：「高論，眞是高論！」轉過頭問陳家鵠，「這麼精彩的文章，你是從哪裡弄來的？」

陳家鵠答：「山上做爲教材發的，說是一號院下令讓抗戰國民仔細研讀。我一開始也沒怎麼放在心上，可沒想到這竟是本眞經！我唯讀了一小段就被這高屋建瓴又鞭辟入裡的理論牢牢吸引了。不瞞你說，我反覆讀了三遍呢，很多段落都可以倒背了。」

海塞斯點點頭，說：「回頭也讓陸從駿給我一本，我雖不是貴國國民，可也是參加抗戰的一分子嘛。」頓了頓，又說，「不過有些奇怪，怎麼沒有註明作者是誰呢？」

陳家鵠也搖頭表示不知，最後兩人猜測「可能是集體智慧的結晶」。

海塞斯興奮地說：「這說明，你們中國人在戰略意識上已經開始覺醒了。事實上我也是這麼看的，所以我是主戰派。」

陳家鵠淺淺一笑，「但你的薩根同胞並不這麼看的。」

海塞斯哈哈大笑，「他是我的反對黨。不過，薩根爲日本人幹活，好像也是有苦衷的。」

陳家鵠詫異地瞪著他，不知道他說的是什麼意思。海塞斯便向他講了三號院收集到的有關薩根和他母親的一些情況——薩根的母親年輕時是個激進分子，被日本政府驅逐出國，現在年紀大了，很想回國安度晚年，薩根想通過討好日本政府讓她母親回國。

「這麼說，他還是個孝子？」陳家鵠笑道，「不過充其量是一條『孝狗』罷了。」

此時，他作夢也沒有想到，最終令他失去惠子的人正是這條孝狗。

第二章

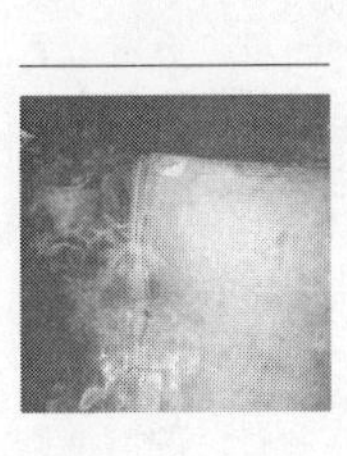

密碼就是魔術，
僞裝的魔術，
如果玩得好它完全可以瞞天過海。

一

「孝狗」薩根眼下正過著碌碌無爲的生活，單位不需要他上班——美其名爲休假呢，老窩糧店被搗毀，日本主子魂歸地獄，剩下還有三個同夥：馮警長、神槍手中田、美聯社記者黑明威。後者去了河南採訪吃人事件未歸，前面兩人雖然近在眼前，但也不敢隨便聯絡，因爲他懷疑自己已經被盯上。包括見錢眼開的汪女郎，似乎也把他的錢看開了，老是躲著他。活色生香的生活沒了，此時的他正過著一種死氣沉沉的生活。

無聊和難堪的處境改變了他的生活方式，白天他幾乎都待在家中睡覺，晚上才出動，像個賊，在夜色的掩護下，去酒吧喝酒，找妓女睡覺。考慮到可能被跟蹤，這一陣子他去重慶飯店少了，更多的是去嘉陵江南岸的重慶國際總會。這兒是美國海軍的天地，相對要安全些。

他在酒水和女色中打發時間，一邊等待兩個他眼下急需要見的人：一個是南京宮裡派過來的新主子，另一個是因公在外的大使先生。前者欠他錢，他給日本國做了那麼多事，一大批尾款還沒有結呢；後者決定著他這輩子的名聲。薩根知道，密特先生一定恨死自己了，目前只是迫於壓力才不敢下手，手下留情，給了他一個休假的名義暫停了他的工作。等大使回來後，他一定會舉報自己的種種醜行，讓大使來下手宰殺自己。不過，他不會束手待斃的，在他與密特的明爭暗鬥中，他似乎充滿必勝的信心，底牌就是：

陳家鵠沒有死！

他相信，只要陳家鵠活著，對他的所有指責都將風平浪靜。所以，陳家鵠到底是不是還活著，這對他很重要。當然，他深信惠子提供的消息不會有錯的，只是由於這件事與他的前程大事關係太大，他時不時會冒出擔心，怕陳家鵠已經死了。

今天下午晚些時候，他突然被這個念頭——陳家鵠死了——吵鬧著，牽引著，匆匆趕到天堂巷，把剛回家的惠子叫走了。他騙惠子父母說是去大使館幫他看個日文資料，出了門，他卻把惠子帶到了美國海軍的娛樂基地：國際總會。這是他第一次夜間帶惠子出來，他們一起吃了美國大牛排，喝了香檳酒，品了上好的甜點。這裡環境很好，服務細緻周到，座位很舒適，只是歌詞粗獷，有點略帶性挑逗意味的爵士樂讓惠子如坐針氈。惠子喊薩根叔叔，但這裡的氣氛卻不是家族式的，而是情人式的。所以，坐了不多久，惠子就要求走。

「急什麼，時間還早，再喝杯威士忌就走。」薩根叫來服務員，要點酒。

「不了，我不想喝酒。」惠子辭退服務員，對薩根說，「我們還是走吧，回去遲了，爸爸媽媽會掛念的。」

薩根聽惠子叫爸爸媽媽叫得很順口，笑道：「你是說東京的爸爸媽媽嗎？」

惠子不高興地白他一眼，「你開什麼玩笑，當然是我這兒的爸爸媽媽。」

薩根又笑道：「我覺得陳家鵲眞有福氣，娶了你這麼好一個媳婦，對二位老人這麼孝敬。」

惠子說：「那不是應該的嘛。」

薩根一本正經地說：「是，陳先生不在家，你應該孝敬他們。」他突然變得正經是因爲他要打探消息了，「噯，最近你們有聯繫嗎？你親愛的陳家鵲。」

「有啊，」惠子說，「前天我還收到他的信。」

「是他親筆寫的嗎？」

「什麼意思？」

「不會是別人代寫的吧？」

「你想到哪裡去了，他幹嘛要找人代寫信？」

夠了。

夠了！

惠子的話和表情足以說明，她收到的是陳家鵲的親筆信。死人能寫信嗎？不要多慮了，陳家鵲一定還活著，密特啊密特，你鬥不過我的，你這個虛僞的鄉巴佬！這麼想著，薩根起了身，準備遂惠子的願，打道回府。在兩人一前一後走出大廳時，帶著點醉意的薩根，覺得惠子的背影、步態、穿著、胯部……比身邊的所有女人都好看。月光從山梁上投下來，灑滿了庭園，使那些青草看上去有一層濕乎乎的寒光。

兩人走出大廳後，薩根追上前想去攙住惠子的手，卻被惠子推開了。

二

同一個月亮下。

海塞斯站在走廊上，手裡捏著菸斗，在抽菸，吐出來的煙氣，在月光的照射下是白色的，像山嵐，一團一團的，飄飄蕩蕩的，消散在月光裡。遠處，一隻貓頭鷹時不時叫一聲，聲音淒涼，像月光一樣的冷。

海塞斯抽完菸，回到辦公室，對陳家鵠說：「不早了，我要走了。這個地方確實很安靜，太安靜了。安靜好啊，天使都是愛待在安靜的地方的，希望你盡快碰到天使。」

陳家鵠幽默道：「你就是我的天使。」

「不，」海塞斯搖搖頭說，「我很清楚，你才是我的天使，我對日本文化不瞭解，我已經明顯感到日本密碼和日本文化的糾纏，這對你我很不利。我建議你可以先熟悉一下敵特一號線，這些電報的內容，我想和最近發生的事情應該有關係的，這對我們的破譯是個捷徑。」

陳家鵠剛才一直在翻看資料和那些電報，海塞斯順手拿起一份電報說：「你看這份電報，正好是我們端掉敵特據點兩小時後發送的，那麼我們基本上可以猜測電報的內容，應該就是彙報相關情況。」

陳家鵠笑道：「比如『家被毀，老大遇難，損失慘重』，諸如此類。」

海塞斯點頭，「這個意思的句式至少可以羅列出10000條。」

陳家鵠沉默一會，突然長歎一口氣，什麼也沒說，走到窗前去，兀自望著外面濃厚的夜色發起呆來。海塞斯很詫異，走過去，拍著肩膀問他：「又是歎氣又是發呆的，究竟在想什麼？總不會是又想你的太太了吧，太太要想，但最好緩一緩。」

陳家鵠冷不丁轉過身來，搖著頭淡淡地笑了笑，說：「剛才我一直看這些電報，不知怎麼的我有種預感，特一號線密碼不會太難，可能是一部迷宮密碼，主要技術手段就是替代。」

「你是說它的核心技術是國際通用的明碼？」海塞斯驚訝地望著他。

「嗯，就是在國際通用的明碼基礎上改頭換面而已。」

「這樣的話，我們只要破譯一份密電就行了？」

「對，一通百通，只要破掉一份電報，整部密碼就會轟然倒塌。」

海塞斯禁不住盯著陳家鵠看，臉上表情非常的震駭而又驚奇。說實話，他從事破譯工作多年，都不敢有這樣大膽離奇的想法。要知道，日本可是世界一流的軍事強國，其密碼的發達程度也是世界數一數二的，他們往外派遣特務怎麼可能使用這麼簡單的密碼技術呢？即使世界上那些二三流國家的外派間諜，也不會使用這麼低級的密碼哦。

「你的想法太奇怪了，請你給我一個理由。」海塞斯不客氣地說。

「沒有理由，只有直覺。」陳家鵠面露狡黠，帶點兒不正經地說。

「我知道你有理由的，告訴我是什麼。」

陳家鵠思量一會，說：「你同胞的身分，他是報務員。」

海塞斯迫不及待地問：「這能說明什麼問題？」

陳家鵠很乾脆地說：「他身邊肯定有國際通用明碼本。」

有這個本本的地方多著呢。海塞斯認爲這個理由不成立。但是陳家鵠告訴對方，日語是世上最複雜的語言之一，它起源於象形文字，又經歷重大變革，引入假名。現代的日語由四十六個假名組成，假名其實可以當字母看，世上沒有哪門語言有這麼多「字母」的，比如：古老的拉丁語和現代英語是二十六個字母，俄語是三十三個，德語是三十個，西班牙語是二十九個，義大利語本身只有二十一個字母，加上五個外來字母也只有二十六個。即使複雜的法語，加上十四個特殊字母也只有三十個字母，三十六個音素。

可見，日語之複雜。

因爲太複雜，「字母」多，導致它的密碼設計難度大，設計出來的密碼本一般都特別笨拙，即使最簡單的日本密碼本都有好幾大本，要用箱子來裝。陳家鵠認爲，大使館人多眼雜，要藏這麼大個傢伙在那裡是很不明智的，隨時都可能被人發現。這是從空間上說。從時間上說，這批日本特務可能是最早到重慶的，有點投石問路的意思，能不能安頓下來吃不準——人生地不熟，說不定一來就被搗了。

「這種情形下，一般是不敢隨身帶密碼本出來的。」陳家鵠總結說。

這兩點理由都沒有讓海塞斯信服，他反駁道：「首先，我不相信薩根敢用大使館的設備來替日本人幹活，這個風險太大了。這也就是說，我們可以肯定薩根手上有一部電台，既然有可以藏匿一部電台的地方，難道就不能藏匿一部密碼本嗎？其次，你這麼敢肯定這批特務是最近才來重慶的，他們可能早就潛伏在這兒的，戰爭還沒有開始就來了。也就是說，他們在這兒待了很久了，他們完全有時間、有條件帶一部笨重的密碼來。」

應該說，海塞斯的反駁是成立的。但是陳家鵠說的第三條理由，把海塞斯說得沉默了。陳家鵠說：「雖然薩根在替日本人做事，但他畢竟是你們美國人，一個異國分子，說難聽點不過是個討口間諜飯吃的人渣子，一個玩命之徒。密碼是一個國家核心又核心的機密，你認爲日本高層會把一部密碼隨隨便便丟給一個異國分子來使用嗎？何況這個外國人的母親你也說了，還是被他們國家開除國籍的人。爲什麼要開除她？肯定是做過對不起她祖國的事嘛。」

海塞斯沉默很久，發話道：「繼續往下說。」

陳家鵠清了清嗓門，接著說：「替代密碼的特點是只有密表，沒有密本，或者說密本是公開的。但如果能進行複雜的替代，給人的感覺也是高深莫測的，就像一個玩牌高手玩紙牌，可以玩種種魔術出來，讓人眼花繚亂，心智迷鈍。密碼就是魔術，僞裝的魔術，如果玩得好它完全可以瞞天過海。」

海塞斯打斷他說：「這個你就不必多做說明了，我就是個玩紙牌的高手，幾年前我失業時，曾一度靠玩紙牌謀生，一副牌在我手上可以玩出一個人生、一個世界，可以做出所有人意想不到的精彩表演。」

「所以，一般人是玩不了的。」

「是，需要長時間的專業訓練。」

「薩根作爲使館的一個專職報務員，他對國際通用密碼本一定是精通又精通的。因爲精通，所以有條件、有可能把它玩出花樣來，玩得讓人眼花繚亂，一天一個樣，天天花樣翻新。這是他擅長的，叫用人之長，也可以說是投其所好。他一定喜歡玩它的，就像我們學數學的人迷戀博弈術一樣。因爲精通，又喜歡，他會盡情地玩，不知疲倦，不厭其煩，今天A是B，明天A是C，後天A是0或者1，等等。總之，像玩迷宮一樣的玩。他這樣花樣百出地玩時，他也許有足夠的自信，一般人是識不破他底細的，這也是他敢這樣玩的理由。我甚至懷疑，即使日本人手上有現成的密碼讓慣，不願被人指使，愛指使人聽你們的。」

他用，他也會嫌煩，棄之不用，建議他們以他擅長的這種方式來加密編碼。這也是你們美國人的習慣，不願被人指使，愛指使人聽你們的。」

談鋒甚健啊。

這就是陳家鵠，平時話不多，可說到他感興趣的事時，話比誰都多，旁徵博引，比喻、例子一大堆，非讓你叫停不可。海塞斯用哈哈大笑打斷了他濃濃的談興，「夠了，我不是陸從駿，是個只會看熱鬧的外行，我是你的老師，你不需要說得這麼透徹，點到爲止就行了。現在，我要問你，這個想法你是剛才有的，還是？」

陳家鵠莞爾一笑，「想法是剛才有的。」

海塞斯指指門口，「就我在外面抽菸的功夫？」

陳家鵠點頭稱是，「但想的過程早就開始了，剛才不過是瓜熟蒂落。」

海塞斯走開去，好像要思考什麼似的，卻突然回過頭來對陳家鵠笑道：「看來天使已經來過這兒了，就是不知道他是眞的還是假的。這麼說吧，我從經驗上不相信你說的，但是你確實又以一定證據說服了我。所以，我願意把它帶回去讓演算師給你算一算。」

「不必了，我還是自己動手吧。」

「怎麼，你是怕我剽竊你的成果？」海塞斯有點做賊心虛。

「教授，你想到哪裡去了，我不過是想這工作量很小，也就是熬一個通宵而已，沒必要麻煩他人。」

「如果你猜對了，理論上說你演算的最大值有1296次（即26個英文字母加上10個阿拉伯數字，36×36＝1296）。」

「實際上……」

「實際上只有282次。」海塞斯搶過話頭，指著電報對陳家鵠說，「我知道你要說什麼，這份電報除了十個數字外，只出現了七個英文字母。原則上數位一般不會與字母互相替換，也就是說你要替代的分別只有十個數位和七個字母，兩項相加總計爲282次（即（10×10）＋（7×26）＝282）。」

「對。」

「所以我還是趕緊走吧。」海塞斯拿起菸斗，邊走邊說，「如果你運氣好，也許我還沒有回到辦公室你就大功告成了。」

陳家鵠站起來，自嘲說他是初次掌勺，不要對他期望過高。海塞斯詭秘地笑笑，說：「公開幹是第一次，以前悄悄幹的成績都被我占爲己有了，還得了不少獎金呢。」說著掏出一沓錢來遞給陳家鵠。陳家鵠驚愕地看著他，「你幹嘛？」海塞斯笑道：「我已占了你的名，再占你的利，晚上就睡不著了。」陳家鵠說對他最好的獎勵不是這個。「你需要什麼我知道，」海塞斯說，「又在想你的嬌妻了，要回家？」看陳家鵠點過頭後，他爽快地回答，「好，這一次你要猜對了，我一定想方設法給你爭取。」陳家鵠說：「這話我可記在心上的，這錢嘛，你還是拿走。」說著，將錢塞回教授手裡，把他往門口推。

「對不起，我要爲我的機會奮鬥了。」陳家鵠說，打開了門，請他走。

海塞斯笑著搖搖頭，揣上錢別過。出門的時候，他忍不住又回過頭來情深款款地看了陳家鵠一眼，他發現，這個中國小夥子不僅外表長得英俊，而且內心也非常單純、善良、眞誠，對心愛的妻子一往情深，禁不住有點自歎弗如。

回到辦公室後，海塞斯沒有休息，而是沖了杯濃濃的咖啡，一邊喝著，一邊按照自己的思路，潛心分析研究起那些截獲的敵特一號線的電報來。他雖然當時對陳家鵠的奇思怪想有一定認可，但回來仔細一想還是覺得有點離譜。他總覺得日本做爲一個軍事和密碼都相當發達的強盜國家，外派特務不可能使用簡單的替代加密技術。他又想，自己和陳家鵠不能在一株樹上吊死，他們得從不同的側面包抄，即使兩個人都不行，至少也是證明了兩條死路。所以，他依然還是按照自己的老思路作業。

第二天早上，海塞斯起床後迫不及待地直奔附院，他還是好奇陳家鵠有沒有給他弄出個驚天大喜。結果剛進院門，遠遠地，就看見陳家鵠像隻鳥一樣蹲在一截石坎上，舉目望天，沉重的姿態不言自明，他的一夜努力已然付諸東流。

海塞斯從後面悄悄地繞過去，臨近了才突然冒出來，對陳家鵠笑道：「辛苦了一夜，以失敗告終。不過，不要這樣鬱鬱寡歡，你以爲是我當眾表演紙牌魔術，只准成功，不能失手的？你是在破譯密碼，一千次失敗能夠換來一次成功就已經是幸運之極了。」

陳家鵠沉浸在自己的思緒中，許久才冷不丁答非所問地說：「我感覺自己跟一個影子糾纏了一夜，我老看見他在我眼前晃，可就是抓不住他。」

「我給你潑盆冷水吧，」海塞斯走上前，正對著他的目光說，「也許影子只是你想像出來的，事實上它並不存在。昨天回去，我冷靜想了很久，還是覺得你太異想天開了。」

「不，」陳家鵠霍地立起身，正經八百地申辯道，「絕不是我臆想的，我清楚地看見了他，可就是摸不到，像在玻璃的另一邊。」

海塞斯一時無語，他思忖著該怎麼才能打消他的古怪念頭，讓他跟著自己的思路往前走。從某種意義上說，海塞斯連日來的努力已經開始有所回報，他也覺得自己已經看見過有影子一樣的東西在他眼前晃晃悠悠，也許再接近一些，一個眞實的傢伙將會從天而臨。

三

自偵聽處偵控薩根與南京宮裡的電台以來，迄今已截獲上線來電11封，下線去電13封，共計24封。其中一半電報，反映什麼樣的事情基本是明的，比如西郊被服廠被炸的當夜，下線對上發長電一封，其意一定是彙報轟炸戰況。再比如，糧店少老大一行被斃後三小時，下線又向上發電一封，其意思也是不難估摸的。再比如，杜先生找密特先生狀告薩根的當天夜裡，電台最後一次聯繫，先是薩根去電（電文很短），半小時後宮裡回電（電文更短），之後電台就消失了，至今沒有露過面。薩根去電內容自可猜測，肯定是在向上報告：他被懷疑了，怎麼辦。諸如此類。海塞斯統計了一下，這樣大致可以猜到電報內容的電報現有七封，他需要找其中之一作爲突破口突圍。只要撕開一道口子，正常情況下後面的工作就容易做了。

找哪一封電報作爲突破口發力？

海塞斯經過反覆研究、比較，最後確定的是南京宮裡下發給薩根的最後一封電報。這封電報如下：

電文的前三行，屬格式內容，其實可以置之不理，無非是發報方、接收方和發報的時間、電報的等級等相關說明，電文的眞正內容是在後面一串假名上。這些假名海塞斯業已破譯，可以換算成如下數位：

8771 2169 5755 5050 4311
8892 2173 4169 # 8932 7244
1006 9791 2000 6539

總計十四組數碼，一個假名。可以想見，中間那個孤零零的假名，多半是標點符號，此外的十四組數碼，各代表一個字。也就是說，這是一封有十四個文字的電文，電文的大概意思基本上可以揣摩出來，肯定是在通知薩根暫時不要聯絡、等候通知什麼的。

海塞斯爲什麼要從這封電報著手突破？首先是這封電報短，越短越好；其次他認爲該電報可能有的意思相對比較確鑿、固定，至少「暫停聯絡」的意思是確鑿無疑的，因爲事實已經證明從此後電台就啞了，消失了。根據該電文的字數和可能的意思，海塞斯預測，他需要羅列排猜的句式總和，不會超過兩千次，現在他已經排除近一半，如果運氣好的話半個月內必見分曉。

像海塞斯實施的這種破譯方式，正如面對一把丟了鑰

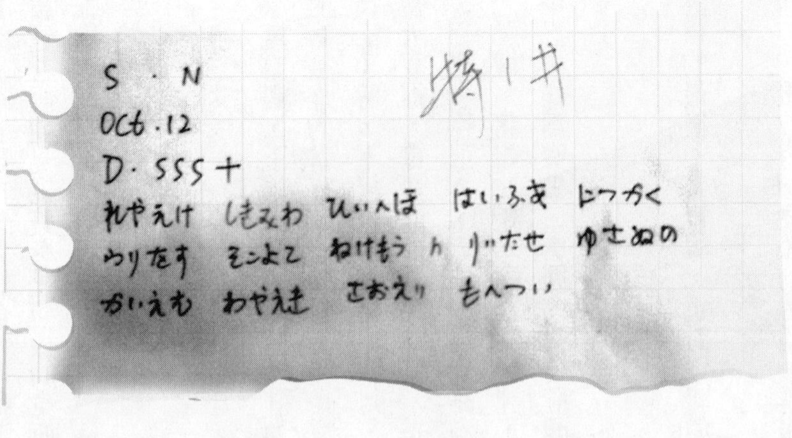

匙的鎖開鎖，開鎖師（破譯者）根據經驗做出判斷，磨出一把把鑰匙去捅鎖眼，一把不行，又來一把，如是再三。這封電報，海塞斯憑經驗判斷，只要磨出兩千把鑰匙去捅它，必有一把可以將它捅開。兩千把鑰匙，就是兩千句話，這些話意思基本相近，只是字面和句式選擇不同而已。現在海塞斯已經試過近千句話，他自信最後能將鎖捅開的「那句話」一定在剩下的一半句式中。

如果這些電文確實是設了密的，這也是脫密的常規方式，海塞斯在這麼短的時間裡已經路走一半，說明他很擅長這種方式，決非等閒之輩。但是，陳家鵠懷疑這些電文是未經加密的，不過是國際明碼的巧妙翻新而已。照此思路來破譯這些電文，等於是鑰匙在手，只是鎖眼被巧妙地掩蓋了。就是說，陳家鵠幹的事是在找鎖眼（海塞斯則是配鑰匙），當然是比較容易的。海塞斯認為這種可能性非常小，現在陳家鵠承認沒有找到鎖眼，也證實了他的預判。

接下來的日子裡，海塞斯建議陳家鵠照他的思路走，他把自己已經排除的近千句報廢的話提供出來，希望陳家鵠與他協同作戰，一起來組織、揣摩剩下的那些話。陳家鵠跟著幹了兩天，總覺得提不起勁，他腦海裡老是浮現那個熟悉的影子，趕都趕不走。兩天下來，他揣摩出來的話不到一百句，連海塞斯的一半都不到。

自然，這些話都是廢話，都不是那把能開鎖的「鑰匙」，它們的意義只是把那把鑰匙鎖定在後面的猜想中。

四

轉眼到第四天。

這天早上，海塞斯吃完早飯從食堂出來，正好撞上剛來上班的所長。這兩天陸從駿晚上沒有在單位睡，他慫恿家屬做了人工引產手術（工作壓力太大，不敢生下來），理當回家盡職。兩天不見，陸從駿怪想念陳家鵠的，當即約上教授要去看他。途中，陸從駿被老孫喊住，去辦公室處理了一些事，真正出發時已九點多鐘，日上三竿了。快接近陳家鵠住的小院，陸從駿和教授都不約而同地仰起頭來去看陳家鵠的窗戶。陽光照在陳家鵠宿舍的窗玻璃上，熠熠生輝，可厚實的窗簾還緊緊地拉著。

海塞斯不由得笑道：「這小子，該不是幹了個通宵吧？」

陸所長說：「年輕人，勁頭足，精氣旺，連幹幾個通宵沒問題的。」隨後問海塞斯，估計什麼時候可以出成果。海塞斯捋著他濃密黑亮的鬍子想了想，笑吟吟地說：「如果運氣好的話，可能在一周內吧。」

陸從駿聽了不大高興，拉下臉半真半假地說：「別給我把寶押在運氣上，一周之內你們必須給我出結果，你該知道，我把孩子都處理掉了，非常時期，你們要給我爭氣，可別讓我幹蝕本的事。」

兩人說著上了二樓。可推開陳家鵠宿舍，空空的，床上只有一床被子，沒有人影。

便想一定在上班。

便去他的辦公室。

推開辦公室，兩人呆住了，陳家鵠根本沒在幹活，而是誇張地趴在桌子上睡得噴噴香，有聲有色，睡得死死的，對兩人的闖入毫無反應。海塞斯走過去，拍拍桌子，叫醒他，說：「可憐的人，你怎麼在跟桌子親熱呢。」陳家鵠醒來，揉著眼睛，打著長長的哈欠，一邊含糊不清地問：「幾點了？」陸所長有些不悅，揶揄道：「難怪你在培訓中心的時候老在課堂上睡覺，原來你有這怪癖，放著好好的床不睡，硬要睡桌子。」陳家鵠一臉倦容，咕噥道：「睡桌子有什麼不好？」說著拿眼睛去瞟旁邊的一堆草稿紙，朝著陸所長神秘一笑，「你要是知道我睡桌子睡出什麼結果來，恐怕你以後巴不得我天天都睡桌子嘍。」

陸所長一時沒反應過來。

海塞斯聽了，一個驚喜，瞪著眼問他：「怎麼？你找到那句話了？」

陳家鵠把那堆草稿紙往他面前一推，「何止一句話，我把它的老窩端了。」

原來，幾天來那個熟悉的影子一直折磨著他，昨天晚上他又轉回到自己的老路上去琢磨，一夜窮追猛打，竟然把那「影子」逮住了！就是說，特一號線的密碼正如陳家鵠當初猜測的一樣，確實是國際明碼的翻新，只是翻新的方式沒像他猜的這麼簡單。事實上，該密碼在翻新的過程中不但採用了替代技術（這是陳家鵠猜的），同時還加入了移位技術。

和替代術一樣，移位元術在密碼發展史上也是最初級的技術，原理很簡單，就是調換排列次序。本質上說，移位也是替代，比如把A、B次序轉換一下後，也可以理解為B替代了A。不同的是，移位發生的替代必然是有規律可循的，比如特一號線密碼採用的移位元術是「奇偶對移」，即A、B對移，C、D對移，後面依次類推，直至Y、Z。而替代是沒有規律的，它可以完全按照設密者的需要任意指定，比如A是Z，也可以指B為Z，就看設密者是怎麼設定的。

特一號線採用的是替代加移位的雙重技術，所以第一次陳家鵠單純的替代是見不到結果的（出來的結果要麼是亂碼，要麼就是怪字，詞不達意，連不成一句話）。昨天夜裡，陳家鵠突發靈感，想到移位術，在已有的經過替代的基礎上又試著進行了移位，結果試到第九輪時，奇蹟發生了，出現了下面這一句意思連貫的話：

全體暫時按兵不動，等待來人接應

毫無疑問，這回一定沒錯了，因爲早有預判，該電文的內容差不多就是這個意思——這些天，陳家鵠和海塞斯正按這個意思在湊話呢。有趣的是，陳家鵠之前排測的近百句話中，有一句話其實已經很接近它：

切記全體按兵不動，等待來人接應

僅兩字之差。

然而，失之毫釐，謬以千里，別說兩個字沒對上，只要一個字對不上，一切都是零。黑洞。白紙無言，天書無言，沒有誰會告訴你，黑洞有多深、多寬、多高。

海塞斯發覺眞相後，激動得上前一把將陳家鵠抱住，緊緊地抱住，一邊欣喜難當地用英文大喊大叫：

「Godworks！Godworks！（上帝的安排）」

「你在說什麼？」陸所長茫然得很。

「成了，成了！」海塞斯丟下陳家鵠，轉身去握陸所長的手，像個小孩子似的忘情地歡呼，「我的弟子太偉大啦！你又要立功啦！」

陸所長愣愣地看著一旁的陳家鵠，簡直不敢相信這是事實，因爲剛才海塞斯還在說，如果運氣好的話有可能在一周內破解敵特一號線密碼，而現在僅僅才過去幾分鐘，幾分鐘啊！一激動，陸所長也上前抱住了陳家鵠。

也許是太睏了，陳家鵠不像他們那樣興奮，他從兩人的擁抱中掙脫出來，平靜地對海塞斯說：「還是先忙正事吧，我只譯出了一份密電，其他的就按著我弄出來的公式叫人去譯吧，我才睡了三刻鐘，太睏了，我還要睡覺呢。」

海塞斯連忙說：「對對，這是分析科老劉他們的活了，不用你辛苦。」回頭對陸所長說，「你不是要找出薩根是間諜的證據嗎，把它們全都譯出來，證據就有了。」陸所長想說什麼，被海塞斯一把拉著往外走了，還輕輕地幫陳家鵠關上了門。

五

分析科劉科長領命，當即組織全體分析師，按陳家鵠提供的公式，對先前截獲的所有敵特一號線的密電進行破譯。不到一小時，所有密電均在劫難逃地原形畢露：

承蒙偉大的帝國空軍精準打擊，黑室現已從地球上消失，料陳家鵠亦難逃死劫……

經本地晚報資訊證實，著名數學家陳家鵠必死無疑。另請從速安排少老大返滬……

剛獲悉，據點被搗毀，少老大等四人悉數盡忠，事發緣故正在調查中，周邊暫無恙。請保持二十四小時聯絡……

今上司找我談話，足見我身分已被其懷疑，恐有麻煩，電台必須盡快轉移，善後必須盡快辦理，請速派人來……

看著一份又一份密電相繼告破，海塞斯喜不自禁，「這就是一個破譯師最幸福的時刻，看著他們譯出一份份電報，就像看見鈔票在一張張印出來。」陸所長不甘落後，喜形於色地跟他比喜，「我比你還幸福呢，就像看見薩根的罪證被一樣樣地立出來。」海塞斯不滿地嚷道：「什麼叫『就像』，事實就是如此嘛。」說著抓起那些譯文舉到陸所長眼前，「你看，白紙黑字，清清楚楚告訴我們，他就是在替日本人幹活。」陸所長笑道：「是是是，我表達有誤，行了吧？」隨後，接過那些譯文在手裡掂了掂，對著窗外長抒一口氣，搖頭晃腦地說，「這下好了，密特先生，等你看了這些，你還敢怠慢我們的杜先生嗎？」彷彿密特先生就在窗外。

第三章

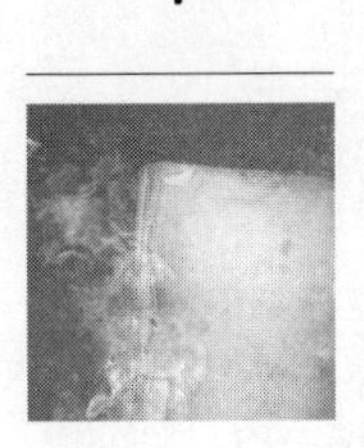

他的愛情，他的命運，
自從被黑室盯上他的第一天起，
就已經鐵定如山，無可更改。

一

天空依舊，陽光依舊，大門依舊，衛兵依舊，就連那蓊郁的梧桐樹林，也同樣伸展著千萬隻綠色的巴掌，在微微吹送的嘉陵江暖風中，傲慢地搖曳著。所不同的是人的心情。當車子重新又停在美國大使館門前，杜先生帶著秘書，踏著高高的石階梯一步一步地往上走的時候，他的心情已經發生了巨大變化。他知道他提包裡裝著的東西的分量，那不僅是一個美國人為日本國充當間諜的證據，還裝著他的政府的尊嚴，他的組織的尊嚴，他的團隊的尊嚴。所以，今天杜先生的步子邁得特別的沉穩、有力、充滿信心。他仰起頭，細心地打量著這座巴洛克風格的高大建築，心中竟然沒了那種慣有的壓抑感、刺痛感。他顯得非常輕鬆，非常莊重，甚至還有一絲不容覺察的自得和自負。人就是這麼奇怪，四兩重的心有著改變一切的神奇魔力。

會見照例安排在二樓的接待室裡，密特先生迎接的態度較前次明顯溫和了許多，言語間也透出幾分輕鬆、詼諧。

「坐，請坐。怎麼不坐？難道你準備丟了東西就走人？還是爲了表示對我的敬意，客隨主便，等我先入座？」

「都是，也都不是，這要看主人需要什麼，如果您希望我丟下東西走人，我不會多留半刻。」

「你覺得受到冷遇了嗎？」

「沒有。」

「那就入座吧，你就是給我帶來的是毒藥，我們也得在必要的禮節中交接嘛。」

這個開場白不錯，雙方都不卑不亢，有禮有節，既在互相示好，又在互相保持尊嚴，冷熱有度，軟中帶硬。

可密特先生打開杜先生遞交給他的文件夾，粗粗看了裡面破譯的電報後，卻突然仰靠在椅背上笑了起來，「我還以爲是什麼呢，這能說明什麼？」

杜先生偏偏不按他的思路走，答非所問地說另外的事，其實也是想趁機刺他一下，但話說得相當恭敬禮貌，足見杜先生在外交上的老道，「首先，我非常感謝閣下高度重視我們的要求，雖然心有疑慮，但依然在會見我之後的當日及時跟薩根做了嚴正的交涉。所以，今天我要專門向閣下鞠個躬，表示感謝。」

杜先生起身恭敬地向密特鞠躬。

密特先生並不領情，因爲他感到了來者不善。他想，我和薩根的談話他怎麼知道，莫非他在我身邊安了線人？這麼想著，聲色不覺地變嚴肅了，「鞠躬就不必了，但話有必要說清楚，你從哪裡得到消息，我跟薩根交涉了？」

杜先生從文件夾中抽出一份電文，遞給密特看，一邊不慌不忙地說：「這不是明擺著的嗎，那天晚上八點十分，薩根給日軍南京特務總部去電彙報——今上司找我談話，足見我身分已被其懷疑，恐有麻煩……至今大使先生外出未歸，他的上司自然就是閣下您了。」

密特先生一驚，但又不願甘拜下風，依然假做怒顏，極力地狡辯道：「『我』是誰？『上司』又是誰？你無證無據做出這種推斷，『我』就是薩根，『上司』就是我，難道這就是杜先生的工作方法？如果你是這樣工作的，對不起我無法配合你，這樣的話你也許眞的可以丟下東西走人了。」

杜先生穩穩地坐著，笑道：「我們中國人有句俗語：既來之，則安之。我既然來了，當然要把想說的話、該說的話都說了才行。」

密特先生氣咻咻地說：「可我沒有時間陪你！」話雖這樣說，卻又沒有起身逐客的意思。這給杜先生一個信號，其實密特先生是想談的，只是不願談得這般沒面子，他的臉面不僅代表他個人的尊嚴，也代表美國政府。於是，杜先生不再跟他玩機鋒，雙手抱拳，向對方示敬，開誠佈公地說：「密特先生，我們不妨還是坦誠一點吧，從這些電文上雖然看不出『我』是誰，但我們已經有足夠的證據證明，這個『我』就是薩根。閣下您瞧，該電文落款S，想必閣下心知肚明，S就是薩根替日本人幹活的工作代號，所以……」

「沒有所以！」密特先生失禮地打斷杜先生的話，提高聲音說，「你說的足夠證據只不過是你自己一廂情願的認爲而已，在我這裡……你代表不了我，更不可能說服我！」

杜先生的臉色陡地陰沉下來，心想，這就是你們美國人的不是了，錯了就錯了，怎麼還這般強詞奪理，死要面子！這麼想著，杜先生騰地站了起來，還以相等的聲音和顏色，「看來，我是沒必要再留下來了，那麼後會有期！」他拿起腳下的提包，準備往外走。

密特先生沒有站起來，他一直盯著杜先生默不作聲。眼看他的隨從已經拉開門，杜先生即將出門之際，他突然說：

「請留步，杜先生。」

接下來發生的事情是杜先生萬萬沒有想到的，密特先請走了自己的隨從，然後態度雖然還是那麼傲慢，但說出來的話已經透出十足的誠意：

「尊敬的杜德致先生，我可以坦率地告訴你，你已經無需向我提供薩根勾結日本人大行其醜的任何憑據，不需要了，因爲我掌握的證據比你這些電文要過硬得多，充分得多！大使先生也賦予了我處置他的權力，你也許要問，那我爲什麼不處理他？我可以告訴你，我想處置他，很想很想，我恨不得馬上就把他逐出中國！」

兩人互相注視，好像在互相辨認。

密特收回目光，繼續說道：「其實我在等待你來，我有要事要問你，在我說明問題之前，我希望你給我一個承諾，你將給予我絕對的誠實，絕對誠實地回答我的問題。可以嗎？」

杜先生從他口氣和目光都感到，他沒有否定的權力。

「可以。」

「你的數學家陳家鵠到底有沒有死？」

「……」

「你不要耍心眼，你已經承諾我，要誠實，絕對誠實。」

「……」

「事關重大，如果你想讓我處置薩根，你必須對我毫無保留。」

杜先生終於還是說了實話，密特聽了氣得一屁股跌坐沙發上，連聲歎息，「完了，他贏了，你們休想把他逐出中國。」不等杜先生有何反應，他又接著說，「我無法理解你們中國人爲什麼就那麼愛說謊？難道謊言能給你們力量嗎？」

面對密特的指責，杜先生又撒了一個謊，「並不是我故意要說謊，當時我們都以爲陳家鵠被炸死了，沒想到……」

密特打斷他，「你沒想到的事情多著呢，如果我告訴你薩根已經知道陳家鵠沒有死，你會怎麼想？你們以此作爲討伐他的一個重罪，可他知道陳家鵠沒有死，這個罪不成立！」

「他不可能知道。」杜先生今天第一次覺得說話心虛。

「哼，愚蠢的人總是最自信的。」密特站起來，似乎是爲了離愚蠢的人遠一點，邊走邊說，「老實告訴你，他知道了，否則你就在中國看不到他了。我手上有確鑿的證據證明他確實在爲日本人充當間諜，理當革職，驅逐出境。我本來已經對他做出處理，停止工作，遣送回國，他就拿這件事把我難住了。我原來還在想，也許是他在狡辯，他用謊言來爭取時間等大使回來，企圖做垂死掙扎，沒想到撒謊者是你。你讓我很失望，現在你可以走了。」

杜先生想起身，突然覺得雙腿發軟。他定了定神，對密特說：「可以證明他爲日本人幹活的證據還有很多……」

密特擺擺手，刻意地轉過身去、移開目光，毫不掩飾他的輕蔑和厭惡。「你是不是要建議我去搜查他的房間，把電台找出來？請不要再說愚蠢的話了，這一次你輸定了，輸家還包括我。我可以告訴你，即便如此，大使回來了照樣處理不了他，你們用謊言救了他。現在我想誰也處理不了他，除非你們先把陳家鵠處理了。就這樣，我先告辭了。」

密特說罷即走，把杜先生一個人丟在沙發上。這結果是杜先生來之前怎麼也沒想到的，他木木地呆坐著，突然覺得這屋子是那麼大、那麼冷。不過，倘若杜先生有未卜先知的本領，能夠知道幸運度過此次危機的薩根，最終將會成為陸從駿處理惠子的決定性棋子，他一定不會如此窘迫，如此沮喪。世界上的事情就是這樣，福禍相依，塞翁失馬四字成語，其意義有時候能抵得過一篇文章，一本書，甚至一部宏幅巨著。

二

一個小時後。

陸從駿下了車，興沖沖、喜滋滋地往杜先生辦公室走去。五個小時前，他懷著同樣的心情來給杜先生送剛剛破譯出來的特一號線密電，得到了杜先生口頭嘉獎一次。當時杜先生連聲道好，眉宇間露出了孩童般的歡喜，這種樣子對杜先生來說實屬稀罕，給他留下了深刻印象，此刻都還在眼前晃蕩。杜先生當即讓秘書安排約見密特先生。他知道下午一上班杜先生就去見密特先生了，現在杜先生又召見他，可以想見一定是讓他來分享從美國大使館帶回來的喜悅。陸從駿甚至邊走邊得意地想，杜先生這樣的人，原來也是做不到寵辱不驚的。

哪知道，杜先生一見他，就劈頭蓋臉臭罵一頓！

當初杜先生之所以在給美國大使館的資料中謊稱陳家鵠被害，一方面是想藉此給敵人放個煙幕彈——他死了，你們就休手吧；另一方面是覺得，這個謊言是包得住的，陳家鵠身在鐵桶一般嚴絲密縫的黑室裡，誰能知道底細？可薩根居然知道了，是哪個環節出事了？

「說，到底是怎麼回事！」

面對杜先生的斥問，陸從駿乖乖道出了眞情：他爲了向陳家鵠家人證明陳沒死，曾安排他們通過電話。杜先生聽了，氣得恨不得抽他耳光，可抽耳光能解決問題嗎？現在的問題是誰向薩根通的風、報的信。

不用說，肯定是惠子。

說到惠子，兩人都有話要說，杜先生強忍住憤怒，有話好好說。

「你不是在偵查這女人嘛。」

「是。」

「有結果嗎？」

「請允許我說實話。」

「廢話！難道你以前跟我說的都是假話？」

陸所長讓自己冷靜了一下，緩緩道來：「是和不是對半開吧。說她是嘛，理由很多，比如她到重慶飯店工作，還有她跟薩根的關係，都可以當證據看。還有，她的哥哥曾經是日本陸軍情報官，當初陳家鵠差點被日本軍方調用就是她起的頭。說她不是吧，也有理由，到現在爲止，我們盯她那麼久了，還沒有掌握確鑿證據可以證明她在從事間諜活動。」

杜先生對陸所長的回答顯然不滿意，斜他一眼，「你這等於沒說，我要的是你的判斷，不是情況介紹。是和不是，我要你拿出決定。」

陸從駿遲疑一會，斗起膽量說：「以我之見，惠子跟薩根不會是一夥的，她不過是被薩根給利用了。」快速地看了杜先生一眼，發現他正看著自己，低下頭又說，「當然我的判斷不一定準確，懇請首座指教。」

杜先生冷笑一下，「以我之見，惠子的事情不是小事。」他已經平靜下來，口氣沉緩，卻更像大人物在說話，「現在看來陳家鵠確實是個人物，藏起來只是權宜之計——你總不能老把他給藏起來吧？那個院子下一步要做你們的家屬院，我已經在落實翻修的資金了。」

陸從駿很明白杜先生的弦外之音，就是要讓他盡快拆散他們的夫妻關係。「但是我們完全可以把她說成跟薩根是一夥的。」

「光說沒用，得有證據。」杜先生抽出一支菸，又甩給陸從駿一支，後者連忙給他點上。抽了一口菸，杜先生接著說，「你不是說他們夫妻感情很深，感情有多深難度就有多大，你必須要拿出能夠讓他心服口服的證據，要讓他來感謝你拆散了他們，否則後果將不堪設想。」

「嗯，知道了。」

「知道了就去做，不要再幹傻事。」

三

高興而來，敗興而歸。

上了車，陸所長迫不及待地解開了風紀扣，不是因為天熱，也不是因為挨了杜先生的罵，而是……他想起剛才杜先生的「要求」，心裡頓時有些煩躁。說句良心話，他實在是不想去做那個惡人，活生生地拆散陳家鵠兩口子。他知道陳家鵠對惠子的感情，更知道惠子對陳家鵠的無限眷戀。

關鍵是，如果真的不擇手段將兩人拆散了，未必就對黑室、對破譯工作有什麼好處。更何況，怎麼說呢，古人不是說，四百年才能修到同坐一條船的緣分，一對夫妻就是一座廟，他現在要拆廟呢，心裡總是有點兒忌諱和隱憂。

但杜先生的指令是絕對不容置疑的，更不能違拗，哪怕是一點小小的意見或建議你都只能順著他的意思來，不能當面頂撞，不能陽奉陰違。看來，這惡人他當也得當，不當也得當了。俗話說，人在江湖，身不由己，他現在處的江湖可不是民間坊裡的一個地窖，它是一個國家的黑洞，大著呢，深著呢，強著呢，悍著呢，險著呢，惡著呢。陸從駿深知，自己只能在這個強大無比的「大江大湖」裡任人擺佈，隨波逐流。

所以，回到五號院，陸所長直奔老孫的辦公室，劈頭蓋臉地問老孫：「惠子那邊的情況究竟怎麼樣，她到底是不是間諜。」老孫被他突如其來的發問搞懵了，半晌才吞吞吐吐地說：

「暫時還……還不好說。」

「你不是一直在跟蹤她嗎？怎麼到現在還沒個結果？」陸所長的臉色變得非常難看，兩眼瞪著他說。

老孫想了想，便直言相告，他覺得惠子不太像間諜。

陸所長發無名火，拍著桌子對他吼道：「什麼像不像的？有哪個人生來就長得像間諜？」老孫愣愣地望著他，不明白他話裡的意思。陸所長冷笑道：「虧你還跟了我這麼多年，連這個也不明白？她是間諜當然更好，她不是間諜，我們就不能想其他辦法了？」

老孫望著陸所長，驚愕之下似有所悟，便想起一個主意。

「辦法倒是有一個。」

「說。」

說的是家鴻的事。

家鴻的表現，對老孫來說是兩個字：驚喜！從陸所長那次跟他談話後，家鴻一直恪盡職守，把他所看到和瞭解的惠子的一些異常情況，都及時、如數地報告給老孫。只是惠子可以說的事情實在不多，「如數」也不過是寥寥。

情況從他知道薩根是日本間諜後發生了意想不到的變化。也許是石永偉一家人的罹難加深了他對惠子的恨，最近一段時間，他經常捏造一些事實來狀告惠子與薩根怎麼怎麼著。家鴻不知道，其實老孫一直派人在監視薩根，雖不能說亦步亦趨，時時刻刻都掌握他的行蹤。但至少已經有兩次，老孫明明知道薩根沒跟惠子在一起，可在家鴻的彙報中，居然有鼻子有眼地說他們在哪裡幹什麼。更……怎麼說呢，說起來是有點惡俗了，薩根帶惠子去南岸國際總會的那次，小周一直盯著梢，老實說，他們在那兒待的時間很短，惠子的表現一點都沒問題，很早就執意要回家，出門時薩根想攙她手被她斷然拒之。可在陳家鴻的彙報中，變成了深夜「十一點才回家」，離開那兒時兩人「手攙著手，無比親密」，給人的感覺兩人在那裡面一定開了房，睡了覺。

陸所長一直默默聽老孫說完這一切後，沉思良久，說：「且不管他爲什麼要誣陷惠子，我關心的是你想幹什麼。」

老孫似乎考慮過，不假思索地說：「我在想，是不是可以安排他們兄弟倆見個面？」

「幹嘛？」

「讓家鴻對我們說的這些對家鵠去重說一遍。」

「目的是什麼，讓陳家鵠拋棄惠子？」

「至少要懷疑吧。」

「是，要懷疑，懷疑的結果是什麼？」

老孫不知所長想說明什麼，一時無語。陸所長說：「你想過沒有，這樣搞的結果肯定是陳家鵠跟我吵著要回家去明察暗訪，我同意嗎？就算我同意好了，他回家了，通過明察暗訪，發現其實不然。結果肯定是這樣的嘛，除非你把惠子身邊的人，他的父親、母親，還有他妹妹，家裡所有人都收買了，你行嗎？」

顯然不行。

最後，陸所長總結性地說：「這肯定不行，要想其他辦法，而且必須是萬無一失的辦法，千萬別給我幹傻事，捅婁子。別人不知道，你該知道，這傢伙是頭倔牛，滿身都是火星子，惹了他，不把你燒死才怪。」不耐煩地朝他揮揮手，「你走吧，辦法自己去想，目的只有一個，讓他們散夥！」見老孫詫異地站著不動，這才想起這是他的辦公室，便猛然轉身，氣咻咻地走了。

回到自己的辦公室，抽了菸，喝了茶，煩躁的心情和莫名的怒氣才稍微平息了一些，但腦海老是浮現陳家鵠的身影。有一會兒，他不自覺地站到窗前，又不自覺地極目遠望，好像他的目光能夠穿透雙重圍牆，看到對面那個院子，那個院子的小院落，那棟只住著陳家鵠一個人的房子。看著，看著，他長長地歎息了一聲，對那棟樓喃喃自語道：「陳家鵠啊，你不要怪我心狠手辣，我也是實出無奈啊。」他說這話時竟古怪地想到了執行殺人命令的劊子手，每次劊子手要砍人腦袋之前，總會對受刑人說：兄弟，是官老爺要你死，我只能給你個痛快的，你到了下面，可千萬別記恨我。

此時，陳家鵠已經在琢磨破譯一部新的密碼，他一定作夢也不會想到，他驚人的才華嶄露得越多，他離惠子的距離也就越來越遠。他的才華可以改變他人的命運，卻無法改變自己愛情的命運。

事實上，他的愛情，他的命運，自從被黑室盯上他的第一天起，就已經鐵定如山，無可更改。

四

陽曆十一月份，北方已是天寒地凍，重慶只是剛剛有一點初冬的感覺，早晨從被窩裡鑽出來的一瞬間，覺得有點冷皮冷肉的。重慶的早晨醒得遲，因爲太陽是從東邊升起的，而東邊有連綿起伏的崇山峻嶺，太陽每日只好「猶抱琵琶半遮面」。入了冬，太陽光顧得越發遲了，七點多鐘，天還是朦朧亮。

所以，重慶人的早餐一般總是在燈光下完成的，燈光下做，燈光下吃。

這天早晨，惠子下樓後，照例去廚房幫媽媽打下手，給一家人準備早餐。可剛進門，聞見一絲熟食的香味，她像受了什麼刺激似的，腸胃忍不住地翻江倒海起來，隨即捂住肚子，跑到庭園裡，蹲在地上一陣乾嘔。

陳母見狀趕緊出來關切地問她怎麼了，是不是昨晚沒睡好，著涼了。惠子搖搖頭，面色蒼白地尷尬一笑，說她最近經常這樣，過一會兒就好了。說著又忍不住捂著胸口乾嘔起來，很痛苦的樣子。

陳母是過來人，想起自己受孕之初也是這個樣子，老乾嘔，便當即問她幾個婦科問題。惠子一一作答，陳母聽了明白自己估算得沒錯，便喜樂地笑道：「你呀惠子，確實還是個孩子啊，這種事都不懂。快去坐著休息，待會讓我帶你去醫院看看。記住，今後要多休息，不要碰冷水。」

惠子一頭霧水，「媽，我怎麼了？」

陳母看看她很正常的腹部，努了一下嘴，「你可能要讓我當奶奶了。」

下午去醫院檢查，果然如此，兩個多月了。從醫院回來，惠子看見陳父坐在庭園裡在看報紙，照例要去給他泡茶，陳母卻把她往樓上推，「行了，以後你就少忙乎這些，他還沒有老到連杯茶都泡不了，他泡不了還有我呢。」陳父聽了覺得怪怪的，對陳母說風涼話：「你今天去外面是不是染了洋癲瘋了，回來就跟個瘋婆子似的，不說人話。」

陳母不理他，把惠子往樓上推，一邊繼續對她說，因爲心裡盛滿了歡喜，樂壞了，說得顚三倒四的：「上樓去休息吧，哦，不，不，趕緊給家鵠去封信，告訴他，看他會樂成什麼樣子，說不定就樂得回來看你了。」

送走惠子，陳母才回頭來對付老頭，看他正朝自己瞪著牛眼，訓他：「瞪什麼眼，我這就給你去泡茶行了吧。我看你呀，是被惠子慣壞了，現在懶得連杯茶都要等著人泡，總有一天要渴死你！」

陳父看她欲進廚房，喊住她：「你回頭，沒人要喝你的茶，我要聽你說，」指指樓上，「你們去哪裡了，到底怎麼了？」

陳母樂陶陶地湊上前，「你猜。」

陳父畢竟不是個細心的男人，沒有猜中。不過等到陳母告訴他時，他竟也樂得不亦樂乎。人上了年紀，最懼怕的事是「後繼無人」，最開懷的事是「子孫滿堂」。所以，惠子懷孕的消息讓老頭子著實是樂到骨頭縫裡去了。

五

這天晚上，惠子一直沉浸在幸福無比的遐想中，她想起就在一個禮拜前，她曾給家鵠去信，提到她想給他生個孩子……本來，這只是她表達對他的思念的另一種方式，沒想到孩子已經從天而降。不用說，那時候孩子已經在她腹中秘密地生長。怎麼，我一想要孩子，就眞有了……夢想成眞，似乎說明她跟家鵠眞是天賜良緣，他們一定能幸福美滿地過上一輩子。這麼想著，惠子覺得幸福得幾乎要暈眩過去，她就在這種半暈半眩中趴在桌子上，提起了筆，給陳家鵠雲雲霧霧地寫起信來：

家鵠，親愛的家鵠，你可知道我寫這封信的時候，心裡是怎樣的一個高興？高興之情，難以言表！此刻我還流著淚，那是喜極而泣，我簡直都握不住筆了——因爲我的手跟隨心臟在猛烈地顫抖，喜悅和激動將我渾身的血液都燃燒起來了，我眞想像鳥兒那樣振翅，朝著你的方向，飛去，飛進你的心裡去！

家鵠，我有十句，百句，千句，萬句……太多太多的話想對你說，但眞正要說又不知該如何說起了，正如你常說的，數學上的「無盡大」就是「無窮小」，無限多的話竟讓我失語。這麼說吧，家鵠，那千言萬語彙聚起來，就是我們長久以來最大最迫切的夢想，就是我們最完美最熱烈的幸福。看到這裡你猜到了嗎？是的，你一定猜到了：我懷孕了！我懷上了我們的孩子！我們的愛就要結出最完美的果實。這是眞的，如同我現在正給你寫信一樣眞，如同我永遠愛你一樣眞，千眞萬確的眞。

你還記得嗎？你在臨走前，囑咐我要我勇敢面對暫時分離的痛苦，並對我吟了一首正岡子規的俳句：痛苦難忍的時候，定有幸福在暗中靠近。我經歷了這麼長時間的周而復始的望眼欲穿和按部就班的憂心忡忡之後，幸福眞的就來臨了。

你可以想像，當我從醫生口中聽到那不啻觀音菩薩玉旨綸音的診斷的時候，一朵絢爛的禮花頓時劈啪炸開了我的胸膛，那一瞬間，所有的美和所有的善就像富士山下的櫻花一般在春風中盡情怒放，溫柔的快樂在細膩地閃爍，如同你我在一起的時光，如同天上無瑕的星星。我不由閉上了眼睛，近乎眩暈中，就看到了你喜不自禁的模樣，彷彿窗外的陽光一般暖人心懷。

對了，跟我們一樣高興的還有家裡人。你知道嗎，爸爸媽媽現在對我比親生父母還要好，大哥和小妹對我也更好了，我感覺我已經完全融入了這個溫暖的家庭中，是血濃於水的融入啊。啊，家鵠，我們的孩子還沒有出世，就給我帶來了如此多的幸福和安心，除了感激上天的眷顧和你的愛之外，我還能說什麼呢？我什麼都不說，但我相信你什麼都聽到了。

當然還有遺憾，就是你不在我身邊，不能與我分享這份幸福和幸福的幸福。家鵠，我眞的好想好想與你一起分享這一切的幸福啊，你快回來吧。我現在的期盼比以往更加熱切，因爲多了孩子的一份。我與孩子一起，分分秒秒期盼著團聚的時刻能夠早日到來，期盼著看到你乾淨的布鞋，修長的手指，明朗的前額，甜蜜的微笑……

行了，惠子，別那麼費勁了，你寫得再多、再深情、再感天動地都將等於竹籃打水一場空。這封信的內容註定陳家鵠是看不到的，什麼信都可以放過去，這封信絕對不行。

這是一劑毒藥！

陸所長只掃了一眼，就將它撕了個粉碎。

這是所長第一次撕惠子的信，讓一旁的老孫覺得異常，「她說什麼了？」

陸所長沒好氣地說：「她說你要趕緊下手，有新情況了。」讓老孫聽了一臉茫然。「她懷孕了！」陸所長把撕毀的信扔到腳下的紙簍裡，抬起頭，目光犀利地盯著老孫，「你覺得這孩子能出世嗎？」

「不能。」老孫已經明白陸所長的想法，堅決地說。

陸所長斷然說：「這孩子一旦出世，陳家鵠就永遠是鬼子的女婿了，孩子會像樹脂一樣把他們粘連在一起，你明白我的意思嗎？」這還能不明白嗎？「明白就好，快去處理。」陸所長站起來，面色陰沉地對老孫說，「要知道，這是一個魔鬼炸彈，定了時的，時間會讓它越來越大，大到瓜熟蒂落時你就完蛋了，收拾不了了，還是趁早處理吧。」

六

中國有句老話：不孝有三，無後爲大。

家鴻曾有一兒一女，哪知道從南京到重慶的逃難路上，一對金童玉女，還有他們的媽，都被敵機炸死了。家鴻本人也受了傷，成了獨眼龍，半個殘廢人。轉眼事過境遷快一年，母親曾多次明的暗的想給他張羅一場新婚姻，但家鴻似乎被悲痛擊垮了，整日沉浸在不能自拔的悲痛中，碌碌無爲，心如死灰，對母親的期望不聞不顧。他的心死了，只留下了一顆復仇的種子，一顆被仇恨輾碎的心，不論在電影上還是報紙上，只要看見日本人他就會氣得咬牙切齒。想到家裡有一個日本人，他就不想回家。回到家裡，就老躲在樓上，盡量迴避與惠子碰面。碰了面，他總是有種衝動，想破口罵人，想踩她的影子。過分的悲痛讓他失卻了基本理智和正常生活的信念，他對老孫憑空編織著惠子一個個罪狀，心裡充滿隱秘的期待。不用說，現在的他，更樂於爲這個家庭趕走一個女人，而不是再迎接一個。

家鴻的這個樣子，其實是放大了兩位老人對惠子「現狀」的欣賞和愛戴，他們是那麼想她盡快生個寶寶，以續他們陳家的香火。所以，惠子懷孕的消息不僅成了這個家庭裡的頭等喜事，保胎也成了他們的頭等大事。

這天惠子下班回來，見母親正在庭院裡托著一個笸籮在揀米中的石子和稗穀子，就丟下拎包，跑上來蹲在母親身邊準備幫忙。陳母趕緊將她拉起來，不無憐愛地埋怨她，說她現在是有身孕的人了，怎麼能這樣蹲著。惠子甜蜜地笑著，說沒事。陳母嗔怪道：「等有事了還來得及？快坐下吧，好生休息著。以後啊，燒飯買菜你就別管了，我管得過來。」惠子說她沒那麼嬌氣。陳母說：「你不嬌氣孩子嬌氣，媽是過來人，知道厲害，前四個月的身孕最難養，一定要多注意，這可是咱們陳家現在唯一的骨肉哦。你沒看這兩天老頭子高興的樣子，從來不上街買菜的，現在也提著菜籃子陪我去買菜，我心裡呢也像喝了蜜一樣，甜著呢。跟家鴿寫信了吧？」

惠子點頭，說：「寫了。」

陳母望著惠子，美美地笑著，「他看了信後，還不知道會高興成了什麼樣子呢。快三十的人了，也該當爹了。下午老頭子還在跟我說，怕你上班累著，乾脆不要去上班了。」惠子說沒必要，她上班很輕鬆的，就在辦公室裡坐著，沒什麼事。陳母疑惑地盯著她，問：「薩根先生眞的沒事了？那老闆還會像以前一樣對你好嗎？」

惠子笑道：「媽你放心，老闆對我和薩根叔叔都好著呢。」

坐在屋簷下看報的陳父已將她們的話都聽進了耳裡，這時止不住走過來，高興地說：「沒事就好，你們好著，大家都好著，我們也就放心了。這個家鴻啊也不知從哪裡聽來那些鬼頭鬼腦的東西，害得我們都瞎擔心了一陣。不過現在兵荒馬亂，人心惶惶的，有些謠言亂傳也正常。」說完又坐回到屋簷下，戴上老花眼鏡，看起了當天的報紙。

連日來薩根有事沒事總往外面跑，重慶飯店，國際總會，戲院，電影院，大街小巷，走家串戶，所到之處，全是一副大搖大擺、四方招搖的模樣，不是跟這人招手，就跟那人點頭，如同全重慶的人都是他家祖上的。

這就是薩根的老奸巨猾了，你們不是懷疑我是間諜嗎，在重慶有同夥嗎？他便有意跟些莫名其妙的人嘻嘻哈哈、打情罵俏、攪渾水，讓人摸不著頭腦。相對之下，重慶飯店他還是來得最多，咖啡館、酒吧、前台、車行，七轉八轉，轉到最後，總是免不了要去見見惠子。

他頻繁出入惠子辦公室，自有他的用意和目的。

這天，薩根在酒吧跟一個年輕漂亮的小姐調笑一陣後，又徑直上了樓，去了惠子的辦公室。惠子見他最近老是來找她，還嬉皮笑臉的，有些煩，便直通通地問他怎麼又來了。薩根卻毫不介意地聳聳肩，說：「想你唄，就來了。」惠子調侃道：「想我是假，想這樓裡的某一個女人才是真的。」薩根哈哈大笑，逕自坐到惠子對面，故作神秘的樣子，說：「你無法獲知我內心真的在想誰，但我卻知道你在想誰。」

「誰？」

「陳家鵠。」

「這人人都知道，有什麼奇怪的。」

「是不奇怪，可換個角度看又太奇怪了。」

惠子挑著彎彎的細眉，狐疑地望著他。薩根見她上鉤了，笑了笑，直言不諱地說：「你們倆同在一城，日夜相思且不說，現在陳家鵠出了這麼大的事，單位都沒了，被炸成了廢墟，你卻只能聞其音而不見其人，就算是落草爲寇嘛，也不至於搞得這麼神秘，這還不奇怪嗎？」

惠子頓即沉默下來，臉上的表情變得非常複雜。薩根見他的話觸動了惠子那根最敏感的神經，便進一步往他所要抵達的彼岸潛行，說：「我不相信你最近沒有見過陳家鵠，你們一定見過面，只是不能對外公開而已。當然，這些我能理解的，惠子，要知道你叔叔是見過世面的人。」

「你理解什麼，」惠子搶白道，「我眞的沒見過他，就通過一個電話。」

「哦，對了。」薩根一拍額頭，像發現什麼秘密，「我竟忘了，你們既然通過電話，告訴我他的電話號碼，我就一定能幫你打聽到他的新地址。」

「我也不知道他電話號碼，是他打過來的。」

「嗯，確實搞得很神秘，那你們最近還通信嗎？」

「信通的。」

「地址呢，變了吧？」

「沒變，還是那個信箱。不過……」

「不過什麼？」

惠子便如實回答，最近她已有好幾天沒收到陳家鵠的信了。薩根嘿嘿笑了起來，「既然沒收到信又怎麼會知道地址沒變呢？」惠子噘著嘴說：「我是說最近這幾天，不是從來沒有，我們通電話後他給我來過信的。」隨後便瞪著薩根，滿臉疑惑地問他，「你老是打聽家鴿的事幹嘛？」

小意思，難不倒我的，薩根嬉皮笑臉地說：「我的惠子，這要問你啊，你開口閉口都是家鴿家鴿的，我這不是投你所好，跟你找話說嘛。」

惠子白他一眼，心裡滿是歡喜。薩根接著說：「我這也是關心你，我怕你一個人在這兒，無親無故，連說話的人都沒有，所以就想跟你多說說話。」惠子白他一眼說，關心她的人多著哪。薩根明知道她說的關心她的人是陳家人，卻故意偷換概念，瞪著雙眼驚奇地說：「怎麼，有很多人在追求你？這也難怪，我們惠子這麼漂亮，到哪裡都免不了被人追求的，更何況是在這個國際大飯店。據說這裡的人都好色得很哪，你可要多加小心哪。」

「你說什麼，沒有的事。」惠子嗔怪地看著他，臉上紅暈微起，看上去好似一朵嬌羞的玫瑰。薩根卻直捅捅地盯著她，「我說的可是眞話哦。」惠子不滿地嘟囔道：「還眞話呢，鬼話！」說著，有意支開話題，「哎，你最近好像很閒似的，以前也沒見你這麼整天在外面轉悠啊。」

薩根哈哈大笑，爽朗地說：「不是有人傳說我是日本間諜嗎？我就是要有意多出來走走，闢謠。你想，我要是像他們說的還能這樣到處晃悠嗎？」惠子不覺噗嗤一聲笑了起來，說：「你這人，就是鬼心思多。」薩根笑吟吟地望著她，沒有說話。其實他心裡是有話的，他想說：我要是不多幾個心眼，我還能在這兵荒馬亂的世界裡混下去嗎？說不定腦袋早就搬家了！有句話怎麼說的來著？物競天擇，適者生存啊。

七

其實陳家鵠最近不給惠子寫信是有意的，他破譯了特一號線密碼，應該獎賞他回一趟家。他想，反正很快要回去，便有意不寫信，想惠子按時收不到信一定會覺得異常，多一份忐忑和掛念，然後有一天他卻突然站在她面前，那效果一定很刺激人哦。陳家鵠就是這樣，喜歡在平常的生活中製造一些樂趣，他和惠子第一次相約去京都旅行，在賭館面前那次賭錢就是這樣，把惠子嚇壞了，當然結果是樂壞了。

一天。

兩天。

三天。

回家的「獎品」遲遲沒有兌現，陳家鵠等得心焦氣躁，這天晚上，終於忍不住給海塞斯打去電話，問到底是怎麼回事。海塞斯在電話上說：「你等著，我馬上過來，跟你面談。」

陳家鵠一聽這口氣，知道情況不妙。海塞斯來了，帶來的果然是壞消息：陸所長不同意。如果面對的是陸所長，陳家鵠的牛脾氣一定會冒出火星子，但對海塞斯他還是有忌諱的，沒有發火，只是發了一通牢騷，且主要針對陸所長。在他看來，事情肯定壞在陸所長頭上。

海塞斯告訴他：「這事你也不要怪陸所長，他是想給你機會的，專門爲此去找過杜先生，是杜先生沒同意。這種事只有杜先生恩准才行。」

「他也管得夠寬的，就這麼一點屁大的事都要管。」陳家鵠沒好氣地說。

「你別急，還有機會。」海塞斯安慰他，「剛剛我接到通知，明天晚上杜先生要請我們吃飯，到時我再為你爭取一下吧。放心，我一定要爭取的，否則我就愧對你啦。」

杜先生怎麼會突然想請他們吃飯？

事情是這樣的，陸所長覺得既然海塞斯有言在先，最好還是兌現為好，於是下午他去找杜先生彙報此事，希望杜先生恩准。杜先生不同意，他不甘心，替陳家鵠說好話，說得文縐縐的——就是為了沖淡說好話的嫌疑。陸所長說：「都說騏驥一躍不過十步，他下山沒幾天就如此這般的一個飛躍，怕是有百步吧，所以教授說他是匹千里馬，實不謬矣。不過，可惜他這個功勞只能記在海塞斯頭上。」

「為什麼？」

「他名不正言不順啊。」陸所長說。

杜先生聽了連連搖頭，歎息起來，但似乎是受了陸所長的文言感染，話也是說得半文半白的。「是啊，如果他那日本女婿的尾巴不除，怕是要『駢死於槽櫪之間，不以千里稱也』。你要立刻想辦法，不要讓一匹千里馬被一隻害群之馬給拖死了，埋汰了。」陸所長知道杜先生在說惠子，告訴杜先生，已經給老孫安排下去了，讓首座放心即是。

大人物是容易心血來潮的，臨別之際杜先生突發奇想，說：「你這回去不免要被教授責難，他答應人家的事你成全不了他，一定會怪你沒本事。這樣吧，明天我在渝字樓請他們吃頓飯如何？」

陸所長臉上笑出一朵花，「這當然是最好的。」

杜先生說：「那你就去安排吧，明天晚上，我正好沒事，好好犒勞犒勞他們吧，也算是個彌補嘛。」

第四章

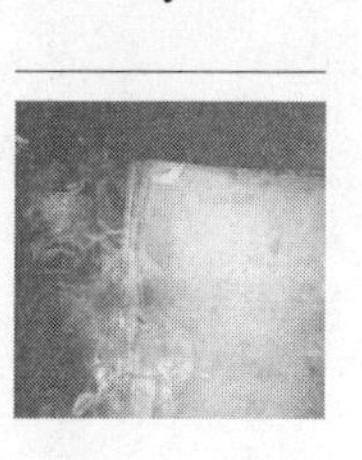

忽然，一個人影鬼魅般地浮現，
躬著高大的身軀，
使勁拉拽開那扇沉重的大鐵門。

一

如果說重慶飯店是個妖豔風騷、放蕩不羈的洋女人的話，渝字樓則是一個寧靜端莊、溫婉典雅的東方閨秀，兩者在建築、裝飾、擺設甚至是氣味上，都是截然不同的。重慶飯店豪華奢靡，張揚喧譁，充滿著強烈的異域情調和肉欲氣息，就連空氣裡都彌漫著外面人刺鼻的香水味和濃重的體臭。渝字樓則不同，它是一座傳統的「走馬轉角樓」式的中國建築，主體爲青磚白縫，多有附體，前庭後院、假山、曲徑、迴廊、花窗、屛風、盆景、字畫，應有盡有，古樸又不失雅緻，含蓄而又不失富貴，就連流動的空氣也是清新爽快的，從每一扇洞開的雕花窗戶裡徐徐吹入，帶著一種幽幽的花香和一種淡淡的茶水清氣，滿樓飄蕩。

所以，重慶人把去重慶飯店吃飯說成「開洋葷」，把去渝字樓吃飯說成「吃家味」。所謂家味，就是家常之味，居家之味，家裡之味，足見重慶人對渝字樓的喜愛。

誰能想得到，這一切不過是僞裝而已。

今晚，渝字樓雖然一切如常，燈紅酒綠，高朋滿座，但也有不同之處，就是二樓餐廳，全被陸所長提前包下了，就連一些無關的服務員也被保鏢提前驅之一空，長長的走道裡靜悄悄的，只有餐廳經理姜姐親自帶著兩三個儀態端莊的服務員，穿梭往來。

其實，只有一個包間有客人。包間的名字取得有意思，叫「錦上花」，想必是從「錦上添花」這個成語變來的，去掉一個「添」字，渾然天成，別有一番韻味。

赴宴的人已到齊，有陸所長、海塞斯和助手郭小冬，另有偵聽處楊處長和保安處長老孫，他們圍桌而坐，小心翼翼地談笑著。小心翼翼是因爲杜先生隨時可能到來。

怎麼不見陳家鵠？

陳家鵠被臨時放了鴿子！怎麼回事？是杜先生的秘書的主意。秘書嘛，首長的管家，精神形象的保鑣，他得知主人設宴款待的名單中有陳家鵠後，深感不妥。陳家鵠工作都要私藏，又怎能宴請他？請了豈不是讓誰都知道他已經進了黑室工作？這樣的事，用坊間的話說，就是脫褲子放屁，多此一舉，沒事找事。從一定意義上說，這次宴請是保不了密的，終將一傳十、十傳百，傳得暗流湧動，四方皆知。

言之有理，只好讓陳家鵠受屈了。

樓板上響起一陣雜沓的腳步聲。不一會，杜先生在穿著新派，又豔而不俗的姜姐的導引下，帶風夾香地進了包間。與大家一一握手後，杜先生提議讓海塞斯坐主賓位置：

「教授先生才是今天的主賓，紅花，我們都是綠葉。」

海塞斯不從，執意要杜先生坐，其他人也眾聲喧譁，一起幫腔，杜先生才說一句：「恭敬不如從命。」在主賓席位上坐了下來，一邊吩咐姜姐，「記著，我是坐錯了位子的，等一下斟酒上菜可不要再錯上加錯了，要從教授開始，以此爲序轉圈，我壓軸，不得亂來。」

姜姐自是應允，開了酒瓶，跟大家斟酒，可還是從杜先生開始。杜先生捂住杯子斥道：「你膽子好大，我申明的餘音還在耳際繚繞就敢違抗？照我說的，先教授，然後依次過來，我最後。今天的主人是他們，我和陸所長都是來鼓掌喝彩的，豈能喧賓奪主？」

姜姐笑笑，便先從海塞斯開始斟起了酒。罷了，杜先生示意姜姐和服務小姐退下，然後端起酒杯，站起來致祝酒詞：「人逢喜事精神爽，今天是我今年以來最高興的日子，因爲我把上一個高興的日子也加到今天了。這些高興呢，都是我們尊敬的教授先生和各位精誠合作的結果，是你們給我的錦上添花，所以這杯酒我就先敬大家了。」

大家紛紛舉起杯，一飲而盡。

酒過三巡，氣氛漸漸熱烈起來，紅光滿面的海塞斯不僅放開了手腳，也放開了心情，舉著杯子敬杜先生，大聲說這杯酒他是代人敬他的。杜先生也端起了酒杯，問他代誰，海塞斯嘿嘿地笑，說：「這個人嘛，本該坐在我身邊的……」陸所長預感到他要提陳家鵠，急忙跟他使眼色。杜先生也明白他後面要說什麼，趕忙插話堵他的嘴，「那一定是您的夫人了。來，陸所長，這杯酒你也要陪，這是教授代表他尊貴的夫人敬我們的。要知道，你生產的那個皮革上面啊，還流著我們教授夫人的汗水呢。」

「對，對。」陸所長笑著站起來，舉杯對海塞斯說，「有道是，成功的男人背後都有個好女人，這杯酒我就敬貴夫人，我們雖然不曾謀面，但心早已相通，導線就是你啊教授，來，這杯酒你必須乾掉。」

海塞斯卻不買他們的賬，或是已有了幾分醉意，或是有什麼不快堵在心頭，揮著手打斷陸所長，搶白道：「你別發表什麼高見，什麼女人？我背後沒女人，我的女人就是密碼！你說成功的男人背後都有個好女人，其實每一個成功的破譯家背後都少一個女人，因爲沒有哪個女人願意嫁給一個破譯家。搞破譯的人都是沒有犯罪的犯人，終日枯守在黑屋子裡面壁苦思，有音無影，哪個女人能夠忍受這樣的男人，天天獨守空房，在無盡的期待和空想中耗散上帝賦予的全部感情和欲望？而在這兒，即使有這麼一個女人，陸所長也會讓她消失的。」

這自是在說鍾女士。

鍾女士在那個不幸的夜晚後（被陸所長撞見她與海塞斯共度良宵），以閃電的速度與她的詩集一起消失無影，海塞斯至今也不知她身在何處。每每問及，陸所長總是堂皇地說：前線需要她，她在槍林彈雨中接受至高無上的洗禮。

杜先生並不知曉此事，以爲他在訴苦，順著他的話點著頭，感歎道：「你這麼說來讓我感到很慚愧啊，您本來與這場戰爭毫無關聯，我也知道，您其實已經金盆洗手退隱江湖，在過平民百姓的生活，但爲了幫助中國人民打贏這場戰爭，您毅然接受了委員長的邀請，放棄了舒適安逸的日子，投身我們這個硝煙彌漫的土地上來，此精神可敬可嘉。來，這杯酒我們大家一起敬您！」

大家紛紛端起杯子，齊敬海塞斯。海塞斯想說的話沒能說出來，被人堵回去了，心中甚是不快，便仰起脖子將整杯的酒全都倒進了肚子，然後悶悶地一屁股坐了下去。

適時，姜姐帶著服務小姐端菜進來。杜先生靈機一動，拉住她，要她給海塞斯敬酒，還說海塞斯是個大教授、大科學家，他來幫助中國研究製造世界一流的皮革，讓前線將士有皮衣皮鞋可穿，戰馬有好鞍可配，「你是不是應該代表前線將士敬教授一杯啊？」

姜姐欣然從命，先給海塞斯倒酒，又給自己倒上，並率先舉起杯，一番好話後仰脖子一飲而盡，笑吟吟地盯著海塞斯，敦促他喝。海塞斯還是第一次見到姜姐，剛才第一次目睹便眼睛一亮，暗自驚異，被她的美貌所折服，但礙於眾人顏面，僅限心旌搖曳而已。現在酒過三巡，膽量隨著酒量倍增，目光不覺地順著她的手臂滑到她的臉上，又從臉上滑下來，滑到了她飽滿的胸上，豐腴的臀部，旁若無人。

秀色可餐啊，海塞斯心中的不快轉眼間煙消雲散。彷彿枯木逢春，彷彿久旱遇甘霖，他紅彤彤的臉上綻放出燦爛的笑容。他端起酒杯放到唇邊，卻並不馬上喝，而是沿著酒杯的邊緣，定定地去看姜姐。姜姐笑吟吟的臉上已然緋紅，正凝目注視著他，那晶亮的雙眸，汪著一片瀲灩的深水，像要把人淹死。海塞斯心裡禁不住地一顫，愉快的電流通遍全身，他豪爽地張嘴傾杯，一飲而盡。

大家鼓掌，一齊叫好。

酒是男人的傢伙，卻有點女人的脾氣，開始接觸往往有點半遮半掩，要諄諄誘導才能往前走。走到一定深度——肌膚相親後，她開始追著你，找著理由要你往前走。

喝！

又喝！

海塞斯越戰越勇，從開始要勸才喝，到後來頻頻出擊，越喝越多。

判斷人酒量大小有兩個特徵，一是喝了酒臉紅脖子粗，二是喝了酒尿頻如廁快。一桌子人，最早如廁的人是杜先生，居後是海塞斯。廁所在走廊盡頭，很派頭的，地面是德國進口的瓷磚，盥洗間明亮寬敞，女室有抽水馬桶，男室有陶瓷的小便斗。海塞斯撒完尿出來，看見姜姐立在盥洗台前，面帶笑容，率先替他旋開水龍頭：

「請。」

海塞斯洗完手，轉過身，看見姜姐手上捏著熱騰騰的毛巾，笑容依舊，殷勤依舊。

「請。」

面若桃花的姜姐口含春風、無限嬌柔地為海塞斯遞上熱毛巾的時候，後者並沒有去接毛巾，而是突然抓住了姜姐的手。姜姐雖然面露驚訝，備感意外，略有驚惶，卻沒有把手抽出來，而是怔怔地看他一眼，埋下了頭。

海塞斯無疑受到了鼓勵，猛地一把將她攬入懷裡，拉到一邊，抵著牆角瘋狂地親吻。姜姐雖然心懷鬼胎，但在這種地方這麼快近身還是準備不足，她驚慌地躲閃了兩下，隨後就像水一樣化掉了，軟掉了，讓他叼住自己的舌尖，如饑似渴地吮吸起來。

試想，如果此時鍾女士尚未離開海塞斯身邊，隔三岔五洩他一次火，他會這麼放肆地去碰姜姐嗎？他是飢了，餓了，酒又壯了他色膽。再想一下，姜姐是什麼人，如果說這也叫愛情的話，那麼這場愛情將是黑室的致命炸藥，它將不可避免地毀掉黑室半壁江山……

二

杜先生並沒有忘記陳家鵠。

杜先生知書達理，諳熟人情世故，他深知「治大國如烹小鮮」的道理，對屬下一向遵循著四條小理：一打，二哄，三拉，四捧。有了這幾條，任你是個桀驁不馴的將才，還是唯唯諾諾的庸人，都會忠誠於他，像孩子一樣乖乖地聽話，像軍人般規規矩矩地服從命令。

所以，渝字樓的慶功宴一結束，他便帶著陸所長、海塞斯和他的秘書，驅車來到五號院附院，親自來看陳家鵠。剛才沒讓陳家鵠去赴宴，可謂「打」，現在又親自上門看望，慰問，就是「哄」和「拉」了。這是保得了密的，來了如同沒來，不會有不良後果的。

陳家鵠拉開門，見是這四人，備感驚訝。陸所長怕杜先生記不住他，趕忙上前介紹，卻被杜先生一擺手打斷，「陳家鵠嘛，我認識的，中央大學陳教授的兒子，爲了動員他加入我黑室，我還去過他家裡的。我親自去請過的人有幾個，怎麼可能忘記？」說著，走到他面前，像個慈祥的父親，又像個和善的長者，頗有風度地將他細細端詳一番，回頭對陸所長和海塞斯笑道：「嗯，瘦了，瘦了，工作太辛苦了吧。有的人也辛苦，但出不了成果，你是個幸運的人，劍一出鞘就威震四方，了不得啊，了不得啊。不瞞你說，你跟別人不一樣，本事都刻在臉上，我從看第一眼起就知道，你會有今天的！」

陳家鵠不好意思地笑笑，說：「看來，我父母一點也沒有在我臉上加密。」說得大家都笑了起來。

海塞斯見杜先生如此誇讚他的徒弟，甚是高興，加上酒勁尚存，不乏招搖地當著杜先生誇耀起陳家鵠來，「破譯密碼的人我見得多，但讓我佩服的人只有一個，是誰啊？遠在天邊，近在眼前。」說得陳家鵠更不好意思，謙遜地表示，他不過是海塞斯的學生而已。

海塞斯聽了大喜過望，連說不敢當，然後摸出一枚青天白日的大勳章，遞給陳家鵠，說：「這是杜先生剛剛在飯桌上授予我的，我想我不過是代領而已，現物歸原主。我再次申明，特一號線的密碼能這麼快告破，功勞只屬於一個人，是你，不是我。你收下，別客氣，我相信我的能力，下一次就是我的啦，運氣不會只屬於你一個人的。」

陳家鵠哪裡肯收，兩人當著大家面推來拒去。杜先生看了，呵呵笑著，一邊道：「看你們，爭什麼，每人都有一份。」秘書會意，隨即從隨身攜帶的提包裡摸出一枚勳章，雙手呈奉。杜先生接過勳章，走上前，對陳家鵠說道：「你這個腦瓜子靈光得很，可能早已經猜到我包裡還有一枚吧。對了，這才是你的。」說著，親自給陳家鵠戴上。

眾人都興奮，都鼓掌。

海塞斯顯然沒想到杜先生會有如此安排，再說酒勁上來了，舉止不免有些不得體。他激動地衝上前去，緊握住杜先生的手，連聲誇讚他，誇得杜先生啊喲啊喲的叫。因爲他一邊嘴上說著，一邊手上還在使力，手越握越緊，把人家都捏痛了。

哈哈，醉了，醉了。

哈哈，高興，高興。

說過，笑過，鬧過，杜先生率先找位置坐下。大家知道杜先生有話要說，紛紛拖過椅子，圍著他坐下來，洗耳恭聽。杜先生環視一下大家，以他慣有的高屋建瓴的首長氣度，首先闡明了第一層意思：戰爭的形勢不容樂觀，前線戰士雖然勇氣可嘉，但終歸是技不如人——武器太落後了，再加上高層魚龍混雜，主和的聲音一直無恥地叫囂著，也極大地損傷了軍隊的士氣，影響了戰鬥力。現在所有政府機構都遷到重慶，等於是向前線將士宣告，武漢失守了，中國半壁江山已落入敵人手中。

說得大家都神色黯然，一片凜肅之氣。

接著，杜先生又說了第二層意思：既然重慶做了陪都，這裡的防務，這裡的安全，這裡的秩序，就變得非常重要。但事實上，這裡的安全令人擔憂，地上有漢奸、特務，天上經常有鬼子的飛機。資料最能說明問題：近半年來，鬼子先後有13個批次、總共37架飛機越過天塹，出現在重慶上空。當然，多半是來偵察的，眞正實施轟炸只有三次。

「第三次，你們都知道，是薩根的『傑作』，換言之，就是專門針對我黑室的。那麼第一次是針對誰的？委員長！那天委員長正好在重慶視察工作，敵人專門來轟炸，就是炸給委員長看的，威脅你，意思就是你別戰了，你退到哪裡都安全不了的。」

說著，杜先生將話鋒一轉，開始進入正題，「這說明什麼？說明重慶的安全大有問題！委員長秘密來重慶，敵人知道；敵機想來轟炸，我們不知道，空軍攔不住，高炮打不下。這怎麼行呢？所以，下一步工作的重心要轉移，重點不是破譯前線軍事密碼，而是重慶的特務密碼。要把鬼子設在重慶的特務網撕破，一網打盡！」

他頓了頓，接著說：「爲什麼我今天設宴款待你們，要給你們發勳章？因爲你們解了我燃眉之急，是雪中送炭，雨中送傘，我高興啊。你們了不起，你們掘到了第一桶金，破譯了特一號線密碼。萬事開頭難，有了一就會有二，我對你們是充滿信心的。」

陸所長趁杜先生停頓之際，介紹道：「我們現在已經控制兩條特務線，下一步我們爭取盡快把另一條線的密碼也破了。」

杜先生搖著頭說：「我覺得不止這個數，還要找，都找出來，把它們都破了，我們的日子就好過了。」

陸所長和海塞斯都點頭回應，有表態，有決心，有信心。可一旁的陳家鵠卻沒什麼表現，情緒似乎不高。杜先生走到他跟前，和藹地鼓勵他要大展才華，再立新功，「下次你破了密碼，我一定請你出去喝酒，好嗎？」陳家鵠說好，但面色猶疑，欲言又止。杜先生笑咪咪地鼓勵他，有什麼要求可以儘管說，他竟脫口而出：

「我想回家一趟。」

「回家？」如此莊嚴之時他竟然提這種要求，讓杜先生好氣又好笑，「你家裡有事嗎？」

「沒有。」

「沒有就緩一緩吧。」

「答應的事最好兌現，」陳家鴿振振有詞地，書生氣十足，「你們不能隨便收回承諾。」

杜先生扭頭看看陸所長和海塞斯。海塞斯如實道來，把他和陳家鴿之間的約定介紹一番，希望杜先生網開一面，成全他一下。杜先生聽罷，思量一會，對陳家鴿笑道：「這樣吧，我允許你改提一個要求，我會答應你的，唯獨這個不行。知道為什麼嗎？」陸所長替杜先生幫腔，走過去說：「那些特務正在到處找你，你現在怎麼能出去呢？」

杜先生說：「對，現在出去不安全，下次吧，下次我一定讓你回去。」說罷，起身，帶著秘書往外走。海塞斯帶上陳家鴿也想出去送他，卻被他擋住去路，「留步。」

他只讓陸所長送。

已是午夜時分，夜色又濃又厚，彷彿一道巨大厚重的黑幕，緊緊地籠罩著四周萬物。夜色深沉，像一種黏稠的物質，散發出陣陣涼冷的氣息。在深不可測的高空裡，倏忽掠過一道光亮，無聲地起落，如夢似幻。

老孫打亮手電筒，領著杜先生和陸所長及杜先生的秘書往外走，一路上居然都不言語，好像是潛行在敵人的營區裡。偌大的院子靜得如在地下，空得如在空中，漆黑連著漆黑，似乎走不到邊。

直到踏上連接後大門的主道時，才看見門衛室的燈光昏暗、無聲地亮著。

忽然，一個人影鬼魅般地浮現，躬著高大的身軀，使勁拉拽開那扇沉重的大鐵門。憑著燈光，杜先生猛然發現那人臉上蒙著黑色的面罩，心裡頓時咯噔了一下，彷彿撞見了刺客。

「你怎麼把他也帶下山來了？」杜先生很快反應過來。

「人手不夠啊。」陸所長趁機叫苦。

「讓他來守這個門倒是挺合適的，」杜先生笑道，「至少要嚇退不少女人，包括女特務。」

「其實山上更適合他，山下人多，有礙觀瞻啊。」

「那又幹嘛把他弄下來？」

「他傷口發炎了，需要每天下山換藥，很不方便。」

這是徐州下山上任的第一天，到現在還沒見到陳家鵠呢，卻先見到杜先生。杜先生深夜大駕光臨陳家鵠寒舍——這個連人影都見不到的鬼地方！徐州有理由相信，陳家鵠下山後一定幹出什麼名堂了。他目送杜先生一行遠去，心裡默默地想，甚至還默默地說，總有一天，我要把這個寶貝動員去延安，那才是他該去的地方。

三

正派、老實的人，在一個相對漫長的時間裡，總的說是不會吃虧的，但在相對短的時間內，他們卻常常要受無賴、卑鄙小人們的欺弄、暗算。密特現在就是這樣的，大使回來了，給了他兩個小時彙報薩根的情況，同時給了薩根一個小時的陳述機會。

結果，密特大敗，薩根獲得全勝。

也許，大使也不希望自己手下是一個敗類，這是原因之一。但關鍵是，陳家鵠不死的事實，成了薩根取得大使同情和支持的大利器。換句話說，大使找到了滿足薩根和自己希望的把柄。

卑鄙是卑鄙者的通行證，大使恢復了薩根的職位，薩根又興高采烈地摸上發報鍵：上班了！上帝打了一個瞌睡，讓他逃過一劫，這是多麼開心的事情。然而他一定想不到，由於他的開心，給老孫和陸從駿他們創造了更難能可貴的開心機會。

怎麼回事？

是這樣的，得知惠子懷孕後，老孫一直在尋找機會下手，給惠子製造一次人流事件。他想過用車撞她，想過給她偷偷在飯菜裡摻打胎藥，想到趁她體檢請醫生幫忙，等等，想過這，想過那……搜腸刮肚，應有盡有。但是，這些等等均有個大遺憾：難以嫁禍於薩根。

不用說，事情做了，又能嫁禍給薩根，一舉兩得，才是上上策。

這不，機會來了，薩根逃過了一劫，上班了，可喜可賀啊，理當設宴慶祝一下啊。找誰慶賀？惠子是第一人選，而且薩根似乎也不想再找第二個人。這天中午，薩根在重慶飯店中西餐廳訂了個小包間，點好了菜，到了時間給樓上的惠子打電話，請她共進午餐。

迎賓員領著惠子走進小包間，看見薩根正在對她笑。

「幹嘛呢？」惠子有點納悶。

「請你吃飯啊。」

「幹嘛要請我吃飯？」

「我有喜事，想讓你分享。」

「難怪，看你樂的，有什麼喜事？」

「你先坐下，我慢慢跟你說。」薩根拉開凳子，請惠子入座。惠子遲疑著，「有必要嗎？要吃也沒必要在這兒吃，這兒很貴的。」

「那去哪裡吃？」

「就在外面大廳裡吃一點就行了。」

「外面？大廳？」薩根冷笑著，「我還從來沒在外面用過餐呢，中國人喜歡在餐廳裡大聲說話，鬧得你沒胃口。來，坐下吧，不要心痛薩根叔叔的錢，今天的喜事就是我高升了，漲薪水了。」當然，他只能這麼說。他總不能說自己已躲過一劫，恢復職位什麼的。

惠子坐下。薩根問她：「想吃什麼？」惠子說隨便。人逢喜事精神爽，薩根眉飛色舞地說：「隨便的菜是最難點的，這樣吧，我先來點兩個，然後你再來點兩個……」

對不起，隔壁有小耳朵呢，你們點什麼菜那隻神秘的耳朵是最感興趣的。老實說，這是某些人翹首以待的一天。從得知惠子懷孕的那一天起，他們就盼著望著這一天：薩根請她來這種大飯店用餐。大飯店人多事雜，熱鬧，混亂，有些事好操辦，不像酒吧或咖啡館，吧台清清爽爽的，有些事根本沒機會下手。皇天不負有心人，這一天終於被他們等到了。

不要擔心他們失手，不會的，機會太好了，何況他們訓練有素，是老手、高手，閉著眼睛也能捉麻雀。這是一場意義重大的暗戰，是一條龍服務的，不僅在餐廳裡有他們的人，在樓下還有他們的車夫，在醫院還有他們的醫生。戰爭將從這裡開始，在醫院結束，一切都已佈置好，時間上也基本預想好。

薩根點的菜品眞是豐富啊，夠他們吃上一個小時的。但是對不起（又是對不起，今天有好多個對不起），今天吃不了這麼久了，因爲藥力將發作得很快，二十分鐘。果不其然，時間一到，惠子的臉色越來越蒼白，牙關咬得越來越緊，額頭上的汗珠越來越密集。

「你怎麼了？」

「我肚子有點痛……」

「肚子痛，怎麼回事？」

「不知道……啊喲……好痛……」說著，惠子終於忍不住，彎下身，捂著肚子呻吟不止，冷汗直流。

「很痛嗎？」

「是……啊喲……很痛……」惠子驚叫一聲，從椅子上滑了下去。

薩根手忙腳亂起來，「我送你去醫院好嗎？」廢話！當然要送醫院，而且必須是馬上。薩根趕緊喊人幫忙將惠子弄到樓下，叫了一輛車，送去醫院。

薩根本來是自己有車的，可是對不起，一輛大貨車橫在他的車子前面，而且司機不知跑到哪裡去了。別急，世上還是有好心人的，有一個司機看病人病得這麼重，願意爲外交官免費跑一趟。薩根對飯店酒店是很熟的，對醫院卻瞭解得很有限，但沒關係，好心的司機對醫院很熟悉，把他們送去了相對最近又最不錯的醫院：陸軍醫院。

到這兒，一切都在精準的算計和掌聲控制中，把一次劇烈的肚子痛演變成一次不幸小產，簡直是小菜一碟。這叫小不順則大亂，千里之堤潰於蟻穴，全世界都說得通的道理啊。所以說，這不成問題，沒有難度。在老孫的計畫中，如果說有一定難度的是，如何讓臨時趕到醫院的兩位老人家在進病房的一刻，看到薩根和惠子有點超常的親昵舉止，這是要設計、運作的。事後證明，那天設計和運作得非常到位，時間節點把握得非常好。

四

要讓老人家來，得有人去通知。

誰去？必須是女的，扮成護士去。

老孫身邊沒有女的，只好臨時向偵聽處求助，楊處長派出一個年輕的本地姑娘，一個黃毛丫頭，套上白大褂，就變成了護士。丫頭跑得滿頭大汗，嘭嘭地敲響陳先生家的大門。正好是周末，家燕沒上學，在家，她來開的門。

「這是小澤惠子家嗎？」

「是的。」家燕說，「請問你找誰？」

「她出事了，喊你們大人快去我們醫院。」

「我嫂子怎麼了？」

「去了你們就知道了。」

陳父、陳母、家燕，三人齊上陣，匆匆趕往醫院。老孫一直在樓上的某扇窗戶前守著，當看到他的臨時手下（黃毛丫頭）領著三人衝進醫院大門時，老孫通知醫生立刻去告訴惠子流產的不幸消息。

天哪！

天崩地裂！

惠子號啕大哭，醫生故意把陪同的薩根看作是她丈夫，充滿同情地對他搖搖頭說：「對不起（又是對不起），我們已經盡了全力……這是沒辦法的，孩子的生命太脆弱了……好好安慰安慰她，她還年輕，以後還有機會的……」醫生配合得很出色，說著說著，紅了眼睛。

因爲紅了眼睛，只好先迴避。於是，病房裡只剩薩根和惠子兩人。傷心的兩人啊。此時陳家三人已經走在樓梯上，一分鐘後當醫生帶他們推開病房時，所有人都看見，惠子鑽在薩根寬大的懷抱裡在痛哭，在流涕，在呼天喊地，在痛不欲生……就是說，在合理、精心的運作下，經典的機緣巧合降臨了。以後，陳家兩位老人對惠子的情感發生裂變，這次機緣巧合，這個經典「鏡頭」是起了決定性作用的。

功夫不負有心人啊！

老孫的運氣好轉了！

至此，這一仗以完美告終。不過，這僅僅是開始，接下來需要老孫去落實的事多著呢。不過（又是不過），你要相信老孫，因爲他的運氣好轉了——這次陸所長對老孫的表現十分滿意，以後將會越來越滿意。

五

儘管老孫至今不能找到惠子是間諜的證據，但是要拍、做幾張令人浮想聯翩的照片簡直易如反掌。現在，他桌上放的都是這樣的照片：惠子和薩根十分親昵的合影，有的兩人相對而坐，眉目傳情，有的牽手漫步在花前，有的甚至依偎在一起。

畢竟是做假的，陸所長怕被人看出破綻，一張張地用放大鏡審，放在燈光下看。雞蛋裡挑骨頭地看。看罷，陸所長笑了，「做得不錯，足以亂眞，現在的問題是誰出面，誰去當這個燒火棒？」

老孫說：「不是你就是我唄。」

所長說：「不，你和我都不合適，容易讓陳家鵠懷疑是我們策劃的，他這個智商啊，我們必須要做得滴水不漏。是個外人最好。」

「外人？」老孫說，「哪裡去找這個人？」

「首先要確定這個人應該具備的條件。」陸所長說想一想，「這個人應該具備兩個條件：一、要和陳家很熟悉，最好是他們家信任的人；二、是黨國的人，願意受我們之托，並願意爲黨國保守秘密。」

兩人想。

最後確定的人是李政。

對陸所長來說，不管從哪方面講，李政都是最理想的人選，於私，是陳家鵠的摯友；於公，是黨國堂堂處長，而且彼此打過交道，有一定交情。當然陸所長不可能告訴李政實情，他把這事說得義憤無比，十分動情。李政作爲家鵠的好友聽了很受感動，心想這麼好的領導，爲部下的私事都這麼動感情，難得啊。

對李政來說，做這件事具有兩重意義，首先他本來就想找機會接近黑室，與陳家鵠有聯繫，這不，機會來了，可謂機不可失啊；其次，作爲家鵠好友，他也有責任關心此事，盡可能減少對家鵠的傷害。他對惠子雖不能說十分瞭解，但還是有個基本判斷，覺得她不該是那種水性楊花。所以，剛看到一大堆照片時，他心裡很有些疑慮，但哪經得起陸從駿舉一反三的遊說。

欲加之罪，何患無詞？何況是男女之事，家鵠不在身邊，對方又是個油腔滑調的老美，要編圓一個桃色故事，哪有什麼難的。再說這個薩根，李政是見過一面的，在重慶飯店吃過他的生日壽宴，那次見面說眞的薩根沒給他留下什麼好印象，說話油嘴滑舌，舉止不乏輕浮，甚至一定程度上也表露出了對惠子的不良居心。李政想起，那天薩根是那麼積極慫恿惠子出來工作，又是那麼巧舌如簧地把惠子推銷給飯店老總，現在想來似乎這就是個陰謀。美女怕追，上床靠磨；只有硬不起的男人，沒有追不到的女人；常在河邊走，難免要濕腳……這些民間坊裡的俚語俗話，讓惠子在李政眼裡變得朦朧曖昧起來。所以，李政「得令」後，迫不及待地去完成「秘密使命」。

天墨墨黑，下著雨，李政穿著軍用雨衣，聳肩縮脖出現在陳母面前。即使這樣——根本看不出是誰，但陳母在開門的一刹那一眼就認出李政，你有理由懷疑她不是認出來的，而是聞出來的。

「啊呀，是小李子，快進屋，快進屋。」陳母像見到了家鵠一樣的高興，「老頭子，快下樓，小李子來了！快進屋，快進屋，啊，這雨下得好大啊，你從哪裡來的？晚飯吃了嗎？衣服有沒有淋濕？家裡都好吧？」

面對這樣一個母親一樣的老人，李政不可能直奔主題，至少得花上十幾分鐘來寒暄，來客套，做鋪墊，做準備，等待最恰當的時機，尋找最合適的語言。時機來了，陳母將話題轉到了家鵠身上。

「小李子，最近你有我們家鵠的消息嗎？」

「呵呵，」陳父笑道，「可能小李子就是來給我們說家鵠的消息的吧。」

「家鵠的消息倒是沒有，」李政開始進入正題，輕輕地說道，「不過你們都不用掛念他，他現在正在爲國家幹大事呢，我想他一定一切安好。」環視一番，別有用意地問，「惠子呢，沒在家嗎？」他並不知惠子流產的事。

陳母說：「她……最近身體不太好，在房間裡休息呢。」剛流了產，精神和身體都要休養休養。陳母其實是想說明病情的，但陳父不想，用咳嗽聲提了醒，陳母便改了口，問，「你找她有事嗎？

李政搖搖頭，思量著道：「有句話我不知該不該說，是關於惠子的。」

陳父望了望陳母，道：「但說無妨。」

李政緩緩地說道：「不知你們有沒有聽說，美國大使館裡出了內奸，前段時間報紙上也登了，只是沒有指名道姓而已。而據我聽說，這個人就是惠子的那個朋友，薩根叔叔，我見過他的。」

陳母急切地申辯道：「惠子說……這是謠傳。」

家鴻突然推開門，闖出來，氣哼哼地插一句嘴，「你什麼都聽她的。」家鴻的出現好像是受人安排，來替李政幫腔的。其實不是，他的房間就在客廳上面，樓板的隔音不好，他聽見李政來了，自然要下樓來打個招呼，不想正好聽見母親在替惠子辯解，便頂撞一句。

家鴻跟李政打了招呼，又對母親說：「你能聽她的嗎？她能往自己臉上摸屎嘛。」

李政其實不希望家鴻在場，但家鴻在場又著實幫了他。家鴻坐下後，把薩根和惠子一齊數落了一通，言下之意好像他們一定有什麼不可告人的秘密似的。這一下讓李政自然而然地接上了腔。

李政說：「我今天來，有些話還眞是難於啓唇，但事關二老及陳家鵠的榮譽和安危，我也不能不說。怎麼說呢，剛才伯母也說了，雖然薩根是不是間諜現在可能尚未有定論，但懷疑他是肯定的。因爲懷疑他，所以軍方有關部門自然要跟蹤調查他，在調查他的同時，偶然發現他與惠子的關係有些不正常。」說著拿出一些惠子與薩根親密接觸的一沓照片，「你們看，兩人經常同出同行，舉止親密，關係確實有點……不太正常啊。」

家鴻看了照片，如獲至寶，一張張遞給母親看，「你看，媽，你看，爸，像什麼話！我說嘛她是個狐狸精，家鵠是瞎了眼！」

二老看了照片，像吃了蒼蠅一樣的難受。尤其是陳母，心裡甚是驚疑，但嘴上還是為兒媳辯解：「薩根是她叔叔，對她好一點也沒什麼吧。」

「就怕是太好了！」家鴻不客氣地說，「媽，你啊，我看完全是被她裝出來的假相矇騙了，到這時候還在替她說好話，這不明擺著的嘛，一對狗男女，男盜女娼，說不定全都是鬼子的走狗！」

父親狠狠地剜了兒子一眼，發話道：「你上樓去！這兒沒你的事。」

李政送家鴻出門，回來看看怒目圓睜的陳父，緩和地說道：「當然，從這些照片也許還不能確定什麼，不過……」

陳父說：「不過什麼，既然說了還是說透了為好，不要藏藏掖掖。」

李政說：「我總覺得他們之間有一些讓人說不清道不明的東西，你比方說薩根明明是在為日本人做事，這一點惠子也許比我們都清楚，但她知情不報不說還為他狡辯。再比如說惠子憑什麼能得到這麼好的工作？試想，惠子並不懂飯店經營，怎麼就那麼輕易進了這麼好的飯店工作？而且一去就是人上人，一個人一間辦公室，薪水也是不菲啊。」

陳母說：「這是薩根給她找的。」

李政說：「是啊我知道，那天我在場，這是薩根一手操辦的。但你們想過沒有，惠子在美國待過多年，英語講得很好，他薩根為什麼不在大使館給她找個工作，而偏偏要安排她去重慶飯店？那個地方你們想必也聽說了，那可是藏汙納垢之地，風氣很差的啊。」

李政見二老吃驚不悅的神色，有意退一步，「當然，也許是我多慮了，那是最好，只怕沒有這麼好的事。我的意思，你們暫且權當我什麼也沒說，不妨自己感覺一下。」

說得二老黯然神傷，因爲「感覺」就在眼前，那麼大的感覺啊，他們殷殷盼望出世的小孫孫變成了一塊血布。人老了，總是有點迷信，因爲經歷的多了，懼怕的多了。那天陳母看見自己的小孫孫化爲一攤血，那個傷心啊別提了，就像看見一個眞活人走了。最後離開醫院時，她悄悄把那張血床單帶走了，因爲她心裡把未出世的小孫孫當成活人了，既然是人，死了當然要善待「屍體」。現在這塊未經洗滌的血床單，被老人家藏在一個鐵盒子裡。

送走李政，二老徑直上樓去睡覺，經過惠子房前時，陳母欲進去問個寒暖（這兩天都是這樣），卻感到腳步異常沉重，邁了兩步，便退回來了，默不作聲地尾隨著老頭子去了臥室。心亂如麻，上了床也睡不著，陳母以爲老頭子睡著了，悄悄起來把那塊血布拿出來，撫摸著，像在撫摸自己痛楚的心。

陳父其實沒睡著，聞此異常，嘀咕一句：「你在幹嘛呢？」黑暗中，老頭子伸出手，順著老伴的手摸過去，摸到是一塊布，「這是什麼？」

陳母沉浸自己的悲情中，哀歎一聲，抱怨道：「你說這叫什麼事，那天她出門還好好的，怎麼突然就……眞見鬼了……」

陳父聽出她在說什麼，歎口氣安慰她：「別哪壺不開提哪壺，睡覺吧。」

「你睡吧，我睡不著。」陳母覺得心裡堵得慌，渴望一吐爲快，「我們難受得睡不著覺，她會難受嗎？」

陳父說：「孩子是她的，能不難受嘛。」

陳母說：「誰知道這是怎麼回事？說不定是她自己要求打掉的！」

陳父驚得一把抓住老伴的手，「這……不會吧？」

陳母抓起老伴的手，舉到嘴邊咬著，想忍住悲傷，終於還是忍耐不住，抽泣著說：「什麼會不會，人一旦變壞了，什麼事都會做得出來的。我甚至懷疑……那孩子還不知是誰的呢。」

「你胡說什麼！」陳父小聲呵斥。

「我胡說？」陳母泣得更添聲勢，「你沒有看到嗎？像什麼樣！有事也不該是他在那兒，你沒聽，所有醫生護士都以爲他們是夫妻，這成什麼體統！她可以不要臉，我們陳家丟不起這個臉……」

陳父聽後默然，顯然，他的態度已經更傾向於認可這種說法。

雖然陸從駿不是什麼算命先生，但他在幾公里之外已經算到二老此刻難過的心情和部分對話的內容。這不難算的，正如幾天前他就算到惠子肯定會有那麼一天：孩子，變成一攤烏黑的血，前途，變成一個猙獰的黑洞……惠子厄運的帷幕已經拉開。

第五章

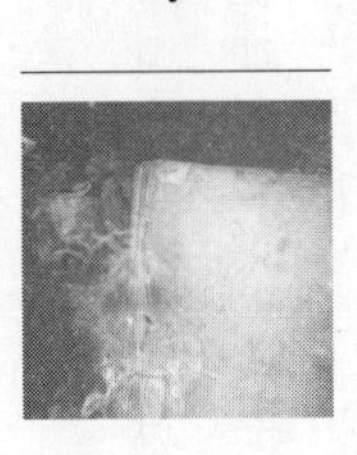

好像你手握一把上帝賦予的劍，
你輕輕往什麼地方一指，
那地方肯定就是破譯的關節和要害。

一

雨小了，但天空更漆黑了，風更大了。

風吹雨散，變成細雨飄零，淅淅瀝瀝，如濃霧。海塞斯一直在等待雨停，雨剛小下來，他便興沖沖下樓，準備去看陳家鵠。可是一出樓，驟然而至的冷空氣好像把他燙著似的，像被黑暗裡的一隻無形手抽了一鞭子，把他趕回樓裡，返身上樓去加穿衣服。

這是重慶今年最冷的一天，風吹散了雨，留下了千里外襲來的冷空氣。

雖然杜先生明令要他們重點破譯敵特系統的密碼，但由於敵特一號線密碼已成功告破，敵特二號線最近電報流量驟然減少，海塞斯懷疑它可能真的是空軍氣象電台。若是氣象台，最近破譯它的價值不大。於是，海塞斯擅自把「矛頭」對準了敵27師團。他有種預感，敵27師團的密碼跟他們之前已破掉的敵21師團的密碼可能有某種共性，所以他想碰它一下。他甚至想，也許它現在不過是隻紙老虎，點一把火就能燒成灰燼。

可他把自己關在辦公室裡折騰了幾天，連一點感覺都沒找到。剛才雨在嘩嘩下時，他躺在沙發上，眼前不時浮現出一個似曾相識的女人，最後竟發現是鍾女士。他已從司機口中探悉，鍾女士是為何神秘「失蹤」的。這是他睡的第一個中國女人，坦率說他並不喜歡，所以她的莫名消失並沒有叫他惱怒，因此他也沒有去責難陸所長。

他權當不知，裝糊塗。

只是偶爾想起鍾女士的不幸遭遇（丈夫戰死在前線）又擔心她現在過得不好時，他才覺得有些虧欠她。因為憑他無冕之王的地位，他可以給她些關照，畢竟他們有過肌膚相親。中國人說，一日夫妻百日恩啊。所以他也想過，合適的時候要關心一下她的現狀，如果際遇不佳的話他將盡可能為她說點話，做點事。

可是與姜姐的不期而遇，又讓他淡了這份心思。

姜姐，他叫她美女姜，這個女人跟鍾女士完全不一樣。鍾女士在他懷裡像條鰻女一樣，渾圓，油膩，沉默，有勁。一種大地一樣的力量，超強的忍受力和堅強度，即使在身體已經燒得要爆炸時，依然牙關咬緊，不吭一聲。她在高潮時咬破嘴唇都不吭聲的模樣給他留下了深刻印象，但總的說並不欣賞。他想即使這是美的，也是一種病態的美。

病態的美往往只是驚人，而不動人。

說到美女姜，哦呵，她可能是隻母雞王投胎的，那麼具有性的魅惑力，那麼愛叫床，那麼能享受性的自由和歡樂。與鍾女士相比，她身體裡蘊藏著一股與性直接對陣的戲劇性的反叛氣息，她放縱性的自由，把性的自由表演成為一種如抒情詩一樣熱情奔放的詩意。他們第一次偷情在他的汽車裡，她像隻母雞一樣蹲在他身上（絕對不是中國式的），更令人不可思議的是，從蹲下的第一時間起她就嚎嚎叫，一直叫到最後，中間一刻也沒有停，高音時的叫聲絕對比汽車喇叭聲還要尖，還要大。

這女人，美女姜，一下子讓這個美國老色鬼喜歡上了這個城市。他覺得，她是陳家鵠送給他的禮物：要沒有陳家鵠下山，他不可能認識她；要沒有陳家鵠躲在對門，即使相識了，他們也很難尋機幽會。現在可好了，陳家鵠住在對門，他可以隨時去看他。他就利用這個特權，幾乎天天晚上去跟姜姐幽會。今晚大雨滂沱，再說連日來約會頻頻，他也累了，要養一養精血了。他懷疑姜姐在吸走他精血的同時，也把他的才華給掏走了，所以對敵27師團密碼，他忙碌幾天一無所獲。這麼想時，他覺得更要去會會陳家鵠。

於是，雨剛見小，海塞斯便著急地去了對門。

二

陳家鵠看教授抱來一大堆敵27師團的電報和資料，很是驚奇。「你怎麼在破敵人的軍事密碼，杜先生不是說要我們全力以赴破特務密碼嗎？」陳家鵠問。海塞斯說：「現在偵聽處找到的敵特電台也就是兩條，一號線已經被你破了，二號線呢，最近電報流量驟然減少，說說看，你覺得爲什麼它最近會突然減量呢？幾乎睡大覺了，很怪啊。」

「你該記得，我曾說過它是空軍氣象電台？」陳家鵠問。

「嗯。」

「然後你再看看外面的天氣，進入冬季後，重慶的天氣就這樣，天天是烏雲壓頂，千篇一律。」

「你因此更加肯定三號線是空軍氣象電台？」

「對，在重慶，到了冬天，因爲霧天居多，報氣象的電台沒事幹了。」

「是的。」海塞斯說，「我現在也基本認同你的看法，它是一部給空軍報氣象的電台。因爲進入冬天，重慶氣象惡劣，敵機基本不可能來轟炸，所以它進入冬眠狀態。這時去破譯它價值不大。」

「難度反而很大。」

「對，所以我決定暫時不管它。」

「所以你想破譯敵27師團的密碼？」

「嗯。」海塞斯說，「沒事幹，總不能閒著吧。」

「我估計一號線會很快更換密碼的。」陳家鵠說。

「但起碼現在還沒有換，難道我們就這樣乾等著？」

「杜先生知道嗎？」

「不知道。」

「你不怕杜先生和陸所長責怪你，扣你的工資？」

海塞斯捋著他下巴上黑亮的鬍子，大聲說：「他們該給我加工資才對，哪有像我這樣爲他們著想的人。正如你們中國人說的，『在其位，謀其政』，我在想方設法給他們多幹事呢。」

「可中國人也說，端人家的碗，服人家的管，這你就不知道了吧？」陳家鵠笑道。

「別管他們，」海塞斯說，「我們悄悄幹，有了成果他們還能不高興。」

「這叫先斬後奏。」陳家鵠說，「但必須要奏凱歌，否則要挨板子的。」

「挨板子我來接，沒你的事。」海塞斯說，想了想，又說，「這樣吧，萬一他們問起我們爲什麼不破二號線，到時你和我統一口徑，就說二號線的電報流量不夠，下不了手。」

「巧婦難爲無米之炊？」

「對。」說著，海塞斯把27師資料往陳家鵠面前一推，「你瞭解敵27師團的情況嗎？」陳家鵠說瞭解一點。這時，海塞斯突然發現，陳家鵠的辦公桌上放著好一些敵27師團的資料，又驚又喜，「你……怎麼也在研究它們？」

陳家鵠歎口氣說，他對破譯敵特密碼沒興趣。「我眞不理解，難道我們委員長就這麼認輸了？大半個中國在敵人的鐵蹄下，我們居然置之不理。」陳家鵠侃侃而談，「不瞞你說，我也在偷偷破譯敵27師團的密碼，我覺得我們應該把工作重心放在破譯敵人的軍事密碼上。雖然杜先生說重慶是我們最後的防線，所以重慶的防務很重要，要抓特務，可誰都知道最好的防守是進攻，在前線，在軍事上給敵人以最大的打擊。」

海塞斯聽了，樂壞了，「英雄所見略同，既然這樣我們來探討一下敵27師團的密碼。」說著，又翻出一沓資料給陳家鵠看，「你看，這是我脫密的敵21師團的密碼技術資料，開始我想他們同是陸軍關裕仁體系的部隊，使用的密碼也許大同小異，也許小同大異，總是有些通路的。但我研究後發現，好像不是一回事，不知怎麼回事。」

陳家鵠接過資料，順口說道：「你知道嗎，敵21師團以前是員警部隊，兩年前才改建爲野戰軍的。」海塞斯一愣，瞪大眼睛說：「哦，原來還有這事？我就覺得奇怪，同一體系的部隊怎麼使用的密碼完全不是一回事呢。」

「嘿，你上當了。」

「可騙得了我，騙不了你。」

「我在日本待過五年。」

「身邊還有個日本太太。」

「是啊，所以那邊的情況我比你瞭解。」

「你對密碼的直覺也超過了我。」

陳家鵠笑道：「你表揚我就是爲了讓我多幹活。」

海塞斯認眞地說：「不是表揚，是事實。」他若有所思地望著陳家鵠，如同他本人就是一部高級的玄奧密碼，讓他難以窺破似的。「我見過不少破譯上有天賦的人，但沒有一個像你這樣傑出的，你對密碼的直覺似乎更有系統性，也更敏銳準確，好像你手握一把上帝賦予的劍，你輕輕往什麼地方一指，那地方肯定就是破譯的關節和要害。有時候我不得不好奇地問自己，你那充滿神性的直覺是從哪兒來的，天生的？還是後來的？你能告訴我嗎？」

「無可奉告。」陳家鵠學著美國人的做派，聳聳肩，攤攤手。

「我認爲一半是天生的，一半是人教的。」

「就是你教的。」

「不，絕對不，你在認識我之前肯定幹過這行，而且幹得極爲出色。」海塞斯目光咄咄地盯著他。陳家鵠避開他的目光，去看桌上的資料，淡淡地說：「不是。」

「你沒有說眞話。」

「你得了職業病了，總不相信簡單的事實。」陳家鴿從資料上抬起頭來，盯著海塞斯，「你剛才說我的直覺具有系統性，我覺得這其實是在否定我。」海塞斯一怔，問他：「此話怎講？」

陳家鴿站起身，不緊不慢地講道：「你不是在課堂上對我們說過，破譯密碼就是傾聽死人的心跳，但死人的心跳又怎麼會被聽到？所以密碼破譯從一開始便是一件荒謬的事情。荒謬，就意味著沒有一般的規律可循。換言之，破譯密碼不能用普遍的思維，也不能將破譯個別密碼的經驗堆積起來加以量化，或者系統化，那樣就永遠不可能破譯下一部密碼了。」

海塞斯眨閃著他藍瑩瑩的眼睛，催他往下說。陳家鴿卻不肯說了，說是班門弄斧，讓老師見笑了。海塞斯索性板起一副老師的面孔，命令他繼續說。陳家鴿無奈地搖搖頭，只好繼續說：「其實，每破譯一部密碼就意味著破譯的方法減少了一個，因爲世上沒有兩部相似的密碼。你也曾說過，要讓兩部密碼落入相似的思路，比在戰場上讓兩顆炸彈落到同一個彈坑的可能性都還要小。研製眞正的高級密碼無異於挖空常識基礎，然後拋棄它，建起一座嶄新的空中樓閣。這樣的空中樓閣，昨天沒有，將來也不會有，那又談何系統性呢？」

海塞斯聽罷，用手指著他鼻子，嚴肅地說道：「好了，現在我可以更加肯定地說，你一定幹過這行，而且有高明的人指點過！」陳家鴿笑笑，依舊不置可否。這天晚上師徒倆的心好像貼得更近了，又好像是拉得更遠了。在回去的路上，海塞斯彷彿變成了一個詩人，以詩的節奏和句式自語道：

有些人，你通過瞭解反而會更無知；

有些人，你無需瞭解然而已經瞭解。

許多工作是需要齊頭並肩，李政被陸從駿當槍使，完成了在二老心裡投下巨石和毒藥的任務，但陳家鵠對惠子的一顆紅心依然陽光如初怎麼行？不行的，必須要同樣投下相似的物質：石頭、迷霧、毒草、爛泥……這個任務只有陸從駿親自出馬。

三

這天午後，陳家鵠背對著門，躺在沙發上一邊聽著收音機，一邊在埋頭研究敵27師團的資料。收音機裡一個帶河南口音的男播音員在播報今日新聞，說什麼武漢雖然失守，但前線軍心依然高亢未損，薛岳麾下八十三師靈活利用地理優勢，集中優勢兵力，在澧江一帶與敵27師團英勇周旋，昨晚在臨坪村發生正面交戰，殲敵八百餘人，俘虜近百人，並繳獲大量重型武器……說到這裡收音機戛然而止。

陳家鵠以為是停電了，起身看，見陸所長手上提著一只黑色公事包，正立在背後對他笑，指著收音機，「虧你受得了，就這水準也配在喇叭上說話。」陳家鵠看一眼他手裡的黑包，以為陸所長是來給他佈置新任務的，笑著說教授已經佈置過了。陸所長問是什麼任務，陳家鵠指了指收音機，「你剛才說得不錯，就這水準還在喇叭上說話，按理說我應該受不了，不去聽它，可是為什麼我還要聽？因為它能夠給我提供敵27師團的資訊，而資訊能夠激發我的靈感，成為我工作的保障。」

「你的意思是，教授讓你破譯敵27師團的密碼？」

「是的。」

「可杜先生不是讓你們先破譯重慶的特務密碼？」

陳家鴿想起教授說的「統一口徑」，故意顯得不耐煩地說：「是的，杜先生讓我們煮白米飯，可現在的狀況是，敵特二號線的信息量太少，我們手中根本沒有米，巧婦難爲無米之炊，怎麼做白米飯？做不了，我們就做其他的。你應該比我更清楚，目前前線戰事吃緊，戰局嚴峻，時不我待啊。」

陸所長想了想說：「也對，沒法破敵特線，你們試試攻堅軍事密碼總比閒著強。有進展了嗎，現在到哪一步了？」

陳家鴿笑著說：「進展當然有，至於到哪一步了，說了你也不懂。」

陸所長說：「你說說看。」

陳家鴿摸了摸鼻子，「它與已經破譯的21師團的密碼完全不同，21師團所用的密碼是簡單的指代密碼，原理如同密碼箱，這一點教授向你解釋過，我就不多說了。相比之下，27師團的密碼要複雜得多。這麼說吧，譬如你的名字，用21師團的指代密碼進行加密後變爲密文2312、17652、9063，我只需一把密鑰，就能將它重新變回明文『陸從駿』。但在27師團的密碼系統中，我卻需要三把不同的密鑰才能完成解密，你明白嗎？每個字都需要一把單獨的密鑰來解開，這是其一；其二，其密鑰不但繁多，而且繁複。我們如果單純一把一把地去找，就算湊巧找到了一把、兩把，對於破解整部密碼來說毫無用處。一把只能破解一個字，滄海一粟，杯水車薪。所以，我們的根本目標是找出每把密鑰之間的聯繫，也就是它們的共性——基礎密鑰，再反過來打造執行密鑰，只有這樣才有完全擊破它的可能。」

陳家鴿說著，抬頭看了一眼陸所長，發現他一張臉拉得老長，顯然是有得聽沒得懂，於是笑笑，「看吧，我說了你聽不懂，再說下去顯然只有一個結果，那就是浪費我的精力與口舌。」

「那就不說這個。」陸所長點了點頭，「我們今天不談工作。」

「哦，那談什麼？」陳家鵠饒有興趣地望著他。

「談你的私事。」陸所長正色道。

陳家鵠自嘲道：「想回趟家都不成，還談何私事哦。」陸所長說初戰告捷，立了功，想回趟家其實應該，但杜先生斷然拒絕，「知道這是為什麼嗎？」陳家鵠搖頭說不知道。陸所長說：「是為了你的安全！」陳家鵠苦笑，「又回絕了我，又要我感激不盡？別這麼冠冕堂皇行嗎？」陸所長緊盯著他，說：「這絕非冠冕堂皇，真的是有人想要你的命！」

自從踏上中國的土地後，曾有不少人以各種不同的方式警告過他，有人想要他的命。先是共產黨那邊的人對他這樣說，現在陸所長又來跟他這麼說，不知道他在打什麼主意。他僅僅是個從美國回來的數學博士，他的命有這麼值錢，值得國、共、日三方如此興師動眾或大動干戈地來爭奪他，謀害他嗎？甚至還影響到他和惠子的感情生活，把他弄到這個陰森森的鬼地方來，大門不能出，二門不能邁！這麼想著，陳家鵠心情不覺煩躁起來，皺著眉頭，說：

「我對這個問題不感興趣。」

「你會感興趣的。」陸所長高聲說，隨後打開提包，取出幾份電文給他，「你先看這些吧，這是根據你破譯的敵特一號線密碼譯出的部分電報，上面兩次提到你——陳家鵠，不會是同名同姓的另一個人吧？」

陳家鵠接過電報一看，不覺驚呼道：「我的天吶，這是真的？」

陸所長點頭，「千真萬確。你還記得有一次我們借用你的衣帽和飾物這件事吧？」陳家鵠點頭。陸所長便給他講了他們借這些東西去幹了什麼，還給他講了日本人得到消息後，派出飛機狂轟濫炸的事。陳家鵠聽得呆了，急了，站起身問他老同學石永偉及其家人的情況。陸所長拿出石永偉一家人的遺照，面色沉痛地說：

「全家無一倖免，整個工廠，連地皮都燒焦了。」

陳家鵠雙手不覺地顫抖著，他捧起石永偉一家人的相片，愣愣地看著，霎時間悲痛萬分，淚如雨下，喃喃地道：「怎麼會是這樣，怎麼會這樣呀……」陸所長安慰他說石廠長是個戰士，不會白死的。「他是在我的懷裡走的，走之前他懇求我告訴他你在做什麼工作，我說你在破譯鬼子的密碼，他聽了後很欣慰，安詳地走了。」事實上並非如此，石永偉的確向陸所長詢問過陳家鵠在做什麼，但陸所長並沒有告訴他，等陸所長想要告訴他的時候，已經太遲了，他永遠也不可能聽到了。陸所長現在撒這個謊，理由很簡單，那就是要用所謂的亡友的欣慰來讓陳家鵠堅定作爲破譯師的信念，不敢輕言放棄。

陳家鵠擦去淚水，稍稍平靜了一下自己的情緒，問陸所長爲什麼不早告訴他這事。陸所長說：「那時我們很多情況也不瞭解，不知道跟你怎麼說。現在我們都搞清楚了，有人就是挖空心思想謀害你，所以你必須要有安全意識，要懂得保護自己。」

陳家鵠點頭，一副心有餘悸的樣子。

陸所長又進一步說：「你想知道是誰想殺你嗎？」陳家鵠問是誰。陸所長拿出一張照片來，指給他看，「就是他，一個美國大使館的外交官。」陳家鵠抓過照片看一眼，驚詫道：「他就是海塞斯的那個同胞，薩根？」陸所長點頭，「對，就是他，一手策劃了這次慘無人道的轟炸！」

陳家鵠瞪著薩根的照片，目光嗞嗞作響，如在燃燒。

陸所長望著久久無語的陳家鵠，心裡禁不住放出一絲明快的笑意。這才是他今天來拜訪陳家鵠的眞正目的。他要的就是這種效果，他要讓陳家鵠對薩根種下不共戴天的深仇大恨。可陳家鵠卻蒙在鼓裡，他根本不可能想到，這其實是陸所長完成杜先生交給他的特殊任務——替千里馬祛病——的第一步。

四

夜幕降臨，街燈一盞接一盞地亮起，稀稀疏疏，影影綽綽，像嘉陵江上倒映的暮色天光。大街上行人寥寥，路兩旁的梧桐和桉樹落葉紛飛，讓人想到繳械投降一詞；一棵樹冠龐大的桂花樹，有一種歷史深遠的意味，枝繁葉茂，樹葉在昏黃的燈光中，索索顫抖著，沙沙作響，像一個歷史老人在對天說話；兩隻精瘦的黃毛雜狗偎在一起，並肩而行，畏畏縮縮，像對行將來臨的黑夜充滿恐懼。

八路軍辦事處的伙房平時「人氣不旺」，因爲這兒工作人員本身不多，加上這些人常在外面跑，碰在一起吃飯的機會很少。今天晚上不平常，人都齊了，甚是喜慶熱鬧。蘇北廚師在廚房裡忙碌著，正在做鐵板燒牛肉鍋巴，警衛員小鍾則在廚房與餐廳間來回穿梭，忙著端菜上餐具。餐廳裡，一張八仙大桌，已經上座的有天上星、老錢、李政、童秘書以及發報員、機要員等人。大家臉上喜樂，笑談生風。

水煮花生米，夫妻肺片，泡鳳爪，涼拌三絲……老錢看小鍾端上來的都是下酒菜，好奇地問天上星：「怎麼，今天領導要請我們喝酒？」天上星變戲法似的從身上摸出一瓶高梁燒酒，給大家倒好酒：「不錯吧，今天我讓廚師加了三個大菜，大家一起慶賀慶賀！」

老錢不知情，疑惑地問天上星慶賀什麼，天上星笑吟吟地說道：「慶賀兩件事，第一件，李政現在成了黑室的編外成員，離黑室只差一步之遙，我們有理由期待，以後陸從駿那一套對我們不會再神乎其神了。」老錢驚詫地扭頭問李政怎麼回事。李政看著天上星，問他：

「可以說嗎？」

「當然可以。」天上星說，「我們這兒不是黑室，我們這兒是一個家，大家情同手足，親如兄弟，有什麼不能說的。」於是，李政將他替陸從駿當二傳手（槍手）給陳家鴿父母傳情遞照的事一吐為爽。

老錢笑道：「你這不是棒打鴛鴦嗎？他們有這回事嗎？」

李政正為這事苦惱，因為他也不知道惠子跟薩根的具體情況，而且最讓他擔心的是，陸從駿還在懷疑惠子是日本間諜，是薩根同夥！天上星覺得這是問題的關鍵，問李政是怎麼看的。李政想了想說：「到現在為止我是無法判斷，我只能說希望她不是，因為我知道陳家鴿很愛她，如果她是日鬼，陳家鴿這輩子……那不管怎麼說，心裡都會有個大黑洞。」

天上星用筷子指著他大聲嚷：「嗨，看你這個沉重痛苦的樣子，還讓不讓我再給大家報喜了。」李政連忙燦爛一笑，「報，報，你報喜才能沖我的憂啊。」天上星頓了頓，便用一種很鄭重的語氣向大家通報了第二件喜事：「徐州同志已經成功下山，而且就在陳家鴿身邊！」「這太好了！」李政和老錢都發出驚喜的感歎。

「他的苦肉計演成功了。」天上星笑微微地說。

「你見到他了？」

「我見到他給我捎出來的東西了。」

天上星拿出一個已經拆口的信封，那信封外面包著一層油紙。「這就是徐州同志捎出來的東西。」天上星介紹道，「他今天從郵局跟我打了個電話，要我迅速叫人去陸軍醫院北門的垃圾桶裡取個東西，就是這個玩意，東西是塞在一隻破布鞋裡，我讓小鍾去取回來的。」

隨後，天上星將相關情況做了說明：黑室並不在渝字樓裡，而是在止上路五號，陳家鵠也並不在黑室本部，而是在本部對面的院子裡，徐州同志現在就在那兒當門衛。「最近他的傷口還在發炎，隔一天要上醫院換藥，但這是暫時的。」天上星說，「估計今後他要上街也很困難，所以他在信裡跟我們約定了一個今後交接情報的地方，今後要靠我們去取。」

信中約定交接情報的地方是，黑室附院後大門門前的路燈電杆，電杆是一根老杉木，杉木一米高處有一個節疤，日曬雨淋，節疤裂開一個大口子，有拳頭一樣大，可以塞藏東西。如果有情報，他會在門口放一把掃帚做提示。等等，約定是很詳細的。

「問題是，如果我們經常去那兒露面，目標太大。」天上星看著老錢說，「所以，你這個郵差下一步要爭取換一條線路跑哦，要去跑那條線，這樣你可以利用每天去那一帶送信的機會順便看看情況，有情況就帶回來。」

「這可不是我想換就能換的，」老錢長歎一口氣，爲難地說，「我現在在單位是個犯過錯誤的人，沒地位，說話沒人聽。」

之前以爲黑室在渝字樓，那是郵局最難跑的一條線，都是坡坡坎坎，沒人愛跑，老錢爲了爭取去跑那條線，故意犯了經濟問題，被人從辦公室趕出來，受罰去跑那條線。現在想換跑止上路，等於是不想啃骨頭，想吃肉，可不是那麼容易的。

「沒問題，」童秘書拍了胸脯，「這事交給我好了。」

「就是，」天上星說，「這你急什麼，對你的要求小童哪一次沒滿足你。」

童秘書志滿意得地對老錢說：「放心錢大哥，你想啃骨頭我幫不了你，你想吃肉，包在我身上。我這個老鄉局長身上有的是口子，貪著呢，兩條菸，一隻火腿，事情保辦成。」

「減掉一條菸，怎麼樣？」天上星跟他講價。

「沒問題。」童秘書對他的老鄉充滿底氣。

「那就好，」天上星開始正式對老錢佈置任務，「今後跟徐州接頭的任務就是你的啦，你明天就去止上路看看，摸個底，爭取盡快跟他接上頭，建立聯繫。徐州同志這次爲了下山付出了巨大犧牲，今後我們一定要充分利用好他的價值，建立長期、安全、有效的交通關係，他有情報要出得來，我們有要求要進得去。我們要爭取讓黑室對我們來說不是黑的，而是白的，要讓陳家鵠身子在裡面，思想在我們這兒。只有這樣，」看看李政，笑道，「我們李政同志才能夠甘心，是不是李政？」

「就是，」李政說，「他本來就是我們的，現在不過是把他養在裡面而已。」

「這話說大了。」天上星認眞地對李政說，「他可以說是你的，你們的友情確實非同尋常，但他現在並不知道你的眞實身分，他和我們之間還有距離，很大的距離。這些工作要慢慢做，不要指望一夜之間改變他，欲速則不達。煮成了夾生飯，可就後悔莫及了。」指著桌上的信說，「徐州同志在信中說了，前兩天杜先生專程去看過他。杜先生會隨便去看望一個人嗎？這說明什麼？裡面很重視他，把他當人才，當專家，當寶貝。裡面越把他當寶貝看，我們要做的工作就越多，難度就越大，你們要有思想準備。」

老錢和李政都鄭重地點點頭，氣氛似乎一下子變得凝重起來。這時小鍾將那盤熱氣騰騰、吱吱作響的鐵板燒牛肉鍋巴端上來，滿屋子頓時熱氣騰騰，香飄屋宇，引得大家口水直冒，嘖嘖稱讚。天上星拿起筷子，劃著圓圈，用詼諧的四川話口吻催促大家趕緊吃：

「四川好啊，因爲有牛肉燒鍋巴這個菜啊。這道菜嘛，一定要趁熱吃哦，不然就不脆囉，不脆就不爽口囉。」

吃！

吃！

大家紛紛捉起筷子，趁熱吃，吃得人人嘴巴裡都冒出煙來，一個個燙得齜牙咧嘴，辣得驚叫連連。但誰都沒有放下筷子，大家都說好吃！眞香！四川菜好巴適哦！

徐州此次成功下山，爲同志們贏得了這餐美味，只是他們一定沒有想到，這是一個溫柔的陷阱。正如川菜雖然好吃，但因爲油重辛辣味鹹，吃多了對脾胃並無好處一樣，徐州此番工作調動，雖然接近了同志們，接近了黑室，接近了陳家鵠，可也接近了危險……

五

此時五號院附院，黑室的黑室，不僅冷清，冷清得簡直可以說得上是陰森森了，偌大的院子裡，只有陳家鵠辦公室裡亮著一縷朦朧的燈光，除此之外，全是一片死沉沉的黑和暗，風吹過樹梢，沙沙沙的樹葉聲，滿院裡流瀉，像從午夜墳場裡傳來的荒草聲，或者幽靈掠過草尖的異樣響動，聽著都讓人心驚膽戰。

門衛室裡同樣黑著。徐州像個幽靈鬼蜮似的，坐在濃墨般的黑暗裡，一動不動。自從徐州被毀壞面容後，他就不再喜歡任何光線或燈光了，白天他盡量不出門，晚上幾乎不開燈。他覺得，白天已經不屬於他，他屬於夜晚，他願意一個人靜靜地浸在黑暗裡，靜靜地守著他的內心。只有在這樣的時刻，只有在這靜如死海的黑暗中，他才能心緒飛揚，金戈鐵馬，縱橫萬千，他的內心才重又變得強大充實，他才眞正變成了一個人，而不是白天那個人見人怕的鬼。

突然傳來有節奏的敲門聲，徐州聽得出來，是那個老外來了，他像個幽靈一樣，悄無聲息地走出來，拉開門，看見海塞斯手裡拎著一兜水果，顯然是來看他的高徒陳家鵠的。

徐州一聲不吭地將他放進來。海塞斯看看他，笑著說：「怎麼不開燈呢？黑暗讓人膽怯哦。」他說得拿腔拿調，是想引誘徐州對他說句什麼。徐州卻置若罔聞，默不作聲地將門拉上，眞的像一個鬼。

海塞斯聳聳肩，欲走，剛抬腳又停下來，從兜裡拿出兩個蘋果，遞給他：「山東青島的蘋果，嘗一下吧。」徐州幽靈鬼蜮般地站著，不接，只用從面罩上露出的兩隻黑森森的眼睛，冷冷地盯著他。海塞斯只得搖頭笑笑，重新把蘋果放回兜裡，開步往前走去。

陳家鵠住的庭園裡也是漆黑一團，直到上了二樓才看見走道裡有一線狹窄的燈光，是從陳家鵠半掩的辦公室裡擠出來的，亮得刺眼。同時，門縫裡傳出劈哩啪啦的聲響，吸引海塞斯加快腳步。推開門，看見陳家鵠正伏案在用心打算盤。海塞斯不覺一怔，驚疑地問他是不是有了什麼新思路。「才十幾份電報，你可不要過早下判斷噢，天才也要遵循規律嘛。」海塞斯說。

陳家鵠離開算盤，說他今天午睡時作了一個夢，夢見了炎武次二先生。海塞斯知道炎武先生是他在日本留學時的導師，此人是日本數學界泰斗，曾有傳言說他與日本軍界關係緊密，軍方的密碼高樓是在他的指導下建造的。海塞斯很關心炎武先生在夢中跟他說了什麼。

「你跟先生對話了嗎？」

「沒有，」陳家鵠說，「我只看見他一個背影。」

「你不會追上去嘛。」

「我追了，可怎麼都追不上，最後追到崖懸邊，以爲這下他沒處跑，要被我追上了。結果他縱身一躍，像隻大鳥一樣飛走了。」

「然後呢？你也跳啊，反正在夢中，摔不死的。」

「我跳了，並且學他的樣張開雙臂想飛，結果成了個自由落體，刷刷刷往下丟，速度快得——那些白雲都像樹葉一樣抽我的臉，我就這樣驚醒了。」

「白雲打人，」海塞斯大笑，「這一刻你像個詩人。」

陳家鵠沒有笑，而是認眞地對他說：「醒來後我就想，先生是日本當代數學的一面旗幟，當下又極力追捧軍國主義，跟陸軍部一直過往密切，他會不會眞的像外面傳言的一樣，秘密參與了陸軍密碼的研製？」

「說，繼續往下說。」海塞斯收起笑容，認眞地等他往下講。他卻說：「那還有什麼好說的，我就開始琢磨了。」轉身從桌上拿起幾頁稿紙，遞給海塞斯，「你看看，我已經有個思路了。」

海塞斯接過稿紙飛快地看完，很是興奮，說：「你這思路很有意思啊，我之前怎麼就沒有想到呢？」興奮地上前拍拍陳家鵠的肩膀，「現在我也不敢說這個思路對不對，如果是對的，我眞想打開你的腦袋看看，裡面到底有什麼特別的構造，能夠產生這樣神奇的想法。」

「恐怕你會失望的。」

「爲什麼？」

「因爲這不是神奇，而是神經，看上去星羅棋佈的神經。」陳家鵠笑道，「我把水中月當成了眞正的月亮，也許是某根神經搭錯了，神經錯亂了，俗稱『十三點』。好在這不需要多麼複雜的求證，簡單的演算就足矣。」說著又遞給海塞斯一張草稿紙，「你看，一個未知數，竟然同時滿足無限大和無限小。」

「有這種事？」海塞斯的眉頭擰成一個「川」字。他接過草稿紙，細細審看陳家鵠的演算程式。看著看著，忽然噗哧一聲笑起來。陳家鵠問他笑什麼，他把草稿紙放回桌上，拿起粉筆，在黑板上寫下一組複雜的公式，講解道：「你這幾步推論從數學角度看是沒有任何問題，但按照你的思路，n在這裡的意義並非一個自然數的變數，而應該是｛（n＋x）÷81｝，這是個有限小數，不一定是自然數。還有這裡……」海塞斯一邊講解一邊修改起來，粉筆與黑板摩擦的吱吱聲有點像耗子的叫聲。

陳家鵠一眼不眨地看著他的講解，兩道劍眉越蹙越緊，好像教授手上的粉筆是在他寬闊的額頭上刻畫著。待海塞斯講完，他已是滿額頭的汗水。海塞斯講解完，也沒有訂正錯誤之後應有的欣然，竟然也是雙眉緊鎖，呆呆地坐在沙發上，苦苦思量著。

兩人默然半晌，陳家鵠才打破沉默，「你說得有理，但是……」

海塞斯突然抬頭，目光咄咄逼人地盯著他說：「我知道你要說什麼，你想告訴我，這樣的演算等於是在求證無限小的自然數等於無限大的自然數，這沒有任何意義，是在原地打轉。」

陳家鵠目光失去焦點，茫然地望著天花板，喃喃地說：「不錯，這是……就地打轉……鬼打牆……我們迷路了，要突圍出去……可出路在哪裡呢？」

海塞斯歎一口氣，走到窗前，望著窗外深邃的夜空，神色幽幽地說道：「是啊，陳家鵠，茫茫黑夜，出路在哪裡呢？」

與此同時，門衛室的徐州也望著夜空在發呆。所不同的是，海塞斯和陳家鵠的夜空是神秘的密碼世界，而他的夜空，則是陳家鵠那扇亮著燈光的、他永遠也無法進入的窗戶。

第六章

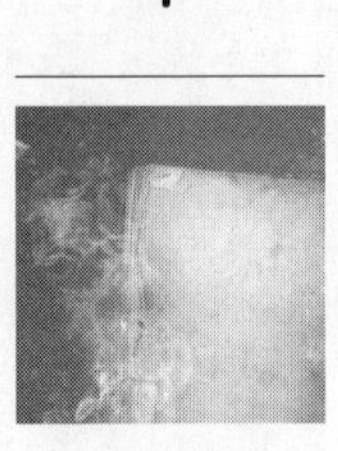

此刻在他眼裡，陳家鵠無疑是個神乎其神的人，
他眞不知道他腦袋裡都裝了些什麼，
怎麼會冒出這樣神奇美妙的想法？

一

奇蹟是在啓明星升起的時候驀然出現的。

在中國人眼裡，啓明星是一顆吉祥之星，美麗之星，它不僅代表來自黑暗的光明，來自遠方的力量，還代表著來自神秘世界的啓人心志的智慧——迷路的人看見它會找到回家的路，迷了心志的人看見它會茅塞頓開，找到心靈的家。這種玄之又玄的關於星象的說法，竟在陳家鵠身上得到了應驗。

這天晚上海塞斯沒有回單位去，兩人被一種神秘的熱情和困難鼓舞著，折磨著，搞得精疲力竭。海塞斯來之前還去會過美女姜，恰逢美女姜「掛燈籠」，沒有搞成，所以才轉到這兒來。但畢竟年紀不饒人，到後半夜，凌晨三點多鐘，海塞斯實在招架不住，倒在沙發上呼呼地睡了。陳家鵠卻越發興奮，也許是怕打攪教授的酣睡，也許是教授那肆無忌憚的呼嚕聲讓陳家鵠聽著刺耳，他便從桌上拿起香菸，出了門。

此時恰值黎明，夜風攜帶著嘉陵江的冷氣，悠悠地吹拂著，啓明星從東邊黛青色的山巒後面升起來，碩大明亮，像一顆晶瑩璀璨的寶石，幽幽閃爍著。而正前方，繁星密佈，滿天的星光把夜空襯得無比遼闊和深遠。陳家鵠來到外面的走廊上，點一支菸抽著，頭腦一下清醒許多。他望著滿天的繁星尋思：天上的星星比地上的人還要多，我只要一顆，是哪一顆呢？

轉眼間，一支菸抽完了。他將菸頭扔到腳下，準備踏滅它，就在這時，他望著菸頭的眼睛驀地睜大了，瞪圓了。他想到了什麼，飛快地抬起頭，去看那遙遠天河中的無數的星星，然後又飛快地將目光收回來，低頭去看腳下的菸頭。轟的一聲，他聽見自己腦袋裡發出一聲巨響，如同來自天外的巨大隕石掉入了他心海裡。他禁不住一陣狂喜，衝回屋去，衝到海塞斯身前，激動地大喊：

「教授，有了！有了！」

海塞斯嚇了一跳，醒了，睜開眼睛問他有了什麼。陳家鵠激動得幾乎氣喘吁吁，語無倫次地說：「出……出……出路，是菸頭和星空……是它們……提醒了我。」

海塞斯驚愕地望著他，不知道他神奇的腦袋裡又有了什麼離奇古怪的新想法。陳家鵠不等他開口問話，連珠炮似的說出菸頭和星空給他的啓示——就是利用距離的遞換，實體的兩相對比，星星可以看做是無限大，菸頭毫無疑問是無限小，可站在陽台上，在人的眼裡，它們都是一點微笑的光源。就是說，假如存在著這麼一個距離差，相對求證，問題就明朗化了……

海塞斯想了想，沒感覺，無反應，無語，愣著。叼一根菸抽，踱著步想，抽著，想著，菸灰灑了一地。突然，海塞斯停下腳步，站著靜思一會，猛然衝到陳家鵠面前，大聲說：「對！對了！找一個距離差，正是這個距離差，造成了每把密鑰之間的不同。」

「也正是這樣的距離，才會將密鑰之間的相同，暴露在我們的視野裡。」

「總之現在的問題已經明朗化了。事實上這部密碼的密鑰在根基處也與指代密碼一樣，只有一把，他們通過植入距離的方式，將它在另一維空間生生拉出無數把來。我們現在要做的，就是將這維空間切片，讓它由繁到簡，化非自然數爲自然數。」

「就好像從一本立體的書裡裁下一頁平面的紙一樣。」

「問題是怎麼裁，」海塞斯眨了眨眼睛，「你找到辦法了沒有？」

陳家鵠似笑非笑地說：「以我對電文的分析和對炎武次二先生的瞭解，他們只有通過一個辦法，才有憑空植入距離，製造出新維度的可能。」

「願聞其詳。」

「四個字，」陳家鵠一字一頓地說，彷彿是用牙齒咬出來的，「變化進制。」頓了頓，又說，「只有這樣，才能像變戲法一樣，使一個數同時滿足相對無限大和相對無限小的可能。」

海塞斯欣慰地上前拍了拍陳家鵠的肩膀，「不錯，同一個數，在進制無限大之時，數值會變的無限小，同理，在進制無限小時，其數值又會變得無限大。我們總是以十進位的目光去看待它，自然捉它不住。」這道理其實很簡單，譬如十進位的自然數1000，如果換算成二進位，則是1111101000，可如果換成千進制來算，則成了10。乍一看，一個10位數，一個2位數，根本不可能相同，但事實上它們卻是相同的。

「啊，用我們中國人的話說，這就叫膠柱鼓瑟，刻舟求劍。」陳家鵠不無感慨地說，「炎武次二先生正是抓住了常人習慣於十進位的這番心理，才會搞出這樣一手花招來。呵，與其說他造的是數學密碼，不如說他造了一部心理密碼更加恰當。」

海塞斯突然皺起眉頭來，「但是這部『心理密碼』的數學要求很高，從現有的材料分析，這一把能夠衍生出無限密鑰的根密鑰，應該躲在至少二十萬分之一中。我們得盡快寫出方案來，叫演算科去算算看。」

「這演算量可不小。」

「用你那個手藝來算至少得數月半載，他們去算，估計也就十天半月吧。」

陳家鵠便坐下來，寫演算方案。海塞斯站在旁邊看著他，臉上抑制不住地流露出一種驚喜和愛慕。此刻在他眼裡，陳家鵠無疑是個神乎其神的人，他眞不知道他腦袋裡都裝了些什麼，怎麼會冒出這樣神奇美妙的想法？

「你剛才去哪裡了？」海塞斯問。

「就在外面陽台上。」

「可你帶回來的東西，好像是從天上下來的。」

陳家鵠仰頭一笑，「如果演算證明我錯了，你又要說我是從地獄裡來的。」

海塞斯興奮地說：「錯了也是從天上下來的，因爲只有天上的人才會犯這麼高級的錯誤。」

二

這天早晨，演算科的人剛上班，海塞斯就把陳家鵠寫的方案交給他們，要他們加班加點，抓緊時間進行演算。

一天。

兩天。

三天。

第四天晚上，敵27師團的機密就在劈哩啪啦的算珠聲裡，白紙黑字地呈現了出來，最後都一一送到了抗日名將薛岳將軍手上。民間野史稱，打共產黨薛岳是軟蛋，派他去貴陽追擊紅軍，屢戰屢敗，讓紅軍死裡逃生，放虎還山。但打日本人，薛岳是戰神，獨創神奇的「天爐戰法」，消滅了大批日軍，被日本人稱爲「長沙之虎」。戰後，薛岳著有《天爐戰》一書，書中介紹天爐戰法，是一種「後退決戰」的戰術。所謂「天爐」，即將兵力在作戰帶佈成網狀據點，以伏擊、誘擊和側擊、尾擊等方式，分段消耗敵軍的兵力與士氣，最後把敵軍拖到決戰地再狠狠圍殲。它因薛岳保長沙、敗日軍而成名。

作爲抗日第九戰區司令，薛岳先後指揮過武漢會戰、徐州會戰、長沙會戰等著名大會戰。但名噪一時還是靠長沙會戰，三戰三勝，大敗日軍士氣，因此榮膺美國總統杜魯門所親授的自由勳章。同是薛岳，爲什麼在長沙會戰中表現得如此英明、神勇，以致日寇後來幾年都不敢再向長沙發起進攻？答案或許就在參戰的敵27師團的密碼上。

密碼被陳家鵠破掉了！

敵軍之心被薛岳看透了！

話說回來，杜先生欣聞敵27師團密碼被破掉，自是興奮。爲了鼓勵和犒賞海塞斯和陳家鵠這對夢幻組合，這天上午，杜先生竟突發雅興，派人給陸所長送來一箱法國香檳，要他學做一回法國人，在陳家鵠工作的庭園裡搞一個時髦的戶外餐會，並說他到時候也要來。

到時間，海塞斯拉著陳家鵠下了樓。餐會已經佈置完畢，兩張長條桌子上放著大小不一的幾瓶香檳酒，還有法國麵包、沙拉之類的洋玩意。正是一天中天氣最晴好之際，空氣清新又暖融融的。

海塞斯拿起一小瓶香檳，啪地打開，對著陳家鴿直射。陳家鴿猝不及防，被噴了一臉。海塞斯高興得手舞足蹈，說是提前祝賀他，像個老頑童。

陳家鴿說：「你要是眞心想祝賀我，等一下他們來了，就幫我個忙……」海塞斯知道他又要提回家的事，斷然回絕，「這事肯定不行，本人愛莫能助。依我之見，到時你也最好別提，免得他們爲難。」

但是，這回海塞斯錯了。席間，陸所長居然主動向杜先生提起，能否獎勵陳家鴿回去探一次親。你總以爲杜先生不會同意的，可杜先生居然同意了，而且幾乎是不假思索，脫口而出，同意得異常爽快。

眞是太陽從西邊出來！

杜先生對陸所長假作怒顏說：「我看你是腦子進水囉，他們這是違抗我的命令逞能幹私事（沒有破敵特密碼），按說要處分他們才是，憑什麼還獎勵他回家探親？」陳家鴿當即板了臉，張口想說點什麼，卻被杜先生一個揮手攔住。「你聽我說，」杜先生話鋒一轉，對陸家鴿說，「不過我又在想，你現在還是編外人員嘛，也談不上違抗軍令，或許我該做一回好人，滿足一下你。」問大家，「你們說好嗎？」

眾人自然都說好。

陳家鴿曲折的回家路就這麼輕易接通了，有點不可思議。

陳家鴿哪裡想得到，這天上掉下的既不是餅子，也不是林妹妹，而是個大陰謀，是給「千里馬祛病」的第二步。作爲一個陰謀，自然有佈置，有安排，有環節上的要求。所以，陸所長對陳家鴿特別強調說：「既然杜先生開恩，我祝賀你夢想成眞。但有一點我申明在先，你什麼時候回、帶什麼東西回、在家待多少時間，這些，你必須要聽從我的安排，因爲我要保證你的絕對安全。」

「沒問題！」陳家鵠答應得比杜先生還爽快。

於是，大家舉杯祝賀陳家鵠，不料這時西北方向突然傳來巨大的爆破聲。杜先生秘書要求杜先生馬上離開。杜先生卻置之不理，不緊不慢地笑道：「嘿，這些小鬼子好像知道我要跟你們說什麼似的，配合我呢。我要說什麼呢？我們已經得到確切情報，下一步，等霧季一過，敵人將要對重慶進行大規模轟炸。飛機是不長眼的，眼睛都在地上，最近敵人至少對重慶空投了五批特務，加上前段時間隨我們遷都混進來的，我想現在敵人埋在我們身邊的『地上的眼睛』至少有一個加強排吧，他們的任務就是向天上提供轟炸目標。我敢說，我們黑室是不會進入目標的，因爲我身邊沒有內奸，他們根本不知道我們在哪兒。」然後又回頭對他的秘書說，「所以，不要怕，炸彈落不到這裡來的。」

秘書依舊是一臉的焦急，讓他小心爲好。

杜先生沒理他，繼續說：「那就長話短說吧，特務臉上沒長疤，要完全靠三號院去找是找不到的，要找到這些狗特務，還是要靠你們。特務腳下也沒長風火輪，不會飛，提供目標的情報只有靠電台發出去，這就是他們的尾巴。這個尾巴只有你們揪得住。把這些尾巴統統給我揪出來，怎麼樣？這是當務之急，其他任務暫時都可以放下，不要再幹私活了——以後。這次私活幹得漂亮還撈了一頓敬酒喝，下次要再幹，哪怕幹得再漂亮都是罰酒，明白了嗎？」

「明白！」

「明白就好。」

就乾杯，就走了。

陳家鵠一直恭敬地目送杜先生離去，心裡覺得熱乎乎的，好像已經踏上了返家的路。如果他知道惠子已有的遭遇和將來還有更多、更不幸的遭遇，他又會是怎麼個感受呢？

這不是密碼。

這不言而喻。

三

惠子在家養病期間，薩根曾上門來找過她兩次（探望病人），但都吃了閉門羹。陳老先生堅決不准他進門，甚至嚴正警告他，不准他再來糾纏惠子，否則將報警，說他騷擾他們家！

薩根雖是個無賴，但也知道什麼叫「知趣」，何況他還要在中國人面前保住他作爲一個美國人的驕傲和體面，便不再上陳家去自討沒趣，決定等惠子上班再說。

畢竟年輕，惠子只休息三天，身體恢復如初，就又去上班。

薩根就又去看她。

老孫手上就又有了新「材料」。

陳家二老就又將看到他們在一起的照片。

這是一個進入魔鬼程序的程序，誤會會衍生誤會，罪惡將衍生罪惡。老孫有個更高明的方案，不但要讓二老看到惠子與薩根的新照片，還要「創造」他倆在一起的「新時間」。

於是接連幾天，惠子下班都不能按時回家，這天是路上遇到汪女郎，被熱心地拉去吃飯了，那天是撞見給她看病的醫生，被好心地勸去做檢查了，又一天是被車夫繞路了。總之，老孫在背後操控著，組織著，讓惠子在下班的路上意外迭出，休想按時下班。與此同時，陳家二老手上不斷出現她與薩根在一起的「新照片」，在二老的認知中，惠子未能按時下班，都是因為與薩根在一起。

惠子倒好，每次因故不能按時回家，都會主動、誠實地向二老解釋，實打實地說。殊不知，這又成了她撒大謊的證據，因為他們手上有她跟薩根在一起的「證據」。總之，雖然惠子一如往常，但在二老眼裡，她已經變成另外一個人：與薩根關係曖昧，撒謊不臉紅，騙人有一套，心裡有個鬼，手上有把刀。

山雨欲來風滿樓，這些都不過是「風」，雨還沒下呢。

不過，也快下了。呼風是為了喚雨，下雨才是目的、根本。所以，喚雨是大事，老孫得親自出馬了。這天下班時候，惠子走出重慶飯店的大門，沿著街邊準備踏上回家的路時，無意間發現了老孫──他正將那輛三輪摩托車停在街對面的路邊，蹲著身子，用一把扳手在摩托車上搗鼓著。

顯然他的摩托車壞了，正在修理。

惠子一見老孫，感到十分親切和高興。黑室裡的人，她認識幾個，但老孫跟她打交道最多，印象也最好，給她老大哥的印象。孩子流產讓惠子十分傷心，她感到對不住陳家鵠，她迫切地想見陳家鵠一面，親自給他說聲對不起，請求他的諒解，也想得到他的安慰。她甚至都想過要去找老孫，請他幫忙。現在老孫遠在天邊，近在眼前，怎不令她欣喜？

她感激這種相逢！

她幾乎是懷著一種激動的心情，毫不猶豫地跑了過去，欣喜地跟老孫打了招呼。老孫見是她，直起身來，擦著手上的油污，笑著問她是不是剛下班。惠子說是的，老孫將扳手放回工具箱裡，一邊朗聲說道：

「來得早不如來得巧，我剛把車修好，乾脆送你回家吧。」

惠子不說行，也不說不行，就那麼將拎包提在身前，侷促地站在那裡，兩眼緊盯著他，似乎有話要說。老孫見狀，微笑地問她：「怎麼？有事？」惠子低聲說：「我想問你，最近有沒有見過家鵠？」

老孫想了想，說：「說沒見過是假的，我昨天還跟他打過照面。」

惠子的眼睛陡地發亮，上前跨一步，急切地問老孫：「他在哪裡？你能不能帶我去見見他？」老孫說：「當然不行，陳先生正在完成一項重大任務，單位規定不許任何人去打攪他的。這你知道的。」

惠子的臉色即刻暗淡下來，眼圈忍不住紅了。老孫發現她眼裡噙著淚水，裝出一副憐香惜玉的樣子，問她有何苦惱。惠子神色悽惶地說：「最近發生了許多事，我都快承受不住了。我……我好想見見家鵠，跟……他說說話……」說著淚水蜿蜒而下，嗚咽著懇求，「孫大哥，你……能不能……幫幫我，讓我……見見他……」

老孫一副被她哀憐的神情打動的樣子，沉思一會，緊盯著她問道：「你是不是……遇到什麼麻煩了，必須要見陳先生？」惠子急忙點頭，誠摯懇切地說：「就是，我……出了點事……想當面跟他說……我眞的很想見他，孫大哥，你就優待我一下，給我個機會。」

老孫歎口氣，遲疑道：「不是我不通人情，單位確實有規定。當然，我上次就同你說過，規定是規定，什麼事總是有……怎麼說呢，我看你跟陳先生分手時間也不短了，分手後從沒有見過，我想他一定也想見你。所以，我思忖如果我帶你去見他，他該不會……怪罪我的。」

「對，他肯定不會怪你的。」

「如果他怪我，甚至揭發我，那我就麻煩了。」

「絕對不會。」

「好吧，既然你這麼說，我也相信你。那我就再違一次禁吧！不過——」老孫賣起了關子。

「不過什麼？」

「你要全部聽我的安排。」

「我聽，全聽你的。」

於是老孫說，今晚他會帶她去一個地方，保準可以見到陳先生。惠子欣喜若狂，問他是什麼地方。老孫說：「渝字樓茶廳，陳先生今晚肯定會去那裡見一個人，到時你提前去那兒找我，我會安排你們見面的。」

惠子激動得滿面通紅，心都快要跳出來了。她接連向老孫連鞠三個大躬，一口氣說了好幾個謝謝，才轉身高興地離去，整個人像被充了氣似的，變得輕盈快樂起來。

老孫呼喚她：「上車吧，我可以送你回去。」

惠子揮舞著她手中的拎包，喜洋洋地說：「不用啦，孫大哥，時間還早，我要慢慢走回去，充分享受一下這份快要見到家鵠的快樂。」

老孫把一條腿跨到摩托車上，雙手握住車把，對著她的背影哼哼地笑。他一邊冷笑一邊在心裡對惠子說，看你樂的，該樂的人是我，笨蛋！你被我賣了，還在替我數錢呢！

四

這天晚上，天剛濛濛黑，陸所長早早來到附院，手上提著一大堆禮物，進了小院。樓下有一間屋是他的，他有時晚上會來住，多數時候沒來，因爲外面的事情太多。他在樓下大聲喊陳家鵠，讓他下樓。陳家鵠下來，見他手裡提著大大的禮包，跟他開玩笑，「看這樣子，是不是要帶我回家呀？」陸所長說：「聰明人就是聰明人，什麼事都看得出來。」陳家鵠一怔，即刻興奮地瞪大眼睛，「你真要帶我回家？」

「難道你不想嗎？」

「當然想！我一直等著呢。」

「你以為我會食言？你把我想成什麼人？準備走吧。」

「現在就走？」

「等一下車子來了就走。」陸所長說，但他臨時又增加了個前提，要陳家鵠為此行保密，「無論如何都不能讓杜先生知道。」

「為什麼？杜先生不是同意了的嗎？」

「你呀，只會破譯密碼。」陸所長搖著頭說，「你不知道，事後杜先生把我罵慘了，說我當著你的面幫你求情讓你回去給他難堪了，他答應其實是假的，後來出門他就訓斥我，不能回！他為什麼對你說能回，對我說不能，就是想讓我來做惡人啊。這就是玩弄權術，我哪玩得過他。可他也不替我想想，這次我如果食言了你會怎麼看我？肯定恨我一個人，是不是？所以，我也想通了，明的不行來暗的，咱們悄悄走。今天他去下面部隊視察工作了，我們快去快回，只要不讓他知道，沒事的。」這叫放煙幕彈，目的就是要陳家鵠覺得這次回去不容易，你別懷疑這裡面有什麼陰謀。陸從駿真是隻老狐狸啊，他料到事後——諸事發生後，陳家鵠可能會反芻這些事，所以事先把可能有的漏洞都補了，封了，堵了。

不一會，車子來了，就走了。興奮的陳家鵠怎麼也不會想到，其實這不過是陸所長巧設的一個陰謀，一個詭計而已。他此一去，不僅見不到他日思夜念的惠子，還可能要永遠失去他心愛的女人。

由於戰時拉閘限電，天堂巷附近幾條街區全都黑魆魆的，陷在四周繁密璀璨的燈火中，猶如城市塌陷的一個陰森森的巨大黑洞。陳家人早早吃了飯，收拾了碗筷，此刻都在庭院裡，就著一盞昏黃的煤油燈枯坐著。氣氛明顯沒有以前那麼好，大家都不言不語，默默地望著那搖曳的燈焰發呆──流產的惠子像個怪物似的，讓大家欲說無語。

一陣晚風颯颯吹來，明顯地帶了初冬的寒意，讓人瑟縮。惠子坐不住了，首先站起來，對父母和家鴻、家燕歉意地笑笑，獨自上樓去──她要去見心愛的丈夫，總要去裝扮一下。

陳母望著她離去的背影，暗自歎氣搖頭，叫大夥也散了，回房休息。

不久，剛上樓的陳父聽見樓下院門吱呀一聲被人拉開，接著聽見老伴在廚房裡不滿地嘰咕著什麼，甚至還把捅爐子的火鉤哐噹一聲摔在了地上。陳父便起身下樓去，問老伴什麼事。

家鴻在一旁替母親說：「你沒看見，這麼晚了，她還出去，化妝化得跟個妖怪似的！」陳父知道剛才出門的人是惠子，問她出去幹什麼。老伴氣惱地說：「誰知道，你問我，我問誰。」陳父說：「你可以問問她的嘛」。家鴻又替母親答：「怎麼沒問，媽問了，她說是飯店有事，要加班，你信嗎?鬼才相信。」老伴痛苦地搖著頭，自顧自歎息道：「她怎麼……會這樣呢？」家鴻瞪著眼說：「她從來就是這樣，是你們以前被她騙了。」

當然不是。

惠子所以不說實話，是因為老孫再三要求的，不能多讓一個人知道，包括家裡任何人。如果他們知道她這是要去見家鵠，沒準都要跟去呢。

陳父搖搖頭，歎息道：「哎，這人……眞想不到……」家鴻冷笑道：「我看世上就沒有一個鬼子是好東西。」陳父蹙眉望著外面漆黑的夜色，沒有反駁，似乎是認同了家鴻的說法。

家鴻說罷上樓去了，兩位老人像被人拋棄似的默默地坐了好久，準備把煤爐裡的火熄滅了，上樓去睡覺。可就在這時，外面忽然又傳來了開門聲。陳父小聲說：「噯，你聽，回來了，回來得還蠻早的。」

「遲和早都一個樣，心野了，收不攏了。」陳母說著，一邊去開門。

「誰啊？」

「我。」

「你是誰？」

「媽，是我……」

聽聲音，好像是家鵠，母親以爲是幻覺。打開門看，母親驀地一怔，果眞是家鵠！遂欣喜若狂地奔上前，緊緊拉住家鵠的手，一邊「鵠兒鵠兒」地叫著，一邊摸他的頭，又摸他的臉，上下打量著，一種久別重逢的喜悅的淚水霎時盈滿了老人的眼眶。廚房裡的父親，樓上的家鴻和家燕聞聲都跑下來，與家鵠相見。表現最熱烈、誇張的還是小妹家燕，高興得跟隻喜鵲似的，拉著哥哥的手又笑又跳的，還學著西洋禮節，給了哥哥一個熱情的擁抱。陳家鵠扭頭四顧，沒有看見惠子，問：

「惠子呢？」

大家一下子沉默了，都低頭不語。

此刻，惠子剛到渝字樓，剛同老孫大哥接上頭。老孫安排她在一個僻靜的角落入座，給她要了一杯茶，讓她等著。老孫悄悄告訴她：陳先生還沒有來，但應該快來了，讓她安心等著。

「放心，等陳先生來了，我會安排他來同你見面的。」老孫非常體貼地對惠子說，讓惠子心裡一陣熱乎。她心想，孫大哥真是個好人啊。她哪裡知道，陳家鵠正在家裡問詢每一個人，打聽她的下落。

五

「小妹，你說，你說，你嫂子去哪裡了？」家燕閉口不開。

「哥，你知道惠子的情況嗎？」家鴻沉默的臉色變得非常難看。

「媽，惠子到底怎麼了？」陳家鵠急了，再一次問他媽，「惠子是不是出什麼事了？」

「她出的事太多了！」家鴻率先打破沉默，氣呼呼地說，「進屋去說吧，別讓人聽見了，丟人現眼的。」

陳家鵠一怔，預感到了什麼，趕緊拉住父母的手，帶他們去了客廳，不等腳跟站穩，便急切地催問道：「爸，媽，我感覺得出，家裡發生了事，不管是什麼事，你們都要跟我說，你們都不說，那誰還會跟我說呀。」陳父歎口氣，對身邊的老伴說道：「家鵠說得對，你說吧，是什麼就說什麼，天塌下來，用紙糊是糊不住的。」

家鴻氣咻咻地說：「本來就該這樣，都什麼時候了還瞞什麼，瞞來瞞去騙的還不是你們自己的兒子。」

陳母想了想，搖著頭，幽幽地歎息一聲，沉痛地說：「家鵠啊，媽覺得……你是……看錯人了，惠子她……她變心了……」說著，埋下頭去，傷心地飲泣起來。家鴻則直通通地說：「什麼變心了？她可能從來就是個壞心眼！」陳母抹著眼淚，一副氣恨得欲言無語的樣子。家鴻接著說：「我來說吧，她不在家，去跟那個美國佬約會了。」

家鵠聽得一愣，追問道：「美國佬？哪個美國佬？」

家鴻說：「薩根，美國大使館的那個薩根。」

家鵠說：「薩根？惠子怎麼會跟他去約會？」

家鴻沒好氣地說：「不是他還有誰？她說薩根是她什麼叔叔，我看啊這關係也許根本就是瞎編出來的。」

之前家鵠知道惠子在美國大使館有個叔叔的事，但沒想到這人就是黑室的眼中釘薩根，便沉吟道：「這可不好，這薩根可是個壞人，不能打交道的。」

家鴻哼一聲，滿臉鄙夷地說：「可你不知道，他們打交道打得火熱呢，最近她連晚上都在家裡待不住了，這不，又出去了，騙我們說是去單位加班，加什麼班，都是鬼話。我敢肯定，她現在一定跟薩根在一起！」

家鵠不無厭煩地看看家鴻，又不無求助地看看父親、母親，希望二老給他幫助，反駁一下家鴻。可二老愛莫能助啊，他們說的口氣和用詞比家鴻或許要好聽一些，但本質無二，都是在數落惠子，替他難過、著急。

母親說：「家鴻的話說得是難聽了一點，但說的都是真的。」

父親說：「有些話我們都羞於說，但誰叫你這麼倒楣，碰上了。」

母親說：「家鵠，媽真覺得你看錯人了，你走了她就變了。」

父親說：「什麼變，我看她以前那種溫柔善良的樣子都是裝的。」

兩位老人你一言我一語，盡情數落著惠子，令陳家鵠震驚不已，彷彿走錯了家門，他們在說的是另外一個人。憑他對惠子的瞭解，憑他們多年相依相隨、忠貞不渝的感情，陳家鵠是不相信惠子會突然變心，會做出對不起他的事來的。他想爲惠子做點辯解，結果二位老人家狠心地拋出了一個大炸彈：惠子背著他們去醫院把懷的孩子做掉了！

這事太大了，太意外了，陳家鵠簡直不敢相信。可母親有血布爲證，家燕有親眼爲證，如果需要，還有醫院和醫生爲證，肯定假不了。陳家鵠捧著血布，如捧著一座山，雙腿一軟，一屁股跌坐在椅子上，傻掉了。

「她不是整天給你寫信，怎麼沒跟你說？」

「這麼大的事爲什麼不跟你說？有原因的。」

「因爲她從來就不想要這個孩子，所以才不說。」

「她說是吃了什麼髒東西腹瀉引起的，我根本不信，哪兒這麼容易，腹瀉就能瀉掉孩子？」

「你知道出事那天她跟誰在一起吃飯嗎？那個討厭的薩根叔叔！」

「我敢說他們現在又是在一起，天天這樣啊，不是回來晚就是提前走……」

兩位老人和家鴻又開始新一輪狂轟濫炸，居然還是沒有把家鵠炸投降。陳家鵠平靜下來後，又幫惠子說話：

「爸，媽，我覺得……這中間可能有些誤會……」

「什麼誤會？」父親責問道，「難道我們是在挑撥離間？」

「不是。」兒子訥訥地說，「我在想……會不會是她遇到了什麼事？」

「什麼事?一個婦道人家還有什麼事比名譽更重要的!」父親憤憤地說。母親則痛惜地搖著頭說:「家鵠啊,你就是太自負了,明擺的事情還不信,我們是你的父母,可憐天下父母心,巴不得你好呢,能騙你嗎?」家鴻看弟弟還是執迷不悟的樣子,一氣之下上樓,從母親房間裡把那些不堪入目的照片都拿下來,丟給家鵠看。

「這是誰給你們的?」家鵠問。

「李政。」母親說。

「李政?」家鵠欲言無語,「他怎麼……」

「他是關心你!」陳父沒好氣地說,「換成別人,誰會管你這些閒事?」

「可他怎麼會有這些照片?」

「因爲薩根是鬼子的間諜,被人跟蹤了。」父親說。

「何止是薩根,難道惠子不是嗎?一丘之貉!」家鴻說。

圍繞這個問題,二老和家鴻又準備掀起一輪轟炸。但這回只是小炸,因爲陸所長臨時闖進來,催促陳家鵠該走了。走之前,母親一反往常地態度堅決,要兒子快刀斬亂麻,跟惠子離婚。陳家鵠剛搖頭,還來不及說不同意,父親一下子火了,跺著腳吼:「搖什麼頭!我看你媽說的沒錯,我們陳家世代都書香門第,清白人家,絕對容不下她這種兒媳婦!」

這是陳家鵠這次回來聽到的最後一句話。

這對陳家鵠來說眞是一次比死還難受的會面。

六

與此同時，惠子雖然沒有陳家鵠這麼難受，但時間一分鐘、一分鐘從心上劃過的感覺也不好受啊。很難過！陳家鵠是劇痛，她是煎熬。樓梯上不時傳來腳步聲，客人一拔拔地來，可就是不見陳家鵠。

他怎麼還沒來？

家鵠，你快來吧，我在等你。

千呼萬喚，能把陳家鵠喚來嗎？

該收場了，老孫終於不無遺憾地通知惠子：「走吧，看樣子今天晚上他肯定不會來了。我早同你說過，他忙得很，事情很多，今天肯定是臨時又冒出什麼事來了。」

有善始，無善終，空歡喜一場。可這能怪誰呢？家鵠不能怪，他本來就不知道，孫大哥也不能怪，他是一片好心。要怪只能怪自己，運氣不好，仁慈的上帝沒有眷顧她。爲了表示自己不是那種禁不起打擊的人，也是爲了減輕孫大哥的負疚心理，惠子甚至連一點難過的感覺都沒有表露出來，都埋在心裡。和老孫分手時，她臉上一直掛著淺淺的甜笑，好像在與陳家鵠告別。

說眞的，老孫很是佩服她的涵養，把內心的失落情緒包藏這麼好，眞像是一個有良好教養的大家閨秀啊，而且很顯然，她有一顆善良的心，自己這麼難受還想著要體諒別人。可是，佩服歸佩服，印象好歸印象好，難道老孫會因此而甘休嗎？不會的，老孫看著消失在黑暗中的惠子，堅定地告誡自己，她必須消失，從陳先生的世界裡徹底消失！

第七章

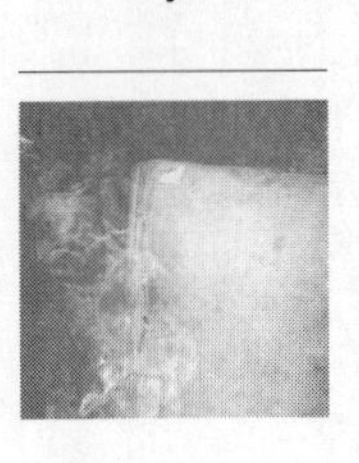

可就在這時，之前一直助他的閃電出賣了他，
一道雪亮的閃電在他精力最集中的時候突發而至，
一下驚擾了他，致使他腳下打了個滑，身體頓時懸了空。

一

說一點開心的事吧，說惠子的事太那個……鬧心！

話說這天，晨霧濃濃，到八點多鐘天才明亮，從雲層中擠出來的軟弱的陽光無力地打量著嘉陵江，打量著山城四面八方，可以見得萬千蒼生依舊如螻蟻一樣，遊走穿行於這個雜亂的城市，四處忙碌，八方刨食。世界就是這麼殘酷，生活就是這麼麻木，不管誰在哭還是鬧，不管誰受了災，還是鬧了病，死了人，日子照樣流轉，照樣月落日起，風生水起。在浩瀚、巨大的天面前，人真是小又弱，在亂世當中，亂七八糟的世相面前，人真是苦又悲，既無奈又無助，既掌握不了自己，也改變不了生活。

不過，有幾個人似乎掌握了自己，他們就是重慶八路軍辦事處的人。

這天早晨，止上路發生了一點小小的、卻是根本的變化，就是騎自行車來這條路上送發信函的郵遞員，已不是往常那個留著小分頭、頗有幾分學生氣的年輕人，而是換成一個粗皮大臉、腰圓體壯的北方佬。

就是老錢！

老錢在郵局大起大落，都是爲了今天，爲了接近黑室，爲了與徐州同志建立長期固定的聯絡，以謀宏圖。今天是他第一天上班，在他放信件的郵包裡，放著一封天上星回給徐州同志的信。首次接頭，他不知道能不能接上頭，心裡有些忐忑不安。但你看他哼著小調、不亦樂乎的樣子，是發覺不了他內心的景致的，你只會覺得他是個樂觀的人，他喜歡這份工作，喜歡這個早晨。

這條郵路確實比渝字樓那條好跑得多，路面雖然不怎麼寬闊，也不完全是坦途，有幾個坡度甚至是鑾陡的。但總的說，坡路少，坦途多，可以騎自行車，只有兩個大坡度需要下車，人推著車走。老錢精神勃勃地一路打著鈴鐺，有聲有色地闖入安靜的止上路，放慢車速，數著門牌往前騎。一號，二號，三號……不行了，坡度太大，騎不動了，便下車推。老錢發現這點後，心裡高興啊，他就想在這截路上多磨蹭一會，慢點經過，好多打量一下周圍。

路遂人願，比天遂人願還叫人樂啊！

止上路五號，哇，好大、好厚的鐵門啊，好高、好深的圍牆啊。這哪像個單位嘛，從外面看怎麼看都像哪戶豪門人家的大宅子，難怪我們以前找不到啊。老錢推著車走，四下打量著，尋找徐州信中描述的那道門。

哦，前面那兒不是有根電線杆嘛，可能就在那兒。

上去看，果然有一扇橫拉的單鐵門——鐵定就是它了！老錢前後顧看，發現沒有人，遂誇張地大叫一聲啊喲，把車摺翻在路上，人也躺倒在地，操爹日娘地罵天，罵地，罵路，罵電線杆。

徐州聞聲，從小鐵門的門縫裡往外瞅，發現有個人氣惱地坐在地上在操祖宗罵娘，眼睛卻順著電線杆方向骨碌碌亂轉，心裡明白了大半，便拉開門出來看。

「你怎麼了？」

「他娘的，摔了一跤。」

「沒人礙你，罵什麼娘。」

「徐州同志，我是娘家來的……」

徐州這樣子太好認了，保準錯不了，老錢索性直截了當地攤了底牌，令徐州又驚又喜，四面察看。老錢扶起車，扶車的同時故意把鏈條弄脫，然後將車靠在電線杆上。車上承載了兩大包郵件，光靠電線杆支撐不住，徐州便趁機上前幫他扶著車，這樣兩人基本上是交頭接耳了。

就這樣雙方把該說的說了，該約的約了，以後只需「照章行事」即可。兩分鐘後，老錢弄好車後又哼起小調，上了路。徐州目送他離去，心裡想，這下我終於再也不需要往傷口上撒石灰了。接著又想，以後可以隨時與組織聯繫了，難得啊。接著又想，這叫苦盡甘來，人世間還是有公平的一面的。

這一天，徐州想了很多。從當年在豐都教書寫字，到偶然認識天上星，到宣誓加入共產黨，到赴前線參加抗戰，到江寧大戰，一點一滴恍如隔世，彷彿已經過了好幾輩子……

眼下，想得最多的自然是陳家鵠。

陳家鵠昨晚一夜未眠，根本就沒有睡意，連床都不想躺，一直站在窗前，久久地：好像在等人破窗而入，要不就是自己飛天而去。好幾回，他都有一種強烈的衝動，想去找樓下的陸從駿，帶他再回去。只是想到陸所長今晚不在樓下，才作罷。其實也沒有作罷，有一陣子他甚至想偷跑出去，他想搞清楚，惠子今天到底去哪裡了。

他還想搞清楚，家裡人爲什麼會群起攻之——惠子。

他還想搞清楚，惠子回去知道自己今天回家過會有什麼表現，什麼想法。

他還想搞清楚，父母親說的那些——那麼多——到底是怎麼回事，是誤會還是……如果是誤會，又是怎麼造成的。

還有！

還有！！

他覺得自己成了一個黑洞，洞子裡全是無頭無尾的東西，飄來飄去，浮浮沉沉，吵吵鬧鬧，沸沸揚揚。有時他又覺得自己成了個透明體，玻璃缸，夜色都掩蓋不了它：它在黑夜中閃閃發亮，父母親說的那些事，像金魚一樣在玻璃缸裡游來游去，有時還猛烈地四面撞壁，玻璃隨時都可能被撞碎——他覺得自己隨時都可能要爆炸！

他眼睛一直不眨地盯著窗外厚厚的夜色，有時黑暗讓他覺得暈眩，有時黑暗又變得雪亮，像黑暗在燃燒，在痛苦地燃燒，痛苦得吱吱的叫。他希望自己累倒在地，可怎麼一點也沒感覺啊！他覺得自己的身體成了空氣，只有浮沉在腦袋裡的一個個念頭是沉重的，黑色的，有時又是紅色的——像用血做的。

這個夜晚，漫長如一生，短促如一秒。

陳家鵠經歷了一個一生中從未有過的夜晚，沒有生命的感覺，只有靈魂被剝光了外衣、赤裸裸的、無所適從的感覺。

天亮了，他把自己沉沉地放倒在床上，要麼死亡來把他接走，要麼陸從駿來找他，給他回應。

昨天晚上，回來的路上，面對陸從駿再三的問話，他只說了一句：

「惠子可能出事了，她沒在家。」

回到這兒後，面對陸從駿又是再三的問話，他又說了一句：

「你手下不是有偵探嘛，我想知道惠子今晚去哪裡了。」

陸所長是個聰明人，聽了這兩句話一定會想見很多事——陳家鵠相信，這兩句話已經把他自己當下的困和苦、面子和乞求賣給了陸所長。所以，他在等陸所長來找他，給他回應。

陸所長卻遲遲沒來。

二

陸所長來了，來得太遲了，下午三點鐘才來。

他爲什麼來得這麼遲？當然，原因可以很多：因爲偵查一時無果，或者因爲臨時有事，或者別的其他什麼。但事實上，什麼原因也沒有，說白了這就是個程序——魔鬼程序的一部分：來早了不可信。原定是午後就來的，後來（昨天晚上）因爲方案臨時有變，要突擊排演，不得不又延遲。

昨晚，陸所長把陳家鵠送回宿舍後，便回單位去等老孫。老孫很快回來，他們事先約好的：什麼時候所長帶陳家鵠回單位，什麼時候老孫便放惠子回去。兩人見面後，先是互通有無，發覺一切都按程序在走，沒有任何出入。唯一有點失望的是，二老希望家鵠跟惠子離婚，家鵠的表現有些乾脆：不同意！幾乎是不假思考就搖了頭——陸所長當時在場，親眼看到的。後來父親放了絕話，堅決要求他離，他也沒有接受，乃至很生氣地走了，說明他對父母大人的這個意見很不贊成。

憑良心說，這是可以理解的，畢竟是那麼恩愛的一對夫妻，哪可能說離就離的，總要給他一點時間。但話說回來，你是不能給他時間的，一方面杜先生那邊催得緊，另一方面你越給他時間，越可能出現意外——畢竟那些玩意，那些是是非非，惠子的那些罪罪惡惡，都是假的。事情絕不能拖，越拖對這邊越被動，必須快刀斬亂麻。最理想的效果是——陸從駿的夢想——陳家鵠一聽惠子的那些齷齪事，一氣之下，手起刀落，來個了斷。

但現在看來這種可能性不但不大，且幾乎爲零。這從他回宿舍後從牙縫裡擠出來的那句話可以作憑——他不是要求陸從駿派人去偵查「惠子晚上去了哪裡」嘛，這說明什麼？他不會輕易下刀的，他要探尋眞相後，破譯了「密碼」後，才會有決定。

惠子晚上去了哪裡？

當然是去和薩根偷情了，睡覺了，做愛了。這哪要派人調查、偵探，這是魔鬼程序早就設置好的。老孫甚至都做好了相應的照片和音響錄音。陸所長來跟老孫商量的事是，要他定好時間去向陳家鵠陳述經過。這可是一件定乾坤的大事哦，所長要親自與老孫合謀一下，什麼時間去說最合適，怎麼說最有效——必須要有完整的細節和可靠的時間、地點、場所，因爲他們面對是一個高智商的人，要禁得起智力的推敲，萬萬不能有差漏。一旦被陳家鵠有所察覺，前功盡棄自不待說，更可怕的是，他很有可能因此與黑室反目，事情如果到了那一步，他們就是拿命去塡也挽不回來了。

老孫深感壓力很大，卻靈機一動，說：

「有個人比他更合適去完成這件事。」

「誰？」

「家鴻。」

家鴿的大哥！

當時陸從駿聽了興奮得直拍大腿，是啊，我怎麼沒想到家鴻呢，家鴻當然是最合適最理想的。理由有二：一、之前他曾多次對老孫誣告惠子的種種不是，說明他比誰都想叫惠子身敗名裂，從他們家滾蛋，被家鴿休掉，掃地出門；二、作爲同胞兄弟，從他嘴裡吐出的每一個字都有會異樣的光芒，異樣的價値，異樣的可信度。

行了，無需多慮，就這麼定了。

原定的方案就這麼變了，可以說有重大調整。

於是，今天一大早老孫就去找家鴻，道明實情，表明態度。果然，家鴻二話不說便答應下來，態度十分爽快，配合十分積極，整個上午都與所長和老孫在合計、推敲說什麼、如何說的一些內容和細節。最後又經過反覆排演、試演，確信效果百分之百的好之後，才整裝出發。爲什麼來得遲？就因爲準備工作做得充分啊。

家鴻，對不起，雖然你是我們最好的朋友、戰友，我們充分信任你，但規定要求你必須要戴上眼罩，因爲你將要去的地方太重要了。沒問題，我理解，這也是對我負責嘛，不該知道的東西不要知道。家鴻畢竟也是半個軍人啊，通情達理得很。

除了戴眼罩外，家鴻此行身上還帶了一樣東西，就是一份謄寫規範、清楚的離婚書。從某種意義上說，家鴻此行要完成的任務不但是黑室的意志，也是他父母的意志，所以這份東西他帶得是非常理直氣壯的。只要弟弟在離婚書上簽上大名，說明他已經放棄惠子，然後不論是家裡還是黑室，於公於私，都可以隨便處置她了。換言之，請家鴿在離婚書上簽字不僅是個儀式，更重要的是個態度。態度不明，於公於私都不知如何下手啊。

家鴻，你一定要好好說啊，一定要讓你弟弟走出藩籬，走出困境，走出被欺騙的迷局，走向光明，走向美好，走向嶄新的生活。

家鴻說得眞是夠賣力的，從點滴說起，由淺入深，不緊不慢，娓娓道來，曉之以理，動之以情。某月某日，我第一次看見他們手牽手在大街上溜達；某月某日，我無意撞見他們在我們家巷子裡摟摟抱抱；後來我有意跟蹤他們，看到的就更多了，更那個了……

「就說昨天晚上吧，」家鴻嚴格按照排演的內容，繼續說道，「你走之後爸爸媽媽很難過，媽傷心得哭個不停，爸罵人，摔東西，家裡雞犬不寧。我心煩就出去了，往山上走，等我從山上下來，正好碰到一輛車停在我們家巷子口。我估計是他送她回來了，下去偷偷一看，果然是，還在車裡摟摟抱抱，那個戀戀不捨的樣子，看得眞叫人噁心。」

在家鴻的陳述中，惠子活生生成了汪女郎一樣的角色，風騷，下賤，騙人有一套，害人有一手。「俗話說，人心隔肚皮，知人知面不知心。家鵠，你太幼稚了，完全被她的假象迷惑了，包括我，我們全家人，開始都被她表面溫順的樣子迷惑了。可俗話又說了，假的就是假的，狐狸精就是狐狸精，總有一天要露出尾巴的。她現在不光是露出尾巴，連青面獠牙都露出來了，你還能糊塗嘛。再糊塗我看爸媽都要被她氣死了，你不爲自己想，總要爲爸媽想想啊，他們都老了，禁不起折磨了。我這一年來心情不好，讓他們受了不少委屈，給他們增加了不少心理負擔，我希望你再也不要讓他們受委屈了，就聽他們這一次，把東西簽了。」

家鵠不簽。

家鴻又做工作。

家鵠還是不簽。

家鴻還是做工作。

如是反覆多次，終是把家鵠惹火，撕了那頁紙，打開門，請家鴻走：不歡而散！

家鴻出門時說了一句狠話：「我看你非要把爸媽害死不可！既然你這麼無情就別怪我不義，只要我爸媽因爲這個爛人有個三長兩短，我會親自把這個爛人趕出家門！」

陸從駿剛才一直趴在樓下偷聽樓上動靜，這會兒聽到家鴻說這番狠話，氣得抱頭蹲在地上，好像家鴻恨的是他。他當然知道家鴻沒在說他，可他更知道，樓上談崩了，意味下一步非他親自出馬了。

三

陸從駿沒有馬上出馬，他告誡自己：得有個緩衝，否則一輪輪衝鋒，轟炸連著上，容易被陳家鵠識破。他樂意暫時當個局外人，讓他們家裡人先折騰，折騰不下來再說。現在，他給他們家裡做的牌還沒有打完呢。即使打完了，他覺得自己也不便立即出手，得緩兩天後再說。欲速則不達，心急吃不了熱豆腐，凡事得有個法度，不能憑性子來，陸從駿是沉得住氣的。

和所長相比，惠子顯得很沉不住氣，她簡直亂套了，心裡像被炸了堤壩，開了鍋，水漫金山，洪流破堤，亂七八糟。昨天晚上，家鴻有點過分了，把門閂上了，惠子從渝字樓回去，怎麼敲也沒人來給她開門。家燕是想給她來開的，可父親正在氣頭上，說了句氣話：

「她還有臉回來！」

家燕聽了，無所適從，下樓去開也不是，不開也不是。

惠子不知道家裡發生了什麼事，以爲是沒聽見，照舊一個勁地喊：爸爸，媽媽，家燕，大哥……

喊了一輪不行，喊二輪、三輪。最後還是母親發了慈悲，給家燕一個臉色，家燕才下樓去給她開門。

「你去哪裡了？」家燕開了門，有點不高興地問。

「我……飯店裡有點事。」惠子因爲見不到家鵠心情很差，冷冷地說。

家燕想，騙人，我好心惦記著你，你還給我臉色看，一氣之下不理她，掉轉頭，甩開腿，咚咚咚地上樓去了，把惠子一個人晾在門外。

惠子不知道是怎麼回事，一個人站在空無一人的長長的巷子裡，突然有一種被人拋棄的感覺。她上樓想去向父母問安，本來二老房裡的燈是亮著的，可聽她的腳步聲過去，燈滅了。去找家燕也是這樣，臨時關燈，明顯是拒絕見她。她回到自己房裡，想起家鵠見不到，家人又這樣冷淡她，她突然覺得渾身散了架，沒了一絲勁，進了門連走幾步的力氣都乏了，癱軟地坐在地板上，欲哭無力，只有淚滾滾地流下來，濕了衣襟和地板。

淚水默默流淌，心裡似乎被淚水洗滌了似的，有些東西清晰地呈現出來。她回想起，這些天除了家燕，父母大人以及大哥對她都很冷淡，她時時處處小心翼翼，盡量做到對老孝敬，對外賢慧，可還是遭受到父母的冷待。特別是母親，不要說不像過去一樣對她問寒問暖，就連話都懶得跟她說。大哥嘛，本來就對她愛理不理的，她也習慣了。家燕雖然還嫂子嫂子的喊她，可總覺得少了點過往的親熱勁。以前，家燕還經常夜裡來鑽她的被窩，跟她說私房話，現在連她房間都很少進了。

她很難過。

但她不怪他們，因爲她知道問題出在哪裡，就是：孩子沒了。她認爲這確實是自己的錯，不小心將孩子流掉了！可是，這天晚上大家這個樣子真讓她太傷心了，淚水也治不了她的傷心，傷心得她怎麼都睡不著，好像傷心把睡眠的機關燒壞了。

傷心又出了亂牌，像病急亂投醫。第二天上班時，惠子第二次（第一次是剛來時）主動給薩根打去電話，表達了相見之願——這不是一張臭牌嘛。薩根掛了電話，直奔賓館而來，兩人一起在樓下吃午飯，餐桌上惠子述說了心裡的苦惱和鬱悶。

薩根的看法跟她完全不同，他認爲陳家人之所以對她冷淡，跟孩子沒關，主要還是因爲日本的軍隊每天都在中國的土地上推進，逼得他們把政府都遷到重慶來了，到了重慶還時不時地遭日本飛機的轟炸，現在這裡也是焦土遍地，血流成河。

「惠子，你不想想，你是哪裡人？日本人，你的國籍已經註定要被這片土地和土地上的每一個人恨，包括陳家人。」薩根說。

惠子委屈地說：「可我現在是他們家的兒媳婦，我已經是中國人了。」

薩根搖頭，笑，「那是你一廂情願，惠子，你就是再過十年、幾十年還是日本人！就像我母親一樣，兒孫都一大堆了，還認爲自己不是美國人，是日本人，非得要把我弄回到日本去學日語。年輕時，她曾發誓不再踏上日本國土，可現在老了，做夢都想回去，死也想回去。水有源，樹有根，人吶，也一樣，故土就綁在靈魂深處，一輩子都扔不開，也甩不掉。」

惠子無言以對，默默地看著薩根，心裡卻是更加的難受，彷彿自己也會變成像他母親那樣的人，一生都無所依傍，靈魂無所寄託。薩根看著她憂心如焚的樣子，不知是出於心痛，還是爲什麼，伸出手去握惠子的手，不乏親昵。這是薩根第二次有此舉動，和第一次一樣，又被惠子乾脆地擋而拒之。

遠處，咔嚓一聲，留下了惠子擋拒之前的一瞬間。不用說，照片洗出來你只能看到兩隻手緊挨在一起，彷彿是一場新歡的前奏。

四

惠子絕對沒有想到的是，此時的陳家老小在商量和策劃讓她跟陳家鵠離婚的事。一家四口關在客廳裡，都正襟危坐，一派要商量大事的肅靜。父母開始沒有說話，讓兄妹倆發表意見。家鴻一樣沿襲他過往的作風，特別積極、活躍，率先發言。他認爲這樁婚事本來就沒有徵得爸爸媽媽的同意，現在又出了這麼多醜事，爸爸媽媽完全可以做主讓他們離婚，否則他們家的臉面沒地方放。可家燕卻不同意，理由是這必須要徵得二哥的同意。

父親聽了家燕的話很生氣，忍不住跳出來訓斥她，「他在往火裡跳，你也不拉他一下！你不拉，誰拉！人都有犯糊塗的時候，我看家鵠是在國外待久了，昏了頭了！」

父親的態度已很明確。母親雖然極力主張兩人離婚，但到關鍵時刻，她又沒了主意，問老頭子：「那……怎麼跟惠子說呢？」

家鴻說：「很簡單，我們寫個東西，就說是家鵠捎回來的，讓她在上面簽個字就行了。」

家燕說：「她要不簽呢？」

家鴻說：「這就是你的事了，你要想辦法，讓她簽！」

父親說：「對，你一定要說服她簽！」

父親的堅決讓家燕很是吃驚，便呆呆地立在旁邊，眼睜睜地看著父親和大哥擬好的離婚協議書。家裡人中跟惠子感情最深的還是家燕，家燕也是最瞭解嫂子的，說句良心話，她有點不相信惠子做了那些醜事，可是……怎麼說呢？證據又這麼確鑿，她眞是糊塗了。現在父親又交給她這個任務，她更是覺得難過，不知道說什麼，索性悄悄抹著眼淚走了。家鴻追出來，想拉她回去，她氣呼呼頂撞他一句：

「還有什麼好說的，我照你們說的去做就是了。」

這天傍晚，惠子下班回家，喊爸爸，爸爸愛理不理的，想幫媽媽燒飯，媽媽也給她臉色看，不讓她插手。她覺得很無趣，落寞得無所適從，只好上樓去了自己房間，呆呆地捧著家鵠的照片看。看著看著，又是淚流滿面。

不知什麼時候，家燕悄悄進來。有道是：嘴上沒毛，辦事不牢，家燕哪經過這些考驗嘛，進來後正事沒辦，自己先失控了，情不自禁地撲進惠子的懷裡，失聲痛哭起來。惠子不明就裡，連忙抹去自己臉上的淚，摟著家燕問她出了什麼事，說了一大堆安慰話。

家燕聽著心裡更加難過，禁不住淚如雨下。可哭有什麼用？哭不能把要說的話咽下去，父母親就在外面聽著、等著呢。最後，只好一邊哭著一邊把父母親要他們離婚的意思說了。

惠子聽了大驚失色，問：「離婚……爸爸媽媽……幹嘛，要離婚……」

家燕以爲她聽錯了，糾正道：「不是，他們，要你和二哥……離婚。」

惠子其實沒聽錯，只是急不擇言，表達不周而已，「是啊，爸爸媽媽……幹嘛……要我們離婚……」

「幹嘛？你自己知道！」家鴻說。

面色沉鬱的父母和家鴻，這時一齊闖進來，家鴻把擬好的離婚協議書遞給惠子，家鴻眞是有點快刀斬亂麻的架勢，直截了當地說：「現在說什麼都是多餘的了，家鵠已托陸先生把協議書帶了回來，你就在上面簽個字吧。」這是他臨時拈來的一個說法。

惠子看罷協議書，不覺驚呼道：「爸爸，媽媽，這不可能！家鵠他……」不料父親立即打斷她的話，顯得很絕情，冷冷地說：「以後你不要再這樣叫我們了，我們不是你的爸爸媽媽，你的爸爸媽媽在日本。」

惠子徹底傻掉了，淚水一下湧出眼眶，喃喃道：「爸，媽，這……這是怎麼回事啊？」

「怎麼回事？問你自己！」家鴻說。

「我……我不知道，媽……我……我要見家鵠……我要去見家鵠！」說著起身要往外跑。陳父給家燕使個眼色，家燕趕急抱住她，說：「二哥沒回來，他在哪裡你都不知道，你去哪裡找他呀。」

惠子愣了愣，本來就蒼白的臉色越加顯得蒼白了，滿眼的淚水，滿臉的悲哀和無助，茫然地回過身來，撲進家燕的懷裡慟哭起來。家燕抱住她，也哭。父親看看她們，示意家鴻把離婚協議書放在桌上。家鴻放了，父親又朝家燕往協議書上重重地指了指，帶著老伴下樓去了。

哭。

哭。

哭。

哭累了，家燕抹著淚，拿起離婚協議書，對惠子說：「惠子姐，你……你還是簽了吧……」惠子像突然醒過來似的，堅決地搖著頭說：「不不，我不簽！小妹，這肯定是個誤會，家鵠不會這樣對我的……」說著，眼淚又滾滾而下，像兩道漲滿悲傷與痛苦的小溪一樣，在她蒼白的臉上汩汩地流淌著。

家燕的心裡五味雜陳，百感交集，但父親的「旨意」是不可違拗的。她交織著不安和痛苦，流著淚再次勸她簽──既然父親說是二哥的意思，她照樣畫葫蘆把二哥搬出來說：「我也不希望這樣，可二哥……已下了決心……惠子姐你還是簽了吧。」

惠子像沒聽見，徑直從床頭櫃上取過陳家鵠的相框，緊緊地抱在懷裡，眼淚汪汪地說：「不會的，家鵠不會這樣對我的……他說過，我們要終生相愛，愛到死，愛到天荒地老，愛到海枯石爛，愛到下輩子還要愛……」一邊情不自禁地抬起頭，望著窗外的天空，痛苦地呼喚，「家鵠，這到底是怎麼回事哦？家鵠，你在哪裡，我好想見你啊……」

眞正是聲淚俱下！讓家燕忍不住又抱住她痛哭起來。

撕心裂肺的哭聲傳到樓下，陳父陳母聽著有些坐立不安，心潮難平。陳母到底是個女人，聽見惠子哭得那樣淒切傷心，禁不住長長地歎口氣，說話的口氣軟了許多，「我看她……也是怪可憐的……會不會……」陳父瞪她一眼，卻也沒有直接數落惠子，而是把心裡的怨氣全都發洩到自己兒子身上，怪他自負輕率，婚姻大事都不跟他們說一聲。

「成於斯，敗於斯，我看他是太自以爲是了。」父親跺著腳罵。

「他以前的路確實是走得太順利了。」母親說。

「這個脾氣他要不改，以後還有苦頭吃！」父親說。

樓上的哭聲絲毫不減，如果再這麼哭下去，二老的心情會不會有所變化？也許吧。事實上，他們的心情已經有點變化了，慈心在甦醒，在增加，在收攏。但陸從駿似乎早已算到這一刻似的，及時派老孫把惠子和薩根今天中午在餐桌「牽手」照片送來。二老一看，加上又聽了老孫胡編亂造的東西，剛才稍有見軟的心腸又變得堅硬無比。

比原來更堅硬！

而且，徹底杜絕了以後有可能見軟的餘地，因爲這是一次活的教訓。

五

該打的牌打了一圈了，定音之錘還是懸在空中，加上連日來陳家鵠幾次三番向他要求再回去，讓陸從駿煩不勝煩。人煩了，難免會心急——陸從駿有點心急了。關鍵是，今天午睡時他突然作了個夢：陳家鵠跑回家去了！雖是白日夢，可他眞擔心哪天這頭倔牛偷偷跑回去，見了惠子，眞相大白，豈不枉費心機？

於是決定出馬。

用老孫的話說，你做了那麼多鋪墊工作，不急不躁，穩紮穩打，現在可以出手了，去做最後那四兩撥千斤的事啦。老孫還說：「這事該收場了，老是賊頭賊腦做虧心事，心裡不安啊。」這話是大實話，說眞的陸所長本人也有同感。可是同感歸同感，該罵還是要罵。

他狠狠教訓了老孫，「媽了個X，你裝什麼好人！你以爲你有菩薩心腸，我就是蛇蠍投胎，沒心肝的！告訴你我也不想去做這些鳥事，可我不能不做，你也不能！」他知道自他幹上這一行起，他就不再是原來的他，名字被改了，就連自己的未來和命運都一齊拱手交了出去——爲了黨國的利益，他必須犧牲自己的一切，包括生命和榮譽在內。至於做一點偷雞摸狗栽贓陷害之類的事，更是小菜一碟，眼睛都不該眨一下。

這天午後，他把惠子和薩根親密接觸的一些照片和三號院搞來的一些秘密資料，離婚書，等等，一併裝進黑色公事包裡，決定登場。一路上，他暗自思考一番，覺得這一仗勝算的把握還是居大，因爲他感到陳家鵠已經被他們搞得焦頭爛額，而他手上的「武器」也是夠的：婊子，間諜，全家人的名譽，父母大人的恐懼和因恐懼而生的威嚴，一大堆呢。這麼想著，陸從駿的腳步越來越有力，他甚至渴望與陳家鴿一戰。

然而，自以爲滴水不漏、勝券在手的陸從駿，還是失算了。陳家鴿根本不接招，對你的這個證據、那個武器視若糞便，他對那些照片和資料一眼都不看，就把它們統統扔在地上，大聲吼道：

「我不要看這些東西！你就是提著人頭來，我也不相信惠子是間諜！」

「爲什麼？」

「因爲我瞭解她，我相信我的判斷力。」

「俗話說，智者千慮也有一失。」

「那我告訴你，知她者，莫如我。」

「嘿，還有句俗語，知人知面不知心。」

陸所長盡量顯得平靜，讓「水面」飄浮幾片落葉，有瀾無驚。他知道，陳家鴿慭了多日，開始一定會有激烈反應，小不忍則大亂，他要反其道治之，以靜制動，以柔克剛，以「理」服人。他平靜地告訴他，三號院的人（強調不是他五號院的）早就盯上薩根，通過盯薩根，發現惠子諸多「秘密」和「問題」。現在已經掌握足夠的證據可以證明，她是薩根不折不扣的同謀，既對不起中國，也對不起你陳家鴿。

換言之，既是間諜，又是婊子。

陳家鴿以不變應萬變，只嚷著要回家！回家！

陸所長緩緩地搖頭，從容不迫地說：「既然我們已經確定惠子是間諜，怎麼還敢放你回去？這不是把你丟入虎口嘛，他們作夢都想把你引出去，好下手。你不知道，惠子爲了引你出洞都絞盡腦汁了。你看，這是什麼，她已經簽了大名。」說著拿出一份離婚協議書，交給陳家鵠。

陳家鵠看見上面果然有惠子簽名，卻根本不信，他知道所長身邊這幫傢伙是什麼事都幹得出來的，當初給他寄子彈就是例子！於是勃然大怒，拍著桌子指著那份離婚協議書吼道：「不可能！不可能的！你少來這一大套，這肯定是假的，惠子不可能跟我離婚！」

「眞和假你比我清楚。」陸所長照樣不怒不氣，「我也不關心它是眞是假，我關心的是，也許這就是她引你出去的一個陰謀。」

「她都要跟我離婚，幹嘛還要引我出去？簡直是鬼話！」

「因爲你不相信啊，你現在的心情就是這樣，納悶她幹嘛要跟你離婚。你不理解所以要去找她，見她，問她。這就是計謀，就是要勾引你進她的口袋，你出去就是死路一條。」

他居然說得振振有詞，有理有節，把陳家鵠氣得渾身發抖，全身的血液往上湧，滿臉通紅，充滿一種憤怒而又悲壯的表情。「就是去送死我也要去見她！我這樣活著還不如死！」陳家鵠失控了，像獅子一樣吼。

「你現在的生命不屬於你，你可以置之不顧，我不可以。」

「你要在乎我，可以派人保護我啊！」

「你要去見的人正是要殺你的人，怎麼防？防不勝防！所謂明槍易躲，暗箭難防，天上飛的，地上跑的，我們都可以防範，但是你身邊的炸彈，我們想防也防不了。你先坐下，好不好，我們有話好好說，慢慢說。」

陳家鵠不坐，他情緒激動得很，完全失控了，放肆了，他對所長臉紅脖子粗地嚷叫：「我跟你無話可說！你讓我走！我要回家去，我一定要見到惠子，我要用自己的眼睛看看她，問問她。」

退一步說，什麼都可以，就是不能讓你見到她本人。這個計畫啓動之初，這便是鐵律。於是，兩人就在辦公室裡激烈地爭吵起來。忍耐是有限的，開始的平靜是爲了後來的發怒更顯出威力。最後，陸所長拿出長官的架勢，命令似要他在協議書上簽字。

「陳家鵠，你突然讓我瞧不起，不就是個女人嘛，一個下三爛的貨色。最毒婦人心！你知道嗎？你今天是瞎了眼，倒了楣，遇到了，撞下了。再說了，人家都已經簽了字，你還執迷不悟。不要說她還是個日本女人，就是觀音菩薩，也不值得你這麼死皮賴臉，你還是個男人嘛。」

「好，我告訴你，什麼叫男人！」

陳家鵠衝上前去爭搶那份協議書，想把它撕了。陸所長發現其意圖，立刻制服了他。一時間，兩人拳腳相加，出手相打。當然，轉眼間所長一發力便把陳家鵠摺倒在地，動彈不得。

這次交鋒的激烈程度，可以與那次在墓地的爭吵一比，不一樣的是，那次爭吵陳家鵠一直咄咄逼人，絕不示軟。這次卻在陸從駿謊言瞎話的圍攻下，在酒精的作用下，漸漸敗下陣來。藉酒消愁愁更愁，但總是不乏有人明知故犯，老調重彈。陳家鵠接受喝酒，是轉機的開始，果不其然，兩杯酒下去，陳家鵠的火氣銳減。半瓶酒不見，兩人已開始和顏悅色，你好我好起來。

陳家鵠看著離婚協議書，面色平靜地說：「這個……先不簽吧，突然冒出了那麼多事，你總得讓我先消化消化再說嘛。」

陸所長也乾脆，「那好吧，我把它留下，你想好了再簽，我相信你遲早會簽的。」

「你不能搞鬼名堂，找人簽。」

「怎麼會呢？要找人我早就找了，何必還要多此一舉來找你？你看，我的舌頭都說得起泡了，你啊！眞是個難啃的骨頭，我算深有領教了！」

「也包括當初勸我來這裡？」

「是啊，那次我們在墳地也像今天一樣，好話歹話說了幾籮筐，把死人都吵醒了。」

「這兒跟墳地差不多。」

「不，這兒是墳地的前一站。」

「現在想來我幸虧被你勸來了這裡，否則……也許就被他們圈進去了。」

「這很可能，兩個人朝夕相處，難保你不被他們利用。」

「如果被利用了，有意也好無意也罷，我都將抱恨終生。」

「那當然，那你就成了中華民族的千古罪人了。」

「是啊，我滿腔報國之心，如果不慎誤入歧途，便是死有餘辜。」

兩人就這樣一邊把酒一邊掏心，酒越喝越多，心越掏越深，一直聊到夜深天變。

天打雷了！

陸所長看陳家鵠已完全平靜下來，便提議回去睡覺。餐廳在樓下，陸所長宿舍的隔壁。兩人從餐廳出來時，烏沉沉的天空突然裂開一道大口子，把黑夜照得形同白晝，也照亮了陳家鵠那張英俊、帥氣的臉孔。然而即使這樣，陸所長也沒看清他的眞實面孔，他的智力要欺騙他似乎是綽綽有餘的。

六

事實上，陳家鵠從決定喝酒起就已心懷叵測，他要逃跑！要回家！

選什麼時候逃跑最好？一般人也許會選擇後半夜，人睡得最死的時候。陳家鵠選的時間是陸所長怎麼也想不到的，他上樓就開始行動，先是撕碎一件純棉內衣，纏裹在雙手上（對付圍牆上的鐵絲網的），再把一張床單扯成布條，擰成繩子，繫在腰間（爬大院的圍牆時可能有用），然後走到窗前，全神貫注地盯著天空，等著電閃雷鳴。

閃光亮時，等於是對他喊「預備」。

雷聲響時，他迅速打開窗戶：開窗的聲音被雷聲吞得乾乾淨淨。

然後又等第二道閃電、雷聲，利用這一道雷聲他又神不知鬼不覺地站在了窗戶上，呈凌空欲飛狀。然後再等下一道閃電、雷聲……閃電——預備——跳！畢竟在二樓，他跳落到地上的聲響眞是不小啊，可哪有雷聲大呢？然後再等下一道閃電、雷聲……用相同的辦法和運氣，他順利地翻上他們庭園的矮牆，然後溜下去，從陸所長的眼皮底下成功突圍出去。

天助我矣！

不過也是他算計得好：一是他巧妙地利用了雷聲，二是他也大膽地謀取了陸所長的麻痹心理。其實，他行動時陸所長還沒睡呢，這就是「算得好」，你總以爲他剛上樓，我還沒有睡呢，要逃總不可能選擇這個時機吧。可是他就選這個時間逃，你的警惕性還沒有提起來。

按理，徐州夜裡要起來在院內巡邏兩次，另有在黑室院內負責巡邏的流動哨兵會每小時一次在圍牆外巡邏一回（他們不知圍牆內有何要人或寶物）。可雨下得這麼大，連夜遊的野貓和耗子都鑽洞躲雨了，誰還會出來巡視？周圍沒有一個人影，只有雨在嘩啦啦地下，迅速在地上積成水流，在陰溝裡潺潺地流。圍牆外電杆上那盞昏黃的路燈，在雨水中戰戰兢兢地飄搖著，閃爍著，成了陳家鵠選擇逃跑路線的「指南針」。

他當然不能往那邊跑，那兒有蒙面大俠。

他往相反的方向跑。

他貓著腰狂跑，渾身瞬間被淋得像隻落湯雞。

雨啊，下吧，下吧，把我的腳印全沖走才好。

雷啊，打吧，打吧，把我的聲響全都吞沒了吧。

不一會，他已經站在院子的圍牆下。他娘的，這圍牆眞高啊，可你難不倒我的，我知道哪裡可以爬上去。他白天早已經偵察過，知道可以從瞭望哨那兒爬上去。這兒以前是監獄，圍牆邊有東南西北四座傘形的瞭望哨，它們只有圍牆的一半高，很容易爬上去，然後站到傘頂上就可以攀越圍牆了。

今晚閃電眞是他的祖宗，冥冥中頻頻助他力，施他運。憑著閃電的照耀，他一步步攀援而上，終於磕磕絆絆地爬上瞭望哨，然後像一隻壁虎一樣，緊緊挨著牆體，艱難地在傘頂上站住了。此時高大的圍牆變矮了，甚至比他剛才翻越的他們庭園的那堵矮牆還要低，但攀上去的困難無疑更大：一則腳下是坡形傘面，二則頭頂是鐵絲網，無法用爆發力攀上去，只有抓住一個東西，引體向上，慢慢爬上去。

好在事先有準備，手上裹著棉布內衣，可以跟鐵絲交量一下。他順著鐵絲摸索著，運氣不錯，摸到了一個他期待中的架固鐵絲網的木樁。木樁插入牆體，他試了試，很牢固，又試了試，能承力，便牢牢抓住它，雙腳蹬著牆壁，奮力往上攀援。

他手腳合力，艱難地引體向上。

一趾頭，一寸寸。

一趾頭，一寸寸。

手臂開始有彎度。

手臂的彎度越來越大，轉眼肘子將可以架到圍牆上去。

只要有一隻肘子架上去，身體就會有更牢固的著力點。

可就在這時，之前一直助他的閃電出賣了他，一道雪亮的閃電在他精力最集中的時候突發而至，一下驚擾了他，致使他腳下打了個滑，身體頓時懸了空。如果木樁足夠牢固，這也沒關係，可以重來。問題恰恰出在木樁上，它經年日曬雨淋，已成半朽，禁不起突然的發力，咔嚓一聲，斷了。雖然咔嚓聲被緊接的雷聲呑得悄無聲息，可木樁斷了，手鬆開了，無處受力的身體怎麼辦呢？掉下來！

像伽利略從比薩斜塔上拋下的鐵球一樣掉下來。

其實木樁雖然斷了，但還是被鐵絲牽扯著的，所以如果他沒有鬆開手，還是緊緊抓牢著木樁，他不會落地的，最多往下掉個幾十公分，因爲鐵絲網會牽住木樁的——即使鐵絲網被扯壞，牽不住木樁，墜落過程也會被減緩。這樣，他很可能是有驚無險。可是，他的手在驚嚇中鬆開了木樁，這個假設成立不了，他只有充當伽利略手中的那個鐵球了。

如果掉落的過程中，沒有碰到瞭望哨的尖頂，他像伽利略手中的那個鐵球一樣自由墜落，中途不碰不磕，他肯定是腳先著地，這樣也許腿骨會斷，也許腰椎會受傷，但總不至於讓腦袋受傷。可是很遺憾，他墜落的過程中與瞭望哨的尖頂碰撞了，身體因之改變了墜落的姿態，最後是頭先著地了。

頭著地就頭著地吧，如果是著在泥地上，問題可能也不會太大，頂多是嚴重腦震盪吧。可是很遺憾，他的頭最後著在一塊有款有型的石頭上，這塊石頭鋪在哨所門前，有點門前台階的意思，曾經可能是獄警進哨所前用來蹭拭鞋底泥土用的。從那麼高的地方落下來，頭著在這麼堅硬的地方，陳家鵠，你眞是撞了大楣了！

今天晚上，閃電一直是陳家鵠的福星，憑靠它的關照，他像隻穿山甲一樣遁地有術，無聲無息地過了一關又一關。可最後竟是閃電出賣了它，而且從此後運道發生根本逆轉，所有不該撞上的厄運都被他撞上了。這叫什麼？福兮，禍所伏矣。

第八章

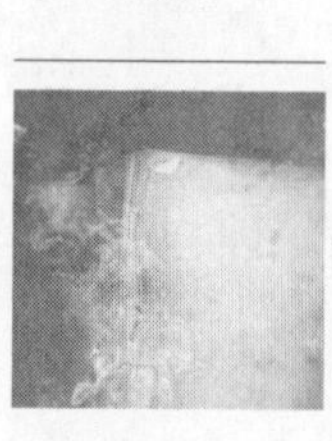

沒有，還是沒有，仍是沒有……

眼看窗外的天光漸漸發亮，眼看林容容嗓音明顯變得嘶啞，

可陳家鵠仍然像大地一樣沉默，像死亡一樣的沉默。

一

在陳家鵠緊張出逃之際，偵聽處首席偵聽員蔣微也處在高度的緊張中。

連日來，蔣微注意到在三個不同的頻率上出現了「同一隻手」，其發報的手法嫻熟、老道，甚至老道到了有點油腔滑調的程度。從聯絡的呼叫用語、電台的聲音特質、出沒的時間等特徵看，它與已經很久沒出來的特一號線有諸多相似之處，蔣微判斷應該是日本特務系統的電台，所以鎖定了它。

但是很奇怪，它多次出來呼叫，反覆呼叫，均不見有誰跟它搭腔，彷彿它是個棄兒，一隻野狗，沒有主子。

其實，有兩種情況可能出現這種現象：

1.它是特務廣播台，其呼叫用語實是廣播暗語，在給眾收聽方下達指令。

2.它是日特系列新啓用的一部電台，初來乍到，在苦苦與對方聯繫，但一時尚未成功——若是如此，說明敵人又派遣特務過來了，而且是高級特務，帶電台來的。

蔣微一直死死跟蹤此台，希望搞清楚它的屬性。恰在這天晚上，一直苦苦呼叫的一方，突然擁有了對方。後出來的這一方，電台的聲音明顯比對方好，說明它離重慶較近——也許就在重慶。

在它們初次聯絡後大約一個小時，天上開始打雷時，「前一方」卻突然出來呼叫，「後一方」顯然一直在守聽，立即回應。經過正常的呼叫聯絡後，前一方開始發報。

由於天空正在打雷，信號斷斷續續，時好時壞，連蔣微這種「首席技術」都應付不了，搞得很緊張，連忙緊急呼救，幾個偵聽員同時上來「救火」，包括楊處長都上場了。即使這樣，幾個人抄的電報拼湊在一起，電文還是七零八落，處處開著天窗（空著）。

這份電報很長，有整整三頁。統計一下，漏抄的碼子至少在十組以上，佔全報的百分之六。按規定，這屬於「事故」。好在，楊處長親自上了場，他可以作證，這是天氣造成的，不是人爲事故——若是人爲事故，要通報批評，很丟人的。

蔣微看著四處開著天窗的電文，很氣惱。楊處長卻安慰她，「你氣什麼，這是好事，該高興才是。」

楊處長認爲，如果敵人（收聽方）跟他們在同一片天空下，他們這麼多人「聯合作戰」都要開天窗，更何況敵人。「這麼大的雷，他獨自一人能把電文一次性抄全才怪呢。所以，」楊處長說，「如果等雷電停了他又出來呼叫，要求對方重新發報，說明他就在我們身邊，就在雷區裡。如果他不要求重新發報，說明他離我們遠著呢，我們可以不管它。」

半個小時後，雷電停了，抄報方又出來要求對方重新發報。

好了，楊處長對蔣微說：「看來你立功了，又發現了一條敵特線。」

事後，從當地氣象台瞭解到，當天重慶城區是雷區的正中心，且雷電輻射範圍很小，說明這部電台就在重慶一帶。然後再根據電台聯絡用語、呼叫方式、信號特徵等分析，足以確定這是又一條特務線路，遂命名爲「特三號線」——發報方是上線，抄報方是下線。

與此同時，雷電停止後，徐州出來巡邏，準備巡視一遍後回去睡覺。

徐州有一個裝有三節乾電池的大手電筒，夜裡出來巡視總帶著它，一邊走一邊四方照。他首先發現地上有一路腳印，趕緊追著腳印看，看到圍牆上有一片鐵絲網歪歪扭扭的，像有人翻越過。他緊張了，迅速跑過去仔細察看，很快就發現了躺在地上的陳家鵠。

雨停了。

風止了。

夜靜了。

陳家鵠四仰八叉躺在地上，頭枕著有款有型的石頭，一動不動，像在安眠。

徐州在戰場上聞過太多的血腥味，他對這味道太敏感了，即使被雨水稀釋過的，淡淡的血腥味，依然被他敏感地捕捉到。用手電筒往頭部一照，哇，石頭上一片血水！

陳家鵠是後腦先著地，後腦勺成了個大雞蛋，如此激烈地與石頭相碰，後果可想而知。迅速送醫院搶救！醫生只用了半個多小時便處理好了傷口。傷口談不上大，只縫了四針。這麼小的傷口，住院的資格都沒有，戰時的重慶哪有那麼多病床啊。

可陸從駿卻接到了醫生開出的危病通知書。

顯然，問題不在看得到的傷口上，而是看不到的顱內！從徐州發現他起，陳家鵠一直昏迷不醒。第二天早晨，院長還在家裡用早餐，即接到一號院杜先生的電話，要他全力搶救此人。於是，院長一上班就趕到病房來看望陳家鴿，瞭解他的病情。

「病人情況怎麼樣？」院長向一位姓柳的醫生問，昨晚是他出的診。

「很危險，九死一生吧。」柳醫生隨口淡淡地答，他不知道躺在病床上的是個什麼人，有誰在關心他，「他現在心跳只有31下，眞正是屬於命若游絲，命懸一線，隨時都可能撒手人寰。」

院長眉毛豎起來，目光刺過來，「他是個大科學家，前線需要他，委員長都在關心他，知道嗎，要全力搶救！」

柳醫生沒想到此人來頭這麼大，不由慌了神，諾諾地說：「這……這要看今天、明天……如果今明兩天能夠醒過來就沒事……否則……」

陸從駿已在醫院忙乎一夜，知道陳家鴿病情嚴重，內心已經虛弱得害怕聽到有人說什麼晦氣話，衝上前，失禮地打斷醫生，「對不起，沒有任何否則！你必須要把他搶救過來，不然──」他本想說句狠話，臨時又改了口，搖搖頭，垂頭喪氣地說，「沒有不然，沒有，我們需要他，前線需要他，委員長需要他。」他也許以爲用這種加強的口氣可以給他們增加壓力，給陳家鴿增加生存的希望。

醫生一副很悲觀的樣子，說：「如果這兩天能醒過來就好啦。」

陸所長咄咄逼人地盯著他問：「如果醒不過來呢？」

廢話，沒醒過來不就是死了，問得醫生啞口無言。

院長六十多歲，見過世面，人情世故這一套很懂，很會說話。他安慰陸所長道：「你別著急，放寬心，我會組織最好的醫生，調撥最好的藥品，成立專門的搶救小組全力搶救他。他還很年輕嘛，你要對他充滿信心。你的信心也是我們的信心，」用手指指昏睡在病床上的陳家鴿，「也是他的信心。」

其實，院長嘴上這麼說時，心裡卻是另一番話：如果今明兩天病人不能醒過來，死亡的可能要遠大於不死；即使不死亡，留住了性命，也不過是一個廢人而已。

就是植物人！

二

經歷了一夜心力交瘁的折磨，陸從駿彷彿一下老掉了十歲，從醫院回來的路上，他坐在車裡，望著車窗外熟悉的街道，一種物是人非的滄桑感油然從心底升起。他有一種強烈的訴求，想大哭一場，只是礙於司機的面，他極力控制住了情緒，卻控制不住眼淚，奪眶而出。

回到辦公室，他關了門，想一個人靜靜地待一會，電話卻極不知趣地響個不停，很頑強。他抓起電話，聽到了海塞斯興奮的聲音：

「如果你想聽好消息，就來我辦公室吧。」

「你過來吧，」陸所長冷冷地說，「我剛從外面回來，有點累。」他想，除非你的好消息是陳家鵠醒了我才願意過去。這是不可能的，因爲海塞斯還不知道陳家鵠出事了。

與海塞斯一起來的，還有偵聽處楊處長，他們進來後便發現陸所長精神不對頭。陸所長沒有具體說明原因，只是說昨天晚上出了點事，他一夜沒睡。海塞斯沉浸在喜悅中，沒有問他什麼事，只管眉飛色舞地對他表達著自己的喜悅，「那好啊，你現在最需要興奮劑，我們就給你帶來了。」說的是特三號線的情況。

昨天晚上到今天上午，特三號線在短短十幾個小時內連發三份長電，海塞斯分析電文的基本面，得到一個結論：敵人往重慶派遣的這批特務級別很高，而且「極可能」就是薩根要求派來的那幫人。

這確實是個好消息，海塞斯興奮地說：「既然是薩根的新主子，你最近只要死盯著薩根就可能把他們一網打盡。薩根成了他們的尾巴，他們總要見面吧，即使不見面總要聯繫吧。」

說得一點沒錯，該高興。可現在陸所長心情不好，很難被鼓舞，他沒有興奮起來，反而反問海塞斯：「你只是說『可能』——『極可能』，就是說你還沒有破譯電文，是猜的。」

「廢話！」海塞斯生氣地說，「你以爲我是他們的同夥，懷裡揣著密碼本，可以隨時對著它查出來的。」

陸所長想抽菸，可身上的菸在醫院早抽完了，便向楊處長要了一根菸，抽了一口，才對海塞斯說：「生什麼氣，我遇到的事說出來能把你氣死！」海塞斯問他遇到什麼事，「我看你的樣子是遇到大事了。」陸從駿沒有回答他，而是接著前一句話說：「不過能猜出來也是你的水準，說來聽聽，你是怎麼猜的。」

海塞斯請楊處長將昨天夜裡電台的初次聯絡情況先向陸所長介紹，接著他問陸所長：「你說，爲什麼之前這條線的『上線』頻頻呼叫『下線』，下線卻不答應呢？」

「下線還沒到達重慶。」陸從駿說。

「對，」海塞斯解釋道，「毫無疑問，下線什麼時候出發啓程，上線一定知道的。上線估計下線應該在前兩天到重慶，於是頻頻呼叫它。下線不答應，說明它還沒有到，現在答應了，說明它到了，已經到重慶了。」

「那你憑什麼說，這批特務跟薩根有關。」

「電報。」海塞斯從楊處長手上接過講義夾，打開給陸從駿看，裡面有幾份電報，「從昨天晚上到今天早晨，上線給下線連發三份電報，你看，電文都很長，我估計都是在給下線做指示，下命令。一個小時前，下線突然給上線回了一份很短的電文，你看，就是它。」

這份電報確實很短，只有一組電碼，後面是一個問號：413？

海塞斯指著這份電報說：「這組電碼（413）在前面三份電報中都出現過，顯然是在問上線——這組電碼是什麼意思。就是說，下線在破譯過程中無法理解這組電碼，便向上線發問。上線大概不知如何用密電來作答，用暗語回答：是『我』之代號。這個『我』是誰？就是薩根。」

「為什麼？」

「請問薩根給宮裡發的最後一份電報是什麼內容？」

陸所長想一想，背出來：「今上司找我談話，足見我身分已被其懷疑，恐有麻煩，電台必須盡快轉移，善後必須盡快辦理，請速派人來。」

海塞斯說：「當時我看這份電報時就覺得奇怪，薩根居然敢在電報中自稱『我』，連代號都不用，太輕率了。後來我想可能因為他是臨時入夥的，上面沒給他代號，無奈，只有這樣表示他自己。直到剛才看到上線的這份回電後，我才猛然想，薩根在電報中自稱『我』不是輕率，也不是無奈（沒有代號），而是這個『我』就是他的代號。」

這個我，那個我，跟繞口令似的。海塞斯擔心混淆兩個「我」，有意停頓一下再說：「你們想，薩根是什麼人，不過是少老大雇用的一個人，他有什麼資格代表這部電台。這部電台的主人是少老大，如果說這個『我』不是代號，而是自稱，那指的就不是他薩根，而是他的主子少老大，對不對？」

「對。」楊處長看看陸所長，點頭稱讚。

「好了，現在我們知道這個『我』其實就是薩根，那麼可以肯定『我』就是一個代號，代表的是薩根。」

「嗯。」陸所長會意地點點頭，對海塞斯說，「這種代號方法其實是很容易欺騙人的。」這是他今天第一次有說話的衝動，「他們是故意這樣搞的，目的就是想混淆人物關係，給我們造成錯覺。」

「就是這樣的，」海塞斯開心地笑道，「所以你該高興，找薩根的人來了，你只要盯著薩根就能找到他們。」

「不會這麼容易的。」陸所長搖頭說，「薩根不是已經向上面報告了，他的身分已經被懷疑，他們不會隨便跟他聯繫的。」

「先生，請你重複一下剛才背的那份電報——今上司找我談話，足見我身分已被其懷疑。聽到了沒有，是薩根的上司懷疑他，不是你們。」

「是一回事。」陸從駿說。

「怎麼是一回事？」海塞斯說，「難道薩根的上司知道他在做傷害中國人的事，還會向你們通報？」

「不會彙報，但他們會人為地放大恐懼，即使我們不知道，他們也會把它想成我們知道了。」陸從駿說。

「為什麼？」

「你沒有幹過間諜不明白，出門的間諜都是一群在刀尖上行走的人，每一個汗毛孔都是被莫須有的敵情嚇得張開的。」

「照你這麼說薩根對他們已經沒用了，那爲什麼上線在電報中又反覆提到他？」

「可能就在提醒他們，不要去找他。」陸所長露出了今天第一個笑容，他對海塞斯在這個簡單的問題上跟他較勁感到好笑，「再說了，就算來的人是一群蠢貨，缺乏應有的謹慎，敢同薩根去聯繫，可薩根會理他們嗎？難道薩根還不知道我們已經盯上了他？」

三

陸從駿所言極是。

薩根早知道自己已被盯梢，所以前段時間他故意出動四處，亂尋人搭訕，甚至亂跟陌生人打招呼，混淆視聽。要說他找得最勤的人，自然還是惠子。一來，惠子完全被哄住了，他總覺得可以利用她做點事——陳家鵠還沒死呢，而宮裡即將派新主子來這兒收場，萬一宮裡也知道陳家鵠沒死，誰給他錢？所以，如果能通過惠子博得天賜之良機，把陳家鵠幹掉豈不最好？二來，他似乎也「愛」上惠子了，尤其是惠子流產後，他明顯覺得她內心變得很脆弱，很無助，似乎給了他一定機會。現在，他經常想起那天在醫院惠子主動鑽入他懷裡的一幕。啊，那感覺眞好啊，不能把陳家鵠幹了，把他老婆「幹」了也不錯嘛。

這就是一個混蛋的內心！

這天他又來找惠子，惠子居然沒來上班。他快快地從樓上下來，匆匆穿過大廳。他有點心不在焉，險些與一個臨時闖進來的人撞上。待定下神來，彼此對看，才發現竟是熟人。

黑明威！他採訪回來了，風塵僕僕的樣子。

黑明威見是薩根，正要打招呼，卻見薩根趕緊把頭扭開了，裝作不認識他的樣子，匆匆離去，令黑明威頓時若有所悟，連忙裝著若無其事的樣子往服務台方向走去。這一天，負責跟蹤薩根的是老孫的得力部下小周，他未能捕捉到黑明威和薩根之間轉瞬即逝的異常，雖然這也難怪，但確是十分爲憾，否則後面新建的敵特網本可以輕鬆破掉的。

惠子已經幾天沒去上班了，從那天起，得知陳家鵠要跟她離婚的那天起，她便沒有去上過班。她的世界在一瞬間天塌地陷，日月無光，她崩潰了，當天便臥床不起，滴水不進，一直在床上躺了兩天兩夜，最後又堅強地起來，因爲她覺得自己還有事要去做。

那兩天，她痛不欲生，幾次想一死了之，生不如死啊！但在生死之間，她腦海裡總會浮現家鵠的聲音：這不是眞的。這也是她最後堅強起來的原因，她不相信！那天，不論家燕怎麼苦苦相求，她都不肯在離婚書上簽字。陸從駿拿給陳家鵠看的那份離婚書上，惠子的簽字完全是假的。不過，模仿得很像，連陳家鵠都沒看出來。這不能怪陳家鵠沒眼力，而是……怎麼說呢，陸從駿手上扣著惠子好幾封信（後來的信都沒給陳家鵠），每封信上都有惠子的簽名，要找個人照樣畫葫蘆太容易了。再說，三號院裡有的是這樣的人才，代人簽名、做假照片、假聲音，這是他們的專業，最擅長幹的事。

惠子從床上起來後，不管家裡人對她怎麼冷淡，反正不要面子了，該吃飯就回來吃飯，該睡覺就回來睡覺，其他時間她都耗在一個地方：渝字樓。這是她唯一想得到的地方，她曾在這兒跟陳家鵠通過電話，老孫也曾告訴過她陳家鵠偶爾會到這兒來喝茶。

偶爾？多大概率？

管它多大，再小我也等！因為除了這地方我沒有其他地方可以去等，就在這兒死等！等到死也要等！

惠子心裡盤著一個強大的願望，一定要見到陳家鵠，她要當面問他，盯著他的眼睛問他：這究竟是怎麼回事？怎麼回事？怎麼回事啊！

於是，白天等。

於是，夜裡守。

什麼時候這兒開門了，你一定會看到她已經在這兒等了。白天，她主要守在門口瞅著，天黑了就去茶樓或者餐廳轉，直到這兒打烊、關門，她總是最後一個離開。

這樣等，陳家鵠是等不到的，別說現在，以前都等不到。而現在，他已經昏迷在病床上，生死未卜，命懸一線。惠子，你可能眞的今生今世都見不到他了。但她這樣等，倒是一定會等到老孫或陸所長：他們總是會來這兒的。這天晚上，她在樓梯口碰到了老孫。

「惠子，你怎麼來這兒？」老孫見到她很是吃驚。

「我來找家鵠……」惠子像一個病人，虛弱地呻吟道。

「他不在這兒上班。」

「可你說他有可能來這裡……」惠子死死望著他，神情哀戚地乞求道，「孫大哥，求求你告訴我，家鵠在哪裡？我要見家鵠……我一定要見他……一定要的啊孫大哥……」

老孫發覺她神情不對，把她帶進茶樓，給她叫來一杯茶，裝著什麼都不知道的樣子，問她到底發生了什麼事。惠子便把家裡逼她跟家鵠離婚的來龍去脈哭著訴說一遍，再次更加迫切懇求老孫要幫忙替她安排見一下家鵠。

「孫大哥，這肯定是假的！家鵠那麼愛我，怎麼可能會跟我離婚？我求求你孫大哥，讓我見一見家鵠吧，求求你了孫大哥，讓我見一見家鵠，你就可憐可憐我吧，我好可憐啊孫大哥，求求你啦……」

求到這種程度，好話說盡，尊嚴不要——就差下跪磕頭，讓老孫那副殺人不眨眼的鐵石心腸都生出了酸楚味。老孫一直在惠子面前裝好人，他想好人只有扮到底，便皺著眉頭沉思起來，爲了找到合理的說法。嘿，說法想好了，他裝著一副很誠懇的樣子，對她說：「惠子，你是個好人，我不想騙你。其實，陳先生他現在根本就不在重慶。」並解釋說，由於最近敵人派了好多特務到重慶來搞陰謀暗殺活動，爲了安全起見，他們已於上周把專家全都安排到外頭去工作了，她要見他是不現實的，起碼目前肯定不行。

老孫對自己臨時找到的說法頗爲滿意，從陳家鵠的現狀看，他這麼說也不全都是假話。這是陳家鵠昏迷後的第三天，他沒有在兩天內醒過來，醫生基本上已經把他判了死刑，所以惠子要見他確實已成無望。

至少，那個會對她說情話、跟她做愛、嬉戲打鬧、情意綿綿、會神機妙算的陳家鵠是不可能見到了。

惠子眼淚汪汪地問了老孫一大堆問題：他現在哪裡、什麼時候可能回來、她能不能趕去看他、可不可給他打電話。諸如此類。老孫以不變應萬變，一概以否定的方式作答。惠子突然變得堅強起來，抹了一把臉上的淚水，目光咄咄地盯著老孫說：

「我要見陸先生。」

老孫禁不住一愣，他不知道該怎麼回答她——直接答應吧，不敢，拒絕吧，顯得太不近人情，前面的好人有白扮演之虞——這倒無所謂，關鍵是陸所長也許想見她呢，拒絕了不是失了個機會？想了想，他決定留條後路，便裝出滿臉的同情，深深地歎了口氣說：「我看你跟陳先生也怪不容易的，這樣吧，我回去跟陸所長彙報一下，我替你爭取一下，行嗎？」

四

不行！

陸所長一聽老孫的彙報，斷然拒絕，氣得罵他：「都什麼時候了，你還給我湊這些熱鬧。已經整整三天了，他還沒動過呢，眼皮都沒動過，醫生說……」他實在害怕說晦氣話，因爲他還不死心，「你說這種情況下我去見她幹什麼，我現在什麼人都不想見，只想見陳家鵠活過來！」

確實，如果陳家鵠就此別過，惠子對他來說什麼都不是，他哪有閒工夫去見她，有病啊。老孫灰溜溜地走了，剛走到門外，又聽到裡面在喊他：

「回來。」

怎麼了？還沒有罵夠？老孫想。

不是的。原來，陸所長臨時想到一個主意，想讓惠子親身去陳家鵠的病床前喊他，雖然誰也不知道有沒有用，但是……怎麼說呢，死馬當活馬醫吧，試試看唄。

「這不行。」

「爲什麼？」

「問題多著呢。」老孫心想，你眞是急昏了頭了，怎麼會出這種餿主意，「別的不說，萬一靈驗了怎麼辦？」就是說，萬一陳家鵠要真被惠子喊醒過來了，怎麼辦？活了，睜開眼睛了，怎麼辦？

確實，這也是個問題，你總不能看陳家鵠一活過來馬上趕開他們，不讓他們對上話。可一旦讓他們對上話，你陸從駿和孫立仁做的那麼多缺德事不全露了底？那樣陳家鵠非把你們吃了不可，你還指望他給你幹活，作夢！所以，這確實行不通的。

怎麼樣才行？

很顯然，惠子人不能去，但聲音可以去。點子就這麼想出來了，老孫的任務是去找惠子錄一段千呼萬喚陳家鵠的聲音。「你可以又當她一次好人了。」陸從駿說。老孫想，這主意確實不錯，說得過去，行得通。現在的問題是，讓惠子說什麼。

思來想去，陸從駿給出了答案，「我看這就不用設計了，惠子現在心裡肯定委屈死了，太冤枉了，丈夫莫名其妙要拋棄她，她一定有千言萬語要對陳家鵠訴說。我看就讓她放開說，罵也好，哭也好，求也好，隨便說，盡情說，反正就要她那個情緒，那個聲音，一定會很感人的，越感人越好。」

確實，現在的惠子，你就是不給她錄音，她都經常在對陳家鵠喃喃自語，有時對天，有時對地，有時對枕頭，有時對陳家鵠的照片，有時對陳家鵠的信……當聽說好心的老孫願意給她錄一段話給陳家鵠帶去——這可比帶信帶話帶什麼東西都好啊，惠子感激得連忙起身對老孫鞠了三個大躬。

這是第二天早晨的事，事不宜遲。緊接著，老孫迅速帶惠子到渝字樓，用最好的答錄機，最安靜的房間，最體貼的方式，讓惠子盡情地說。開始，惠子不適應，找不到感覺，不知道說什麼。

「孫大哥，我腦袋裡一片空白……」

「你就把話筒當陳先生看好了。」老孫給她出主意。這主意不行，惠子對著冰冷的話筒繼續發呆著。時間緊迫啊！老孫跟她急了，「你不說我來說，」搶過話筒嚷嚷起來，「陳先生，我倒要問問你，惠子對你多麼好啊，你爲什麼要跟她離婚，你到底有沒有良心的，人家背井離鄉、漂洋過海跟你來，你居然就這麼隨便休了她，你的良心給狗吃了！」

這把火可把惠子燒著了，沒等老孫把話筒還給她，惠子已經淚流滿面地撲上來，搶過話筒，哭哭啼啼地訴說起來，越說越來勁，聲淚俱下，催人淚下……情緒完全上來了，叫她停都叫不應。

情緒太激動，難免說得有點亂——太亂了！但這沒關係，三號院有最好的錄音剪輯師。剪輯師根據陸所長「感人、揪心、振聾發聵」的要求，剪輯出一段十分鐘的錄音。陸所長第一遍聽了，不大滿意，覺得敘事的話太多，哭聲太少。剪輯師又重剪一遍，時間還是十分鐘，刪了一些話，加了一些哭聲。陸所長第二次聽，滿意了。

文字是不可能表達錄音的效果的，但也不妨摘錄部分：

（抽泣的聲音）家鴿……（嗚嗚哭）家鴿，家鴿，我是惠子……惠子啊……（哭）你現在在哪裡，我好想好想見你啊家鴿……（哭）你這一走就是好幾個月，我天天都在想你，盼你……盼望見到你，每天……（哭泣）可是……你……家鴿……（噎氣）你在哪裡啊——我每天抱著你的衣服想你，看著你的信想你，白天想你，夜裡想你，作著夢想你，時時刻刻都在想你啊家鴿……可是你……（抽噎）家鴿，家鴿，你到底在哪裡啊，我想去看你家鴿……（長時間哭）家鴿，你說過，你要愛我一輩子，無論遇到什麼事情……（哭）今生今世……一輩子……我們都要在一起，可是，可是……（哭）他們說……他們說……我不相信，可是……可是……（長時間哭）家鴿，我聽他們說……你已經不愛我了，你愛上了……別人（號啕大哭）這到底是怎麼回事啊，家鴿你告訴我，這是眞的嗎，我不相信！不相信！（更加號啕）家鴿，你快出來見見我吧，我要你親口告訴我，這不是眞的……（嗚嗚）這肯定不是眞的！家鴝，我受不了了……如果這是眞的，我只有去死……家鴝，你不知道這些天我是怎麼過的，我每天都在哭，我眼睛都要哭瞎了，家鴝……家鴝……你快回來看看我吧，這還是你的惠子嗎，你的惠子……她怎麼會這麼傷心啊，她好可憐啊，除了哭……她不知道還能做什麼……（長時間哭，幾次噎氣）家鴝，家鴝，我知道，你不會這樣對我的……你快回來告訴我吧，你沒有……變心，你還是我的家鴝，我還是你的惠子……就算……你……有什麼事……家鴝……不管你對我做了什麼，家鴝，我還是你的惠子，我願意……我還會像從前一樣愛你……做你的惠子……依偎在你的懷裡，枕著你手臂睡覺……家鴝，家鴝……你是不是遇到了什麼麻煩啊……（抽噎）沒事的，只要你愛我，不管發生了什麼事，我還是你的惠子……（哭）家鴝，你讓我做什麼都可以，就是不能丟下我，讓我一個人孤零零……孤零零的……（號啕大哭）家鴝，我已經背叛了我的父母和哥哥，家鴝，你就是我的全部啊，沒有你……家鴝，我怎麼活下去啊，我只有去死，去死……（嗚咽）家鴝，求求你，無論如何回來跟我見一面吧……我快崩潰了，家鴝……我眞的快崩潰了，家鴝，家鴝，家鴝……

不論是第一次聽，還是第二次聽，陸從駿都情不自禁地流了淚，惠子說的眞是太那個——情眞意切，悲苦交加，悲也感人，苦也感人，情也感人，意也感人……那個感天動地的勁道啊，催人淚彈啊！

鱷魚聽了都要流淚！

五

這天夜裡，是海塞斯在病房陪陳家鵠。

其實，陸所長昨晚想到用聲音喚醒陳家鵠的點子後，連夜就把海塞斯帶到了病房：一來是不想瞞著他，也瞞不了了；二來是想讓他先試著喊喊看。他和陳家鵠畢竟有一定的感情，更重要的是他想抓緊時間，多昏迷一個小時，醒來的可能就要小一分。

海塞斯很賣力，連著喊了幾十分鐘，喉嚨喊啞了，被喊的人紋絲不動，甚至離死亡更近了。他的心律一直不穩定，剛進醫院時每分鐘三十七下，到第二天早晨七點鐘降到三十一下。午後開始發燒，體溫最高時達到四十一度，心律也一度竄高到每分鐘九十八下，緊急用藥搶救後體溫降至四十度以下，心律也回落，基本上在三十五到四十之間徘徊。這兩天，他一直發著三十八度左右的低燒，心律在三十到三十五之間徘徊。這麼熱的體溫，這麼低的心律，能夠這麼一直挺著，挺三四天，在醫生看來已屬罕見。

剛剛五分鐘前，值夜班的護士下班前例行地來給他測心律，每分鐘竟只有二十九下。就是說，海塞斯又喊又陪了他大半夜，結果是他的心律第一次跌出了三十。到了中午，又跌了，跌到每分鐘二十八。這是不祥的信號，柳醫生趕來檢查一番，卻是一籌莫展，不知說什麼好。在海塞斯的反覆追問下，他苦不堪言地感歎道：

「可能只有神仙才救得了他了。」

陸所長帶著老孫和剛剪接好的錄音帶和錄音機走進病房，正好聽到柳醫生在這麼發感歎——晦氣話！陸所長聽了很不高興，頂了他一句：

「我就帶神仙來了。」

於是，迅速接電源，架機器，放錄音……

一遍，沒反應。

兩遍，沒反應。

三遍，沒反應……

到晚上九點鐘，已經放了整整三十遍，其間陸所長、海塞斯、老孫、醫生和幾名護士輪流上陣，一秒鐘都不放過，每一秒鐘都至少有兩人以上圓睜眼睛死死地盯著陳家鵠，觀察著他可能有的變化。

對不起，沒有任何變化。

陸所長不甘心，休整了半個小時後又準備發起新一輪「攻勢」。這一輪攻擊他引入了「新元素」、「新武器」。他動員一個年輕女護士，在放錄音的同時假扮成惠子，跟陳家鵠有身體的接應。就是說，從放第三十一遍錄音起，不但有惠子的眞聲音，還附有惠子的假身體感應，有動作。當然，主要是一些握手、捶胸、抓肩等這些常規動作。

女護士應該說還是蠻用功的，至少是開始那幾遍，每一個動作都傾入了應有的熱情和期待。在期待沒有任何回報的情況下，又堅持重複了十來遍，即女護士總共忙乎了快兩個小時，那一套假動作重複做了十多個回合，陳家鵠身上有些部位都被抓傷了，結果是——

對不起，還是沒有任何結果。

但陸從駿還是不甘心，不放棄，他似乎走火入魔了，跟他一起忙乎的人都累得趴下了，去休息了，病房裡只剩下他一個人，他還是一遍一遍地放著錄音。夜深人靜，惠子的哭聲更顯得大，從病房裡竄出去，遊蕩在樓下那條僻靜的小路上，一遍又一遍，把每一隻夜遊的貓和耗子的心都揪得要抓狂。有一會兒，他也支撐不住了，枕著陳家鵠的手睡著了，並且作了夢。他夢見自己看著女護士機械、僵硬的動作（後面幾個回合確實很馬虎）大發雷霆，罵聲之大，把他自己都嚇醒了。醒來，他又有了新主意，準備發起新一輪攻勢，他衝下樓把老孫叫醒（病房裡太吵，他躲在車上在睡呢），讓他立即上山，把林容容接下山來。

他要讓林容容來充當女護士的角色！

換言之，女護士的努力得不到回報，陸從駿認爲問題不在陳家鵠身上，而在於女護士，在於她沒有投入感情，動作太僵硬。他相信林容容如果來幹這活，絕對不會一點感情都沒有。以前，林容容總是在他面前誇獎陳家鵠，他有理由懷疑林容容對陳家鵠有些好感，即使沒有，至少還是同學，是戰友，肯定比女護士要有感情嘛。

是的，感情，有了感情，效果肯定不同！

六

林容容被連夜接下山。

林容容雖是陸從駿派上山的暗探，知道很多內幕，但接陳家鵠下山的內幕卻是不知道的。這是杜先生的內幕，她還沒資格知道。當初陳家鵠因體檢查出心臟有病，被救護車當日接下山，林容容曾一度懷疑其中有什麼貓膩，當她走進病房看到陳家鵠那樣子時，才發覺自己懷疑錯了：陳家鵠還眞是病得不行了。

好好的一個人哪，轉眼生死兩茫茫，林容容根本不需要陸所長來給她煽情造勢，很自發、很直接地撲到病床上，抓起陳家鵠的手，哭哭啼啼起來。讓林容容納悶的是，她在一邊哭哭啼啼，收音機裡還有一個人也在哭哭啼啼。這需要解釋一下的。

怎麼解釋？

又是欺騙。

陸從駿說：「爲什麼連夜喊你下山來，你聽惠子的話就知道，陳家鵠心裡有新女人了，你不知道是誰吧，就是你！我想他現在心裡只有兩個女人，一個是暗戀的人，就是你，一個是他覺得……愧疚的人，就是惠子。」所以，他才這樣安排，讓她們兩個人同時喊他，刺激他，從不同的情感層面去刺激他。爲什麼不讓惠子來？因爲陳家鵠現在肯定不想見她，所以只要了她的聲音。云云。

這種解釋也許不乏牽強，禁不起推敲。但現在哪是推敲的時候，現在是洪水洶湧啊。林容容一下子面對這麼多咄咄怪事，智力降到最低點，本能被提高到最高點。鳥之將死，其鳴也哀，一個默默暗戀自己的人命懸一線，何況……她哭得更來勁了，更放開了，身體的接觸面積和範圍更大了，更多了，更緊密了，更投入了。

如果說女護士的配合是有瑕疵的，林容容絕對是無可挑剔的，甚至比你期待的還要好，還要眞，還要美。如果說這樣的配合——絕配啊——還喚不醒此人的沉睡，那麼他的沉睡就……無異於死亡了。陸所長和老孫再一次——可能也是最後一次——睜大雙眼，緊緊盯著陳家鵠，密切注意他的反應。

一遍。

又一遍。

又一遍……

沒有，還是沒有，仍是沒有……眼看窗外的天光漸漸發亮，眼看林容容嗓音明顯變得嘶啞，可陳家鵠仍然像大地一樣沉默，像死亡一樣的沉默。

比死亡還沉默！

比沉默還沉默！

陸所長終於認輸了，放棄了，絕望了，他讓老孫把林容容勸走，送她回山上去。林容容離開醫院不久，被冷風一吹，頭腦略微清醒，回想起剛才經歷的這一些，總覺得有些荒唐，禁不起她質問。她記得王教員曾經對她說過，黑室絕對不可能允許日本人的女婿進去，所以不管陳家鵠與惠子有多麼相愛，組織上一定會拆散他們的。她也記得——更記得——陳家鵠在山上時是怎麼對她的——很冷傲的。她不知道到底發生了什麼，問老孫，老孫惡聲惡氣地嗆她一通，「你他媽的怎麼還有心思問這些鳥事，他死了說什麼都沒用，你就祈求他活吧，他活過來了你什麼都會知道的。」林容容想也是，便什麼都不想了，只在心裡默念陳家鵠的名字，一遍又一遍。上了山，還燒了一炷香，對著它又是一遍遍地呼喚陳家鵠的名字。

與此同時，陸從駿是徹底絕望了，不做任何努力了。送走林容容後，他一直立在窗前，眼睛茫然地望著窗外，雙手默默地毀壞著磁帶，一寸寸地把它從盒子拉出來，揪著，扯著，撕著，撚著，發狠的樣子像要把它撚成粉，毀成灰。他心裡有一個聲音：就讓它們隨陳家鵠而去吧。

上早班的護士悄悄進來，看見陸從駿發狠撕扯著磁帶的樣子，舉止變得更是心驚膽戰，斂聲斂氣。她把體溫計塞進病人嘴裡，順便觀察了一下他的反應，見他依舊長眠般的紋絲不動，不覺地搖搖頭，想歎口氣，怕驚動陸所長，歎了一半又忍住了。

幾分鐘後，當護士拔出體溫計時感覺病人的嘴唇好像動了一下。她驚詫地瞪大眼睛，有些不相信，懷疑是錯覺。她緊盯著他嘴唇，希望它再動一下，可就是沒有。她確信剛才的感覺是錯覺，目光從他的嘴唇邊放散開來，向上方移動：人中，鼻孔，鼻梁，眉心，眼睛，眼角……

哇！天大的發現！！護士失聲驚叫起來。

陸從駿猛然從窗前衝過來問護士：「怎麼回事？」

護士用一隻哆嗦的手指點著，「你看長官，那是什麼……你看他的眼睛……眼角……那是什麼……」

啊，那不是淚水嘛！

是的，是淚水，有兩行，一邊一行，細細的，軟軟的，像兩根肉色的小蚯蚓一樣在蠕動，分別向兩邊太陽穴的方向伸著、長著……陸從駿把頭低了又低，看了又看，甚至都聞到是淚水的味道，可就是不敢相信。他一直默默地盯著它們蠕動的情景，一會兒左，一會兒右，同時感到身體在綳緊，越綳越緊，似乎隨時都要爆炸。

今天值早班的不是柳醫生，是一位戴眼鏡的年輕軍醫小畢，他剛才在值班室裡聽到護士的驚叫聲後立刻跑過來，問護士：「怎麼回事？」此時護士已經確信那是眼淚，興奮地迎上來，把軍醫帶到病床前，有點炫耀地指著兩行淚水說：

「畢醫生你看，這是什麼。」

醫生定睛一看，頓時驚叫道：「我的天吶，他流淚了。」轉而失禮地一把抓住陸從駿的肩膀，激動地說，「長官，他醒了！」

陸從駿再也支撐不住，一屁股坐倒在一旁的椅子上，流如泉湧，身子卻一點點矮下去，癱下去，最後從椅子上滑下去，直挺挺地倒在地上。過度的興奮和疲勞終於把他擊垮了。

就這樣，在昏迷了漫長的106個小時後，陳家鵠用兩行細細的眼淚向所有關心的人宣告了他的新生。他的生命正如他的破譯才能一樣強大神奇，強大得讓死亡低頭，神奇得令人們驚歎不已！

七

消息傳開，所有醫生和護士都來慶賀。

然後是老孫。然後是海塞斯。這傢伙本該早來，陸所長在第一時間給他打電話，可他淩晨才睡下，把電話掛了，打不進去。後來是老孫回去通知他，他才匆匆忙忙趕來的，不過還是滿周到的，匆忙中也沒有忘帶一捧鮮花來慶賀。

花好漂亮哦，惹得在場的醫生護士一陣誇獎。

陸從駿已經睡過幾個小時，精神十足，見海塞斯花團錦簇地進來，大踏步迎上去，板著臉孔，大聲地對他說：「帶花來幹什麼，你根本不需要帶什麼花，你的臉就比任何鮮花都還要燦爛！」

海塞斯哈哈大笑，「你不知道，我的心裡更燦爛著呢。」然後走到床前，把鮮花送給陳家鵠，順便又拔出鋼筆，在護士的白大褂上寫著：π＝3.14……寫到這裡他停下筆，回頭對陳家鵠說，「噯，我的朋友，幫幫我，後面是多少？」

陳家鵠淺淺一笑，道：「1592653589７……」竟一口氣報出十幾位數，而且還準備報下去。海塞斯趕忙對他擺手阻止，「好，好，夠了，夠了。」然後回頭對陸所長大笑道，「放心吧，他沒傻。」說得在場的人都哄堂大笑。

第九章

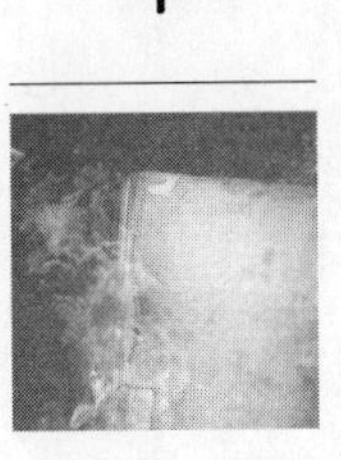

這個美女的眞實身分他自不知曉，但隱隱中他對她有點忌憚。
他鮮明地感覺到她身上的不簡單，他有理由認定，
她是見過世面的，她是有秘密的，且不小——露出的只是冰山一角。

一

現在是兩天前晚上八點多鐘，即老孫在渝字樓碰到惠子的同一時間。

也是同一地點，同一棟樓裡，在頂層盡頭的一間客房裡，姜姐正在與一個穿著考究、模樣精幹、三十多歲的男人竊竊交談著。

「他是美國人，是八月份到重慶的。」

「他是幹什麼的？」

「具體職業不知道，但我敢說他肯定在幫姓杜的幹活。」

「會不會就在黑室呢？」

「我也這麼想，但至今沒拿到證據。」

「你們不是都上床了嘛，這點貨還搞不到？」

「畢竟是杜先生身邊的人，他嘴巴很緊的。」

「姓杜的對他眞的很好？」

「嗯，這是我親眼所見，就在這兒，姓杜的專門請他吃飯，飯桌上顯得很親熱的，他對姓杜的也很隨便。」

「好，這是條大魚，你一定要把他養好了……」

說的就是海塞斯。

毋庸置疑，如果海塞斯看到這一幕一定會氣瘋的，因爲這個房間是他的，至少現在是他的。天氣越來越冷，車上幽會的感覺越來越差，海塞斯出資包下這個房間，是爲了與姜姐有個固定的秘密幽會的地點，而不是爲了讓姜姐從事其他的秘密活動。可事實上，現在，包括今後很長一段時間，姜姐把這個房間的用途擴展了，除了每個星期與海塞斯幽會一到兩次外，至少她還要時不時在這裡分別秘密接待馮警長和這個男人。

其實，最早這個房間是馮警長掏的腰包，那時姜姐是他的甜點，現在姜姐路子越走越寬，名頭越來越大，任務越來越重，馮警長雖心有不甘，也只有退居二線了。對此，姜姐也給了他一定回報，至少是免了他的腰包，讓海塞斯來當冤大頭。當然，海塞斯並不知道這一些。

說到馮警長，兩人的對話是繞不開的，這不，就說到他了。

「你現在手頭有多少人？」

「我只跟警長有來往，其他人我不往來的，多見一個人多一份危險。」

「嗯，對，我們要幹的事大著呢，謹慎是必需的。其他還有多少人？」

「讓我算一算。美國大使館的薩根你是知道的，薩根有個助手叫黑明威，他是個記者，另外茶鋪裡還有以前少老大的得力助手中田，他是個神槍手，好像就這些人。」

「薩根身分暴露了，不能再用了。」

「可是……我聽警長說他等著要見你呢。」

「他見我幹什麼，我才不見他，見他是找事。」

「你們還沒給他錢，我覺得這個問題要解決，否則……這些人的底細都在他手上，聽警長說他是個刺頭，不好惹的。」

「錢好說，關鍵是他事情幹了沒有？」

「我去現場看過，那地方確實被炸得稀巴爛了。」

「可我這邊得到的情報說，黑室照常在工作啊。」

「那說明黑室可能不是只有一個地方，陳家鵠肯定是在那裡面，我瞭解的情況是他確實被炸死了，報紙上登了，警長還親眼看見他們家裡人去了現場，一家人在那邊號啕大哭，他那個日本太太還傷心得昏過去了。」

「你見過她嗎？」

「誰？」

「陳家鵠太太。」

「沒有。」

「她是個瘋女人，愛上了她祖國的敵人，讓全家人都傷心透了……」

男人的聲音充滿磁性，富有男人的魅力，折射出一種厚實、穩重，甚至是溫暖，但一雙眼睛總是冷冰冰的，和他聲音形成強烈反差。他五官看上去還是蠻端正的，鼻梁挺拔，嘴巴稜角分明，牙齒整齊、潔白，但他臉上總透出一股痛苦的微笑，是一種好像吃了酸辣的東西刺激了他，可他又要向人表明這沒什麼，他喜歡這種刺激，只好哭笑不得。剛才他一直沉陷在沙發上，只有說到惠子時他才支起身來，鮮有的向窗外瞟了一眼，好像他知道此時惠子在樓下似的。

此時惠子確實就在樓下。

人生如戲，是因爲生活中確實常冒出一些陰差陽錯的事兒。此人千里迢迢而來，惠子是他必須要見的一個人，因爲——他就是惠子的哥哥相井目石。如果有緣，此時他只要當窗一站，向樓下張望一下，即可見到在風中佇立的惠子：她就像傳說中的那個傻瓜農夫一樣，在守株待兔，日復一日，夜以繼日，在等她心愛的人從天而降。

今晚見不成也沒關係，只要他想見她，在眼下簡直易如反掌，因爲馮警長、薩根，包括黑明威，都知道惠子家住何處，這些人日後都將成爲他的手下，榮譽和性命都將掌握在他手上。然而現在，他初來乍到，覺得要做的事太多，暫時他還不想見惠子。有一天，等他想見時，惠子已經成了天涯淪落人，居無定所，行無蹤影，找不到了。

這就是無緣。

相井懷裡揣著一隻純金的懷錶，這會兒他看看時間，立起身，看樣子是準備走了。

「你要走？」姜姐很是捨不得的樣子。

「嗯，你們今天不是有約會？」

「還早，還有半個多小時呢。」

「我沒事了，該走了，萬一他提前來呢。」

「他不會提前來，只會遲到，以體現他是美國人，我討厭他！」姜姐這麼說的時候，眼睛裡有光放出，含情脈脈地看著他的新主子。

「你不能有這種情緒！」相井口氣很硬，目光更硬。

「他身上臭得很，跟他做愛就像跟一群狐狸在一起一樣的，熏死人了。」像身上有一只開關，姜姐轉眼間露出風塵女子的那一套，嫵媚地湊近他的新主子，假模眞樣地朝他嗅了嗅，「我覺得你身上的氣味好好聞啊，有一種海水的味道，他是臭水溝的味道。」

太露骨了，必須得給她一點警告。「我不希望你挑逗我，我來這鬼地方不是爲了女人，何況你是我的手下。」相井胸脯一挺，正色道，「我希望你記住，他是條大魚，你必須要養好他。今後這地方警長不能再來了，我也不希望你與警長繼續有那種關係。你們中國不是有句話，天降大任，必勞其筋骨，苦其心志。我們是來幹大事的，比天還要大的事，不要陶醉在享樂中，要學會忍耐和付出，我現在心裡只有一個人。」

「誰？」

「天皇！」

這一點，海塞斯一定無法想像，這個男人竟然對姜姐的身體不感興趣，他們從來不進行肉體對話，他們只進行——工作對話。這個工作內容太偉大了，也可以說太無恥了，他們要把重慶變成第二個南京，要把整個中國都成爲南京的轄地，天皇的土地。通俗地說，他們搞的是顚覆重慶乃至大中國的特務活動，這個男人就是新到任的特務頭子。

他不是小毛賊，他是個大傢伙。

大傢伙站得高，看得遠，怎麼可能因色起亂？

大傢伙伸出手，與姜姐握手，「再見了，好好養著他，忍著點。我相信，爲了天皇偉大的意志，爲了大東亞美好的共榮圈，犧牲一下自己，忍受一點狐臭算不了什麼，你會習慣的。」看姜姐點頭稱是後，接著又說，「通知警長，除了薩根，其他人都召集一下，盡快去我那兒開個會，我要重新組織他們。」

「時間？」

「再定吧，這兩天我都會來見你的，聽說你手下有個好廚師嘛。」

「你要來吃飯最好中午來，人少，我照顧得到。」

「嗯，好，留步。」

就走了。

姜姐回頭打開他留在茶几上的一個布包，發現裡面有一支點三八的鎳色左輪手槍，一盒子彈，還有一只信封。信封是一沓錢，都是法幣。她先看了錢，又看了槍彈，嘀咕道：「給我這麼多子彈幹什麼，難道還要我去殺人。」顯然，她嫌給的錢少了。

二

海塞斯果然如姜姐說的，沒有準時到，遲到了十分鐘。

他遲到不是因爲他是美國人，而是因爲他是黑室的人。遲到十來分鐘，其實是他小心的策略：他的司機在替他望風呢。

每次來渝字樓，海塞斯總是讓司機把他丟在半路上，讓司機先開車過來守望一番，確信無風無浪後，他才去赴約。走的時候也是有講究的，他不會直接從渝字樓上車，他要走去重慶飯店歇個腳，在那兒抽口菸，等司機把車開過來再打道回府，給人感覺他是住重慶飯店的客人。

這麼謹慎，一半是因爲自己的身分特殊，另一半是因爲美女姜太特別了。這個美女的眞實身分他自不知曉，但隱隱中他對她有點忌憚。他鮮明地感覺到她身上的不簡單，他有理由認定，她是見過世面的，她是有秘密的，且不小——露出的只是冰山一角。她善於逢場作戲，她至少跟兩位數以上的男人上過床……幾次交道下來，海塞斯對她有種莫名的懼怕，莫名的警惕，如在高空走鋼絲，危險比平地上大幾次方。

他的司機也有這種感覺。

司機姓呂，本地人，人到中年，上有老下有少，每個月掙三十法幣，日子過得緊巴巴的，經常揀海塞斯扔掉的菸屁股抽（雪茄的菸屁股又粗又長，一個菸蒂的菸量相當於一支紙菸）。海塞斯雪中送炭，每個月塞給他一二十個法幣，把他收買得服服貼貼的。鍾女士失蹤後的一段時間，他還給海塞斯拉皮條，帶他去逛骯髒的暗娼。可以說，即使海塞斯把陸從駿老婆睡了，他都不一定會吭聲的。可對美女姜，他曾對海塞斯有過這樣的警告：

「她頸脖子上長了三顆黑痣，那可是吊死鬼的命啊。」

言外之意，就是這女人碰不得的，碰了要倒楣的。

海塞斯確實也想過要離開她，可就是變不成行動。爲什麼？捨不得啊，下不了狠心啊，每次下決心不去找她後，他的身體總會出賣他。甚至有一天晚上，本是去跟美女姜約會的，走到半途海塞斯臨時改了主意，讓司機帶她去逛妓院。結果，叫了人，脫了衣，怎麼看都衝動不起來，因爲滿腦子都是美女姜啊。

撤！

便又回頭去見美女姜。

總而言之，海塞斯對美女姜雖有戒心，卻欲罷不能。他忘不了她白璧一樣潔白無瑕、遊蛇一樣曲美嬌柔的身體。她的肌膚彷彿是牛奶加蛋清合成的，她的軀體也許是羅丹捏出來的，凹凸有致，無可比擬：是世界公認的黃金比例。還有，她做愛時的那一顰一笑，那受苦受難的呻吟、嚎叫，那反傳統、反人體、反文化的姿勢……那麼多回了，海塞斯不記得有哪一回她是安靜的，老實的，是規規矩矩地正面迎接他的。等等這一切，都令海塞斯夢牽魂繞，讓他的大腦控制不住腿腳，不知不覺中揚蹄而去。

正如不知她是敵特一樣，海塞斯同樣不知道，她做愛時之所以回回擺弄出那麼新潮的姿勢，回回從開始起就不停地呻吟嚎叫，不是因為她真的興奮，真的那麼追求新潮，那麼奔放，而是由於她受不了他身上那股狐臭。她有一只靈敏的鼻子（所以很適合做餐廳工作），她必須轉過身去，通過大聲呼叫、竭力呻吟來驅散、擺脫熏人的狐臭。

可是，在相井「苦其心志、好好養著他」的逆耳忠言的教導下，今晚她決定正面迎接他。所以，這次兩人的愛是別開生面的，第一次出現了下半身對上的同時上半身也對上的局面：胸對胸，面對面，口鼻相抵，四目相迎。她要用意志和思想來驅散那股令她反感的味道！

可也許是她的意志太薄弱，也許是她的嗅覺太敏感，她實在忍無可忍啊，她想逃跑，她想抽身而去，她要轉過身子，她要捂住鼻子……可這怎麼行，小不忍則亂大謀啊，你必須要好好侍候他，千萬不能掃了他的興。

忍！

忍！

哇！

終於忍不住了，她奮力地搖頭，瘋狂地罵他、抓他、揪他、咬他、撕他，完全是兔子急了也咬人的那種瘋，那種被逼無奈、狗急跳牆、貓急撒尿的瘋，身不由己，情不自禁。

她是被熏人的狐臭給逼的！

哪知道，海塞斯以爲是她高潮降臨，他歡樂無限地忍受著她的臭罵、她的抓扯、她的撕咬。他覺得她的唾沫、她的爪子、她的牙齒都在向他宣告一個色情的事實：這個女人是個尤物，沸點這麼低，這麼快就高潮了，高潮的情景竟是這麼轟轟烈烈。他爲之備受刺激，跟著也瘋狂起來，鼓勵她，罵吧，抓吧，咬吧，狠狠地咬，再狠一點……

這麼瘋狂的高潮也是難得一遇啊。

這個晚上，這個女人在海塞斯心裡變得更加了不得了。

三

現在是陳家鵠甦醒後的第二天晚上。

正如醫生說的，只要他醒過來，康復是指日可待的，就像破開了密碼，譯出密電只是個時間和工序問題，不用擔心的。從今天早晨起，陳家鵠已經開始吃流食，自己去上廁所，下午還在窗前站了一會，憂愁滿面的。顯然，他的記憶像飛出去的鳥，又飛回來了，恢復了，即使沒有全部恢復，關於惠子的那部分肯定「歷歷如在目前」了。

除了昨天跟海塞斯說過π的幾位數，之後他一直沒開口對任何人說過任何話，包括對醫生護士，交流經常是以點頭或搖頭來達成。顯然不是開不了口，而是不想。說π時，他是如夢初醒，也許還沒有完全回到現實中，現在回來了，體力和一大堆煩心事都跟著回到眼前，沉入心裡，寫在臉上。

陸從駿看在眼裡，愁上心頭，他想也許要不了多久他就又會來跟我談惠子的事，這頭倔牛會因爲這次劫難改變對惠子的想法嗎？不可能的，只有我們去改變惠子。

所以，吃罷晚飯，陸從駿把老孫叫到辦公室，商量對策。

老孫乾脆地說：「那你就見她一下吧，她不是想見你嘛，你就藉機向她揭發一下陳家鴿的風流韻事。你看，我都給你準備好傢伙了，效果不錯的。」

是兩張照片，一張是林容容的單人照，胸部以上，身子前傾，笑得甜蜜，穿的是毛線衣，飽滿的胸部畢現。照片還描過色，嘴唇紅紅的，牙齒白白的，兩個腮幫子也有淡淡的桃紅。另一張是林容容與陳家鴿肩並肩的合影照，顯然是做出來的，陳家鴿的表情很不自然，兩人的樣子也不是太親昵，甚至有點緊張，但這恰恰說明他們在偷情。

陸所長翻來覆去地看了幾個回會，越想越覺得可行，臉上不可抑制地露出欣賞的表情，「你這下算是鑽到我肚子裡來了，好，很好，我就需要它們，口頭嘉獎一個。嗯，是什麼時候做的？」

「就昨天。」老孫說，「陳家鴿醒了，我就想陳先生肯定還要繼續扮他陳世美的角色，就著手做了。」至於爲什麼是林容容，是可想而知的，那天林容容的表現太投入了。陸所長晃著林、陳的合影照，問老孫：

「你覺得他們有戲嗎？」

「我覺得林容容心裡絕對有陳先生。」

「這好啊，我就希望他們之間有戲。」

「你其實早有預感，否則就不會想到讓林容容下山來。」

「有一點吧。你沒看她那個勁，只要說起陳家鵠，盡挑好詞用。」陸所長興致很好，對老孫擠眉弄眼地說，「可惜林容容沒看到陳家鵠醒來，要看到了當時你抓拍它兩張，效果肯定比這個好。以林容容的性格，一激動她沒準會鑽在陳家鵠懷裡哭呢。」

「要不請她下山來安排一次見面？」

「這就不必了，她早激動過了，我已經跟她在電話上說過，陳家鵠被她叫活了，把她樂得恨不得飛下山來，我堅決不同意。」

「爲什麼？」

「惠子還沒除。」

「這一招沒準就能把她除掉。」老孫指著林容容的照片說，「她這照片照得還眞不賴，有殺傷力，我看夠惠子受的。女人都是愛吃醋的，她憑什麼死皮賴臉賴著他，她還年輕嘛。」

「眞要是這樣那就是我們的福氣了。」陸從駿歎口氣道，「我估計不會這麼容易。」他看過陳家鵠和惠子每一封往來書信，他深知他們倆的感情有多深。「你去安排吧，讓我盡快見到她。」說的是惠子。

老孫走後，辦公室裡陡地安靜下來，靜得有些空落落的。陸所長在辦公桌前坐下來，將手搭在抽屜的把手上，竟莫名其妙地連連歎氣。他遲疑片刻，最後還是拉開抽屜，拿出一沓信。這是陳家鵠與惠子的所有來往信件，有的是備份，有的是原件。自從打定主意一定要拆散他們後，陸從駿就再沒有讓一封信走出過這個辦公室，也就沒有備份的必要，全存的是原件。他已經將這些信讀過多遍，有些話由於它們富有的詩意和濃烈的情意，已經像一口口痰一樣粘在他心頭，經常冷不丁從腦海裡跳出來，噁心他，嘲笑他——

家鵠，還記得嗎，那一年春天，我們一起去福田君（應是在美國的日裔）的莊園裡玩，你走時偷走了一棵小櫻花樹，種在我們望湖苑宿舍區的公園裡。哦，轉眼已經過去兩年，那棵樹一定長得比我還高了，我好想去看看它。其實我每天都在看它，因爲它就種在我的心田裡，它在我心裡生根、長大、開花。好美好美的花哦，燦爛如霞，熱烈如焰，我深深地爲此陶醉、迷戀、守望。家鵠，我是如此相信，你的心裡也一定盛著同樣美妙的風景……

惠子，親親，我的寶貝，你說得沒有錯，我心裡也盛滿了這樣一片迷人的景色，它們是如此的美，如此的妙，如此的溫暖我，是因爲有你的愛在澆灌，在滋潤。儘管我們在戰爭頻發的年代中相愛，但我深信我們愛情的這片淨土將永遠沒有戰火，沒有離別，沒有欺騙，沒有醜陋，只有愛，只有美，藍天的美，大海的美，森林的美，而你就是這一切美的根，美的源……

彩虹是需要陽光的，家鵠，有了你這片深情、活潑的陽光，我才能色彩斑斕；有了你這片和煦、溫暖的陽光，我才能明媚照人。有了你，我就是這個世界上最漂亮的彩虹，沒有你，我只能在長夜裡沉睡，在風雨中凋零，在黑暗中黑暗，在寒冷中寒冷，在哭泣中哭泣……

惠子，凡是你給我的，我都會存在愛的存摺裡，用我的一生來支付你百倍、千倍、萬倍的利息。如果失去了你的愛，我的世界將會完全失明，我的人生將毫無意義。惠子，我永遠的愛人啊，我貪心地覺得，一生一世的愛是不夠的，我要你來生來世、生生世世都與我相愛，點亮我的人生。記住哦，不光是今生，還有來生……

家鵠，這又是一個極端的想念你的夜晚，睡眠突然離我很遠，遠得就好像去了你的身邊……我忽然想起我們在美國時，你要隨導師去華盛頓參加會議，要去大半個月。出發之前，你拉著我，說了很多話，走了很多路，然後徹夜歡樂，徹夜不眠。後來你告訴我，那只是爲了分別的幽獨。家鵠，現在幽獨已成了折磨，時間也變得薄如蟬翼，我只有反覆回憶我們在一起的時候的一切，把自己關入過去的時光，才能用淚水減輕離別的痛苦……

惠子，我何嘗不是如此痛和苦。《我是貓》裡面夾著一片樹葉，那便是那個晚上你拾起的梧桐葉。親愛的，你可以把它讀作一點，也可以把它讀作一切，在那個飄滿微涼的季節，在那個餘音繞樑的晚上。你的愛是那麼的單純、固執，與以往一樣遷就著我的一切，帶給我非常非常輕柔的溫暖和與詩意般輕靈的祝福。我會永遠牢記那所有我們相依爲命的時光，而離別帶給你的傷楚，我會給你一萬倍、十萬倍的補償，以我最眞誠的態度和最堅定的決心。相信我，度過現在的黑暗，燦爛的明天將變得更加燦爛……

多恩愛的一對啊！

讀著這些情深深、意綿綿、肉麻麻的情書，陸從駿有時也會恍惚：他究竟該不該對他們下毒手？他這樣棒打鴛鴦，會不會遭報應？難道這是必需的嗎？我是不是該去找杜先生說說情？如果惠子的身分確有瑕疵倒也罷，現在看來她幾乎絕對是清白的，僅僅是「為名除害」，值得嗎？

但他一直沒去找杜先生，因為他知道找了只會遭罵，只會給自己在杜先生面前減分。以前在三號院，現在在五號院，在杜先生手下工作這麼長時間，他最大的體會是：黨國的利益是神聖的，為了黨國的利益，他們可以置任何個人的生死不顧，可以不擇手段，可以不計後果，可以不講良心道德。他認為在這個國家和民族生死存亡的關頭，這並沒有錯，所以他甘願為之努力，為之奮鬥，為之付出——即使付出生命也在所不惜，更不要說良心道德。

維護黨國的利益就是最大的良心和道德！

這麼想著，他毅然劃旺火柴，毫不遲疑地燒了這些信。對著燃燒的火焰，他莊嚴地告誡自己：不要再兒女情長，投鼠忌器！快幹吧，別讓杜先生久等了，黑室是多麼需要陳家鵠去效勞啊，黨國是多麼需要我們獻出忠誠乃至靈魂血肉，築起鋼鐵長城，去阻擋侵略者的鐵蹄！

四

第二天上午，渝字樓，二樓茶房的一只包間，惠子和老孫相對而坐，茶桌上放著惠子那盤錄音磁帶。老孫正在給陸所長做鋪墊工作，磁帶被老孫原封不動地帶回來，還給惠子。

「為什麼？」

「陸所長覺得沒必要了。」

「為……什麼？」

「陸所長馬上來了，到時你問他吧。」

說曹操，曹操到。陸所長腳步生風，滿面春風地走進來，與惠子熱烈握手。

「你好啊惠子，好久不見，你都好吧。」

「我好……」好什麼！這一問，讓惠子頓時傷了心，流了淚。

「哎喲，怎麼了惠子，誰讓你受委屈了？」

「沒有……我……」惠子拭著淚水，眼巴巴地問，「陸先生，你最近見過我們家鵠嗎？」

「最近他不在這兒，在別的地方。」陸所長照著老孫編的謊言重說一遍，繼而笑顏逐開地說，「但畢竟不是去了美國，我哪裡會見不到他。我說見不了他那就是對你撒謊囉——你放心，我是絕不會對你撒謊的。不瞞你說，我前天才去過他們那兒。」

「你見到他了嗎？」

「當然。」

「他好嗎？」

「好，好得很。他們那兒現在很安全，有吃有喝，又不挨飛機轟炸，比我們在這兒好多了。就是……怎麼說了，離你更遠了，不過遠近都一樣，近了也見不了。啊，誰叫你的家鵠是大專家呢，首長把他當寶貝一樣保護著，連家人都見不了。不過沒事，這是暫時的，等戰事平息下來就好了。」

陸從駿故意誇耀陳家鵠，把他的工作和生活說得天花亂墜，實際上是在往惠子的傷口上撒鹽。說到這裡，陸從駿以爲惠子會問他什麼，沒想到惠子一直默默聽著，小心翼翼地等著他往下說。他一時無語，好在目光碰到那盤磁帶，不愁沒話說了。

「這盤磁片是你的？」

「嗯。」

「你幹嘛要給他送磁帶？」

「你聽了嗎？」

「我沒聽，但大概的意思孫處長已跟我說過，我認爲沒必要了。」

「爲什麼？又是爲什麼！」

陸從駿深思一會，裝得很難開口的樣子，「怎麼說呢惠子，有些話……我不知該怎麼說，怕你聽了難受。」

「你說……我不會難受的……」可實際上又在抹淚了。

「好，惠子，那我就直說了。」陸從駿眼睛一閉，像勇氣備增，滔滔不絕地說起來，「我說沒必要是想給你個面子，其實這話是陳先生說的，陳先生說他要對你說的話都由他父母轉告給你了，你有什麼要同他說也可對他父母說。」頓一下，看看惠子的表情，歎口氣道，「其實我想也沒什麼好說的了，木已成舟，箭在弦上，已經不得不發了。」

惠子的心本已經空虛，這下被弄得更空更虛了，一點心志都沒了，她恍惚一會兒，噗的一聲，好像氣球破了，其實是她哭了，「難道爸爸媽媽要我跟他離婚是他的意思？」

陸從駿頗有耐心和涵養地等她哭夠了，才深情款款地說：「像這種事要沒有他本人授意，哪家父母會出面來說呢，不論是日本還是中國，就是歐洲美國，都一樣，這種事都是父母心頭的一個痛啊，誰願意自己的子女在婚姻上受挫折，你說是不，惠子？」

惠子眼巴巴地看著陸從駿，臉一會兒紅一會兒白，終於還是咬了牙說：「對不起陸先生，我想問你，希望你別在意……」

「沒事，惠子，有什麼你隨便問。」

「他……身邊……現在是不是……有了其他女人……」

「啊，」所長故作驚狀，「惠子，你難道什麼都沒聽說嗎？」所長故意欲言又止。惠子兩眼死死地盯著所長，眼裡再次噙起淚花，「陸先生，對不起，我想聽聽你說……」

戰爭進行到吹號衝鋒的階段了，勝利的前沿，更要確保品質和效果。陸從駿掏出一根菸，抽上，緩緩地說：「惠子啊，說眞的我聽說了一些，我想你一定也聽說了，一定是他父母告訴你的吧。」搖搖頭，歎息道，「我不知道你們的感情基礎怎麼樣，陳先生到了我們單位後很快與一個姑娘……建立了不一般的關係，在單位造成很不良的影響啊。爲此，我曾代表組織上找他談過話，意思是你是有婦之夫，在同異性打交道中要注意影響。當時他們的關係也許還沒有發展到現在這個地步，他跟我打太極，說一些大話空話，我手上也沒有掌握什麼憑據，就不了了之了。但沒過多久，關於他和那女的風聲越傳越大，有人還偷拍了他們在一起的照片向我舉報。沒辦法我又找他談話，這一回他倒是一坐下就坦坦蕩蕩地跟我承認說有這回事，並向我保證他要跟你離婚，跟她結婚……」

話沒說完，只見惠子騰地站起來，表情肅然，像變了個人似的，對陸所長一個大鞠躬，「陸先生，我懇求您讓我跟家鵠見一面，不管他在哪裡，無論如何我都一定要見他，陸先生，我求您了。」

陸所長本想去扶她入座，但不知爲什麼又縮回手去，穩穩地坐在卡座裡，只是口頭請她入座。惠子不從，居然又來個大鞠躬，「陸先生，我求求您了，請帶我去見一下家鵠。」

惠子長躬不起，眼淚啪啪地砸在樓板上，濺起水花。陸從駿只好去扶她，惠子堅決不從，「不，陸先生，請答應我，我求求您了，我要見家鵠。」

陸從駿淡淡地說：「這怎麼行嘛，惠子，肯定不行的，你知道，我們單位上有明確規定，不能讓任何人去見他們，包括親人家屬。現在是戰爭時期啊，有些規定可能並不太合理，但是這就是規定，沒辦法的。再說了，陳先生再三交代過我，絕不能帶你去……」

只聽撲通一聲，惠子已跪在地上，聲淚俱下地苦苦哀求一定要去見家鵠，讓陸從駿十分難堪，只好大呼老孫前來擋駕。老孫剛才一直在外面，這會兒聞聲連忙趕來救場，好不容易才把惠子勸起身，帶走。

等他們走後，陸從駿才想起今天帶來的照片還沒有派上用場呢，惠子中途出怪招，攪了場，壞了局，這是事先他沒有想到的。四十分鐘後，老孫送完惠子回來，陸所長正好下樓準備回五號院去，在樓下兩人劈面相逢。

「怎麼樣？」陸從駿問他。

「回家了。」老孫說。

「廢話，我還不知道回家了，我是問她人怎麼樣。」

「一路上都在哭，我看人都快哭虛脫了。」老孫看看所長，小聲嘀咕，「看她的樣子眞是挺可憐的。」

陸所長頓時沉下臉，像機關槍一樣朝他猛射一陣，「哼，你可憐她？那到時候誰來可憐我？你不是不知道，他已經醒過來了，可能不久後又可以上班了，你讓我還是把他當個賊似的藏在對門？少來這一套！你以爲只有你有良心，我就是狼心狗肺，鐵石心腸，非要把她弄成這樣？」

老孫連忙申明，「我不會同情她的，您放心。」心裡卻在發牢騷，我說什麼了值得你這麼大發雷霆。

其實，陸從駿這麼發火也說明他在同情她。是人都會同情惠子的，但又有誰能幫助她？即使是親哥哥，龍王相井，雖然近在咫尺，一時也無緣來見她，因爲他也是個國家的人，有許多國家的事需要他早早去落實。

五

此刻，相井一身布衣，在一個修有假山假水的花園裡駐足觀望，手裡抱著一把大掃帚。

花園坐落在山腳上，面積不大，但視野開闊，站在園內任何一處，都可以瞅見城市的一角：一片雜亂無章的屋頂和牆垣、電線杆、煙囪。園子不大，倒是臟腑不缺，花台、水池、假山、曲徑、涼亭樣樣有，花地裡種有花花草草，有月季、玫瑰、丁香、腐竹、杜鵑、冬葉青、菊花等，還有桃樹和桂花各兩棵，高大的桉樹一株，另有一叢密匝匝的鳳尾竹。相形之下，菊花的品種和樣式是最多最醒目的，大的、小的、高的、矮的、紅的、黃的、白的，擺成花籃的，紮成牛形馬樣的，頗爲隆重。只是眼下，花期已過，花都凋謝了，看上去反而顯得病懨懨的。其他那些花草果樹也是一樣，要不是過了花期，要不就還沒有到花期，都不見花開結果。入冬了，枝葉也少了生氣，只有那叢臨水的鳳尾竹，對初來乍到的寒氣似乎很不了然，仗著臨水的優勢，依然綠得發亮。

這兒是重慶著名的上清寺，如今由於汪精衛主席的駕臨，這兒的花草都被善待了，土被翻過，枝被修過，落葉天天有人收拾、打掃，再加上汪主席推崇陶淵明，甚愛菊，專門爲他移來不少菊花。總而言之，雖不是花開爛漫之季，但看上去園子還是精神抖擻的，置身其中是留得住腳步、散得了心的。

汪主席眉清目秀，詩才照人，人才和文才均出眾。他的《雙照樓詩詞稿》裡收錄了一首詠菊的詞〈疏影〉，百十字長調，寫得極好的景致，與一九三八年秋末初冬上清寺的環境相差彷彿，不妨摘錄在此：

行吟未罷，乍悠然相見，水邊林下。
半塌東籬，淡淡疏疏，點出秋光如畫。
平生絕俗違時意，卻對我、一枝瀟灑。
想淵明、偶賦閒情，定爲此花縈惹。

正是千林脱葉，看斜陽闃寂，山色金赭。
莫怨荒寒，木末芙蓉，冷豔疏香相亞。
不同桃李開花日，準備了、霜風吹打。
把素心、寫入琴絲，聲滿月明清夜。

山坡坐北向南，花園有南北兩道門，南門大，一扇大圓形，直徑達兩米，通往汪府正院：花園在正院背後，是後花園的意思；北門小，一扇拱形單門，走出去，穿過一條百十米長的羊腸小徑，便有一座小院，高高在上，坐在山坡上，一棵樹冠龐大的黃桷樹，遮天蔽日，把小院內主建築隱去大半，上下看，都難以一下判定這是何處。

這是寺院，但是小的，只有一個不到三十平方米大的廟堂，供著如來觀音（正面如來，背面觀音）。小且不說，更是私密的，不准外人參觀、供奉。

事實上，這是汪主席的私家廟堂，不對外佈道傳福的，對的只是汪主席和家人及隨從。

廟裡有兩個和尚，一個四十多歲，人高馬大，眼睛明亮，是小廟之主；另一個是頭皮青青的小和尚，十七八歲，脖子上有一道泛紅的刀疤，顯然是新疤，還在長新肉。

相井在這裡負責清潔衛生，白天經常抱一把掃帚轉來轉去，關了門卻常常教訓兩個和尚。其實，他是這裡眞正的老大，黑老大，兩個和尚都是他千里迢迢帶來的同胞手足、跟班，大和尚能飛簷走壁，武功高強，小和尚正在向他拜師學藝。

不用說，這是個掛羊頭賣狗肉的混賬地方，是相井暗度陳倉的據點。作爲日本在華重要特務機構——梅機關（前身是竹機關）派出的一名要員，相井今後要替汪精衛走通降日之路獻計獻策，保駕護航，同時也負有監視汪的職責。說好聽點，他有點秘密外交使節的意思，說難聽了，就是個跑腿的，來做一些遊說、串通的工作。

此外，相井也肩負著父母大人交給他的把惠子弄回家去的「家務」。陳家鵠不是死了嘛，她還留在中國幹嘛？吃一塹，長一智，她該翻然醒悟了，該回到她父母身邊去了。

說實話，相井對這份工作不是很滿意，大老遠的，深入虎穴，太危險！他在上海當藥店老闆當得蠻好的，一面做著樂善好施的大好人，一面拿著梅機關的身分和薪水，既能精忠報國，又能牟利發財。關鍵是安全，而且好玩，朋友多，尋開心的地方多，沒有身在異鄉的孤獨感。上海是太陽旗的天下，也是有錢男人的天下，花花世界，吃喝玩樂，比東京還豐富多彩。可來這鬼地方，整天做賊心虛提心吊膽且不說，還有那麼多時間不知道怎麼打發，在上海，時間跟黃浦江的江水一樣在流動，在這裡，時間成了花園裡的這潭死水，臭烘烘的。

這兩天，他很不開心的，姜姐倒是見了幾次了，可讓她通知警長召集那些人來開個會，至今都沒落實。這都是些什麼人嘛，素質太差了！好在剛才姜姐來報過信，那些人總算都通知到了，約好了，今天晚上可以來見他。

六

夜色濃濃，夜空沉寂，上清寺的汪精衛公館裡燈影零落，巡邏的衛兵以一團黑影的方式停停走走，忽東走西，使夜色變得更加威嚴、肅穆，也更加詭異、神秘，好像黑暗隨時都可能滋長出事情來。

廟堂裡，燭光幽幽，香煙嫋嫋。相井像如來一樣，打著坐，端坐在正中的稻草蒲團上，雙目微閉，旁若無人。今天他特意穿了一套藏青色的和服，顯然是要在即將與會的人面前體現帝國特色。說不定，要不是廟堂的穹頂太高，也許他還會在頭頂張掛幾面太陽旗呢。

旁邊其實是有人的，是大和尚，立在一旁，更顯得高大、彪悍，但收腹挺胸雙手抱腹畢恭畢敬的樣子，顯出了他的小。

「幾點了？」

「還有一刻鐘。」

「怎麼一個都還沒來？」

大和尚欲言之際，忽聽外面有聲響，「可能來了。」

來者是神槍手中田健二，第一個到的。他和相井曾共過事，相識已久，久別重逢，寒暄是熱烈的。不知是對姜姐不信任，還是希望中田能給他提供什麼好消息——多些人頭，他問中田的第一個問題是曾經問過姜姐的。

「你們組現在有多少人？」

中田是科班出身，規矩蠻好的，準備回答上司問題前，先一個立正。相井因為要做規矩，蠻橫地打斷他：

「薩根就不要說了，他已經破了身，不能用了。」

「明白。」中田聲音堅定，「此外有四人，我，還有一個警長，姓馮，有一個外國記者，叫黑明威，還有一個是女的，叫姜姐，她是馮警長的人，以前從來不參加我們的會，我至今不認識她。」

「你錯了，」相井笑道，「她是我們機關的人，我們早就有聯繫了，今晚你就會認識她的。」

正說著，又有人來了，是馮警長。

「你是馮先生？」

「是，你是……相井君？」

「是，」中田介紹，「今後我們小組由相井君指揮。」

「知道，知道。」馮警長欣欣然地上前握住相井的手，熱氣騰騰地扯起大嗓門，「你好，老大，久仰，久仰……」

「什麼老大老小的，一聽就像個黑話。」相井毫不掩飾對他的不滿，也是為了立規矩嘛，「以後叫我龍王。」

「好，龍王。」看中田和大和尚都立得筆挺的，馮警長不由地也挺起了身板。

「今後我要讓我們這些人做一條大中華眞龍。」相井臉上習慣性地露出痛苦的微笑，「你，用你們老祖宗的話說，是身在曹營心在漢，你的心屬於我們大日本帝國，穿的卻是這身爛黃皮，委屈你了，我就贈你一身龍袍吧——以後你就叫龍袍。」

「這稱呼我喜歡。」馮警長對相井點頭詘笑，轉身問中田，「你呢，以後該怎麼尊稱？」

相井走開去，一邊走一邊沉吟道：「中田君，神槍手矣，他手中的槍一旦出聲就是我們的福音，叫龍吟怎麼樣？」

「好！」

「好！」

警長和中田異口同聲。大和尚剛才一直巋然不動，這會兒也露出一絲笑顏首肯主子，說了一個古色古香的字：「妙！」警長聞聲，掉頭好奇地看看他，問相井：

「這位兄弟……」

「怎麼又稱兄道弟的？」相井剜了警長一眼，警告他，「不要叫兄弟，叫戰士知道吧？我來給你介紹一下吧，二郎。二郎君是柳生劍派的傳人，拔劍，十步之內，可直掏你心窩，騰步，登上這種屋頂不在話下，百步之內，落葉聲也逃不過他的耳朵。怎麼樣，這廟堂之主不尋常吧？」

「嗯，不尋常。」警長巡視二郎一番，好像在尋他身上的劍。

「劍在我心裡。」二郎看出警長在他身上找劍，微微笑道，接著又說，「我的使命是負責龍王的安全。」他今天一言一語，一姿一態，都是替龍王相井樹威風的。

「二郎君曾是酒井直次將軍的貼身保鏢，」相井問警長，「你覺得他該取個什麼名好呢？」

警長想了想，道：「你是龍王，他負責保護你，是你的防火牆，安全門，叫……龍骨怎麼樣？」

相井高聲道：「好，龍骨，好名字，他是我安全的主心骨啊，就叫龍骨吧。」

這時，門外響起突突的鞋跟聲，漸行漸近。馮警長欣然轉身去開門，「她來了，我們的女戰友。」開門看，門口立的是一個時髦女郎，戴著帽子和墨鏡，圍著絲巾，讓警長茫然不敢認。

「怎麼，不認識我了？」原來就是姜姐，翩然跨進高門檻，笑道，「什麼眼力嘛，我還沒有化妝呢，只加戴了頂帽子就把你蒙住了，看來我頗有以假亂眞的潛力嘛。」

「喲，你這行頭太洋派了，來，來，讓大警長爲你效勞。」警長替她接過帽子和拎包，看著相井，有點炫耀的意思。

相井鼓著掌，朗聲笑道：「眞是美如天仙啊。你的美貌給了我靈感，送你一個悅耳動聽的代號——龍珠。」

馮警長跟著鼓起掌，「好，龍珠，這個名字好！」

姜姐一頭霧水，問相井：「什麼意思？」

相井答非所問，對她說：「畫龍點睛，由你來點睛，我們這條龍不但威武有餘，還美不勝收呢。」

忽然，外面傳來兩個人急促的跑步聲，是小和尙帶著最後一個人黑明威來了。黑明威遲到兩分鐘，相井開始沒有批評他，畢竟是第一次，給他個面子。但在給他取名過程中，黑明威又露輕浮，被相井狠批一頓。

是這樣的，說到他的名字，馮警長說他是大記者，能說會道，口才好，建議叫龍嘴。相井考慮到今後他將與姜姐配對搭檔，提議叫龍耳：一個是龍的眼睛，一個是龍的耳朵，他私下覺得挺好。挺好的建議不妨問問大家，這樣既體現他有見識，又體現他作風民主。「你們說，叫龍耳，好不好？」相井問大家。大家都說好，唯獨黑明威，獨樹一幟，嬉笑道：

「那不如叫順風耳呢。」

相井頓時拉下臉，訓斥他：「你太不嚴肅了！你今天遲到兩分鐘，我還沒說你呢，幹我們這行的，這是大忌！時間就是生命，時間就是情報，時間就是一個戰士的戰鬥力，你年紀輕輕，油腔滑調的，像什麼話！」

眾人噤若寒蟬，相井罵得更來勁，他今天本來就要樹威風的，黑明威是撞到槍口了。最後是姜姐出來幫黑明威解的圍，要說這就是緣分了：姜姐和大記者的緣分。

緣分這東西說來只有一個字：玄。

其實，當時相井還沒有給大家分組，姜姐也不知道在相井的算盤裡她今後將與大記者同組。但不知怎麼的，姜姐從第一眼看大記者起，就暗暗地對他懷有好感，也許在潛意識裡，她覺得相井已明確不許她與警長搞相好，只准她好好服侍海塞斯這個半老頭子，叫她吃虧了，得找個小年輕補一下。所以，相井罵黑明威時，她心裡莫名其妙地不舒服，替他難過，心疼他。便出來打圓場，找話說，給他解圍。她看看小和尚，知道只有他還沒有新名字，問相井：

「噯，這位小師傅叫什麼名字啊？」

相井罵夠了，見有台階便下，開始張羅給小和尚取名。小和尚不論年齡還是資歷都是小字輩，叫他龍尾最合適不過。

便叫龍尾。

便完了一件事。

便開始第二件事：相井給大家分組。

最終分成三個組：龍袍警長和龍吟中田一組，由警長負責；大和尚龍骨和小和尚龍尾一組，自然是龍骨為長；姜姐龍珠和黑明威龍耳一組，由龍珠領頭。姜姐一聽自己要領導大記者，心裡那個高興勁啊，甭提了，因為如果不是跟他同一組，她只有跟中田一組（因為相井要求她與警長斷交）。她很討厭——也許是害怕——中田，覺得他整個人跟一杆槍似的冷冰冰，殺氣騰騰的。

相井為什麼要把黑明威分給姜姐，莫非真是要「補」她一下，讓他們來一場姐弟戀？當然不是。是什麼？他想啓用薩根留下的那部電台。自薩根交出電台後，那部電台一直沒有啓用。相井雖然自己帶了電台來的，但他知道電台是個定時炸彈，最容易惹事。最近宮裡不停地給他發電報，下達各種指示和命令，他真擔心被揪住尾巴。言多必失啊！所以，他想盡快啓用薩根留下的那部電台，這樣，一個組織兩部電台，既能分散「言多必失」的風險，又能攪渾水——萬一被人偵聽到，對方一般不會想到這是同一組織。

要用這部電台，現在唯一的人選是姜姐。相井知道，她今年初專門在梅機關受過訓練，他們也是那時候相識，並建立合作關係的。可姜姐租住的是民宅，不宜架設電台。現在有一種無線電測量儀器，你發報它幾百米內都能感應到，民宅處怎麼可能有無線電？也就是說，在那種地方架設電台，等於是幹此地無銀三百兩的傻事。

架設在哪裡最合適？

黑明威的房間，他是美國的大記者，住的飯店又是禁炸區，又是各國間諜出沒之所，有個無線電信號很正常的。所以，相井覺得電台放那兒最安全，遺憾的是大記者不會使用電台。

不過，相井認為這沒關係，可以讓姜姐過去用，他那兒是飯店，樓上樓下都是吃的喝的玩的場所，即使姜姐經常去也沒什麼的，不扎人眼的。就這樣，相井才決定把他們弄成一組，目的是要啓用電台。

當然相井也想到，讓龍珠、龍耳整天攪在一起，兩人偷雞摸狗或許是遲早的事。他已經有足夠證據相信，龍珠是隻騷狐狸，而大記者看上去好像也有點不正經（其實不然），一個半斤一個八兩，關在一個房間裡不上床才怪呢。雖然相井是不希望手足間搞相好、軋姘頭的，但這有什麼辦法？要用電台沒其他辦法，他們要搞也只有睜隻眼閉隻眼了，總不能因噎廢食吧。

分完組，相井又談到黑室和陳家鵠存亡的事。對此，大警長、大記者，包括中田，都言之鑿鑿，拍胸脯、發毒誓，證明少老大炸黑室「那一票」幹得絕對漂亮，黑室基地已毀、陳家鵠必死，這是鐵定的事。馮警長還特意帶來了當時的報紙，白紙黑字，以資證明。

帶報紙來，明顯是來邀功領賞的，雖然相井心裡也清楚，他們的一面之詞不可全信，但既然這樣——都言之鑿鑿啊，他要再不做表示，以後的工作就很難開展了。便給大家發了獎金，每人一只信封，看上去都還是不少的。對警長和中田還各記功一次，因爲他倆是直接參與者，比黑明威和姜姐介入深，幹得多，添加個精神鼓勵，理所當然。

那麼薩根呢，他是這次行動的眞正主謀、幹將，理所當然要得到更多，而且誰都知道，他是在等著要這筆錢的。這錢不給他，馮警長、姜姐、黑明威、中田都覺得沒有安全感，怕他翻臉，把他們都賣了。中田心裡是希望他們來提的，尤其是黑明威，是最該提的，他們是師徒關係，徒弟該爲師傅的利益負責。可黑明威不知是今晚挨了罵的緣故，還是什麼原因，反正沒提。馮警長也沒提。中田覺得不妥，用日語方言跟龍王提了這事。中田所以用日語方言說這事，是怕龍王想賴這筆錢，方言說反正其他人聽不懂，賴了就賴了，不難堪的。龍王倒好，反而表揚了他。

龍王早準備了錢，有中田的雙份之多，因爲姜姐早同他打過招呼，這個美國佬是個刺頭，不能虧待他。剛才龍王所以不提，也是想藉此丈量這些人，看誰心中有義氣這桿秤。顯然，中田此舉博得了龍王好感。這下，他又有理由高看他們大日本帝國了，日中美三國，最講義氣的還是咱們大日本帝國啊。

龍王把另一只信封拍在桌上，對中田誇獎道：「龍吟君，多虧你提醒，我差點忘了。我龍王做事決不虧待人，你們看，早準備好了，我還專門給他準備了美金呢，這錢夠他養老的。」既然中田最講義氣，這錢自然讓他轉交最放心。「聽說你住的地方離他們使館很近，就拜託你轉交可否？」

可以。

中田收下了錢。

獎金都發了，龍王善待部下的形象也塑造了，最後該說幾句總結的話了。龍王感慨地說：「你們可能不知道，這個姓陳的傢伙啊，一直是我們機關的一大塊心病，在東京的炎武教授聽說他進入中國黑室工作，很震驚啊，特別地給我們機關長寫來信，明確表示這個人對帝國密碼威脅極大，要不惜一切代價幹掉他。現在好了，心病已除，對我也是免了件雜事。說老實話，我的任務艱巨啊，我可不想讓這些雜事纏身。這次我出發前機關長找我談話，說萬一陳家鵠還沒有死，我必須要騰出手來，一邊幹大事一邊要把這件小事了了。」

馮警長領了賞，記了功，心情好，不免話多，接著相井的話問：「龍王說的大事是什麼呢，我們能知道嗎？」

相井掃視一下大家，最後把目光落在警長臉上，對他搖了頭，「暫時無可奉告，不過有一點是可以說的，等我們完成了這件大事，這個任務，你們的獎金一定會比這更多，多得多，多得多啊。」

連說幾個「多得多」，說明他心情特別好。這天晚上，大家的心情都一個比一個好，好得很啊，好像慈悲的如來和觀音紛紛給他們福祿添壽了。

第十章

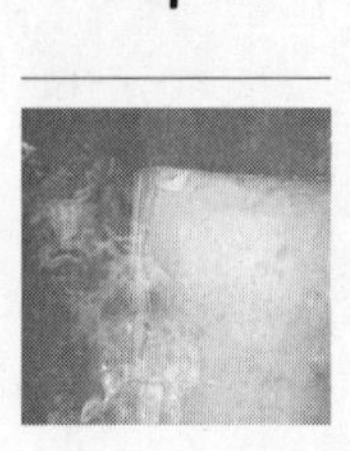

像一個被逐出天堂的女鬼，
渾身散發出一種孤獨、悲傷、貧寒、弱小、可憐的氣味，
好像風隨時都要把她吹走，又好像隨時都可能冒出一個壞人把她帶走。

一

相井的擔憂是對的。

轉眼間，海塞斯的案頭已經碼著十七封特三號線的電文，其中一半都是長電文，最長的一封長達五頁電報紙，像一份冗長的外交公報。海塞斯納悶，這到底是撥什麼人啊，想幹什麼，怎麼會有這麼密集的電報？給人感覺大兵已經在家門口，決戰將一觸即發。

但一號院的報告又分明告訴他，敵人在長沙的進攻受挫，日軍根本沒有兵臨城下。倒是委員長最近幾次講話，一再強調主戰的重要性和現實意義，對那些主降的聲音予以極度露骨的批判、謾罵。這說明什麼？武漢的淪陷讓降和派更添了勁頭和勢頭，讓主戰的委員長難以不管不顧，一笑了之。他感到了壓力，感到了挑戰，所以不客氣了，不顧風度了，像潑婦罵街一樣上陣了。這使他想到，這撥敵人可能是來給主降派傳話的，因爲只有這種情況，上面才會有很多精神、指示和要求，他們在磨合呢，談判呢。

海塞斯把這個意見寫成報告報了上去。一號院很重視，當天下午便有重要批文下來，批覆全文如下：

貴院今呈SJ—071號報告，所表之意得委員長深切關念。當下不乏高層要員逆史而行，執迷不悟，與日方媾和之心越發彰顯，令四萬萬國人痛心疾首。口説無憑，切望深入挖掘，實據在握，把柄在手，以便拿奸捉賊。

批覆落款是委員長侍從室，說它是委員長的口諭也不為過。海塞斯看了批覆後自然明白，所謂「深入挖掘，實據在握」，就是要他破譯密電。捉姦捉雙，白紙黑字才是證據。

哼，一群臭官僚！

海塞斯在心裡罵，他想對他們說：敵人這是在幹盜賣一個國家的大買賣，派出來的自然不會是個小毛賊，用的密碼更自然不會是小毛賊玩的把戲。少老大是小毛賊，所以才玩那種破玩意，被陳家鵠一眼識破。經驗告訴他，特三號線的密碼一定是高級的，他們敢接二連三又連篇累牘地發長電便是證據。可以想像，那些電文裡鋪排著一個個收買汪精衛良心的誘惑、道理、條件、許諾……但要具體看清楚這些誘惑、道理、條件、許諾，你們得需要耐心。一般來說——正常情況下，等你們看清楚的時候，他們的買賣，成交也好，斷交也罷，已經結束了。這就是一個破譯家的命運，也是密碼存在的價值所在，即正常情況下，在保險期限內，你無論如何也難以敲開密碼的牙關。

那麼破譯家是幹什麼的？他們整天面壁苦思，搜腸刮肚，空心思苦，其實是在追索一個「非正常」，或者說是在追尋一個「大天才」。大天才就不說了，那是芝麻稈上結西瓜，可遇不可求，誰遇到了誰就可以改變世界，貪奪天功，這沒道理可說。你只有瞪大眼欣賞，拿起筆記下來、傳下去。所謂非正常，就是言多必失，就是吃飯漏飯，你把對方在使用密碼過程中犯的錯誤揪住了，然後順藤摸瓜摸到人家心窩裡去了。

海塞斯覺得二十年前自己是個大天才，坐地生風，平地拔樓，莫名其妙地破譯了日本、歐洲各國幾萬份電報。尤其是當時日本的外交密電，那麼古怪、深難的一部密碼，他居然在汽車旅館裡，同一個來自賓西法尼亞的鄉村女教師的一夜情中獲得了至寶靈感。他至今記得（終生不會忘記），靈感降臨時他正在自上而下親吻女老師幹練的腹部（剛從挺著兩隻梨形乳房的胸部滑下來），他彷彿就是在她那個淺淺的肚臍眼裡拾到了九霄雲外的靈感。

不可思議啊。

不可思議啊！

今非昔比，回想起這一切，海塞斯如在夢中，不相信這曾經是他活生生經歷過的，甜滋滋品咂過的。他不會對任何人說，但在心裡他時刻都在對自己說：你已經回不到從前，你的演出結束了，現在是陳家鵠的演出時間了……陳家鵠讓他看見了自己的從前。但同時他又自負地認爲，陳家鵠不如二十年前的他，因爲他總覺得，或者說他懷疑，陳家鵠之所以能這麼神奇地三次破譯日本密碼，一定與曾師從炎武次二的經歷有關。換言之，陳家鵠靠的不全是才華，而是他的經歷，他的運氣——剛好碰到他導師在參與研製日本密碼。

平心而論，從特三號線密集的電報流量中得出的結論——敵特已派人抵渝與降和派媾和——這本身已是一種破譯。許多破譯一般也就是進行到這個層面，甚至有些情況也只需瞭解到此便夠了，比如海塞斯到黑室接的第一單任務就是這樣。當時五支日軍圍困武漢，武漢大本營急於想知道哪一支部隊會率先發力打頭陣，海塞斯正是通過分析五支日軍的電報流量得到結論：敵二十一師團將打頭陣。前線部隊因此重新佈防兵力，有效地阻擊了敵人進攻，延緩了武漢淪陷的時間，從而使大批軍工企業得以順利轉移到後方。

現在一號院不滿足於此，要你更上一層樓，要你把每一份電報白紙黑字寫出來，這談何容易。等著吧，海塞斯心想，你們耐心等著，反正陳家鵠可望近期康復出院，等他來給你們交卷吧。

二

這是陳家鵠醒後的第六天。

醫院那邊傳來消息說，陳家鵠後腦勺的傷口今天已經拆線，傷口癒合情況良好，他精神狀態也不錯，已經在看書，云云。陸從駿聽說後，激動得差點當即趕去醫院看他，可當時因爲有一件事懸而未決，老孫有望中午回來給他回音。所以，他決定先等老孫回來，把懸而未決的事敲定後再去看他。帶著好心情去。

一點多鐘，老孫略爲推遲回來，但消息是好消息：他已經跟重慶飯店的王總見了面，很投機，對方很願意支持他們的工作，現在一切都按他們預想的方案在推進。就是說，懸而未決的事定了音，而且是悅耳動聽的音。陸從駿覺得今天眞是個好日子，當即喊上海塞斯，去醫院看陳家鵠去了。

果然是帶著好心情去的。

兩人高興而來，結果掃興而歸。

也許，陸從駿來的時候是希望藉今天這個好日子添喜。前些天他陸續來過醫院幾次，但陳家鵠始終情緒低落，不想跟他交流。這兩天他在山上開會，昨天下午才回單位，已經三天沒來看陳家鵠了。士別三日，如隔三秋。還有個說法上：士別三日，當刮目相看。他相信，今天看到的陳家鵠一定可以「刮目相看」，因爲醫生說他都已經在看書了。

何止是看書！

陸從駿和海塞斯推開病房門時，看到陳家鵠一隻腳擱在床沿上正在壓腿。入院已有小十天，樓不能下，樓道的門都不能出（爲了安全嘛），他可能覺得骨頭都脹了，要活動活動。

「好啊，看你這樣子可以重振旗鼓了。」陸從駿高興地迎上去，爽朗笑道。

「我要回家。」陳家鵠直通通地說，板著臉孔，像一台機器在說，其認眞和冷漠的樣子是不容商量的。

陸從駿一時無語，太意外了！三天不見，身體和精神是明顯好轉，可心思好像是壞透了，變得六親不認，連長官和恩師都不放在眼裡，見面招呼不打，直接給臉色看。還是海塞斯放鬆，笑笑，幽默地說：

「你說回家是指哪個家，單位的家還是……」

「我要回家看惠子！」同樣的口氣，同樣的嚴肅，他對陸從駿說。

「等你身體好了再說吧。」陸從駿說。

「對，等你身體好了再說。」海塞斯附和道。

「那麼實話相告，」陳家鵠依然是對陸從駿說，依然是老樣子，像一台機器在說，「如果你同意我回去看惠子，我身體已經好了；如果不同意，對不起，我的身體恐怕永遠也好不了了。」

操！這不是威脅嘛，你把我當什麼人看了，我是你的長官，敢這麼放肆！陸從駿的心底無名火亂竄，眞想破口惡罵。海塞斯看出陸從駿臉色青了，出來打圓場，「怎麼能這樣說話，難道你腦子裡還有水？」說著哈哈大笑，給陸從駿滅了火，洩了氣。就算給教授面子吧，陸從駿想，極力壓制了情緒，冷冷一笑，基本上是和顏地說：

「我同你說過，現在回去不安全，特務……」

「我也跟你說過，就是去送死我也要回去，爲此我已經死過一回了。」說罷掉頭就走，甩門而去，好像眞是腦子裡的水還沒散盡，不但搶人家的話說，還不讓人說話。

反了，反了，這傢伙瘋了！一次滿懷熱情和希望的會面就這麼收場，陸從駿懊惱死了，恨不得掏出槍來朝天開它幾槍，以發洩心頭之恨。問題眞的是很嚴重的，他已經把話說絕了。海塞斯的心都捏緊了，回去的路上，他小聲跟陸從駿提議道：

「要不就讓他回去一下吧，多派些人保護就是了。」

笑話！

怎麼可能呢？陸從駿心想，你教授身在局外，不知道其中的秘密，這個秘密早註定他和惠子已經不可能再見面，讓他們見了面，我的面孔又往哪裡放呢。確實，在這件事情上，陸從駿扮的就是鬼，心懷鬼胎，投毒下藥，逼良爲娼，喪盡天良，幹的全是鬼事，怕見光的，見光要死的。

不過，陸從駿似乎不像教授那麼著急、悲觀，他已經平靜下來，反而安慰教授，「天要下雨，娘要嫁人，隨他去吧。我想我們的好心他總有一天會認識到的，現在他是把我們的好心當驢肝肺，這頭不識好歹的犟牛！」

陸從駿之所以這麼達觀，是因爲老孫正在替他打一張絕對牛的牌。等這張牌出來後，陳家鵠，我就是用八大轎把惠子抬到你面前，你都不一定想見了。他在心裡說：聽著，陳家鵠，跟我鬥，你還嫩！

三

老孫在打什麼牌？還得回頭說。

得看看惠子這幾天是怎麼過的。老孫說過，那天他送惠子回家，一路上她都在哭，哭得人都快虛脫了。到了天堂巷子口，下了車還在哭，進了巷子還在哭，直到敲門時才強忍住不哭。但眼淚忍不住啊，淚水像動脈血從創口冒出來一樣，汩汩地流著，流啊流，流得她渾身像一團棉花一樣輕，又像一隻秤砣一樣沉。她就這樣淚流滿面地走著，一腳輕，一腳重，穿過廊道，經過庭園，往樓上走。

上樓梯時，她連著跌跤，有一回差點從樓梯上滾下來。當時家鴻和家燕沒在家，家裡只有兩位老人，惠子敲了門，是陳父去開的。老頭子開門看見是她，像見了鬼似的，掉頭就走，溜進客廳。陳母也是這樣，知道是她回來了，連忙鑽進廚房，好像眞的是一個鬼子進了家，他們都躲著，藏起來。後來聽她在樓梯上跌跤的聲音，陳母出來張望，看她撲通撲通跪下來的樣子，有點心酸，想上去扶她一把，但就是邁不開腳步。

腳步像是被釘在了地上！

最後幾步樓梯，惠子幾乎是爬上去的，看了著實叫人心酸。

「作孽啊！」陳母心裡難過，就這麼含糊其辭地感歎了一句，不知是在可憐自己還是惠子。

惠子進了房間，鞋子都沒脫，便上了床，用被子裹著，放聲痛哭。哭到什麼時候呢？不知道，反正後來就沒有時間概念了，所有的時間她不是在哭就是昏迷，醒了，繼續哭，哭累了，又昏過去。

下午五點多鐘，家燕放學回來曾上樓去看過她，見她穿著鞋子昏睡在床上，什麼話也不說，只是幫她脫了鞋子。七點多鐘，家燕又上樓來喊她去吃飯。惠子沒力氣說話，用搖頭表示不去。家燕問她是不是病了，她還是搖頭。家燕想再跟她說什麼，但想了好久也不知從何說起，就一聲不吭地走了。

第二天晚上同一時間，家燕又來喊她去吃飯，她還是一如昨天地搖頭。這時她已經一天多沒吃東西了，這哪裡行，要餓出毛病來的。家燕便把飯打上樓，勸她吃，惠子還是搖頭。要餵她吃，她還是搖頭，家燕急了。

「你一天多不吃飯怎麼行，快吃吧。」

「……」

「你到底怎麼了，昨天你去哪裡了？」

「……」

「不管有什麼事，飯總是要吃的，否則要生病的。」

「……」

「惠子姐，你求你了好不好，快起來吃一口吧。」

「……」

不論怎麼勸，說什麼，問什麼，惠子都不出聲，最多是搖頭，搞得家燕又氣又急，氣急敗壞地朝她吼了一句：

「你到底想幹什麼！」

「我想死……」惠子突然睜開眼這麼說了一句，又閉了眼，跟著淚水嘩嘩流出來，好像淚水是被聲音控制的，一出聲，開關開了，想關都關不上，洶湧的樣子像血流，像有一隻無形的手在擠似的。

死！這是這兩天惠子醒著時唯一的念頭。她眞的想死，如果身邊有把槍，她一定朝腦門開槍了，毫不猶豫，決不後悔。家鵠有了新的女人！這個消息不啻晴天一個大霹靂，把她徹底擊垮了。

撕碎了！

碾成了粉！

像故鄉暮春的櫻花，在冰涼的風雨中撲簌簌地搖落，落得滿地都是，落得花雨紛紛，最後碾成了泥，化作了塵，連香味都不剩一縷。

生不如死啊！

讓我去死吧！

惠子的整個身心都被巨大的痛苦和悲傷包圍起來，死亡是唯一的突破口，她要用死亡突圍出去，她要用生命的死亡來洗滌生命的苦痛，無法擺脫、忍無可忍的苦痛！可是，她被粉碎了，癱軟如泥，神志不清，有氣無力，連弄死自己的力氣都沒了。

那就餓死自己吧！

這就是惠子不吃飯的原因，她要通過絕食接通去天國的路。家鵠已有新愛，人間已經了無牽掛，只有苦和痛，走吧，堅決地走，決不後悔！惠子死的決心和曾經對家鵠的愛一樣大、一樣深。

一個爛女人，死不足惜，就是死在家裡挺晦氣的。

這自然是氣話。惠子即使作了最大的孽，總不能見死不救吧。找誰來救？老孫。爲什麼？因爲那天是老孫把她接出去一趟後，回來就這樣了，可以想見這可能跟老孫跟她說了什麼有關。有道理。

於是，當天晚上家鴻便給老孫打電話，反應惠子的現狀。

這怎麼行？

這怎麼行？

老孫一聽頭都大了，無疑，惠子因絕食而死在家裡，家鵠總有一天要知道內幕的。這絕對不行，得想辦法阻止她。怎麼辦？怎麼辦？怎麼辦？老孫急得不行。這是前天晚上的事，陸從駿在山上開會，老孫一時連個商量的人都找不到，只好約家鴻去渝字樓商量對策。兩人見了面，老孫雖然心裡急，但首先還是接受了家鴻的問詢。

「那天你帶她去哪裡了？」

「就這兒。」

「你跟她說什麼了，她回去就賴在床上，一口水都不進。」

「唉，我能說什麼，還不是她的臭事。」

「什麼事？」

「我手下拍到一批她跟薩根那個……偷情幽會的照片，我給她看了，可能就把她嚇著了。哎喲，我不該給她看的。」老孫現在說謊話根本不要打草稿的，信手拈來，駕輕就熟。

「現在怎麼辦呢？」家鴻問。

「反正肯定不能讓她就這樣死在你家裡，那要遭人閒話的，對家鵠，對你們家和我們單位都不好。還有那個薩根，他可能也會因此找你們麻煩。」

「他敢！」

「這種人什麼事不敢，你不敢幹的缺德事他都敢。唉，現在先不說這些，先想想辦法，你看誰——你們家裡現在誰跟她……關係最好？」

「家燕，我小妹。」

「那你就讓家燕去做做她的工作，好好勸勸她，哄也好，騙也好，反正一定要阻止她，決不能發生那種事——她絕食死在你家裡。」

「家燕都勸過幾次了，不行。」

「你媽呢？」

「更不行。」家鴻說，「現在要勸她，我們家裡的人都不適合。」

「你覺得誰最合適呢？」

「當然是薩根哦……」

是啊，多合適的人選，我怎麼沒想到呢？老孫是當局者迷，他明白惠子與薩根鬼混全是自己編的鬼話，鬼話當然不能信的，所以想不到他頭上，老在惠子家裡人身上打轉轉。可家鴻恰恰是被他的鬼話照亮了智慧，他覺得既然他倆在軋姘頭，而且事就出在他們軋姘頭上，解鈴當然還需繫鈴人。

是啊，是啊，薩根絕對是不二人選，就是他了！老孫想，讓薩根去扮演這角色，他還可以藉機把他們「軋姘頭」的文章做大，或許會出現更多的素材，至少還可以再拍幾張他們在一起的照片吧。

那麼誰去通知薩根好呢？當然是家鴻哦。這一回，老孫沒有迷，一下找到了最合適的人選。家鴻是他們忠誠的「戰友」，有些事可以放開說，可以設計，可以合謀，可以串通，可以一起說鬼話，走鬼路，幹鬼事。

四

第二天，家鴻按照老孫的設計，早早地把薩根帶到惠子床前。家鴻離去時特意關上房門，讓他們可以自由發揮，隨便說什麼都可以，只要開口吃飯，別死在這張床上。

很久，房間裡沒有傳出任何聲響，薩根一定是壓著嗓門在說，在樓下是聽不到的。後來，樓上突然傳下來惠子破涕慟哭的聲音，好像決堤了似的，殺豬一樣的慟哭聲，震得房子都顫了一下。家鴻在樓下聽著，知道這是好兆頭，壓力鍋洩氣了。隨後，哭聲漸漸小下來，越來越小，直到無聲無息。也許還在抽泣，但樓下是聽不到了。

這樣過去了很長時間，樓上一點動靜沒有。家鴻又納悶又好奇，脫了鞋子悄悄摸上去，隔著板壁側耳聽，正好聽到薩根老於世故地在說：「惠子啊，我早跟你說過了，中國人都不是好東西，但你一意孤行，我也是愛莫能助啊。」

薩根繼續說：「其實很多東西是明擺著的，你們一回來他就消失了，說是近在身邊，可就是不見人影，正常嗎？」

「那是……他工作需要……」是惠子的聲音。

「什麼工作有這種需要？」薩根說，「好，就算是工作需要嘛，平時不能回家可以理解，可是你懷孕流產這樣的事，你的生命危在旦夕，他都不回來，這正常嗎？」

惠子說：「我……沒跟他說……」

薩根說：「嘿，你剛才不是說，有一天他人回來過，沒見你就走了？」

惠子說：「是媽媽跟我說，也許不是……眞的……」

薩根說：「爲什麼？」

惠子說：「他們希望我跟家鵠分手，可能是故意氣我的……」

薩根說：「好，好，就算他沒有回家過，你小產的事他也不知道，可是你剛才又說，你最近已經好長時間沒收到他信了，以前從來不這樣的是吧？」

沉默——應該是惠子點了個頭。

薩根接著說：「那你想過這是爲什麼嗎？爲什麼他突然不給你來信了？我告訴你原因吧，就是——正如他首長跟你說的，他在外面已經有了新的女人，這個女人像魔鬼一樣奪走了他的心，而他的心只有一顆，怎麼辦？你說怎麼辦？這都是很簡單的道理，何況現在還有那麼多證據，照片、離婚書等，你居然還心存幻想，豈不荒唐嗎？嘿嘿，惠子，你們女人啊，你們東方的女人……眞是不可思議。」

沉默了一會，惠子突然哭著說：「薩根叔叔，難道家鵠眞的有新女人了？」

薩根好像打了個手勢，「百分之兩百。」

惠子哭得更傷心了。

薩根說：「你哭什麼，有什麼好哭的？這種男人值得你傷心嗎？你還爲他絕食，要爲他送命，你傻不傻？太傻了，傻到家了，你死了他最高興，離婚手續都不要辦了，清清爽爽開始新生活。還哭啊，別哭了。你在哭，他在笑，這眼淚都在嘲笑你，你還哭。」

哭聲變小了。

薩根好像立起身，聲音很堅定，「行了，夠了，擦乾眼淚跟我走，別讓我再看到你流一滴眼淚……」

家鴻聽說他們要走，連忙溜了，後話便不知了。

但可能是惠子不想出門，也可能是惠子身體太虛弱，一時走不動，總之，還是過了近一個小時，陳母午飯都燒好了，家鴻都已經上樓喊他們下來吃飯了，這時他們才下樓。不是下樓吃飯，而是去外面。薩根說惠子需要吃一點營養粥，他知道哪裡有，他帶她去吃。

惠子已經快兩天沒吃東西，身體確實虛弱得很，下樓梯的時候只有讓薩根撐著她才行。下了樓，惠子不要薩根撐，堅持要一個人走，可走得顫巍巍的，讓薩根提心吊膽的，伸著一隻手，似乎隨時要防止她倒下。他們就這樣走了，像一對父女，又像一對忘年交。

老孫聞訊後，對家鴻連聲道好，「這樣好，就讓他們在外面野，我估計薩根這個老色鬼今天說不定就把她帶回家去了，反正大家都撕破臉皮了，也用不著躲躲閃閃的。」

家鴻說：「這樣最好，讓家鵠也可以死了心。」

老孫假惺惺地問：「難道你弟還沒有對她死心？」

家鴻出一口粗氣，「我看是沒有，我這個兄弟啊，讀書讀傻了。」

老孫又假惺惺地安慰他道：「陳先生才不傻，要真傻了，孤注一擲，九頭牛都拉不回來了，但我看他最近態度已經有大轉變了。」

「是嗎？」

「我感覺是這樣的。」

「那就好，否則我父母的心都要爲他操碎了。」

「不會的，就等著好消息吧，今天如果薩根把她留在外面，也就不需要等多久了。」

天黑了，惠子沒有回來。八點鐘，惠子還是沒有回來，這讓老孫和家鴻都暗自竊喜，感覺夢想即將成眞，他們可以去開懷喝一杯。

這就是昨天晚上的事。當時陸所長已從山上開會回來，得知惠子的最新情況後也是滿懷喜悅，覺得有點天助的感覺。但是，惠子最終還是讓他們失望了。九點多鐘，她像個幽靈一樣回到了家，無聲無息地上了樓，鑽進了房間，跟誰都沒有打招呼，像回到了旅館，進門就上床睡了。

老孫和陸從駿聞訊後（家鴻打電話報的信），自然是很沮喪。但只沮喪了一小會，負責當天跟蹤薩根和惠子的小周回來了，給他們帶來一個一定程度上的好消息。小周說這天晚飯薩根是帶惠子在重慶飯店裡吃的，吃飯之際他偷偷溜到前台，給惠子開了一個房間，要惠子今天就住在飯店，只是惠子不同意，執意要回家。

這至少是半個好消息，說明薩根對惠子絕對是有色心的。現在的問題是在惠子身上，她可能還沉浸在傷痛中，也可能是別的什麼原因，使薩根空有其想——心嚮往之，而不能至之。正是在掌握了這個情況後，陸所長和老孫才合謀了今天這張絕對的牛牌。

五

現在是下午三點鐘，老孫在重慶飯店咖啡吧陽光走廊上享受著法國情調。一隻高腳的玻璃杯裡盛著滿滿的白色泡沫，據說這是咖啡，老孫覺得匪夷所思。老孫是隨便點的，咖啡吧裡當然是點咖啡，沒想到上來的是這玩意，弄得他都不知道怎麼下嘴。

那就胡亂喝吧，喝得滿嘴泡沫，像個孩童。

三點一刻，本飯店總管王總腆著肚子坐到老孫的對面，他們中午才見過、談過，雖一面之交，卻一下子建立了深厚的階級感情、革命友誼。因爲，他們正在聯合對付一個日本間諜，就是薩根。以前王總把薩根當貴賓仰望，美國大使館身分，又是消費大戶，財神爺加名門望族，能怠慢嗎？絕對的貴賓，要言聽計從，尊之重之。當初讓惠子來飯店工作，且落得這麼好的差使（王總的專職外文秘書），還不是看薩根的面子？可現如今薩根在王總眼裡成了一泡屎：美國人，爲鬼子幹活，豈有此理！要知道，重慶飯店是公認的「國際間諜自由港」，王總能在這種地方當大，能沒有官方背景嗎？

有的，所有大飯店的「總字輩裡」必有一到兩人，跟國家安全部門有著緊密的關係，國際上俗稱「線人」，王總就是三號院的線人。所以，老孫和王總一拍即合，很投機，因爲是一根藤上的瓜嘛，心心相印著呢。既然他是日本間諜，那你說就是了，我一切照辦。這會兒，他就是來向老孫彙報他已經辦了什麼事。

「已經聯繫上了。」王總上身前傾，左右四顧，壓低聲音，顯得很專業。

「怎麼樣？」

「有請必到，晚上六點半，頂樓商務包間。」

「惠子呢？」

「他說他去接，我不管。」

「服務員呢？」

「安排好了，是老手，放心好了。」

老孫剛才的右手一直握著，這會兒對王總敞開，示意他看。王總看到，老孫掌心裡握著一只比試管大一號的玻璃瓶，瓶子裡裝著幾粒蠶豆一樣大小的藥丸子，有白色和紅色兩種顏色。

老孫把瓶子交給王總，一邊低聲交代道：「有區別的，白的是男的，紅的是女的，放在熱湯裡效果最好，各一粒就行。」

王總仔細瞅了一眼，「這有四粒呢。」

「備用的嘛，萬一一次不成呢。」

「如果一次成了，剩下的要退還嗎？」王總笑得鬼鬼的。

「你就留著吧，可以找人試一下，保你滿意。」老孫笑得更鬼。

「你哪裡弄來的？」

「花錢買來的。」老孫說得神乎其神。其實，這玩意雖然有點兒聳人聽聞，但並不像其他那些聳人聽聞的玩意那麼難搞，如軍火、毒品、軍事情報。搞到它的難度大概跟大麻差不多，只要找對人了，沒問題，都能成全你。

老孫找的是汪女郎。

汪女郎現在換地方了，很少來重慶飯店，因爲她不想跟薩根再攪在一起，她怕惹事，怕老孫再找她幹活。她躲薩根，其實是躲老孫，這些人是她們這幫人最怕的，他們弄死你就像弄死一隻青蛙一樣容易、隨便。沒想到，老孫還是找到了她，她很懊惱，以爲又要她「出勤」，去赴湯蹈火。不過，聽說只是找她去搞這玩意，她又笑了，滿口答應。要這玩意，找她確實也算找對人了，汪女郎只過了兩個小時就給老孫交貨了，並且保證絕對是眞資格的。

「不信你可以試，你吃白色的，」汪女郎談起這些就顯得很放鬆，有點回家的感覺，熟門熟路，張口就來，「半個小時保你變成一頭發情的公狗，會把身上所有的錢都掏給我。」

「我沒有錢，但有這個，免費請你吃。」老孫說，指著那顆紅色的藥丸。

「那也成，我吃了它，你沒錢我還要求你呢。」汪女郎格格地笑，色瞇瞇地看著老孫，好像只是聞了聞它的氣味就來勁了。

從嚴格意義上說，老孫應該試一下的，至少找人試一下，以防是假貨。畢竟這是要花錢買的，是生意，汪女郎這些人的誠信度總是不高的，最好試一下，確保貨眞價實。但聽汪女郎說，要試這玩意沒兩個小時完不了事，他哪有這麼多時間，只好相信她一次了。

其實，老孫這一著棋是走得挺冒險的。春藥雖然算不上什麼毒藥，但也並非可隨便嚼食的麻糖。自古以來，因服春藥而喪命的案例不乏其數，像漢成帝、咸豐皇帝等，都是死在這玩意上的。清人陳士鐸在其醫書《石室秘錄》中有此記載：

> 如人有頭角生瘡，當日即頭重如山，第二日即變青紫，第三日青至身上即死。此乃毒氣攻心而死。此病多得之好吃春藥。蓋春藥之類，不過一丸，食之即強陽善戰。非用大熱之藥，何能致此？世間大熱之藥，無過附子與陽起石之類是也。二味俱有大毒，且陽起石必須火而後入藥，是燥乾之極，自然克我津液。況窮工極巧於婦女博歡，則筋骸氣血俱動，久戰之後，必大洩盡情，水去而火益熾矣。久之貪歡，必然結成大毒，火氣炎上，所以多發在頭角太陽之部位也。

初起之時，若頭重如山，便是此惡症。急不可待時，速以金銀花一斤煎湯，飲之數十碗，可少解其毒，可保性命之不亡，而終不能免其瘡口之潰爛也。再用金銀花三兩，當歸二兩，生甘草一兩，元參三兩，煎湯。日用一劑，七日仍服。瘡口始能收斂而癒。此種病世間最多，而人最不肯忌服春藥也，痛哉。

汪女郎給他搞的這幾顆春藥，源於明代洪基《攝生總要》中記載的偏方，俗稱「房中寶」，好的是鑾貴的，因為原料都是如陽起石、牛鞭、狗鞭、驢腎、肉桂、淫羊藿、肉蓯蓉、鹿茸、晚蠶蛾、九香蟲、蛇床子等這些溫和大補品，但汪女郎供的是便宜貨，用的主要是阿芙蓉之類的猛藥，服後立竿見影，但其副作用極大，服後必影響一生健康。

六

王總揣好瓶子，腆著大肚皮，邁著八字方步走了，那肥胖笨重的樣子在老孫看來，讓人心有餘慮。胖男人，瘦女人，是最不適宜合作做事的，胖男人一般都懶，做事不踏實，瘦女人一般都過分精明，易流於奸詐。做事要成功，男勤女懶，男緊女鬆，倒是最好的搭檔。現在，老孫的搭檔看上去並不理想。

錯！

錯了。

王總今天晚上的表現太好了，六點十分已經到場，提前二十分鐘，安排了一男一女兩個服務員，都是有貌有相，訓練有素的。同樣的包間，隔壁是紅木太師椅、八仙桌、圓盤凳，雖然古色古香，也高檔豪華，但缺乏溫馨宜人的感覺，沒有情調，純商務的。這兒，軟軟的羊毛地毯，紅色的轉角沙發，茶几式的矮腳小方桌。沒有凳子（也不需要），或者說「凳子」是一塊法式鵝毛墊，四方形，染成抒情的橙色。原來的餐桌成了擺台，鋪著藍印花布，架著一部留聲機，另有一只拿破崙花瓶，插著一枝飽滿怒放的山茶花。

六點鐘，老孫來檢查。

進門——對不起，請脫鞋，換拖鞋。

把老孫嚇了一跳，以為走錯地方了。沒錯，這是下午佈置起來的，原來這兒跟隔壁大同小異，現在天壤之別。老孫懶得脫鞋進去，就立在門口左右四顧一番，心裡想，這房間不就是一張大床嘛，有這效果還需要下藥嗎？就是說，老孫覺得這情調已足夠誘發人上床的欲望，下藥似乎就是雙保險了。

他不相信今天晚上會無功而返，他已安排好了三名員警，準備好了兩架德國萊卡相機，此刻他們就在隔壁喝著茶，吃著小點心。只等他一聲令下（連敲三下門），他們就會悄悄溜出來，衝進隔壁房間，對準兩具胴體，不停地按下碘鎢燈。

三個小時後，一切都像老孫現在想像的一樣，準確、生動地發生了。員警和攝影師悄悄從隔壁溜出來，一左一右分立在他兩邊。眉目傳言之後，員警一腳踹開門，那麼精彩的畫面也來不及多看一眼，連忙讓開，讓攝影師先衝進去大顯身手。

咔嚓——第一張：兩人沒有反應過來是怎麼回事，下意識地都在看鏡頭，光溜溜的薩根坐在光溜溜的惠子身上回眸而望，惠子則躺在薩根身下驚恐地仰頭而望，好像她的家鵠自天而降……精彩至極啊！

咔嚓——第二張……

咔嚓——第三張……

咔嚓——又一張……

咔嚓——又一張……

王總給他們什麼都準備好了，就是沒有準備被子、毯子什麼的，要遮羞簡直找不到一樣合適的東西。關鍵時候還是女人的直覺好，惠子在被偷拍三張後迅速鑽進桌子底下，並把桌布拉下來，桌布像幕布一樣保護了她。但是，她也付出了沉重的代價，她鑽進去的一瞬間被攝影師抓拍到了，那是極其色情又丟人的一幕：一個光胴胴的大屁股，像某幅甃腳、粗俗的色情招貼畫。

薩根開始只是靠那塊法式鵝毛墊擋駕，結果捉襟見肘，欲蓋彌彰，讓攝影師拍得更來勁。因爲如果全裸的話，反而不宜流傳，只能供老孫他們當槍使，像這樣關鍵部位擋住了，就可以供人觀賞，當笑柄把玩了……笑柄太多太多，多得讓陸從駿盛不下！

一個小時後，陸從駿和老孫、小周、王總在隔壁喝酒，有點慶功的意思。一向話不多的老孫今天判若兩人，表現欲特別強，一開始就喧賓奪主，端起酒杯滔滔不絕：

「喝酒之前我先來說兩句，說什麼呢？說說我今天爲什麼要在本飯店最好的地方請你們喝酒，爲什麼？爲你，惠子，我要給你壓驚。我偶然得知你最近受了莫大委屈，難怪你前段時間一直沒來上班，原來出了這麼大的事。」

說的都是王總剛才鴻門宴上的開場白，老孫想用這種方式向陸所長介紹情況並誇獎王總。王總憋著氣，模仿惠子的聲音加入進來：

「王總……您……從哪兒……聽說……我什麼了……」

「哎喲，明人不說假話，你和薩根先生昨天在樓下西餐廳吃晚飯，我就在你們隔壁的卡座裡，你們說的那些至少有一半我都聽見了。」老孫說，學的還是王總的話。

王總叫道：「錯！你漏了一句。」

老孫問：「哪兒漏了？」

王總說：「我說『明人不說假話』之後還有一句，『不瞞你們說』。」

老孫說：「這句話漏了有什麼關係，沒變你的意思嘛。」

王總說：「你不是要學我嘛，要學就學像一點，別讓你們首長覺得我就是你這水準……」

酒過三巡，老孫又學王總敬惠子的酒，他有意矮下身子，腆起肚皮，學著王總的腔調說起來：「酒啊酒，上帝給人類酒就是因爲人間有不平，有痛苦……你痛苦有多大，酒量就會有多大，來，惠子，乾杯！爲了你有薩根這樣的好叔叔乾杯！」

王總端著酒杯站起來，學的是薩根的樣，先是一陣哈哈大笑，然後苦著臉拉長聲音說：「惠子，爲一個薄情人痛苦不值得，你恨他也好，愛他也好，就把他當作這杯酒，一口消滅它。」

老孫又學王總勸薩根喝酒，總之兩個人你演我，我演你，把陸從駿笑得前仰後翻，臉上的肌肉都笑僵硬了。「行了，行了，別再說了，你們看，我臉上肌肉都抽筋了，僵硬了。」陸從駿說，一邊使勁地揉著臉。可是，陸所長，你在今晚這張酒桌上怎麼能說「硬」這個字呢？兩人趁機把話題轉到薩根被藥力做得堅硬如鋼的「根部」，更是笑料百出。

眞的，笑柄太多太多！

次日凌晨，照片沖洗出來，陸從駿發現果然如此：由於藥的威力，即使在照相機前，薩根的那玩意依然屹立不倒，翹得老高，充分體現出他作爲一個混蛋極其無恥、下流的形象。

照片一大堆，他分別挑出六張，讓老孫各備三份，立即給員警送去。他拿一份（六張）放在皮包裡，準備自己用。相比之下，陸從駿對惠子鑽在桌子底的那張大屁股照片並不欣賞，他認爲有點惡俗，又不能證明什麼，就沒選。

有這些照片在手，這天夜裡陸從駿睡得尤其踏實、香甜，沒有作夢，因爲他當前的夢——陳家鵠出院——已經指日可待。煮熟的鴨子飛不了了，他暗暗安慰自己，這是鐵板釘釘的事，不需要作夢了。

七

這天晚上，薩根和惠子是在警察局裡度過的，分別關在兩個看守間裡。薩根大叫大嚷，說他是外交官，中國員警無權抓他。員警要看他的證件，以爲他沒帶，結果他帶了。

帶了照樣治你！照樣羞辱你！

員警看著證件，一邊說：「這是眞的嗎？讓瞎子來摸一下也知道是假的。一個美國大使館的堂堂外交官怎麼可能幹出這種下三爛的事，不可思議。這是豬狗不如的事，豬狗幹這種事也要挑個沒人的地方，你撒謊也不打個草稿，我罰你一夜站著！」

本來看守間裡還有張板凳可以坐，這下被義憤填膺的員警踢走了。員警早打好招呼的，一切都按老孫和陸從駿制訂的方案行事，第二天一大早，通知美國大使館和惠子家人，讓他們來罰錢領人。這樣做的目的就是要張揚他們的醜事。當然登報的效果可能會更好——對陳家鵠效果一定更好，但怕傷及美國大使館的感情，不敢造次。

第二天，大使館助理武官雷特來把薩根接走了。當然，員警不會忘記把那些不堪入目的照片向雷特呈上一份，雷特回去自然也不會忘記把它們交給大使一睹。事後證明不登報的效果出奇的好，因爲這維護了美國大使館的名聲，大使在處理薩根的過程中反而更加嚴厲：

把薩根遣送回國！

這是陸從駿計畫中沒有的，屬意外之喜。至於陳家之後發生的一切事，都是他預想中的。

這天，陳家簡直雞犬不寧。老頭子接到員警通知後，當著員警的面對一家人咆哮道：「你們給我聽好，誰也不准去接她回來！這個女人從此再也不是我們陳家的人了！」轉頭對員警說，「你走吧，我們陳家沒有這個人！」說罷，踉踉蹌蹌地上樓去，彷彿一瞬間老了十歲。

陳母也在一旁哭訴道：「眞是丟人啊，怎麼出了這種事！家鵠啊家鵠，你看你娶的什麼女人，禽獸不如啊，我們陳家的臉都被她丟盡了。」說罷也踉踉蹌蹌地上樓去，好像要躲起來似的。

家鴻知道，在老孫的計畫中，家裡必須要派人去把惠子接回來，而自己顯然不便去，便慫恿家燕去。員警看家燕遲疑著，丟給她一句：「快走吧，在警察局多待一天你們要多付一天的錢，別以爲我們是慈善機構。」說罷，揚長而去。

家燕被家鴻推著，畏畏縮縮地跟著員警走了。

一個多小時後，差不多午飯前，家燕帶著惠子回來，剛進家門就聽到父親在樓上罵聲：

「……你們別攔我，今天我非要趕走這個賤貨！爛人！從來沒見過這麼不要臉的人！沒想到我這把老骨頭還要蒙受這種恥辱！」

聲音是從惠子的房間裡傳出來的。惠子聽著，渾身發抖，縮在門廊裡，不敢前行。

樓上，惠子的房間裡，老頭子親自動手，把惠子的東西一件件往外扔，一邊扔一邊發狠地罵著：「這些都是髒東西，我們陳家容不下它。」回頭對陳母和家鴻吼，「你們傻站著幹什麼？把她的東西都清出來，丟在門口，她要就要，不要就當垃圾丟了。」

「你別這麼大聲嚷嚷好不好，怕鄰居聽不見啊。」陳母說。

「我就是怕，怕鄰居看見她再走進我的家！還愣著幹什麼，快動手！」

家燕突然進來，喊：「爸，你別罵了，她回來了，就在下面。」

「她還有臉回來！」陳父並不顧忌，大聲地罵道。

「她不回來去哪裡？」家燕小聲地說，「她在這裡舉目無親……」

「她不是有男人嗎?!你還怕她淪落街頭？淪落街頭也不關你的事，你要管的是自己的臉面。」陳父看了看家燕又說，「樹活皮，人活臉，我教了一輩子的書沒讓學生罵過一句，更沒有做過一件昧心事，到頭來，卻要低著頭走路，我活得窩囊啊！」

「爸，你別這樣，她……不能怪她，是薩根把她灌醉了酒……」家燕說得詞不達意。

父親哼一聲，用手指著女兒的鼻子說：「薩根怎麼沒來灌你的酒呢？不要跟我說這些，不是我無情，是她不義！我已經活了大半輩子了，還沒有做過絕情的事，今天我就要絕一次！是她逼我絕的！」

「爸……」

「你不要說了，沒什麼可說的，今天不是她走，就是我走！」

惠子冷不丁從門外進來，對二老深深地鞠一個大躬，鎮靜自若地喊道：「爸爸，媽媽，對不起，我這就走。」

陳父聞之，率先拂袖而去，繼而是家鴻，繼而是陳母，都未置一詞、氣呼呼地走了。家燕悲痛地抱住惠子哭，倒是惠子反而出奇鎮靜，安慰她：「小妹，別哭，是我不好，我對不起爸爸媽媽，讓他們丟臉了。來，幫我收拾一下東西。」

家燕哭道：「惠子姐……」

惠子笑著說：「別哭小妹，別為我難過。家鵠經常說，人生就像一個方程式，一切因果都是早就註定的。」

兩個人，一個站著哭，一個靜靜地收拾著東西，好像受難的是家燕，好像惠子昨天吃了那藥後，完全變成另一個人，不再是那個羞澀、靦腆、溫順、說話小聲、做事膽小的小女子，而是一個處事不驚、大難嚇不倒、風浪吹不垮的女強人。她鎮定、利索、麻利地收拾完東西，乾脆地與家燕擁抱作別，然後提著箱子下樓來，沒有哭，沒有淚水，沒有悲痛，好像是住完旅館，沒有任何依戀和感情地走了。

經過客廳門前時，家鴻突然從裡面出來。家鴻遞上紙筆，冷冷地說：「請你在這上面簽個字。」

是離婚協議書！

惠子看著它，思量著。

家鴻說：「你走了，我們家鵠還要重新生活。」

惠子聽了，說：「好，我簽。」

就簽了。

家鴻掉頭又進了客廳，關了門。惠子繼續往外走。走到門廊裡，她猶豫地站了一會，放下箱子又回來，回到天井裡，對著二老的房間咚的一聲跪在地上，「爸爸媽媽，對不起，我走了，希望我的走能帶走我給你們帶來的不幸和痛苦，祝你們身體健康……」

說著說著，頭越埋越低，聲音越來越小，到最後變成嗚嗚的哭聲。她越哭越傷心，哭著哭著腰軟下來，整個人趴在地上，像一堆垃圾。家燕剛才一直尾隨她下樓，只是走得慢，沒有跟上。這會兒，她上來扶起惠子說：「惠子姐，好了，起來吧，我們走。」

兩人一起往外走，走到門口時，家鴻趕出來，喊：「小妹，爸叫你呢。」老頭子確實也在叫她，叫她別跟個賤貨到大街上去丟人現眼。

惠子說：「小妹，爸叫你呢，快回去吧。」

家燕哭道：「你去哪裡呢？」

惠子笑，「我也不知道去哪裡，但我必須走。」

就走了，就又變成剛才那個女強人惠子，沒有回頭地走了。從此，惠子就像一隻鳥兒永遠飛出巢穴，再也沒有回來過。家燕哭了好一會，猛然甩開腿追到巷子口，遠遠地看見惠子拎著皮箱，埋著頭，深一腳，淺一腳，搖搖擺擺獨行在大街上。

這是惠子留給家燕最後的記憶，像一個被逐出天堂的女鬼，渾身散發出一種孤獨、悲傷、貧寒、弱小、可憐的氣味，好像風隨時都要把她吹走，又好像隨時都可能冒出一個壞人把她帶走。

第十一章

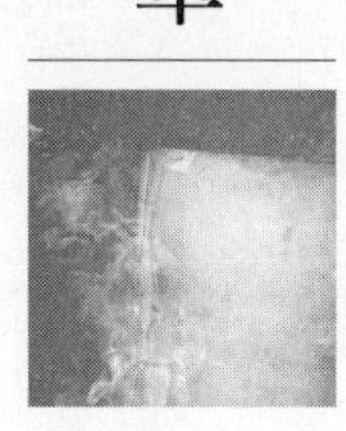

那麼多特務整天在我們身邊搞鬼，敵機隔三差五飛過來偵察、轟炸，
我們眼前一片黑，心裡慌成一團，
我作夢都在想怎樣來撕開敵人的這張特務網。

一

陸從駿今天像料事如神的諸葛亮，在家靜候佳音。他對自己說，赤膊上陣大幹一番，總會收到一點好處的，像屠夫宰了豬，沒有豬肉，豬下水總是要收一些的。換言之，他知道今天會有佳音傳來，卻沒有想到最早給他送佳音來的人是杜先生。

「告訴你個好消息，」是電話，「薩根要滾蛋了。」

「啊，眞的？」

「我跟你開玩笑?!你還不夠資格吧。」

「太好了太好了，是你找了大使先生？」

「如果薩根不犯淫戒，我找了也沒用。」

「就因爲偷姦的事，大使把他趕走了？」

「是的。」聽筒裡傳來杜先生一貫的笑聲，「什麼是美國？總統就職時要按著《聖經》宣誓，威爾遜（一戰時期的美國總統）摸了下打字員的屁股差點丟了總統的帽子，這就是美國，你以為！美國不是花花世界，美國是以清教立國的，家庭是他們的掌上明珠。我們的大使先生可以容忍薩根當間諜，但不會放任他當淫棍。嘿嘿，這叫有心栽花花不開，無心插柳柳成蔭啊。」

「我認為這也是您用心栽花栽出來的結果。」陸從駿給首座抹起了麻油，「正因為您上次找他們嚴正抗議了，申訴了，大使這次才會下這麼狠的手，這叫『計前嫌』。」

「嗯，可能有一點關係吧。」

「嗳，肯定有關，大使肯定不想以間諜的名義讓薩根滾蛋，那樣對他也不利的，但現在這樣讓他滾蛋就無所謂了，這是個人品質的問題，沒有誰可以牽涉的，薩根只有獨自吞食苦果。」

「這不是更好?!我們要治的就是他。」

「是啊，薩根這是罪有應得，首座您是種瓜得瓜。」

「行了，你就別誇我了，要誇我你也還不夠資格。」

就掛了電話。

半個小時後，陸從駿又給杜先生打去電話——

「報告首座，我這邊也有好消息，惠子已經不是陳家人了。」

「離了？」

「就差陳家鵠再簽個字。」

「他會簽嗎？」

「這已由不得他了，他不簽也得簽。惠子都已經被二老逐出家門，他還能怎樣？跟父母決裂？

不可能的。惠子這是自作自受啊。」

「不對吧，這片柳蔭可是你精心栽培的。」

「但說來也是陰差陽錯，我都已經覺得山重水複疑無路了，突然又峰迴路轉——」

「柳暗花明又一村！」

「對，就是這樣的。」

「這叫『謀事在人，成事在天』。」

與此同時，偵聽處正在給陸從駿醞釀一個新的好消息。是什麼？聽——

「報告領班，」是01號偵聽員喊的報告，領班就是蔣微，「我發現一部新電台，聲音很像以前一號線下線台的聲音。」

「頻率多少？」蔣微問。

「3341千赫茲。」

「明白，3341千赫茲。」蔣微調過去辨聽了一會，「嗯，就是一號線的下線台機器的聲音。」

「但是報務員變了。」

「對，這人的手法很軟，像個女的。」

「新來的？」

「如果不是新來的，就是她故意裝的。」

「我覺得不像裝的，太不一樣了。」

「嗯，它的上線怎麼沒有出來？」

「是，我也納悶呢……」

不用納悶，因爲這是姜姐第一次啓用電台，按規矩她得在一個固定的頻率上連續呼叫三次以上，發完所有暗語後上線才會出來跟她搭腔。正如你是個地面特工，去外面跟你的上線接頭，上線一般會貓在一邊觀察你幾分鐘，確認你是眞傢伙後才會上來認你。就是說，姜姐一出來就被這邊盯上了。這叫倒了大楣，沉下去這麼長時間，剛浮上來又被逮住了。也可以說，陸從駿這回運氣眞好，今天確實是個好日子啊。

後來上線出來了，並且給下線發了電報。以後，特三號線至少有三分之二的電報被轉移到一號線來發。狡猾的相井爲了欺騙黑室，還專門讓上線啓用一個新報務員與姜姐單獨聯絡，否則黑室根據「上線報務員手法相同」的這一點，很容易把它和特三號線聯繫在一起。但現在，相井老謀深算地擋了一招，來了一個障眼法，致使偵聽處很長時間不能做出正確判斷，進而導致海塞斯的破譯也受到嚴重干擾，誤入歧途。

但眼下海塞斯還不知道他們被裝進套裡，他爲特一號線的復出高興，當即給陸所長打來報喜電話——

「好消息啊！」

「怎麼又是好消息，我今天好消息已經夠多的了，你留著明天給我報吧。」

「噢，你是說陳家鵠已經出院了？」

「現在還沒有，但明天的這個時候我會給你滿意的答覆的……」

人逢喜事精神爽，說話都在玩貓捉老鼠的遊戲，抒情得很，生動得很。

確實，事已至此，陸從駿已經穩操勝券。難道還會出什麼簍子？不會的，木已成舟，鐵已成鋼，坐享其成即可。他深信，這次他盡可以當個蹺腳老闆，坐在一邊觀看就行，不必親自披掛上陣。因爲有人一定比他還急著希望陳家鵠在那份離婚書上簽下大名，他們會很快就來找他，他們就是：陳家二老。

要知道，二老身邊有個黑室的編外成員：家鴻。這會兒，他正在按照計畫慫恿二老盡快去找家鵠開誠佈公，申明大義，當機立斷，手起刀落，一了百了，落個清靜。

母親問：「他在哪裡都不知道，怎麼去找他？」

兒子答：「我去找陸所長，爭取請他安排你們跟家鵠見個面。」

父親說：「那你就快去找吧，還愣著幹什麼。」

二

第二天上午，十點多鐘，陸從駿如約帶著二老去了醫院，一路上他都把自己演成一個局外人，跟二老問寒問暖，說些海闊天空的事。他一邊（表面上）不知道二老去見兒子是爲了哪般，一邊（心裡）又在不停地想：陳家鵠面對二老遞上的離婚書會是什麼反應。他絞盡腦汁設想出了多種反應，但陳家鵠給出的答案是絕對超出他的想像的。

儘管已是十點多鐘，但窗外灰濛濛的天好像還在迎接清晨。陳家鵠坐在臨窗的板凳上，背靠窗戶，在看賽珍珠的英文小說《大地》。他的體力和腦力均已恢復如常，陸從駿的腳步剛在走廊上響起，他便聽出來——他沒有聽出父母的腳步聲，是因爲老人的腳步太輕，也因爲確實想不到啊。

陸從駿推開病房，笑容可掬地對陳家鵠說：「你看，我給你帶誰來了。」

陳家鵠剛才聽到他來，有意背過身去，對著窗戶在發呆，這會兒回過頭來看見父母大人，著實一驚，有些慌亂失色。不過很快，轉眼間，他知道自己該幹什麼。他像沒看見父母似的，聲色俱嚴，怒容滿面，直截了當地對陸從駿說：

「別耍小聰明！我跟你說過，不見惠子我不會出院的，你搬最大的救兵來都沒用！」

這突如其來的發難，叫三人都驚駭無措。

父親叫：「家鵠……」

母親喊：「家鵠……」

二老呼著，喊著，上前想對他說什麼。家鵠立刻搶白，阻止他們往下說，「爸，媽，你們都好吧？」

父親瞪他一眼，「我們不好，你……」

家鵠又打斷他說：「爸，我們有話以後說吧，今天我什麼都不想說。」回頭對陸所長說，「今天我就一句話，如果我們還有合作，你首先得讓我見惠子。」又轉身對爸爸媽媽鞠一個躬，「爸，媽，對不起，我先走了。」言畢開步，逕自離去。

父親厲聲喝道：「你去哪裡！」

兒子回頭看著，用手指著陸從駿說：「我不想看見他。」

陸從駿說：「這容易，我走就是了，你們談。」說著要走。

憤怒使陳家鵠的臉色變得鐵青，他上前擋住陸從駿的去路，強忍著憤怒，看著他一字一頓地說：「你不該這樣，你這是在把我和你自己往火坑裡推。如果你聰明，請送我父母回去，帶惠子來。」

父親被他的話氣得身子往後仰了仰，好像被他推了一把，陸從駿見了連忙上前伸手扶住他。父親稍事穩定，想說點什麼，千言萬語卻哽在喉嚨口，不知道怎麼說。他很惱怒，乾脆放開喉嚨罵兒子：「我還不想看見你呢！」話罵出口，他似乎臨時決定一走了之，走幾步，又回頭從身上摸出一個信封，扔給兒子，「我更不想看見這些髒東西，你留著看吧！」信封裡裝的是陸從駿精心挑選的六張豔照。

父親再轉身走時對老伴使了個眼色，示意她留下來跟兒子再談談。

陸從駿跟著陳父下樓，一邊依然裝著很茫然無知的樣子安慰他。他們都以爲陳母一時半會不會下樓，便上了車。不想，剛上車坐下，老頭子看老伴也從樓上下來。

「你下來幹什麼，跟他好好談談啊。」陳父責怪她。

「他不想跟我談。」老伴說，眼裡含著淚花。

「他看了那些照片沒有？」陳父問。

「看了，」陳母說，「他把它們都撕了。」

「這個混賬！」父親罵。

「這個家鵠……」母親無語，只流淚。

平靜下來後，老兩口把他們瞭解到的惠子跟薩根偷情的來龍去脈向「渾然不知情」的陸從駿簡明扼要地說明一番，並把帶來的惠子已經簽字的離婚書交給他，希望他去勸勸他們兒子，做做他的工作，讓他認清惠子的眞面目，識時務，斷心思，快刀斬亂麻，簽字離婚，以解他們燃眉之急。

陸從駿滿口答應，心裡卻在想：他現在把一切矛頭都指向我，怎麼會願意跟我談呢。思來想去，他決定讓海塞斯去試試看，雖然不抱太大希望，但也有一些期待，因爲現在的陳家鵠畢竟已經看過那些照片，他不相信這會對陳家鵠一點影響也沒有。

午後，太陽還是沒有出來，但天空較上午明亮一些，只殘留一點灰撲撲的感覺。這已是重慶冬季的大晴天了：天空有明亮的遠方。感謝老天，重慶的冬天總是不明亮的，總是霧濛濛的，總是雲多霧厚，總是看不清幾十米開外的世界，讓滿載炸彈的敵機經常暈頭轉向，又滿載著炸彈飛回武漢去了。陪都的重慶熱愛冬天，正是因於此：憑藉霧的力量折斷了敵機的翅膀。

陳家鵠依然坐在窗前的板凳上，手上沒有了書，目光呆滯，面無表情。海塞斯坐在床沿上，一直目不轉睛地看著他，像一隻小狗剛邂逅一隻老狗，在小心翼翼地接近他。

「一號線又出來了，換了密碼，報務員也換了，二號線最近很少出來，看來確實是空軍的氣象台，不過……」

「別跟我談這些，我不感興趣。」

「你只對惠子感興趣？」海塞斯笑道，「她是你的密鑰。」

「我不是密碼，我是個有血有肉的人。」

「可我聽說是她主動要跟你離的，已經單方面簽了離婚書。」

「所以我必須要見她，這中間必有陰謀。」陳家鵠盯了教授一眼，目光如炬，燙的。

「也可能她是部密碼，你誤入歧途了。」

「您這是對我智力的玷污！」陳家鵠提高聲音說明他很生氣，「如果我連她這部密碼都破不掉，你們把我留下來有個屁用。」粗話說明他真的很生氣，你不能再去惹他，得小心點，最好露出笑臉跟他說無關緊要的話。

「你那麼信任她？」海塞斯笑意濃濃。

「超過我自己！」

「我很遺憾沒見過她，不瞭解她。不過我瞭解你，我是相信你的。」海塞斯說，上身前傾，把手放在他大腿上，「但是現在的情況有點複雜，你們雙方都拉下了臉，這能解決問題嗎？我認爲你可以聽我一句勸，先回去工作，然後再提要求。」

「不可能的！」陳家鵠騰地立起身，決絕之樣一目了然，「這是我現在手上唯一可以打的牌，出去了誰理我？教授，我瞭解這些人，你別指望他們跟你通情達理，講道理，死胡同，只有來硬的，跟他們拚！」

「你就不怕把他們惹怒了？」

「教授，我都是死過一回的人了，還有什麼好怕的？」陳家鵠開始反守爲攻，「我倒覺得，教授您應該去勸勸他們，我現在是個亡命之徒，他陸從駿要聰明的話應該答應我的要求。」

其實陸所長一直在門外偷聽，聽到這裡知道海塞斯已經沒招，便推開門闖進來，打開窗說亮話，也做好準備說狠話：「我都聽見了，你不要命可以，但你不要失去理智。你想過沒有，你去見她無異於送死！她是婊子我不管，可她是間諜我不可以不管！」

陸從駿準備激怒他，跟他大吵一場。陳家鵠卻根本不理他，起身往外走，一邊說：「我不會跟你對話的，因爲現在我對你要說的話就只有一句——讓我回去見惠子，見一面就行，如果不行你就等著來替我收屍吧。」指指床頭櫃，上面放著冷菜冷飯，「你最好去通知護士，別給我再忙乎這些了，我不需要，什麼時候你同意了我的要求再給我送。」

說後面一句話時他已經出門，是站在走廊上背對著裡面說的。

三

即使到了杜先生面前，陸從駿依然處在被陳家鵠激怒的餘火中。爲了得到首座的同情和諒解，他讓一支鉛筆犧牲在他的一隻手掌裡，咬牙切齒地說：「太放肆了他！居然以絕食要脅，我眞想一槍把他斃了！」

這時候你不能再指責他什麼不是，那是火上澆油，要燒死人的。想著這些，杜先生笑顏逐開，朗朗地道：「看來你已經黔驢技窮。我倒是更喜歡他了，連這個強勁也是牛氣沖天。做事有這個氣度嘛，無法無天，六親不認，生死不顧，跟你玩命。」

「什麼博士，我看是個瘋子！」

「沒法子了？」

「他命都不要了，我還能搬什麼救兵？」

「那怎麼辦，就讓他們見一面嘛。」

「這怎麼行，他們一見面所有眞相都大白了，那他不更恨死我。」

「嘿嘿，」杜先生笑，「你做的事是怕見光的。」

「沒辦法啊。」

「把以後的辦法想出來就行。」

「簡直沒法了，他是個二杆子。」

「世上沒有繞不過的彎，只有拐不過來彎的這個——」杜先生指的是腦門，「我覺得你的思路有點小問題。」

開始批評了，陸從駿的腰桿下意識地挺起來。

錯了——接受批評的意識太強！聽話聽音，說「小問題」其實不是問題，這是一種親昵的說法。杜先生今天心情不錯，是因爲陸從駿「黔驢技窮」，給首座一個逞能的機會。長官大部分時候喜歡屬下精明強幹，但有時也喜歡屬下「無德無能」，以彰顯其「足智多慧」和「長者風度」。

杜先生依然面帶淺笑，接著說：「你以女人是間諜爲由不准他們見面，可你做的工作卻在證明她是個水性楊花的婊子，這就是問題。既然你指控她是鬼子間諜，就應該做她是間諜的證據嘛。在我看來，做間諜的證據比做婊子要容易嘛，怎麼會把你難倒呢，鬼打牆了吧。想一想，我相信你會想出來的，柳暗花明又一村，你總是有這樣的好運的，好好想一想吧。」

陸從駿沉思著。

其實不需要想的，首座早有謀略在胸，否則他不會這麼和藹的。果然，杜先生丟給陸從駿一根菸，「算了吧，還是我來教你一招。」一邊抽著菸，一邊面授機宜。陸從駿聽了腦門一拍，連連稱好。杜先生解釋道：「這一招就是奧地利著名軍事學家勞斯特斯所說的『自吹自彈，穩操勝劵』的戰術，既然你認同，就抓緊去落實吧。」

就此別過。

就此「黔驢」又迎來新技。

事不宜遲——那個瘋子玩著命的呢！

當天晚上，陸從駿又奔醫院來，床頭櫃上放著新一輪的冷菜冷飯，已絕食兩餐的陳家鵠躺在床上，對著天花板發呆。畢竟才餓兩頓，神志因飢餓反而更加清靈，雖然陸從駿有意壓低腳步聲，躡手躡腳進來，但還是被陳家鵠覺察到，來了個先聲奪人。

「希望你不要重蹈覆轍，否則我就只有怠慢你了，我不會起床的。」陸家鵠說，對著天花板，聲音中透出一種上古兵器的冷和峻。

陸從駿對著無視自己的他在心裡暗暗罵道：少來這套！這是你女人玩過的那一套，很下作的。他娘的，你們還眞是一對，玩命都玩成一個樣，告訴你，你的女人就是玩這一套玩出事的，給我們順勢一推，推到薩根的「根」上去了，今天你的下場不會更好，我照樣玩得你腦子進水，心出血！心裡是一片殺氣，但面上是春風拂面，笑顏逐開，「還在生氣？起來吧，有好消息。」陸從駿說，走到床邊，俯下身，拍拍其手臂。

「對不起，」陳家鵠目不斜視，「我要先聽好消息。」

「你認爲的好消息是什麼呢？」胸有成竹的陸所長笑道。

「廢話少說，直說吧，同不同意我見惠子。」

「你非要這麼劍拔弩張幹什麼，」陸從駿提高聲音，吼道，「起來聽我說，否則我走了。」

這氣勢來得詭異，莫非眞有了轉機？陳家鵠坐起身，靠在床上，看了對方一眼，「我只能這樣。」聲音很小，眞的像餓得沒力氣似的。

「就這樣吧。」陸所長看他退了一步，客氣地說。

「別讓我又躺下去。」陳家鵠冷冷地說。

「就怕你激動得跳起來。」陸所長拉過凳子，與陳家鵠相對而坐。他心裡有底，侃侃而談，「首先，我告訴你，經報杜先生批准，我們同意你出去與惠子見面。其次，鑒於你的安全，我有個附加條件，希望你能接受。」

陳家鵠想裝得平靜，卻裝得不像，身體本能地往前傾，聲音也變了，有點顫抖，「什麼條件？」

「現在我們雖然偵控了敵人三條特務線，但你知道密碼都沒有破，特一號復出後，密碼和報務員都換了。所以，特務的行蹤我們掌握不了，我們不知道他們在說什麼，搞什麼陰謀詭計，但有一點是明確的，就是他們要謀害你的意圖一如既往，從未變過。」

囉嗦！陳家鵠擔心囉嗦的背後又是說教，便催促道：「直接說條件吧。」

陸從駿倒也配合，爽快地答應道：「好，長話短說。我們分析，敵人一定會利用你這次出去跟惠子見面的機會對你下手，這是他們唯一的機會。我們無法改變這個局面，只有知難而進，設法破除敵人的行動。鑒於此，見面的地點要由我們定。

「可以。」

「這是一。」陸從駿扳著指頭說，「二，我們要找一個你的替身，讓你的替身先代你與惠子見面，你就在暗處旁觀，等替身見了確定沒事後，你們再見。」

「這……」

「聽我說，」陸從駿沒給他爭辯的機會，「這樣會出現兩種可能，其一，惠子有可能出於對你的舊情而不顧組織命令，私下與你見面，這樣最好，反正你就在附近，我們可以當即安排你們見面；二，惠子心上根本沒你，她要利用見你的這個唯一機會，對你——現在是你的替身——下手，這樣你還會跟她見面嗎？我想沒必要了吧。」

「不可能的。」陳家鵠篤定地說。

「不要這樣說，」陸從駿說，搖著頭，「我不能說百分之百，但至少是百分之九十以上。你別以爲你瞭解她，現在全世界最不瞭解她的人就是你！當然她也許不可能親自動手，到時我們會派人去接她，也會檢查她。所以，她親自下手的可能不大，但十有八九她會帶人來，而且不止一個，可能是傾巢出動，因爲機會難得，過了這村沒這店的。」

陳家鴿想了想，問：「你去哪兒找我的替身，不會是我哥吧。」

陸從駿說：「家鴻當然是最合適的，但這是有危險的，生死之險，所以我決定還是另外去找。」事實上已經找好，就在黑室內部。

可萬一替身遇難怎麼辦？面對陳家鴿的顧慮，陸從駿又高尚了一把，「這是沒辦法的，可總比讓你去冒險要好。不過我們會盡量把這個風險降低，畢竟我們也是有準備的。爲什麼我第一個條件就是見面地點要我們來定，就是爲了保證替身的安全。」

陳家鴿思量著。

陸從駿說：「答應吧，沒有其他辦法了。你要見面，只有這樣。」

陳家鴿說：「行。」

陸從駿起身準備告辭，「好，那我們會盡快通知惠子。我想她聽了一定比你還要高興，把你的命送給她，正是她求之不得的。陳家鴿，你該清醒了，我的忍耐也到了極限。」

「讓事實說話吧。」陳家鴿冷笑道。

「你非要碰得頭破血流嗎？其實你已經頭破血流了。」陸從駿說，一邊往外走，一邊重複著那句話，「我不能百分之百保證，但至少十有八九她會帶人來，而且不止一個，是傾巢出動。」突然看見床頭櫃上的飯菜，回頭問陳家鴿，「還不吃嗎？不吃也可以，到時我只有抬著你去見她。」

「吃。」陳家鵠乾脆地說。

「都冷了，我給你找人去熱一下吧。」陸從駿端著飯菜走了。陳家鵠聽著他遠去的腳步聲在走廊上突突地響，突然聽到自己肚子在咕咕地叫。這就是所謂的飢腸轆轆吧，他暗自想，這次挨餓得到的回報是大的，他們終於屈服。他走到窗前，對著黑暗的夜深深地吸一口氣，又慢慢地吐出來，好像是吐掉了連日來的鬱悶，留下的只有飢餓感。

四

現在是兩天前，惠子離家出走的那天下午。

惠子哪是什麼女強人，一走出陳家，眼淚就忍不住往下掉，淚珠一顆比一顆大，滾在臉上，砸在地上。她踏著淚珠漫無目的地往前走，走啊走，淚流滿面的樣子像傷透了心，呆頭呆腦的樣子又像一個傻子，惹得好些人駐足窺看。正是午後，街上人來人往，有的趕路，有的去市場買菜，有的沿街擺攤，大聲叫賣生活。一個棒棒夫看惠子拎著箱子，勤懇地迎上來，想攬她的生意，一見她滿臉淚水又六神無主的鬼樣，嚇得縮回去了。

就這樣走街，穿巷。

就這樣穿巷，走街。

一直走，停不下來：偌大的重慶，無她立錐之地。

曾經去找過三家客棧，她的證件（護照），她的名字，她的口音，她的像丟了魂的鬼樣，都叫店主不敢掙她的錢。天黑了，她隨著燈火走，最後不知不覺走到了重慶飯店樓下。她立在街沿邊不敢進門，還算運氣好，遇到剛來上夜班的前台服務員小琴。小琴當然也聽說了她的「新聞」，但惠子悲傷無助的樣子一下觸動了她的同情心。她把她帶回自己的寢室，是員工宿舍，就在飯店背後的一幢平房裡，一間不到十平方米的陋室，本來由小琴和同事合住，最近同事家裡有事，告假回家了。

小琴把惠子安頓在同事的鋪位上，便去上班。

次日早晨，小琴下班回來，發現惠子捧著一個男人（家鵠）的照片默默流著淚，看樣子一夜沒睡。小琴給她帶回來兩根油條，讓她趕緊吃了睡。小琴值了一夜班，睏死了，說完倒頭就睡。中午，小琴醒來，發現惠子還是老樣子，捧著照片，一動不動，一聲不吭，像個塑像，油條成了塑像的一部分。

「惠子姐，你怎麼沒有睡啊？」

「……」

「惠子姐，你怎麼油條也沒吃啊？」

「……」

「惠子姐，你怎麼了？你能聽到我說話嗎？」

「……」

任憑問什麼，都不應聲。小琴突然覺得有點害怕，好像她帶回來的不是個人，是個鬼。突然，有人敲門，小琴如獲救兵一般去開門。一看，是一個不認識的人。男人，一身便衣，一臉冷漠，樣子有點兇。

「你找誰？」

「找惠子。」

「你是誰」

「我姓孫。」

來人是老孫。

與此同時，還有人也在找惠子。

誰？

薩根！

薩根算是還有點良心，想到出了這麼大的事，估計陳家人會為難惠子。昨天下午自己的事情一了（接受大使先生嚴正譴責並革職），就去陳家找惠子。得知她已被逐出家門，便四方尋找，最後找到重慶飯店。這鬼地方他恨死了，眞不想再踏進門，但惠子失蹤了，而這是她最可能來的地方，只好硬著頭皮上門來找。這會兒，正在王總辦公室跟王總假惺惺地聊著呢。

「你沒事吧？」

「我要走了。」

「去哪裡？」

「回國。」

「什麼時候？」

「什麼時候有飛機就什麼時候走。」

「星期五有個航班。」

「那就是星期五。」

「什麼時候回來呢？」

「不回來了。」薩根狡黠地看看王總，陰陽怪氣地說，「你該知道我出醜了，哪有臉回來，滾蛋了。不過這地方我也待夠了，整天跟一群流氓打交道，擔驚受怕，沒有一個朋友，身邊都是一群狼心狗肺的王八蛋，還是走了好。」

「眞對不起，是我多事，給你惹是生非了。」

「王總你這說哪裡去了，跟你沒關係的……」

怎麼沒關？酒裡肯定下了藥的，這一點薩根很明白。他知道，黑室的人早盯上自己了，王總完全有可能被他們收買了。這一點王總也有料想，他相信薩根現在肯定對他有懷疑，但證據是拿不出來的。他以爲薩根今天來找他是要追問他什麼，心裡盤算著怎麼應付他。其實多慮了，薩根今天來只想找惠子，對你王總是不是王八蛋的事他看輕了。退一步說，也無法看重。今非昔比，他現在是要走的人，不想跟誰斤斤計較，以牙還牙，只想把該了的事了掉。惠子是最該了的事，爲了找到她，不惜來跟一個可能的王八蛋曲意逢迎。

「惠子怎麼了？」王總問，他確實不知道惠子的情況。

「她被陳家趕出來了。」

「爲什麼？」

「還能爲什麼，當然是爲你的那頓美酒。」薩根又揚鞭甩話。

「我眞是好心辦了壞事。」王總絕對不給他空子鑽，「這幫員警太壞了。」

「這樣也好，她早該這樣，陳家人根本不愛她，也沒資格愛她。我是眞正愛她的。」

「你要把她帶走嗎？」

「如果她願意。」薩根說，「可現在首先得找到她。」

「她去哪裡了？」

「難道沒在你飯店嗎？」

王總當即給他找，親自打電話，安排人樓上樓下查問，總之，問了樓裡所有人，都說不知道，沒看見，只是沒去找小琴問。小琴跟惠子平時沒什麼特別的交情，誰也沒想到該去問問她。昨天夜裡小琴領走她，只有一個人看到，就是老孫的部下小周，他昨天一直跟著惠子。所以，老孫找惠子是熟門熟路，曲裡拐彎不打轉，跟回家似的。

這會兒，小琴終於聽到惠子出聲了，是哭聲。放聲痛哭！

老孫告訴她：陳先生剛從外地回來公幹，想趁機跟她見個面，現在組織上已經同意，他是專門爲此來通知她的。惠子聽了以後就哭，哭，哭，止不住，勸不停。老孫說：「明天下午一點，你就在這兒等著，我會來接你的。」她哭著連連點頭，淚水因爲點頭而滴落得更急更快。老孫說：「我走了。」她還在哭，忘了送送老孫。

老孫走了很遠，依然聽到惠子痛哭的聲音，如同隨著他腳步聲尾隨而來，不棄不離，不絕於耳。在老孫的記憶中，只有在奔喪場上才能聽到這麼結實、這麼有力、這麼潮水一般洶湧澎湃的哭聲。老孫一邊走一邊想，這個女人以爲眼淚可以改變我們，可是我們不相信眼淚。

五

在老孫回五號院的途中，陸從駿正在往一號院趕去。兩輛車在閘北路上不期而遇，雙方沒有下車，只從車窗裡探出頭做了個簡單交流，便知道：老孫的事情已經辦妥，陸從駿是去見杜先生，後者緊急召見他。

陸從駿匆匆走進杜先生的辦公室，看到裡面坐著一個很精幹的上校軍官，三十二三歲的樣子，長條臉，高鼻梁，鬍子剃得乾乾淨淨，眉毛又粗又黑，線條分明，彎曲有度，像兩隻提手。相書上說，長這種眉毛的男人做事情專注，做朋友牢靠，如果是女人長了這種眉毛，十個有九個要紅杏出牆，給男人戴綠帽子。男人要提得起來，女人要蹲得下去，這種眉毛是讓人提的，該長在男人身上。

「不認識吧？」杜先生對陸從駿說，「三號院的，你的繼任者，金處長，剛從前線回來。」

「金一鳴。」金處長熱忱地上前握住陸從駿的手，「陸所長好，我現在坐的是你以前的辦公桌，天天聽下面人誇你，久仰久仰。」

「不敢當。」陸從駿與他握手問好，感覺到對方的手很糙，想必在前線不是個坐辦公室寫無聊公文的文職。

杜先生吩咐兩人坐定後，對陸從駿說：「安排你認識金處長，你應該想到節外生枝了吧。」

「什麼事？」

「你的千里馬會織女的事啊。」

「都安排好了，明天下午兩點。」

「我剛才不是說，節外生枝了嘛。」

原來，杜先生今天早上起床時突然想起這件事，居然靈機一動，冒出一個新主意。是什麼呢？

「我決定假戲眞做。」杜先生說，目光灼然地看著陸從駿問他，「我問你，敵人是不是很想除掉陳家鴿？」

「是。」陸從駿說，「不過，現在敵人以爲他已經被除掉了。」

「如果他們知道還沒除呢？」

「肯定還是想除掉他。」陸從駿沉思著說，「這從我們已破譯的電報中可以看得很清楚，上面是下了死命令的，要求一定要除掉他，這也在一定程度上說明他原來的導師可能眞的參與軍方密碼的研製工作。」頓了頓，又說，「海塞斯也是這麼認爲的。」

「那我再問你，」杜先生目光炯炯地盯著陸從駿，「如果敵人知道陳家鴿要出去會他的女人，會不會採取行動呢？」

「會。」陸從駿想了想，「應該會的。」

「那就告訴他們，讓他們來行動嘛。」

「這……恐怕……」

「怕什麼，沒有好怕的，這我已經決定，沒有商量餘地。」杜先生以絕對的口氣切斷了陸從駿的顧慮，「你不想想，那麼多特務整天在我們身邊搞鬼，敵機隔三岔五飛過來偵察、轟炸，我們眼前一片黑，心裡慌成一團，我作夢都在想怎樣來撕開敵人的這張特務網。現在我覺得這就是一個好機會，把他們引出來，引蛇出洞，抓他一個兩個，撕開一個口子。」

「這樣替身會有生命危險。」陸從駿還是說出了顧慮。

「不是有金處長嘛，」杜先生說，「你是老處長，你該知道他們特偵處這種遊戲玩多了，有的是保護替身的經驗。再說了，如果實在保護不過來，只要有利於反特工作，死一兩個人也值嘛。」

陸從駿說：「這次我們找的替身是偵聽處的楊處長。」

杜先生聽了一怔，「怎麼是他？你不會在外面找一個嘛。」

陸從駿解釋道：「時間太緊了，再說他倆身材和臉形輪廓很相像，在外面還不一定找得到這麼像的人。」

杜先生轉身對金處長說：「聽見了沒有，這個替身的命也是很貴的，能保證他安全嗎？」

金處長思量一下，說：「我跟陸所長商量一下吧。」

杜先生說：「好，你們下去商量商量。」說著起身送人，一邊對陸從駿說，「我覺得我這個修改是很完美的，我們以前的方案太簡單，不划算，興師動眾，就爲了騙騙自己一個部下。現在，一箭雙鵰，一舉兩得，價值翻番！好了，具體實施細節你們回去商量，我只要結果，敵人要引出來，替身不能死。」

與此同時，偵聽處楊處長正在老孫辦公室試穿陳家鴿的幾件衣服，老孫的部下小周在一旁趣味盎然地看著，時而指指點點，說點兒什麼。小周最近一直在外面負責監視薩根和惠子，現在薩根要滾蛋了，惠子明天下午一點之前肯定是哪裡都不會去的，她會坐等老孫去接她見家鴿。所以，老孫把小周抽回來，讓他負責把楊處長打扮成陳家鴿。

試穿到第三套衣服時，小周看見老孫駕車回來，便出來迎接。楊處長穿好衣服，背對著門，對著鏡子在理衣領。進門前，小周一把將老孫拉住，指了指裡面的人問：「認識嗎？」

老孫看了看背影，很是驚訝，脫口而出道：「陳先生？」

楊處長忽然轉過身來，笑道：「看清楚點，別亂認。」

三人打了照面，忍不住都笑了。

楊處長對老孫說：「能把你騙住說明我還眞點像哦。」

老孫說：「像，背後看，加上這身衣服，確實像。」

小周說：「其實像不像沒關係的，他一直待在船艙裡，沒人看見他的。」

老孫說：「你這話就不對了，做這種事肯定小心爲妙，寧願白下功夫事也不能輕率。待在船艙裡是沒人看得見，可還有去的路上呢，萬一敵人從開始就跟蹤我們呢？」

小周調皮地說：「敵人也沒見過陳先生。」

老孫佯怒地敲他一下腦門，「又輕率了！人沒見過，還有照片呢。」

小周一邊溜之大吉，一邊說：「除非是近距離，還要長一對慧眼。」

老孫對楊處長笑道：「這小子，整天就想逗樂。」

小周嗔怪道：「那是因爲你給我安排的工作太沒有樂趣了，整天跟個賊似的鑽來鑽去，走的都是暗路，說的都是暗話，還找不到人說，只能跟木頭凳子和石頭牆壁說。」

正這麼說著，電話鈴突然響了。是陸從駿打來的電話，要求老孫今天晚上之前一定要把惠子與陳先生會面的消息抖給薩根。「準確的時間和地方都抖給他，不要怕敵人來殺陳先生，要誘惑他們來，一定要來，來的人越多越好。」老孫放下電話，不由地看了一眼一身都穿著陳家鵠衣服的楊處長，那亞麻布的西服、卡其布的褲子，都是他昨天晚上從陳家鵠的箱子底下翻出來的。這是冬天的行頭，陳家鵠上次穿它們時一定還在耶魯大學的校園裡，由於閒置得時間太長，衣服的皺折很深又亂，似乎還有一種複雜的氣味，像樟腦丸的氣味，臭香臭香的。

電話裡陸所長沒有說明三號院金處長的介入，他頓時覺得肩上壓力很大，對楊處長陡然有一種唯恐自己保護不力、落入敵人暗算的擔心和不安。至於如何把消息抖給薩根，他倒一點都不覺得爲難，因爲小周中午才向他彙報過，上午薩根去重慶飯店找過王總。

那麼，理所當然，這事交給王總去完成是最合適的。

六

王總得令後也覺得這事由他來做順理成章，即刻給薩根打去電話，說他找到惠子了。掛了電話，王總與老孫又商量一番，再次明確該怎麼把消息透露給薩根爲好之後，便下樓在風中等待薩根的雪佛蘭越野車的出現。

來了，來了。

王總迎上去，帶著薩根去見惠子。繞過去需要三分鐘，路上，王總開始發起牢騷，「他娘的，我現在反倒成她的秘書了，又要給她找車，又要給她準備禮物，煩死人了。」故意指代不明，讓薩根心生好奇。

「你在說誰？」薩根果然上當。

「你親愛的惠子啊。」

「她怎麼了？」

「她男的回來了，明天要見她。說了你別不高興，我看她還是蠻在乎這個見面的，跟我說的時候那個高興勁啊，別提了，提了準讓你生氣。」王總小心地看看薩根，接著又是牢騷滿腹，「見就見，他娘的，還搞得跟個大人物似的，安排見面的那個地方——簡直是一個鬼地方，老遠的，沒有車還不行，有了車也還不行，還要聯繫船隻，荒唐，搞得跟個黑社會的人似的。可我飯店的兩台車明天都有事，要不明天你辛苦一趟？」說了又連忙知錯地搖搖頭，「不行，不行，你們現在這個關係，你還是迴避一下爲好。」

多麼好的開場白，香噴噴的肉包子一個個甩出來，只等薩根去咬。薩根會不咬嗎？不可能，咬得來勁得恨！「他們約在哪裡見面？」薩根咬鉤了。王總看他那餓狗聞到肉香、熱心急切得眼睛發綠的架勢，臨時又添加一筆，跟他賣了一個關子，「她那男的好像還眞不是個簡單的傢伙，我能說嗎？當然當然，我可以告訴你，但你最好別再跟其他人去說，行嗎？」在薩根傲慢地表示認同後，王總把具體見面的時間、地點、方式毫不含糊地奉獻出來，讓薩根暗自得意。

但總的來說，此行薩根是不得意的，他甚至差點爲此丟了老命。誰也沒有想到，當王總敲開小琴寢室的門，惠子見到薩根後，會回頭去找一把刀出來朝薩根要命地捅！刀是小琴用來縫補衣服的大剪刀，雖然鏽跡斑斑，但朝人身上捅還是很有殺傷力的。幸虧王總和小琴及時阻攔，也幸虧惠子身子骨軟，加之行兇手法太無章法，剪刀還沒有拿穩當就大叫大嚷要殺他，過早地暴露動機，結果自然皆大歡喜——薩根一點皮毛都沒傷到，惠子也不必爲此再被員警帶走。

但當時惠子的那個兇蠻、拚命的樣子確實是嚇煞人的，好像她在這個寒酸貧陋的地方待了一天，便變成了一個赤腳的、袒肩露胸的、刁蠻的街頭潑婦，性子暴烈，滿嘴穢語，舉止粗野，讓熟悉她的王總和薩根都目瞪口呆。

其實，惠子仇恨薩根，這在老孫和王總的預想中，兩人事先交流過，對惠子的心理有個基本預判，認為她此刻一定恨死薩根，把她害成現在這個人不人鬼不鬼的樣子。所以，剛才路上王總才敢信口開河，把自己說成「惠子秘書」，牢騷滿腹，以此來引誘薩根咬鉤。要不是對惠子有那個預判，王總怎敢說那些，萬一兩人坐下好生相談，豈不砸了鍋？雖然想到惠子一定恨薩根，但是沒想到會恨得如此深、如此毒，以至理智全失，要動刀殺人。這樣，薩根自然沒有臉面再待下去，他像隻被唾棄的老狗，夾著尾巴狼狽而逃。逃了很遠，還能聽到惠子那撕心裂肺的哭聲和罵聲。

與此同時，陸所長和金處長正在王總對薩根說的那個「地點」做現場觀摩調研。這地點其實不是「地」，而是「水」，是重慶四周最寬闊的一處江面，俗稱「三江匯合處」。所謂三江指的是嘉陵江、岷江和長江。但這是民間說法，嚴格地說岷江過宜賓後已經叫長江，一般叫它為北長江。所以，其實是兩條江，就是嘉陵江和長江，它們在朝天門前匯合，呈現的一個「Y」字形，感覺像三條江。天在下毛毛雨，他們穿著蓑衣，抽著葉子菸，像個漁民，坐在一條小木船上。小船晃晃悠悠，從朝天門碼頭出發，過了江中心，又往北長江方向漂。

剛進入長江，金處長回頭指了指漸行漸遠的朝天門碼頭，對陸從駿說：「你看，這兒離碼頭已經不近了。我們再往前看，你看，」回頭往北長江方向指，「那一帶江面視野很開闊，四周也沒什麼藏身地，便於我們掌控敵情。」

陸所長左右四顧一會，思量著說：「這兒會不會太偏遠了點，這容易讓敵人引起警覺，懷疑我們在下套。」

金處長說：「這些特務都是老狐狸，偏一點他們反而不會懷疑。你要在市裡找個地方，他們反而多疑了，因為他們知道你們是個秘密單位，做事必然會神秘詭異。」

陸所長點頭道：「嗯，有道理。」

金處長說：「現在關鍵是時間，你們什麼時候才能把信傳遞過去。」

陸所長說：「剛才來之前我給孫處長打了電話，要求他今天晚上之前一定要把資訊傳過去，但就是不知道薩根會不會接招。聽說他要滾蛋了，不知道他還想不想幹這一票。」

「除了他還有沒有其他人呢？」

「沒有。」

「這有點懸，即使他得了信，傳不傳上去也不一定，畢竟是要走的人了，還會不會那麼賣力呢？」

陸所長說：「這就是賭徒，沒辦法的，只能碰運氣。」

金處長說：「那好，就這麼定，會面的事你們負責，安全我來負責。」

陸所長說：「一定要保證替身的安全，那也是我麾下的一員大將啊。」

金處長說：「放心，所以選這個地方，就是爲了保證替身的安全。這地方敵人無處藏身的，不管是從地上來，還是從水裡來，一出現都將在我們的視線和射程內。」

「天上來呢，你跟高炮部隊聯繫了嗎？」

「不可能天上來的，你看這鬼天氣，飛機來了也下不來。」金處長說，「再說了敵人會對惠子下手嗎？首先她是日本人，其次薩根畢竟跟她有過肌膚相親，一日夫妻百日恩，這才過幾天，不至於來同歸於盡這一套吧。」

此時，他們還不知道惠子行刺薩根的事。晚上回去，陸從駿得知此事後，執意要求金處長一定要通知高炮部隊，讓他們做好防空準備，以防重蹈覆轍。他是吃過敵人飛機的大苦頭和大虧頭的，被服廠遭炸的教訓一直是他內心深處的一個痛。這痛讓他的神經變得格外敏感、警覺，做事格外細緻、周全。這天晚上十二點前，他一直在與金處長和老孫、楊處長等人連軸開會，對著草圖反覆推敲各種細枝末節。

草圖是他親自畫的，如下：

陸從駿的手指頭順著圖上標的綠色線路走，最後停在0號位置上，一邊講解道：「這是我帶陳家鴿走的路線，最後我們就貓在這兒（0號位置）。我們會提前到的，這裡的視野很好，你們的一舉一動都將被我盡收眼底。」說完，他要求金處長和老孫各自說說自己負責的路線和任務。

金處長負責三條線，第一條是紅色1號線，這是他帶楊處長走的路線，是一艘機帆船，從長江下游開上來，大約比陸所長遲十分鐘到達江中心，停下，等待孫處長送惠子來與『陳家鴿』會面。第二條是黃色3號線，這是有可能要假扮敵人去襲擊『陳家鴿』的一艘船，老早就停在朝天門碼頭，到時將聽命金處長，一旦發令，它將去襲擊1號目標。第三是橙色4號線，這是一艘漁船，從北長江下來，停在0號目標附近江面上，主要任務是防不測

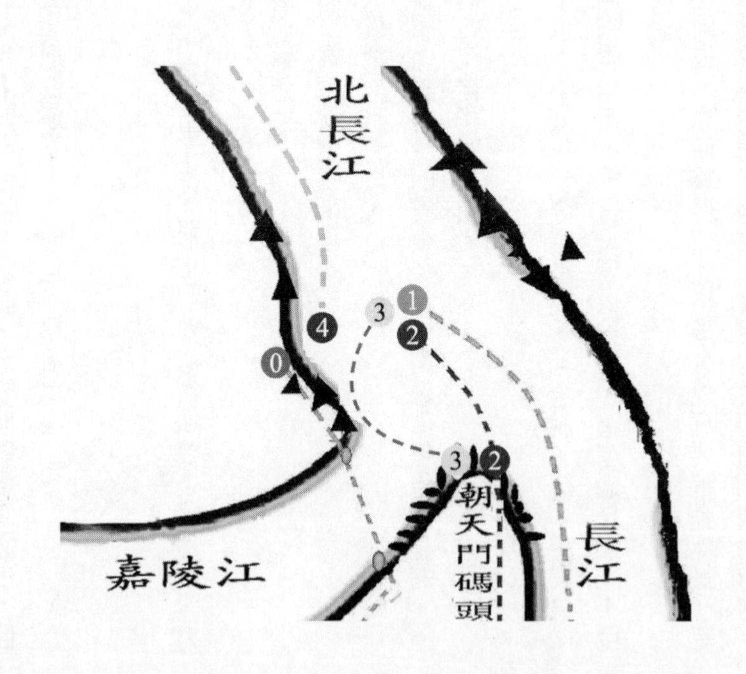

敵情，保護岸上的陸從駿和陳家鴿。

老孫負責接送惠子，走的是藍色的2號線。老孫說：「我是最遲出現的，兩點鐘準時開車去朝天門碼頭，然後坐船送惠子去1號目標，與楊處長會面。」

陸從駿聽罷，對金處長說：「等惠子上1號船後，你應該下船，到老孫的船上去。」

金處長說：「知道，給他們『約會』的時間，也是釣敵人來上鉤。」

陸從駿對老孫說：「正因爲要釣敵人來上鉤，金處長上了你的船後，你要把船開走，不妨開遠一點，好讓敵人覺得有機可乘。」

楊處長忍不住問陸從駿：「他們都走了，那萬一敵人來襲，誰來保護我呢？」金處長馬上接口，「放心，你的船上、甲板下和暗艙裡都埋伏有保護你的人。還有這些地方，你看，這些位置都是我的人。」指著岸上幾個黑色三角形，「我已經把兩岸所有可能朝1號目標狙擊的位置都佔據了，並安排了我們的狙擊手，一來是堵死了敵人從岸上狙擊我們的可能，二來，萬一敵人來襲，他們還可以從岸上打擊敵人。」

陸從駿也笑著安慰楊處長說：「我估計啊，敵人是不會朝惠子開槍的，所以一旦有情況你就抱住她，把她當擋箭牌，保你沒事。」轉而對金處長說，「你要對黃色船上的人交代清楚，如果敵人眞的來了，1號船那邊交上火了，他們要立刻過去支援。如果敵人不來，他們才假扮敵人去襲擊1號船。」

金處長說：「我正要問你，敵人要是不來，你看我讓他們等多久行動爲好呢？」

陸從駿說：「這個，我看不能太教條，最好到現場看了臨時定，我相信敵人要有行動你們會有感應的。」想了想，覺得不對，又說，「當然，確實也應該有個時間，等得太久的話，我要穩住陳家鴿也會有困難。這樣吧，暫定三十分鐘，然後再根據現場情況定，你們看如何？」

最後就這麼定了。

第十二章

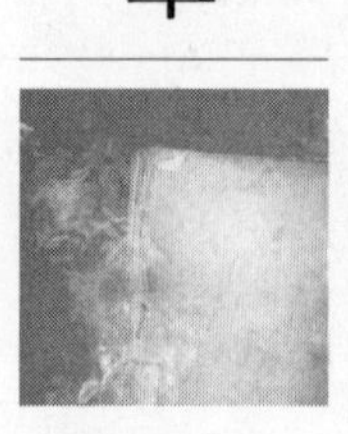

「啊——」與聲音同時出口的，還有一口血水噴射而出，
呈一條拋物線砸在雪白的牆上，
像一朵鮮紅的梅花。

一

第二天，太陽被厚實的雲層溫柔地擋在天外，飛機之虞純屬多餘。不過，這談不上是天公作美，只能說是正常，重慶的冬天就是這樣，求個太陽比求菩薩還難。因爲陽光下不來，江面上的水氣到十點鐘都還在左衝右奪，遠遠看去，有一點灰色，有一點藍色，或者是它們的中間色。不管是什麼色，只要肉眼看得見的都會影響能見度，縮短視線。好在過了十一點鐘，水氣開始散去，到了中午前，水氣基本散盡，否則，陸從駿手裡的望遠鏡什麼都看不清，他的良苦用心也很難實現了。

根據方案，下午一點鐘，陸從駿帶著陳家鵠從嘉陵江南岸碼頭上船，十分鐘後，船駛過嘉陵江，在北岸上了岸，然後，坐車至嘉陵江與北長江接壤的弧口處。這裡有一間簡陋、低矮的抽水機房。機房廢棄已久，裡面堆了好多麥稈和稻草，天冷了，成了老鼠和蜘蛛溫暖的窩。陸從駿帶陳家鵠走進去時，一群老鼠突然竄出來，落荒而逃，驚得他差點拔槍。

他們比計畫提前十分鐘到位。這裡是離江中心最近的地方，地處弧角，視野開闊，嘉陵江，北長江，長江，三段江面都可以看到。陸從駿第一次用望遠鏡朝四周看一番，看到江中心漂著兩葉小舟，插著彩幡，是那種窯船，水上妓女用的。斜對岸，朝天門碼頭那邊，散散落落停著十艘漁船、遊船和渡船。

陸從駿放下望遠鏡，神色凝重地嘀咕一句：「情況不妙呢。」

陳家鵠問：「你發現什麼了？」

陸從駿伸手指著停泊在朝天門碼頭的那些船隻，說：「你看那邊，停著好多船。」

陳家鵠用望遠鏡看了一會，說：「那是碼頭，當然會有很多船。」

陸從駿冷笑道：「昨天我來看時就沒那麼多。」他這是爲自己安排的行動做鋪墊，因爲他知道，這些船中必有一艘是金處長安排的，船上的人一定全副武裝，如果有敵情他們會扼制敵情，如果沒有敵情，他們會製造敵情。

抽了一根菸，等陸從駿第二次舉起望遠鏡看時，發現北長江上游漂下來一艘漁船，幾乎就停在他們眼前最多一百米遠的江面上。一個漁民放下漁網，像模像樣的開始捕魚。

陸從駿知道，這也是金處長的人，是來保護他們的。

過了五分鐘，長江下游開上來一艘機帆船，逆流而行，濃煙滾滾，意味著水流的阻力相當大。金處長獨立船頭，迎著風，舉著望遠鏡放眼四方，在一般人看來，他好像是初來乍到，在欣賞四邊的風景。如果附近有敵人，他們看見他這個樣子就不會這麼想，敵人會預判這船上藏著陳家鵠，此人此舉（舉目四望）是在巡視敵情。

機帆船最後開到江中心，孤零零地停在那兒，熄了火。楊處長從船艙裡走出來，手上拿著漁竿，開始垂釣。他戴著一頂大大的黑毛氈帽和一副墨鏡，穿著一件米色風衣。陸從駿看了一會，把望遠鏡遞給陳家鵠，讓他看，「你看看那個釣魚的人。」

「他是誰？」陳家鵠看了問。

「扮演你的人。」陸從駿笑道，「怎麼樣，像吧？」

「像什麼，根本不像。」

「現在是需要不像才叫像。」陸從駿語焉不詳地說道。他接過望遠鏡，一邊看又一邊說，「他一路走來，如果讓誰都認出來他是你，說不定半路上就被幹掉了。如果他摘了帽和墨鏡，脫了風衣，你會發現他穿的是你的衣服，長得還眞是有點像你。其實他不需要像你，只要身材、輪廓像你就行了。」

「爲什麼？」

「因爲你出來也是要喬裝打扮的。」

「惠子會一眼認出他來的。」

「這無所謂。」陸從駿解釋道，「我們估計惠子一定會帶人來，只要她上了那艘船，和『你』進了船艙不出來，敵人就會以爲『你』在船上，然後就會襲擊那艘船。」

「你的意思……」陳家鵠思量一會，還是直通通地說，「只要有人來襲擊那艘船，就說明惠子是敵人？」

「難道不是嗎？」

「哼，」陳家鵠冷笑，「恕我直言，你要安排一批人來襲擊太容易了。」

陸從駿久久盯著陳家鵠看了一會，語重心長地說：「告訴你，那人可是我一個大處長，整個偵聽處都離不開他，我也離不開他。如果是我安排人來襲擊，把他劫持走了，意味著你今後進了黑室就不能看到他。這對我是多大的一個損失？我會演這種戲碼，爲了你，讓一個大處長消失？」

陳家鵠想了想，說：「那敵人萬一把他劫持走……」不等他說完，陸從駿便打斷他，氣壯山河地說：「作夢！你認爲我會這麼傻，跟你說，那艘船裡我至少安了一個加強班的兵力，水下、船艙裡、甲板下，都是我的人！還有你看，」指著眼前那艘漁船，「這些漁民也是我的人。還有陸地上，到處都是我的人，敵人來多少傢伙都只有一個結果，送死！」

就是說，此刻停泊在朝天門碼頭的某一艘船裡的人（有三人），如果沒有敵人來製造事端，他們將以「敵人」的名義來襲擊「陳家鵠」，並當場死在陳家鵠面前。不是假死，而是眞死。其實假死也是可以的，但陸從駿實在畏懼陳家鵠的鬼腦袋，擔心被他識破詭計，執意要來眞格的。爲此，金處長專門去監獄裡挑了三個死刑犯來。

這一齣戲，鋪排很大啊。

陸從駿接著說：「現在你該明白，我爲什麼要選擇在這裡迎接惠子了吧。因爲這兒視野開闊，便於我們掌握敵情。你看，」他指著停泊在江中心的機帆船，「它停在那，岸上離它最近的人是我們，我們離它有多遠？少說四百碼。如果敵人要遠距離狙擊他，這兒是最好的狙擊點，但我們已經把它佔了。然後那個地方，你看那間茅草屋，」指的是對面山坡上的一間草屋，「那個點也不錯，比我們遠不了多少，但也被我們掌控了。這兩邊山坡上我們已經全部排查過，有可能藏人狙擊的地方都已經全部被我們掌控，現在敵人要對『你』下手，唯一的辦法只有從水上來。那好啊，我們張著大口袋等著他們來呢。」

陳家鵠茫然地四看一番，指著朝天門碼頭說：「江邊有那麼多民居，你們都排查過了？不可能吧。」

「是不可能，」陸從駿笑道，「可是也沒有必要。」

「爲什麼？」

「太遠了。」

正說著，陸從駿發現朝天門碼頭那邊開來一輛吉普車，他把望遠鏡遞給陳家鵠，「她來了。你看看那輛車，應該是我們去接惠子的車。」陳家鵠舉鏡看，果然是。老孫把車停在一邊，叫惠子下車，並帶她下到碼頭，上了一艘小船，朝江中心划來。

小船越來越近。

陸從駿看見陳家鵠舉望遠鏡的手在抖，便拿過望遠鏡，對他說：「看你激動的，手都在抖啊。你該緊張才是，那不是你心愛的女人，那是一條毒蛇，鬼知道她今天會製造什麼血案。」

陳家鵠如在夢中，呆呆地看著被距離縮小爲一團黑影的小船，過了好久，才怯怯地、心緒難平地問陸從駿：「你估計敵人今天會來嗎？」

「我只能說希望他們不要來。」陸從駿說。

「萬一來了呢，」陳家鵠問，「他們不都是有生命危險嗎？」

「你是爲我的部下擔心，還是爲惠子？」

「都擔心。」

「不用擔心。我剛才說了，這四周我們都佈了人的，只要敵人一出現，我們的人就會覺察到，敵人不可能飛上船去的。」

「你不是懷疑惠子是間諜嗎？」

「不是懷疑，而是肯定。」

「那她上了船後就可能把你的處長幹掉，同歸於盡。」

「她不會這麼傻，連你都認不出來。」陸從駿對陳家鵠給他遞上來這麼好的一個話題很高興，不覺得眼睛一亮，揚眉吐氣地說，「現在你該明白，我爲什麼要給你找替身，就怕她來這一招，不要命，跟你拚命，跟你同歸於盡。」

謊話說千遍也會成眞理，這一瞬間陳家鵠簡直有點「君心」動搖，懷疑惠子眞的是毒蛇一條。恍惚間，惠子在他心目中成了一個搖擺不定的形象，時而披頭散髮，懷裡揣著匕首，時而嫵媚動人，手裡捧著他的照片和信……他對即將發生的事充滿了緊張和好奇。

二

一切都是有方案的。在載著老孫和惠子的小船與機帆船相距百十米時，老孫告訴惠子，那個正在甲板上釣魚的楊處長就是陳家鵠。惠子一看，好像是有點像，頓時激動得又是大呼小喊，又是揮手示意。楊處長見此，起身對惠子揮了揮手，鑽進了船艙。這和他喬裝的形象是相符的，他在以此告訴惠子，你要注意安全，我出來是有風險的，所以要喬裝，現在你惠子這麼大呼小叫，嚇得他只能躲進船艙裡去靜候，不敢待在外面。

聽老孫這麼一說，惠子簡直恨死自己，激動沒有了，隨之而起的是緊張，是恐懼。之後她一直在東張西望，好像她剛才的大呼小叫已經引來敵人。直到他們的船與機帆船首尾相接，老孫把她扶上機帆船後，她看見船艙裡「家鵠」伸出一隻手在歡迎她，她才又激動起來。一激動，沒看腳下，被纜繩絆了一跤，差點栽到水裡。

太激動了！

惠子一進船艙，根本沒在意楊處長不是陳家鵠，喊一聲家鵠，猛地撲到楊處長的懷裡。後者卻用槍抵住她，吼道：「老實一點，坐在我身邊，別動。」楊處長摘下黑鏡和帽子，「好好看看，我是誰。」

惠子一看，像被燙了似的，驚叫著彈開，想逃，卻被楊處長死死拉住，「別叫，叫了別怪我不客氣！」

惠子驚慌地亂叫，掙扎。

金處長在隔板那頭喝道：「別叫，再叫我崩了你！」循聲看去，只見一枝烏黑的槍管從隔板縫裡伸過來，把惠子嚇壞了。

「搜她身。」金處長說，楊處長做。

「你們要幹什麼？」惠子哭了，她想起薩根也這麼摸過她的身子，頓時有種羞愧感。

「你不是要見陳家鵠嗎？我們帶你去見他好嗎？」楊處長一邊搜著她的身，一邊陰陽怪氣地說。

「你們是不是把他也抓了？」惠子問。

「我們抓他幹什麼，」楊處長說，「我們要抓的是你。」

「你們抓我幹什麼？」

「因爲你是日本間諜。」金處長從隔壁走出來，對著惠子說，開始審問她，「老實說，你有沒有帶來人。」完全是胡審亂問，目的是拖時間。

四百米外的機房裡，陳家鵠盯著機帆船，心裡想著惠子，只覺得時間過得眞慢。陸從駿舉著望遠鏡在四處地看，尋找可能來襲的敵人。興師動眾，佈了這麼大一張網，他眞希望薩根幫他一個忙，派人來幹一場。天氣不錯，能見度不好也不壞，他相信今天只要敵人有行動，他一定可以有所斬獲。剛才，他在跟陳家鵠展望這一美好意願時，陳家鵠甚至都被感染了，給他提建議，說：如果有敵人來行動，不要個個擊斃，要爭取留個活口，這樣也許可以順藤摸瓜，摸到他們的老窩裡去搜查密碼本。

這主意好啊，陸從駿想，現在特一號線又出來了，報務員和密碼都變了，說明電台已經不在薩根手上。在誰手上呢？抓個活口就好了，就知道了，即使搜不到密碼本，至少可以搜到一些資料吧。這麼想著，陸從駿也開始覺得時間過得慢了，因爲他心有期待呢，像陳家鵠一樣。

逝者如斯夫。

時間，隨著江水無聲地流去。近處的漁船，遠處的機帆船，以及更遠處的窯船、輪船、渡船，都如靜物一般，泊在水中，沒有動靜。偶爾，有漁民的小木船漂來又漂去，也有幾隻水鳥飛來又飛去，可就是不見敵人的動靜。

「如果敵人沒有行動，是不是可以證明惠子是清白的？」陳家鵠問，忍不住揉揉眼睛。他的眼睛剛才一直盯著機帆船，累了。

「可以。」陸從駿說，但馬上又否認，「其實是不可以的。」

「爲什麼？」

「我問你，如果惠子身上帶有武器呢，你還會認爲她是清白的？」

「他們現在在對她搜身？」

「應該吧。」陸從駿接著又反問，「難道不應該嗎？」

「如果確認惠子身上沒帶武器，敵人又沒來行動，那是不是可以證明惠子是清白的？」

陳家鵠像個小學生一樣幼稚地問。

「可以。」陸從駿像個老師一樣自信滿滿地回答道，「完全可以。如果眞要是這樣，就說明惠子是清白的，我馬上放你下船去，讓你們在船上相見。」但這怎麼可能呢，陸從駿在心裡說，你就別作夢了陳家鵠，這次行動我是志在必得。就算薩根消極怠工，不組織人來，還有我自己組織的人呢，他們是三個死刑犯，到時我至少要叫他們死掉一兩個給你看，讓你看得見摸得著，讓你決無猜忌，讓你死心塌地地相信我！

五分鐘。金處長按照計畫，從機帆船上下來，下到老孫的小木船上，小木船晃晃悠悠地蕩開去，給人感覺是，他們特意給惠子和「陳家鵠」騰出單獨幽會的時間，這屬於誘敵之舉。自然，如果附近有敵人，這也是他們襲擊的最佳時機，保鑣脫崗了。

二十分鐘，沒有動靜。

半個小時，還是沒有。

看來，薩根這混蛋今天是沒有安排人來。陸從駿想，好，那我們就自己行動吧。按照計畫，停泊在朝天門碼頭的一艘漁船起了錨，發動了引擎，突突地離開碼頭。在陸從駿的提醒下，陳家鵠舉起望遠鏡看，很快覺察到這條船的異常動靜，只見它在碼頭轉了一圈後，往江中心開過來。開始是慢慢地開，等離機帆船只有百十米時，突然全速朝機帆船衝過去。

陳家鵠放下望遠鏡，焦急地對陸所長說：「你看，那艘漁船，衝過去了！」

陸從駿不需要看也知道是怎麼回事，駕船的人肯定是金處長的部下，船艙裡有三個死刑犯……但他還是裝著緊張的樣子接過望遠鏡看，罵道：「操！怎麼回事？那可能就是敵人，去襲擊的……啊，船都過去了，我們的人怎麼還沒有反應呢？」

有反應的，一切都計畫好的。等漁船即將接近機帆船時，老孫和金處長的小木船便從後面抄過去，悄悄截斷他們的後路。等漁船挨著機帆船停下，船艙裡衝出三個蒙面死刑犯，舉著槍，吆喝著，準備跳上機帆船去襲擊時，機帆船上——水下、船艙裡、甲板上——頓時神奇地殺出五員伏兵，與老孫和金處長形成前後夾擊，三下五除二，把三個死刑犯擊斃兩個，打傷一人，把傷者作爲活口抓了起來。

這一切都發生在很短的時間內，岸上的陳家鵠看得目瞪口呆。

然而，接下來發生的事情該讓陸從駿目瞪口呆！按計畫，戰事一罷，楊處長應該押著惠子從船艙裡出來，對她進行現場教訓和加罪——這些「敵人」是她帶來的嘛。可是，當楊處長拉著惠子剛走出船艙，還沒開始說什麼，突然，遠處傳來一聲槍響，楊處長頭部中彈，倒地抽搐，鮮血汩汩地流。

木船上的老孫大喊：「趴下！都趴下！！」

眾人都趴下，唯有惠子，像傻了似的，獨立在船上。大家都納悶，岸上的人納悶，水裡的人納悶，惠子也納悶，這到底是怎麼回事？究竟是誰開的槍？他在哪裡？

三

是中田。

這會兒，他正趴在朝天門碼頭附近的一棟民宅的屋頂上，手裡端著他如情人一般鍾愛的德國威格—S11狙擊步槍（帶消音器），在做第二次瞄準。馮警長趴在一旁，大汗淋漓。兩人都是工人打扮，穿的是電工的制服。馮警長戴了一副濃黑的大鬍子，讓你根本認不出來。但大鬍子變得了相，卻變不了聲音，一開口，他還是他。

「走了，已經幹掉了，快走吧。」馮警長催促中田走，後者置之不理，繼續瞄準著。

砰——！

槍聲又響，金處長的一員伏兵應聲倒下。

馮警長急了，伸手把他的槍拉過來，「你還在朝誰開槍？那女的是你的同胞。」

中田嘿嘿笑道：「知道，知道，我沒朝她開槍，可以幹的人多著呢，船上船下都是，我想再幹掉一個。難得啊，機會難得，這槍跟我來這鬼地方快一年，一直閒著，還沒犒勞過它呢，今天就讓它過過癮吧。」

馮警長緊緊抓著槍，罵他：「你瘋了！一旦讓他們發現，我們就完了，快走！」

「怎麼發現？槍的聲音還沒你放個屁響。」

「瞄準鏡會有反光的。」

「這不有樹給我們掩護著嘛。這真是個好地方啊，居高又隱蔽。」中田開始收拾槍枝，一邊又問，「那些蒙面人是什麼人？」

「我也不知道。」

「難道還有人在跟我們搶功勞？」

「薩根可能把情報又賣給另一路人了。」

「這個老流氓，整天就想著錢，錢，錢，哈哈哈。」中田開心的樣子好像是在家裡剛剛殺了隻雞，「他一定沒殺過人，他要殺過人就該知道，殺人可比數鈔票要快活得多啊。」這半年來他的中文大有長進，可以對人直抒胸臆，「不過我還是感謝他，給了我這個機會。」中田卸了槍枝，裝在電工包裡，背上，跟馮警長一起，大搖大擺地離去。

這棟樓高三層，坐落在江邊，一棵枝繁葉茂的小葉榕樹臨江而立，讓江面上的人難以覺察到一個槍手的動靜。一個小時後，通過多方排查，金處長和老孫總算找到中田做案的屋頂，拾到彈殼兩顆，但他們還是難以想像——不可思議！從這裡，這麼差的視角，這麼遠的距離，有人居然可以一槍撂倒一人，百發百中。

與此同時，陸從駿已經把陳家鵠送回醫院。

醫院就是陸軍醫院，與黑室相隔兩條街，當初徐州看病，惠子流產，都在這兒。這兒以前是楊森私人開辦的中醫堂，醫院和藥廠合在一起，佔地頗大，建築龐雜，院中有院。一年前，南京中山醫院劃歸軍方，組建了國軍南京總醫院，下屬有陸軍醫院、空軍醫院、海關醫院。南京淪陷後，這些醫院均相繼遷到重慶，陸軍醫院便落腳在此。從此，這兒成了重慶最大的醫院，中醫西醫混爲一談，醫生和病人也是軍民參半，有點不倫不類，但生意卻因此好得不行，人滿爲患。

陳家鵠住在將軍病號院裡，這是一個小四合院，在醫院的東北角，遠離嘈雜的門診中心，緊鄰醫院的後門。後門和將軍病號院均有崗哨，由軍方把守，一般人是進不去的。陸從駿每次來，都是從後門進出。這次，陸從駿把陳家鵠送回醫院後，一刻不停就走了，因爲他要去追查事故，處理後事。當他開車從後門離去時，李政正好從前大門離開了醫院。

李政怎麼會到這裡來？

他是來尋找陳家鵠的。

陳家鵠摔成重傷無疑是個緊要的消息，徐州不敢遲疑，次日便發出消息。天上星看了老錢帶回來的紙條後，覺得這是接近陳家鵠的一個好機會，便給老錢和李政安排任務，要求他們去找找陳家鵠看，一方面是關心他的傷情，另一方面也希望藉這個機會能跟他建立起聯絡。

怎麼找？根據徐州的報告，陳家鵠是頭部受傷，且傷勢嚴重，自然要找有條件、有能力治療這類病人的醫院。天上星派人瞭解到，目前重慶符合此要求的醫院有九家，其中五家隸屬軍部，另外四家則很雜，有國民政府的地方醫院，有私人醫院，還有美國紅十字醫院。天上星給兩人分了工：五家軍隊醫院由李政負責去跑，其餘幾家交給老錢。他們兩人都是認識陳家鵠的，只要見了面就可能說得上話的。

李政跑的第一家醫院就是陸軍醫院。這倒不是巧合，是李政通過分析做出的決定。首先，這家醫院離黑室所在地最近，陳家鵠傷勢嚴重需要搶救，當然是越近越好；其次，陳家鵠下山時乘坐的就是這家醫院的救護車，說明黑室同他們有合作。有此兩點，最大「嫌疑」便非它莫屬。李政在住院大樓反覆轉了幾圈，沒有見到人。他也想到了將軍病號院，但覺得一來進去麻煩，二來以陳家鵠的身分，似乎還夠不上資格住到那裡面去，琢磨著反正還有幾家醫院要跑，別處的可能性無論如何要更大些，便離開了。

接下來幾天，李政跑遍了其他幾家軍人醫院，同時老錢也把地方幾家醫院跑了，都沒見到人。到了這時，陸軍醫院又重新回到李政思維的焦點上來，這一天，他這是跑第二趟了，一來便直奔之前漏看的將軍病號院。

既然是將軍住的病房，自然不是什麼人都可以進得去，門口有崗哨的。但這難不倒李政，畢竟他是兵器部堂堂上校處長，醫院又不是黑室，戒備森嚴得一個外人都進不去。李政隨便編了個理由，哨兵就對他立正敬禮，開門放行。進了門，就更自由了，隨便看，樓上樓下，每一間病房，包括陳家鵠的病房，李政都看了。可以想像，如果這一天陳家鵠不出門，他們一定就這麼「邂逅」了。可陳家鵠出去了，李政推開他病房時，看到的是一張空床。退一步說，如果李政在裡面多磨蹭十分鐘，陳家鵠也回來了。事實上，李政前腳剛離開院子，陸從駿後腳就把驚魂未定的陳家鵠送回來了。

他們就這麼擦肩而過，也許該說，是陳家鵠與延安的緣分還未到。

四

天塌下來了！

這兩個小時，陸從駿感覺時間像長了牙齒似的，一分一秒都在噬人。他回到辦公室後，一邊向四方打電話打探情況，一邊坐等老孫回來彙報情況。可當老孫和金處長一前一後悄悄進來，老孫湊上前想對他說點什麼時，他突然一把揪住老孫的衣襟，發作地吼：「你說，到底是怎麼回事！怎麼回事你說！」

金處長上前拉開他，想勸他，被他一手打掉。「荒唐！荒唐！」他氣惱地走到一邊，對著牆角冷笑道，「給人下套子，結果把自己套住了，你們說，這到底是怎麼回事！」

金處長走上前，悄聲對他說：「已經查清楚，兇手是在朝天門碼頭的一棟居民樓上狙擊的，有人看見當時有兩個人上過樓頂，一定是他們幹的。」

「我要知道是什麼人。」

「暫時還不知道。」金處長說，「目擊者只看見兩個背影，背著兩隻白色的電工包。」

「會不會是薩根？」

「不會。」老孫低聲說，「他今天一天都沒有出過門。」

「昨天他見過誰？」

「也沒有見誰。」老孫說，「我一直安排了人在監視他，昨天他在重慶飯店跟王總分手後就回了使館，然後到現在都沒出過門。」

「怪了，」陸從駿鼻子出氣，「看來又是一樁無頭案！」

其實不怪的，從理論上說，人不出來，可以打電話，也可以傳紙條。昨天薩根從王總那兒得知惠子要去見陳家鵠的消息後，開始是不打算跟誰說的。陳家鵠不是早死了，你爲此該得的獎金也拿到了，再去管那些事幹什麼。告訴他們陳家鵠沒死，是脫褲子放屁，犯賤！他知道，自己過兩天就要走人——航班都訂好了，大後天下午一點的飛機。就是說，再過幾十個小時，這裡的世界將跟他沒關係，神經病才去管這些事。

不管，不管！

可是，回到宿舍，放在寫字台上的一袋咖啡作了祟。這咖啡是中田幾天前托人給他送獎金時順便捎來的。如果說獎金是「組織上」頒發的，中田只是轉交，不說明什麼，那麼這袋咖啡卻體現了中田個人的心意。這山旮旯裡的咖啡竟跟毒藥一樣，一般人買不到的，要「業內人士」從專門的管道去搜才搞得到。中田在使館路上開著一爿小茶館（在美國大使館後門出去不遠），因爲這一帶外國人多，也供應咖啡。中田知道他愛喝咖啡，以前就常給他送。以前他在崗位上，是並肩合作的戰友，送了也就送了，他沒覺得什麼。可現在他事實上已經脫崗，朽木不可雕，報廢了，他還有這份惦記，就有點感人心腸了。一袋咖啡讓薩根心裡暖暖的。體會到一個人的好，會把他越想越好，比如最後這筆錢，薩根想中田如果私吞又怎麼了，自己拿他沒治的。這可不是一筆小錢啊，現在他丟了工作，這錢幾乎成了他的救命錢，今後養老就靠它了。這麼想著，中田的形象在薩根心裡越發的閃亮了，動人了。

知恩圖報，可他有什麼能回報中田？這一走，估計這輩子是再也不可能見到他了，永別了。聚時齟齬，別時依依，何況是永別。一時間，薩根心血來潮地惆悵起來，一個念頭——想給中田留點什麼——盤在心裡，變得沉甸甸的飽滿。最後，他決定把這個消息作爲禮物送給中田。他知道，中田是個神槍手，這對他是個可以大顯身手的好機會。再說，殺了陳家鵠，對他也是了掉一塊心病，至少今後他花這筆養老金時心裡要踏實得多。

就這樣，當天晚上，中田收到了薩根給他捎來的兩包駱駝牌香菸，裡面夾著一張紙條。

天哪，陳家鵠居然還沒死！

中田看了紙條，頭一下焦了，腦海裡頓時浮現出相井第一次召集他們開會時的情景。會上相井曾專門問過陳家鵠之生死，他十分肯定地表示：陳家鵠已死，並敦促相井給薩根支付酬金。要命的是，相井似乎十分相信他，讓他把錢轉交給薩根。更要命的是，薩根收了錢，誰知道呢？現在陳家鵠「死而復生」，他又拿不出證據證明薩根已收到相井請他轉交的錢，那麼相井完全可以做這樣的邏輯推理：一，這錢你中田私吞了；二，你明知道陳家鵠沒死，就為訛一筆鵬款存心欺君犯上。

這是什麼罪啊，可以殺頭的！

怎麼辦？中田想到那天馮警長也對相井說過陳家鵠已死，便連夜找到馮警長商議對策。找對人了！馮警長也怕相井找他秋後算賬，兩人同病相憐，很快達成共識：對相井隱情不報。

不報容易，但陳家鵠活著，你怎麼能保證他永遠不知情？山不轉水轉，紙是包不住火的。要想人不知，除非幹掉陳家鵠。兩人商來議去，決定鋌而走險。沒想到，最後一點危險也沒有，他們來去自由，如入無人之境。誰能想到這麼遠還能置人死地？他們進入的是一個金處長毫無警戒和防備的區域。

「至少有八百碼遠，」金處長沉吟道，「眞是不可思議。」

「肯定是個神槍手。」老孫自言自語。

「廢話！」陸從駿又對老孫罵，「這麼遠的距離，一般的槍都夠不著！」

金處長從口袋裡摸出兩枚彈殼給陸從駿看，「是，肯定是德國特製的威格—S11狙擊步槍，這槍的射程達到一千五百米。」頓了頓，又猶猶豫豫地說，「我奇怪……敵人為什麼……要等那麼久，直到我們行動才……那個，好像敵人知道我們有行動。」

「這不可能。」陸從駿乾脆地說。

「那敵人爲什麼開始楊處長釣魚時沒行動，那時機會很好的。」金處長說。

「那時誰知道他是什麼人，」陸從駿沒好氣地說，「連我都認不出來，不要說敵人。那時敵人根本不能確定『他』是不是陳家鵠，後來惠子上船，你又下了船後，他們關在船艙裡那麼久，最後又一起從船艙裡出來，敵人就以爲他就是陳家鵠了。」

「這怪我，」金處長小聲說，「當時我要不下船就好了。」

「你就別當好人了。」陸從駿並不領情，翻著白眼，像個死人一樣有氣無力地說，「問題不在這裡，問題是我們都沒有想到敵人會有這麼一個神槍手，在那麼遠的地方狙擊，而且彈無虛發。」

中田，一個像陳家鵠一樣神奇的神槍手，以超乎人想像的能力，把陸從駿釘在了終生不忘的恥辱柱上。機關算盡，到頭來卻是枉費心機，這既是這次行動的可恥下場，也是陸從駿在黑室總體命運的寫照。

五

也不是一無所獲，至少陳家鵠「明白」過來了。

縱然陳家鵠有九顆腦袋也休想破掉陸從駿製造的這部血淋淋的密碼。這是一部用三個人（楊處長和兩個死刑犯）的命製造的密碼，惠子你認命吧，你渾身包著三張人皮，別指望陳家鵠還能慧眼識珠。當有人跟你玩命的時候，你的智商和學識只能當鴨蛋煮來吃。這天晚上，當陸從駿和老孫拖著沉重的腳步來醫院看望陳家鵠時，後者似乎等待已久，不等來者開口，便滿臉通紅地對他們說：

「帶我出院。」

就四個字，別無下文。陸從駿想跟他說點什麼，他用手勢表示不想聽。他像個障礙物一樣，杵在房間中央，對任何人不理不睬，渾身散發出一種極度憤怒和悲涼的安靜。

陸從駿注意到他臉色異常的紅，卻沒有太在意。十多分鐘後，老孫辦完出院手續，在一群人的前呼後擁下，陳家鴿率先走出病房，往外走去。陸從駿緊緊跟著他，彷彿怕他逃跑似的。因爲走得太快，下樓梯時，陳家鴿一腳踩空台階，差點滾倒在樓梯上，幸虧踉蹌了兩步，緊隨其後的陸從駿一個箭步衝上去，一把將他抓住，奮力往後一拉，總算免於跌倒。一個前撲，一個後拉，作用在陳家鴿身上，好像把他擠壓了一下，他禁不住地大叫一聲：「啊——」與聲音同時出口的，還有一口血水噴射而出，呈一條拋物線砸在雪白的牆上，像一朵鮮紅的梅花。

這怎麼出院？

這是又一張住院單！

這一回，陸從駿不需要醫生診斷也知道陳家鴿犯的是什麼病，民間形容人氣憤至極時愛說：肺都被氣炸了。陳家鴿犯的就是這病，肺氣炸了！

不僅如此，還有其他症狀。

第二天中午，陸從駿陪海塞斯來看陳家鴿，兩人走進病房後又退了出來，因爲床上躺著的是一個滿頭白髮的人。問護士，護士說陳先生就住那個病房。護士帶他們來，走到病床前，輕輕地喊：「陳先生，陳先生。」那個滿頭白髮的人從枕頭上微微仰起頭，雖然是滿頭白髮，但陸從駿和海塞斯還是認得出來，他就是陳家鴿。

海塞斯驚呆了！

陸從駿也驚呆了！

陳家鵠想從床上坐起來，人沒有坐直，一陣咳嗽，又咳出一口血。兩人連忙勸他躺下，驚惶失措。陳家鵠倒是出奇的鎮定，堅定地坐直了，還微笑著鼓勵自己咳。

「咳吧，使勁地咳，咳死了就好了。」陳家鵠說。

海塞斯聽著，鼻子一酸，濕了眼眶。

陸從駿也想哭，但似乎又想罵娘。幾條人命吶，換回來的就是這麼一個視死如歸的傢伙，陸從駿覺得自己的肺也在膨脹，要吐血了。他想破口大罵，卻不知道罵誰，最後也是鼻子一酸，濕了眼眶。他可憐自己，怎麼會這麼倒楣，付出那麼多，收穫的依然是付出。

「放心，我死不了的。」陳家鵠似乎猜透陸從駿的心思，對他苦笑道，「我欠下的命債太多了，我要死也要等讓我還清了債再死，否則死不瞑目。」轉而對海塞斯說，「教授，等著我，醫生說我還年輕，沒事的，休養幾天就可以出院，等我出去了，我要好好跟你幹一場，我一定要把這群狗特務都挖出來。」

醫生是安慰他的。他其實已經不年輕，他已經在一夜間變成了一個白髮蒼蒼的小老頭。一個星期過去，全重慶最好的醫生都來開過處方，該用的藥都用了，陳家鵠的病情沒有任何好轉，還是每天咳，一咳就出血。更令人擔心的是，他的精神日益萎靡，還患上厭食症，吃不下東西，吃了就吐。他的內部好像被氣憤、傷心、苦難等垃圾填滿了，老是想吐，有沒有吃東西都想吐，乾嘔，常常嘔出血。眼看他一天天萎靡下來，請來的醫生一個個敗下陣來，陸從駿出了一個怪招，從大街上請來了一位高僧。

六

高僧姓閻，號悟眞，四川江津人，父親是個郎中，在鎮上開有一家三開門的大藥鋪，四鄉有名，家道殷實。十一歲那年，酷暑之季，深更半夜，藥鋪莫名地起火（實爲硫磺自燃），在一箱箱乾柴一樣乾燥的藥材的助燃下，火勢迅速蔓延，把半條街都燒了，燒死幾十人。他的父母雙親、兄弟姐妹，一家子九口人都葬身火海，獨獨他被一隻無形的手從窗洞拋出，而且恰好丟進門前洗草藥的大水缸裡，倖免一死。

但燒壞了頭皮，頭髮從此再也長不出來，他成了一個天生的和尚。一年後的秋天，一個從峨嵋山上下來的老和尚來鎮上化緣，他用一罐被大火燒變形的銀元給自己化了緣，跟著老和尚走了。如今，他年過花甲，鬚長過胸，卻是眉清目秀，手輕腳健，一天可以走上百里山路。每到冬天，他都要從山上下來，雲遊四方，既化緣，又行善，替人治病消災。這陣子他正好遊至重慶，前些天陸從駿在大街上與其謀過一面，印象深刻，當時他僅用幾根銀針便把一個，只能匍匐趴行的乞丐扎得當場立起來，令乞丐感激得當街號啕大哭。

這天午後，陸從駿從醫院出來，又邂逅他，看見他在醫院門口在給路人號脈行醫，便好奇地湊上前觀望。同行的小和尚，十二三歲的樣子，一臉天眞，看見陸從駿立於一旁，對他念了一句阿彌陀佛，有板有眼地說：「方家天象混亂，是毒火攻心，吃我師傅兩服草藥保證火降息安，太平無事。」

陸從駿有意問：「要錢嗎？」他想如果要錢則走人，這種江湖郎中十有九個是騙子，昨天那個乞丐也不過是他們的幫手、托兒。

小和尚眼珠子一轉，明明快快地說：「方子不要錢，藥草嘛，我們這邊有的也不要錢，拿去就是，我們這兒沒有的，就只有請方家去藥店配了，那自然是要錢的囉。」

陸從駿看見他腳下有一麻袋草藥，還有一串風乾的死松鼠和蜈蚣、蜥蜴什麼的小動物。麻袋裡還有一隻烏黑的小木盒，這會兒老和尚配藥，正打開盒子在揀藥，裡面是十分値錢的虎骨、鹿茸、牛鞭、頭呈扁三角形的眼鏡蛇等，這些都是名貴藥材，老和尚揀了送人，也是分文不收，令陸從駿驚歎不已，心生好奇，便一直守著，直到老和尚忙完。

老和尚以爲他要看病，抓住他的手摸了他的脈象後，道：「居士患的是無病之病，不必吃藥，老衲送你一句話吧，放寬心，睡好覺，多走路，少憂愁，就萬事大吉。走吧，你沒病，不要無病呻吟，若有家小在此，常回家享享天倫，病灶隨風散。」

陸從駿謝過，卻不肯走，與他攀談起來，擇機聊起陳家鵠的病情，誠懇討教。

老和尚捋一下鬍子，道：「自古中醫看病講究『望、聞、問、切』四個字，所以，人不見，病不見，不然老衲有江湖行騙之嫌。居士若眞心求醫問藥，不妨帶老衲去見一下病者。老衲看病只爲行善，山高路遠都是路，山越高，路越遠，善心越大，越易成人之美，解人之困，萬不可偷懶討巧矣。」

人就在樓上，舉步之勞。

老和尚看了陳家鵠，望過，聞過，問過，切過，罷了，引陸從駿到病房外相談。

老和尚問：「病者是你何人？」

陸從駿答：「是我兄弟。」

老和尚道：「實不相瞞，令弟之病十分凶險，要急治，耽誤不得，否則等到病入膏肓，神仙也救不了他。」陸從駿懇求善僧指點迷津，開方下藥。老和尚道：「病人心病身病交加，欲治身病，先要治心病。他魂魄散了，神氣斷了，服百藥皆如泥沙。」

心病如何治？老和尚出了個怪方子，「居士救人心切，老衲以救人為善，救人一命，勝造七級浮屠。若信得過，讓他隨老衲走吧。」

去哪裡？

峨嵋山。

怎麼去？

山高水遠，別的不說，就算派專車送，這一路走下來至少也得三五天。如果不順，遇到塌方或者斷橋什麼的，十三四天都到不了。陳家鵠那身體，也許禁不起三四個小時的顛簸就會喪命。但若不去，留在重慶也是等死，不如死馬當活馬醫，試試看吧，或許絕處逢生了。窮則思變，天地另開。這麼想著，陸從駿定了心思，便緊急驅車去找杜先生定奪。

杜先生一聽火了，指著陸從駿的鼻子一通數落，「我看你是昏了頭了，最好的醫院、最好的大夫你不相信，竟然去相信一個草頭老和尚！那是和尚，不是神仙，可以點石成金，起死回生。」陸從駿心裡憋屈著一團火，他嘔心瀝血累死累活，結果楊處長死了，陳家鵠垂死，整個黑室風雨飄搖。追根溯源，這都是因杜先生一定要拆散陳家鵠和惠子而起。他在內心深處對杜先生是有意見的，儘管這意見他不敢提，甚至不敢想，但此刻不知怎麼的內心變得執拗起來，嘴上硬邦邦地頂了杜先生，「可陳家鵠不是死人，他不需要神仙，他只是病了，需要一個醫術高明的大夫，而我們最好的醫院、最好的大夫對此束手無策，不如放手給外人一搏。」

杜先生看一眼陸從駿，不動聲色地問：「怎麼，你的意思是說全重慶的大夫都不如一個老和尚？」

陸從駿低眉輕聲說：「先生知道，山外有山，天外有天，自古道士僧人中不乏高人。我親眼看過他替難民治病，仁心仁術，藥到病除，而且他對陳家鵠病情的判斷也很精到。」

杜先生往椅背上一靠，有點皮笑肉不笑的味道，「那就請他就地醫治，也好讓重慶的大夫們學習學習嘛，幹嘛非要大老遠跑峨嵋山去？」陸從駿只好把老和尚的原話向杜先生轉述，最後加上自己的意見，「我也認爲換個環境對陳家鵠有好處。重慶本是他的傷心之地，所看見的人和物都叫他耽於舊事，他的心情如何好得起來？心情好不起來，病就好不了。去峨嵋山，換個環境，看看山水，或許能改變他的心情。那裡風景秀甲天下，又是普賢菩薩的道場，他的戾氣大，讓菩薩化解化解，也許就好了。」

杜先生沉吟著掏出菸來，陸從駿上前要幫他點，杜先生卻轉過頭去自己點上了，分明是沒有說動他。過了半晌，杜先生才回過頭來問：「那你打算怎麼送他去？」陸從駿早想好了，「讓老孫和小周開車送，輪流開，晝夜兼程，只要不出意外，三四天應該就能到。」杜先生冷冷地說：「可萬一出了意外呢？你能確定這老和尚不是江湖中人？他要是把車引到土匪窩裡去了，不光是陳家鵠，你那兩員幹將都只能跟著一起完蛋。」這個問題陸從駿著實是沒有想過，他愣了一下，只是牽強地說：「應該不會吧。」

杜先生哼一聲，說：「應該？這世界上應該的事情太多了，汪主席當年不是口口聲聲說日本人應該不會武力侵華，現在呢，大半個中國都淪陷了。」

陸從駿默然，他在猶豫，杜先生說得是有一定道理，誰也不能保證老和尚到底安的是什麼心。

但片刻之後，他堅定下來，比之前更加堅定：一則，他覺得老和尚那一身慈悲正氣斷然假裝不來；二則，陳家鵠生命之火即將熄滅的徵兆也絕非虛假。便再番據理力爭，不依不休的樣子，叫杜先生煩不勝煩。

「別說了。」杜先生起身而走，一邊忍著脾氣說，「我看你中了邪，就依了你吧。但有一點無須諱言，這事你在我這兒是滅了分的，如果一路平安無事，陳家鵠祛病而歸，算你有運，否則別怪我不客氣。」

就這麼峰迴路轉。

次日一大早，在黎明的曙色中，老孫駕車，帶著陳家鵠和大小和尚，還有助手小周，一行五人，出發了。陸從駿默默地看著車子的尾燈越來越小，快消失時才想起剛才沒有跟他們道個別，便臨時補一句，對著行將消失的一點點亮光大聲地說：

「一路走好啊——」

這時陸從駿心裡陡然生出一個奇怪的想法，覺得自己前輩子一定對陳家鵠行過大惡，這輩子註定要做他的牛馬來還債。

這是陳家鵠咯血後的第九天。

七

現在是陳家鵠咯血前的幾個小時，當天下午兩點半鐘，也就是楊處長臨死前的一刻鐘。當時惠子正在船艙裡，被楊處長的烏黑槍口逼得瑟瑟發抖，有人卻心血來潮地想起惠子來了。

誰？

相井。

他早從馮警長那兒搞到了陳家的地址。這天午後，相井西裝革履，照著地址尋到天堂巷，敲響陳家的門，嘭嘭嘭，由輕變重，有禮有節。

「請問你找誰？」來開門的是家鴻，他看來人穿得這麼周正，口音有點不對頭，有些反感，冷冰冰地問。

「你好，先生，」相井笑容可掬地說，「這是陳家鵠的家嗎？」

「是。」家鴻有點警惕，「你找他幹嘛？」

「我找他的太太，小澤惠子。」

家鴻頓時沉了臉，「你是什麼人？」

相井笑吟吟地說：「我是她的老師。」

家鴻打量他一番，「哪兒的老師？」

相井依然笑，「美國，美國的。」

家鴻突然覺得他的口音和惠子很相像，用一隻獨眼瞪著他問：「你是日本人吧？」

相井點著頭，鞠著躬說：「我愛中國，我和惠子一樣愛中國。請問惠子在家嗎？」

家鴻沒好氣地說：「找錯地方了，這兒沒這個人！」說罷，重重關了門，讓門外的相井備感蹊蹺。

正是從這一刻起，相井開始了尋找惠子的歷程。這註定是找不到的，因為幾乎與此同時，朝天門碼頭的槍響了，三條人命相繼赴了黃泉路，還有兩個人受了重傷，倒在血泊中……一分鐘內，死傷五人，惠子，你死定了！

惠子被帶回，關在渝字樓地下室的審訊室裡，馮警長的表妹就是在這屋裡上吊自盡的。看來，這屋子對女人不夠好，是凶宅。外面死靜，屋子裡一團黑。眼睛被廢棄後，鼻子顯得特別靈敏，惠子聞到一股血腥味，那是從隔壁傳過來的，那裡陳著三具屍體，還沒有處理，身上一定沾滿了血。其實，惠子衣服上也是沾積了血跡的，是楊處長頭部中彈後濺到她身上的。

傍晚時分，惠子聽到有兩個人的腳步聲「橐橐」響起，由遠及近，走進了隔壁，窸窸窣窣地忙乎了一陣，好像在扒誰的衣服。一分鐘後，惠子得知，扒的是楊處長的衣服。

有人推開門，打開燈，光亮一下灌滿屋。惠子受了刺激，不由地用手擋住光亮。她披頭散髮，一張淚臉，青灰又浮腫，又髒，幾個小時把她折磨得人不人鬼不鬼的。

更像個鬼，見了人，嚇得瑟瑟發抖。

來人是陸所長和老孫。

陸所長先發制人，劈頭將剛從楊處長身上脫下來的血衣甩到惠子身上，「幸虧我防了一手，否則陳家鵠就被你幹掉了！」

衣服蓋住惠子的頭，她慌張地把它取下來，哭著想上前，被老孫一聲斷喝阻止，「回去坐下！」惠子回去坐下，一邊哭訴著：「不……不……不是我幹的，我什麼都不知道……」

「是，不是你幹的，」所長冷笑道，「是你指使同黨幹的。」

「不，我沒有同黨……我只是來見家鵠的……是孫大哥讓我來的……」

「誰是你的大哥，」老孫說，「我叫孫處長！」

「孫處長……」惠子乖乖地叫一聲，乞求地望著他，「你說……是不是你讓我來見家鴿的……」

「是，可我沒喊你帶人來殺他啊。」

所長指著她手上的血衣說：「這就是陳家鴿，如果我們不防範！不錯，你設想得很周到，表面上你是因爲不甘心丈夫被人奪走，堅持要見他，可實際上你見他的目的就是要勾結同黨殺他。」說著，眼光像冷冷的刀鋒一般看著她，「說，你的同黨在哪裡。」

「不！我沒有同黨……」

「不，你的同黨很多。」老孫哼一聲，說，「我們幹掉兩個，還抓了一個，沒想到岸上還有。說，你到底有多少同黨，說了可以饒你不死，不說你就只有死路一條。」

「說吧，」陸從駿說，「告訴我們那些人到底是什麼人，現在在哪裡？」

「那些人……我一個都不認識……」

「可是他們認識你，」陸從駿說，「子彈像長了眼睛，殺了你身邊兩個人（楊處長和衛兵），可就是不殺你，不朝你射擊，你說這是爲什麼。總不會是因爲你漂亮，要帶你回去當押寨夫人吧。」

惠子被辯駁得啞口無言，只好哭訴：「嗚嗚……不，不，嗚嗚……不是這樣的，陸先生，嗚嗚……不是這樣的……家鴿啊，你在哪裡，家鴿啊，我好害怕啊，嗚嗚嗚……」

「別哭！」老孫大聲說，他今天終於可以不需要扮好人了。爲了向陸從駿證明他對惠子沒有同情心，他甚至在裝惡人，說話總是惡聲惡氣的，「有你哭的時候，等拉你出去槍斃的時候你再好好哭吧，現在先閉上嘴，過來！在這裡簽個字，快簽！」

「這是什麼？」

「審訊記錄。」

「你什麼時候記的……」

「你管我什麼時候記的。」

這個審訊完全是走過場的，目的就是要惠子在上面簽個字，然後把她交給法庭去處理。不該死的人黑室可以把他搞死，這叫暗殺，黑室沒少幹，可惠子的黑路已經走到這地步：手上捏著三條人命，犯不著來這一套，還是叫法院去槍斃吧，讓她光明正大的死，免得以後出現萬一，瞎貓碰到死老鼠，讓陳家鵠探到實情，找他們算舊賬。

這時，陳家鵠還沒吐血呢。兩個小時後，陳家鵠口吐鮮血！

九天後，病入膏肓的陳家鵠像一匹死馬一樣，被一個底細不明、眞假莫辨的老和尚帶走了。

第十三章

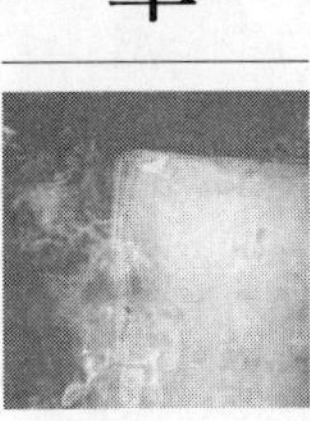

說時遲那時快，老和尚緊接著用左手將病人的衣服扯開，
右手幾乎在同一時間飛出一針，
銀針如長了眼睛一般精確地扎入膻中穴。

一

不必多慮，老和尚的底細是乾淨的，完全是個大善人，醫術也是高的，要不，陳家鵠上路的當天都過不去。上路不到五個小時，陳家鵠就敲打了第一次死亡的鐘聲。當時他們剛走出重慶界，翻過一座小山，下了山，看見路邊有一家小飯店。山上氣溫低，走了幾個小時，大家又餓又冷，準備下車吃個熱飯，暖暖身子。陳家鵠吃不了飯，自然沒下車。等他們吃完飯上車時（不到二十分鐘），發現他已經近乎斷氣了——只有呼呼地出氣，沒有吸氣，一邊翻白眼，咬牙關，應該有大半個身子進了鬼門關了。

老孫和小周頓時手足無措，這些年來一直在刀口舔血的小周居然還迸飛出眼淚，不知是嚇的，還是悲的。老和尚叫兩人莫慌，說：「我早料到有此關卡，遲來不如早來。」隨後，吩咐他們將陳家鵠抬進飯店。老闆見是個將死之人，生怕沾惹晦氣，堅決阻止。老孫哪裡有心情跟他囉嗦，掏出槍朝他腦袋上比劃一下。老闆頓時驚得魂飛魄散，像個孫子一樣把他們請到後院臥室去，還主動問，要不要些熱水什麼的。

老和尚說：「且慢。」不慌不忙，取出三根銀針，在病人的人中及兩側合穀穴緩緩扎下，然後叫老孫將病人的頭抬高，抬高到約四十度左右。老和尚看著，算著，約摸半分鐘後，突然伸手在病人頭頂猛一拍，病人的臉色立變，變得潮紅。說時遲那時快，老和尚緊接著用左手將病人的衣服扯開，右手幾乎在同一時間飛出一針，銀針如長了眼睛一般精確地扎入膻中穴。陳家鵠噗的一聲，吐出一口黑血，臉色立刻恢復正常，人也醒了過來。

小周一直站在旁邊緊張觀看，這時似千鈞巨石落地，高興得一蹦三尺高，上前緊緊拉住老和尚的手，用力搖晃，「師傅，您可眞是活神仙，用幾根針就能起死回生。」老孫也是如釋重負，輕輕將陳家鵠的頭放在枕頭上，對老和尚抱拳感激一番。他的態度比小周更是強烈和誠摯，因爲在感激之外他還多了一份愧疚。在這之前，他對老和尚是有顧慮的，總覺得他有江湖騙子的嫌疑，居心難料。現在好了，幾根銀針輕描淡寫地扎下去，陳家鵠化險爲夷——這遠比說十車話更有效力，證明高僧心術俱佳，陳家鵠是碰到好人貴人了。

老和尚似乎看穿老孫的心思，合十爲禮，對老孫道：「不必拘禮，治病救人乃佛門弟子之本分，何況陳居士福澤綿長，陽壽未盡，老衲不過是順應天命而勉爲人事罷了。此乃註定之緣法，如花開花謝，日升日落，最是自然不過，何必感言？」陳家鵠身體本是虛弱到極點，但被老和尚扎了幾針，像接了仙氣，神志異常清楚，聽老和尚這麼說，忍不住接口說：「照師傅的意思，人世間的事都是生而註定，人生豈不成了一場被緣法安排好的戲？戲即人生，人生即戲，無從選擇，無可逃遁？」

老和尚微微一笑，說：「我曉得你姓陳。陳居士果然慧根不淺，只是此乃玄奧微言，絕大妙義，非三言兩語可以辨識之。你如今身體虛弱，不宜多說話，也不宜多思考，等到了峨嵋山，養好了病，倘若那時還有興致，老衲與你促膝長談。」說完，也不等陳家鵠回答，老和尚徑直上前對他唱起催眠曲，「天色已晚，顛簸了一路，居士也累了，趕緊休息吧。」陳家鵠聽著，不一會便覺得睡意沉沉，微笑著熟睡過去。

見陳家鵠睡了，老和尚的臉色變得嚴峻起來，轉身對老孫說：「他休息，我們不能休息。準備一下，立刻出發上路。」老孫有些不解，老和尚解釋道：「他現在的狀況比出發時更加凶險。老衲剛才只是順了他的氣脈，事實上對他的病毫無益處。這就好像斷糧的百姓吃觀音土，雖能充飢，卻不能消化為用，反倒有害。不瞞你說，老衲用銀針只能保他兩晝三夜平安，如果在這之後還不能趕到峨嵋山，只恐將有不忍言之事發生。」

那還等什麼？老孫和小周二話不說，立刻將陳家鵠抬上車，連夜出發。路有兩條：一條是先取道成都，然後轉道眉州、樂山而至峨嵋。這條路是官道，路況好且無匪患，但缺點是路太繞。另一條則是取道榮昌、富順，往西直撲樂山而至峨嵋。這麼走倒是要近許多，但必須翻越幾座大山，路況極差尚在其次，關鍵是沿途常有土匪出沒，安全得不到保障。老孫心想，如果陳家鵠死在路上，自己回去也是罪，死在土匪手上也罷。

便選擇了後一條路。

孫、周二人輪換開車，夜以繼日，第二天中午便到榮昌縣，一干人在縣城裡胡亂找了家飯店一飽，又匆忙上路。剛開出縣城不到十里，陳家鵠突然渾身痙攣起來，呼冷喊熱，人事不省。老和尚讓大家別擔心，說他這是內邪不宣，不礙事，今晚必好。一邊說，一邊又開始施展他那神乎其神的銀針功夫，罷了又讓小和尚將幾顆黑不溜秋的藥丸用口水化了，餵他服下。傍晚到達富順時，陳家鵠果然復了元氣。至此，老孫和小周對老和尚的敬佩和信任又被拔高。之後一路，兩人對他完全言聽計從，沒有半點違拗和疑慮。

第三天，車子一路顛簸進入樂山境內。小周的情緒很樂觀，一邊開車一邊有一搭沒一搭地逗小和尚玩。老孫錯過了睏頭，閉著眼假寐，忍不住提醒小周當心一點。小周笑著說：「這一路有大師在，鬼神不近，小蟊賊也不敢靠近，沒什麼可擔心的。」話音未落，卻是傳來一聲槍響，猶若平地炸響驚雷。小周下意識狠踩一腳剎車，把昏睡的陳家鵠也驚醒過來。小周不由自主地望了身邊的老孫一眼，老孫瞪著他說：

「看我幹什麼，看前面，麻煩來了。」

的確，麻煩來了。轉眼間，十多枝槍桿從四面八方的林子裡探出來，吆喝著朝車子圍上來。領袖的頭目是個頭纏紅頭巾的中年漢子，操著一口標準的樂山話，喝令所有人統統下車。樂山話屬南方語系，與成都、重慶話區別明顯，外地人很難聽懂。但此時不用聽懂大家也知道他的意思。老孫和小周是從風浪裡滾出來的角色，臨危不亂，心裡頭劈啪打響了如何虎口脫險的算盤。小周率先拔出槍，問老孫怎麼辦，回答他的是老和尚。

「聽老衲的，把槍收起來，是禍躲不過，我先下車看看。」老和尚說著，先下了車，一邊宣誦著佛語。頭目一把推開他，罵：「少跟我裝菩薩，老子不信這一套，老子只信手裡的槍。下來！要想活命的都下來！」用槍指著車裡，威逼人人下車。嘍囉們隨即圍上來，打開所有車門，下來！下車！都滾下車來！叫著，嚷著，罵著。

「且慢，且慢，眾兄弟，」老和尚不慌不亂上前阻攔，「車上有重症病員，驚不得，驚不得。」一邊從容走到頭目面前，向他合十為禮，「敢問這位賢士，劉三檀越近來可好？」頭目原本氣勢洶洶、目空一切，被他這麼一問，心思亂了，遲疑起來。那劉三不是別人，正是他們的袍哥老大。

這一帶叫做牛角山，屬樂山和自貢交界隘地，山如其名，如牛角一般高險陡峻。山上古樹參天，再加上道路錯雜難行，野獸毒蟲出沒不止，外人進去後極易迷路，不死也要扒層皮，在明清兩代為當地私鹽販子藏匿之所。辛亥革命後，前清遺老遺少躲了進來，人頭多了，就扯起大旗聚成了寨子，四方潑皮無賴聞風入夥，專以打家劫舍為生。國民政府曾剿過兩次，折了幾十人卻未能拔掉惡瘤，抗戰爆發後，再無人過問。如今，勢力越發壯大，已聚八百多人，劉三便是這裡的大頭目，人稱三爺。

劉三，本名劉榮，係大軍閥劉文輝的遠房族兄，原是前清犍為縣縣丞，正牌子舉人出身，會文章，富智計，落草後頗受尊崇，老寨主死後被公推為新主，到如今已有十五年光景。三年前，劉三最寵愛的小女得了種無名熱的怪病，四方求醫不果，便領人上峨嵋山拜菩薩祈救。途中，湊巧撞見悟眞和尚，被施了救，帶回寺裡，吃了兩服藥，病情便見好，令劉三感激不盡。日後不久，劉三托人送來書信一封，財寶一箱。悟眞和尚閱信方知，劉三為何方人士，在何方逞能。劉三在信中立誓，但有差遣，當赴湯蹈火，絕不皺眉，云云。悟眞乃出家人，與世無爭，哪裡會去差遣一個土匪頭子，不料，這次還眞用上他了。

無名頭目把老和尚上下再三打量一番，罵道：「別裝，方圓幾百里都知道這是咱三爺的地盤，你以為報個名就把我嚇倒了，跟我裝？告訴你，別裝屌，裝死還差不多。」

老和尚微微一笑，道：「不妨帶老衲去見你三爺，老衲出門多日，車裡病人危在旦夕，老衲正欲尋人施助，三爺竟喚人來接了，呵呵，善哉，善哉。」磊落之情，坦蕩之樣，實讓無名頭目不敢造次，便罵罵咧咧帶他走了。

便見了劉三。

便化險爲夷。

別時，劉三又贈不少財寶，悟眞一概不要，卻討求山參一枝。原來，此時的陳家鵠，經這番折騰，已經氣若游絲，生死兩茫茫，急需補氣強神。但師徒出遊多時，攜帶的補氣強神的良藥已告罄，若不能及時採補，老和尚對陳家鵠的命數也心存懸疑，所以向劉三討求。劉三差人端來一抽屜的山參讓悟眞挑，悟眞挑選一枝二十年的老山參，一顆心頓時釋然。隨後幾日，正是靠著這枝老山參，陳家鵠才堅持活著上了峨嵋山。

二

一行人是第五日淩晨到達峨嵋山報國寺的。

這是老孫第二次到峨嵋山。一九三五年，蔣介石在高僧楊永泰的建議下，開辦了有名的「峨山軍官訓練團」，自兼團長，劉湘爲副團長，陳誠爲教育長。四川、西康、雲南、貴州等地營長以上軍官多被調來受訓，訓練場地就設在報國寺門前的小廣場以及虎溪畔的山道間。開辦之初，杜先生曾來視察過，老孫時任杜先生衛隊隊長，便隨行而來。此番故地重遊，儘管天色不明，但那熟悉的楠樹和紅牆亦勾起他不少三年前的記憶。尤其是如今楊永泰和劉湘均已離世，更令老孫欷歔不已，有種物是人非的淒涼。

悟眞老和尚是在山腰萬年寺出的家，修持則在洗象池畔的天花禪院。從報國寺到洗象池，尚有大半日的山道。由於不通公路，只能步行，老孫便在此與眾做別，駕車返回。小周本是安排他來爲陳家鵠保駕的，自當留下。他找來兩副滑竿，輪流抬著昏迷不醒的陳家鵠，片刻不歇，一路趕路，於午後終於結束艱難行程，趕到了天花禪院。

天花禪院規模不大，總共只有十來個和尚，三間佛堂，十八間廂房，廂房後還有一間藥材儲藏室，裡面包括野生雪蓮、冬蟲夏草、靈芝、千年人參等名貴藥材。它們的來歷與老和尚的醫術一樣神秘，外人全不知端倪，給人感覺彷彿是說有就有了，好像老和尚有法術，憑空變出來的一樣。不論如何，它們的存在，使得老和尚濟世救人不會有巧婦難爲無米之炊之虞。這也是他爲何要帶陳家鵠上山的理由，至少是之一吧。畢竟，說一千道一萬，沒有良藥是治不了惡病的。

但是現在，有神仙藥也對陳家鵠無用，用不了，因爲他已經深度昏迷，開不了牙口，嚥不下點水。一路上，頭兩天他還有意識，後面幾日一直昏迷不醒，要不是老和尚用那枝老山參時刻給他補氣，可能早斷了氣。他這口氣，全靠老和尚細細嚼碎了老山參，口含鼻塞，強行維持著的。

上山後，老和尚便開始施醫。他將陳家鵠安置在一間空屋子內，這屋子簡陋至極，除了一張木床什麼也沒有，連窗戶都沒有，只在牆角處有兩個不起眼的換氣口。把門關上，伸手不見五指，彷彿一尊大棺材。

接下來的兩天，陳家鵠就在這尊大棺材裡靜靜躺著，像一個眞正的死人。

小周被安排住在旁邊的廂房裡。他畢竟放不下心，時刻凝神傾聽，卻始終聽不到隔壁有絲毫動靜。只見老和尚偶爾進去給病人扎兩針，很快便出來，時間短得像錯覺，抑或一個萬籟俱靜中偶然發生的小意外。

到第三天晚上，不知什麼緣故，子夜已過，小周被什麼聲音驚醒，聽見陳家鵠的房間裡傳來一陣奇怪的聲音，窸窸窣窣的，像是有什麼人在輕輕搓揉他的衣服。小周覺得奇怪，起身去察看。推開門，只見小和尚一臉坦然地守在「大棺材」門口。小周更是奇怪，走上前問：「小師傅，這麼晚了，你怎麼還在這裡？」

小和尚瘟頭瘟腦地回答：「師傅讓我守在這裡，不許旁人進去打擾。」小周如釋重負，「原來是師傅在給陳先生治病。」見小和尚點頭，又問，「師傅進去多久了？他進去，我怎麼沒聽見呢？」

「師傅不在裡面。」

「不在裡面？」

「是的。」

「那他怎麼給人治病？」

「我不知道。」

「師傅到底在哪裡？」

「我不知道。」

小和尚一問三不知，子丑寅卯什麼也講不出來，但就是不肯放小周進去。小周哭笑不得，又不便強闖，只好懷著巨大的好奇與更加巨大的期待，返回自己房間，繼續睡覺。

第二天一大早，小周被一陣猛烈的咳嗽聲驚醒，這正是久違了的陳家鵠的咳嗽聲。陳先生醒了！小周驚喜交集，一躍起身，趕緊穿戴整齊，推開門，卻看見老和尚帶著兩個沙彌正匆匆走來，其中一個提著個沙罐，也不知裝的是啥，另一個則提著籃子，裡面裝著碗、調羹和蠟燭。四人一起進去，在屋裡，陳家鵠的咳嗽聲又被成倍地放大，如牛吼，如悶雷。

陳家鵠從黑暗中醒來，一時難以適應門外透進來的光亮。但這並不妨礙他分辨來者是誰，他用沙啞無力的聲音問：「師傅，我這是在哪裡？」

「在你涅槃重生的地方。」老和尚說完，沙彌已點燃蠟燭，屋裡的黑暗頓時被驅散一空。小周這才看清病人的臉色，竟比屋外那漫山的雪還要蒼白，彷彿透出攝人心魄的寒刃，不覺冷得心裡一縮。

老和尚徑直上前，把了把病人的脈，笑道：「陳居士眞是個有福之人啊，遇到壞事也能因禍得福——牛角山遇匪，你吃了驚嚇，出了一身大汗，內邪隨汗走了不少，後又求得老山參一枝，討得殘喘，好讓我妙手回春。」言畢即扎針，完了又伸出手在病人頭部輕輕推拿幾下，然後問他，「居士可想吃點東西？」陳家鵠苦笑，「光想有什麼用，吃了都會吐出來。」「我問你想不想？」老和尚說。陳家鵠搖頭，「不想。」老和尚笑道：「怪了，人人都要吃飯嚥菜，你陳居士一代才傑之士，翻手爲雲覆手爲雨，怎麼會連飯菜都不想吃呢？你能吃的，一枝二十年的老山參都讓你吃了，那苦澀之味實不是食之甘味。想一想，一碗農家菜粥，聞之清香，觀之一青二白，食之入口即化，妙哉，妙哉。」

不知爲何，陳家鵠頓時覺得口舌生津，嚥了一口唾沫。老和尚笑道：「你嚥了一口津液，說明你是想吃東西了。想吃什麼？嗯，依老衲看，此刻來一碗熱乎乎的青菜粥正是你之所想。來吧，我早已給你備好了。」老和尚對兩個沙彌揮揮手，一人連忙將罐子打開，正是一罐熱氣騰騰的青菜粥，另一人則把碗和調羹拿出來，盛了一碗，遞給師傅。

「把他扶起來。」老和尚吩咐小周，小周便扶了。

「請你張開嘴。」老和尚吩咐陳家鵠，陳家鵠便張開了嘴。

「一碗菜粥，菜是青青小菜，米是象牙白米，水是潔淨雪水，佐以高山野生湯、紅糖、當歸、白糖，我用微火熬煮半夜，天下哪有如此美食。來吧，吃吧。」老和尚說著餵了一羹。

再一羹。

又一羹。

如是再三，一碗粥很快見底。陳家鵠擔心不爭氣的胃又給他來老一套，一陣翻騰後把吃下的東西全吐出來。這麼想著，他合了口，閉了眼，好像這樣可以把要吐的東西擋回去似的。這樣過去數分鐘後，陳家鵠只覺得胃裡生出一股溫暖之氣，絲絲往下暢通，同時覺得一股貪婪的食欲滿了欲海，使他下意識地舔了舔嘴唇。老和尚見了，笑道：「還想來一碗？」陳家鵠不假思索地點了頭。一旁靜觀的小周終於找到事做，接過空碗準備再去盛，被老和尚制止。「夠了，」老和尚對陳家鵠說，「你這沉屙之軀，久病之身，十分虛弱。所謂虛不受補，能消化這一碗粥就已經很不錯，想吃得再過一個時辰。」

一個時辰後，又吃了一碗，又是沒吐。

這一天，陳家鵠把一罐子粥吃得一乾二淨，一粒米都沒有吐出來。到了晚上，他已經有說話的願望了，他問老和尚：「我之前吃什麼吐什麼，現在也沒見你用藥，怎麼一碗粥入肚，只覺腸胃裡暖暖的十分受用，不但不想吐，還想再吃。這是什麼道理？」老和尚開心笑道：「沒什麼道理，這是你的命，也是你與老衲的緣分。不過，你既然神志回轉，老衲不妨講一個故事給你聽，當做飯後茶餘之消遣。」頓了頓，緩緩講來，「話說從前有座村莊，供奉著一尊魔鬼木像，爲了不讓魔神帶來災難，村莊每年都要犧牲一位村民去祭祀他。後來，一位被送去祭祀的村民心想橫豎是個死，何不一搏？於是他一把火將魔像燒成了灰燼。沒想到從此後，村莊就從魔鬼的陰雲中解脫出來。陳居士，你心中或許就有這麼一座魔像，阻礙你不能嚥食，老衲只是替你暫時驅散了它的陰影，至於能否將它徹底焚毀，還得要靠你自己。」

陳家鵠咀嚼著老和尚的話，若有所悟。

老和尚轉過頭去，對小和尚說：「你去廚房看看藥熬好了沒有，熬好了就送過來。」小和尚應聲去。老和尚這才又對陳家鵠說：「好了，你神志剛剛回來，不宜多勞神，把心靜下來，什麼也不必想，老衲自會竭盡所能助你康健。如果你覺得腳趾頭有疼痛之感，但說無妨。」

陳家鵠一怔，突然，「哎喲」一聲叫了出來。

三

陳家鵠確實感到腳趾頭痛，好像每個趾頭都被毒蟻叮咬過，燒熱，辣痛，且有增無減。如果他可以坐起身來，彎腰細看，會發現每一個趾頭均有幾處米粒般大小的創口。

那是被蛇咬的！

咬他的可不是一般的蛇，是峨嵋山上特有的一種毒蛇。普通人被牠咬到，創口立刻劇烈紅腫，血流不止，人會出冷汗，會噁心嘔吐，緊接著鼻腔、眼膜、皮下組織等部位亦迅速出血，不出五步即昏厥，五分鐘內必斷命。此蛇被當地人稱為「峨山五步皇」，毒性比一般的五步蛇更為猛烈，極其罕見。老和尚偶然在白龍洞捕得一尾，精心飼養兩年，如今終於在陳家鵠身上派上了用場。

老和尚治病不拘一格，甚至可謂膽大包天。這間棺材樣的黑屋子，是他專門為需用毒蟲以毒攻毒的病人設計的。天花禪院海拔兩千多米，一年中有小半年被積雪覆蓋。冰天雪地裡，蟲豸別說攻擊病人，連行動都成問題。老和尚闢出這麼一塊地方，在地下挖有坑道，一旦有病人要急救，便燒火提高室內溫度，令毒蟲可以行動自如。爲了不讓毒蛇咬到陳家鵠身體的其他部位，老和尚在他身上塗滿了地黃水，只在腳趾上抹了專門「引蛇出洞」的香草藥膏。昨天晚上，小周聽到的窸窸窣窣聲，便是峨山五步皇毒蛇在吸食陳家鵠香噴噴的腳趾頭的聲音。

毒蛇這一夜辛勤工作，效果比老和尚預期的要好，他這麼快神志清醒，並能消化食物，說明他體內積累已久的毒氣、晦氣、濁氣已開始明顯下行。之前，毒氣往上急攻，臟腑功能亂成一團，頭髮才會一夜變白。以後，陳家鵠的白頭髮將日漸轉黑，正是因爲毒氣下行的洩路通暢了。老和尚看在眼裡，欣慰在心，他對治好陳家鵠的病信心更添。

這天午後，老和尚叫人收拾出另外一間廂房，叫陳家鵠住了進去。這間廂房在天花禪院左側，推窗即見洗象池，白天可見滿山遍野銀裝素裹，妖嬈萬端；池塘邊，一片英姿挺拔的冷杉林，在風中蕭蕭瑟瑟，低吟輕語。夜晚，明月如洗，朗照枝頭，天人合一；憑窗遠望，萬山沉寂，雲收霧斂，遙天一碧，心地寬闊。陳家鵠身在其中，白天受日光沐浴，夜間被月華撫弄，心神日漸安寧。

景色撩人可以爲藥，但要徹底治癒陳家鵠的心病，這還遠遠不夠，必須人心對照，藉物明志。在接下來的日子裡，老和尚有空便來看陳家鵠，除了扎針、用藥，還陪他下棋，教他佛理，同他談心，聊天地，侃大山，慢慢地把陳家鵠關閉的心境打開來。轉眼到了陳家鵠上山後的第九日，這天老和尚拿了一本《唐詩選集》來，笑著對陳家鵠說：「老衲識字不多，平時卻愛附庸風雅，這本書翻來覆去看了十多遍，還是有些字不認識，聽說居士是留洋歸來的大博士，學問一定大得很哦，教教我吧。」陳家鵠說：「師傅拿我開心不是？我是學數學的，要論文學恐怕要差師傅一大截。」話是這麼說，他還是把書接過去，見是李白的〈廬山謠寄盧侍御虛舟〉。老和尚請他讀一遍給他聽，而且要大聲，要盡量有表情。陳家鵠開始不願意，但在師傅執意要求下，便讀起來，越讀越富有聲情：

我本楚狂人，鳳歌笑孔丘。
手持綠玉杖，朝別黃鶴樓。
五嶽尋仙不辭遠，一生好入名山遊。
廬山秀出南斗傍，屏風九疊雲錦張，
影落明湖青黛光，金闕前開二峰長，
銀河倒掛三石梁，香爐瀑布遙相望，
回崖沓嶂凌蒼蒼。
翠影紅霞映朝日，鳥飛不到吳天長。
登高壯觀天地間，大江茫茫去不還。
黃雲萬里動風色，白波九道流雪山。
好爲廬山謠，興因廬山發。
閒窺石鏡清我心，謝公行處蒼苔沒。
早服還丹無世情，琴心三疊道初成。
遙見仙人彩雲裡，手把芙蓉朝玉京。
先期汗漫九垓上，願接盧敖遊太清。

讀罷，老和尚笑咪咪地看著他，壓根不提什麼不識之字，只說：「你中途一刻未定，換氣自如，說明肺部之傷疾已經基本無恙，今後可以出去走一走了。走吧，今天我帶你小走一會，可能會覺得累，但無妨。累也是一個身體無恙的信號，如果你的身體感覺不到累，就不可救藥了。」

山中積著雪泥，老和尚和陳家鵠都穿上布鞋，鞋上又綁上兩圈草繩，沿著山道一路往上，朝雷洞坪的方向緩緩行走。這一路道路極窄且陡峭蜿蜒，又結了冰霜有些濕滑，嚴格說並不適合散步，這對久臥病榻的陳家鵠而言更是「雪上加霜」。所以，老和尚不想遠走，只走了百十米便要回頭，卻遭陳家鵠反對。他還要走，一走又走，最後竟走了三里路，走到一座涼亭方才歇了腳。兩人在涼亭裡坐下，老和尚說：「按道理，你大病初癒這麼遠足是不許的，老衲該制止你，但見你興致高，便由了你。只是回去之後，你得多挨幾針。」陳家鵠笑道：「我現在早已是滿身針孔，不在乎再多上幾個。」印象中，這是老和尚第一次看到陳家鵠臉上露出笑容。

要治其身病，先要治其心病，這是老和尚對陳家鵠病情的最初判斷，後來與陸從駿相談，更加肯定了自己的想法。陸從駿雖沒有對老和尚和盤托出陳家鵠的病歷，但多少還是透露了一些，令其可以猜測到，無非是爲愛而傷、爲情所困之類。現在看到他笑，老和尚心裡竊喜。心病難治，難就難在身外找不到藥材。換言之，藥材在病人自己心裡，而笑便是最好的藥。老和尚看陳家鵠出氣略粗，料他身上一定發出微汗，便問：「是否有口渴之感？」陳家鵠點了點頭，看著鋪在樹葉上的積雪，說：「如果師傅同意，我倒是想抓一把雪來吃，舔一下也行。」老和尚呵呵笑，「看來你體內之傷已痊癒。有傷必有寒，有寒必畏風，你現在對雪水都斷了畏懼，說明你體內之寒已除。好啊，眞是年輕啊，祛病如此快，你的身體本是上好的，老衲現在有信心還你一副好身體。不過雪水是喝不得的，若眞口渴還是吃顆蟠桃吧。」

「吃蟠桃？」陳家鵠不由一怔，這大冬天的，哪裡去找桃子？以爲老和尙是在說笑話。只見老和尙從袈裟裡摸出一支短笛，放在嘴裡吹起來。約十分鐘後，一隻一米多高的猴子捧著一顆拳頭大的桃子出現在老和尙面前。老和尙喚牠叫「大青」，輕輕拍拍大青的頭，示意牠把桃子送給陳家鵠。大青唧唧地叫一聲，似乎是在說「知道了」，轉過身來恭恭敬敬地把桃子捧給陳家鵠。

陳家鵠早已看得目眩神迷，竟手足無措，不知該接還是不接。

老和尙說：「這是大青給你的見面禮，收下吧。」陳家鵠連忙起身恭恭敬敬又小心翼翼地接過桃子，還不忘說一聲「謝謝」。大青跳到老和尙身邊，十分親昵。老和尙笑著從懷裡掏出一包糖來給牠，大青高高興興地拿在手裡，一屁股坐在老和尙旁邊，大吃大嚼起來。

老和尙見陳家鵠捧著桃子不吃，說：「你不是口渴嗎？吃吧，吃了對你有好處。」陳家鵠這才試著剝開皮，咬了一口，只覺滿口蜜汁亂竄，竟是平生未嘗之絕味。老和尙說：「怎麼樣，很好吃吧？」陳家鵠點點頭，問：「這季節，冰天雪地的，大青從哪裡摘來這樣鮮美的桃子？」老和尙輕撫大青的頭，笑著說：「吃了雞蛋，還要找下蛋的母雞麼？你要是喜歡，多與大青親近親近，以後有你吃的。」陳家鵠上前去撫摸大青，一邊問老和尙：「師傅，禪院裡外都是猴子，這大青可比牠們要大得多，也聰靈得多。」老和尙點點頭，說：「大青本是這裡的猴王，後來猴群叛亂擁立新王，新王必殺牠而後快，是老衲救了牠。一年多來，每當聽到老衲的笛聲，牠就會送蟠桃來。老衲生平救人無數，要說戀情感恩，沒有誰能及得上牠。」

陳家鵠聽完，覺得老和尙這話頗有弦外雅音，不禁默然。

陳家鵠的感覺沒錯，老和尙把大青召喚來給他講這個故事，的確是爲了治療他的心病而故意爲之。「難道人還不如猴子？」老和尚自問自答，「自然不是。人乃萬物之靈，靈之一字，心之一字也。我們這顆心，包容四海不難，包容天地亦不難，難的是包容自己。存了一分雜念，便遮蔽碧海蒼天。陳居士，說到底這便是你今日的病根。」

陳家鵠像是留聲機一般重複念叨一遍：「這便是我今日的病根。」「不錯。」老和尚盯著陳家鵠看，正容說道，「陽明子雲：破山中賊易，破心中賊難，這道理一針見血。你心中掙扎無端，賊勢滔滔，破之乃難上難矣。心病不除，身體如何好得起來？」

陳家鵠思量半天，道：「道理我明白，只是說起來容易做起來難，大千世界固然複雜，但人心更複雜啊。」老和尚順勢而為，一掏二挖，便把陳家鵠心中的塊壘——惠子——挖出來。秘密端出來，目的是討教，請師傅指點迷津。老和尚聽罷，置若罔聞，只說：「今日已不早，我們回去吧。」說完，拍拍大青，意思是與牠再見了。大青依依不捨地抱了抱老和尚，又象徵性地抱了抱陳家鵠，才搖搖擺擺地離去，讓陳家鵠由衷感慨猴子眞是有靈的動物。

四

縱然有九個腦袋，陳家鵠這次是眞正被陸從駿騙到了，惠子是日本間諜，這對他不啻為致命打擊，他的肺正因此而炸，他的病正因此而重。病倒之初，他一心希望早日痊癒回去工作，所以異常配合醫生的治療。殊不知，身體絕情地背叛了他，令他心有餘而力不足。病情日日加重，到後來他絕望了，滴水難進，覆水難收，他認為自己縱然有九條命也是死定。哪知道，上山不足十日，居然連雪水都想喝了，他對自己身體恢復之快感到吃驚。身體好的另外一個徵兆是，那些煩心事又在心裡蕩漾開了。今天他一吐爲快，本以爲會引得師傅一番鴻篇大論之教之導，不料是隻字未聞，實令他百思難解。

老和尚其實是故意在吊陳家鵠的胃口。治心病，講究的是若即若離，欲擒故縱，把問題的實質拋出來，卻不作解答，讓人自己去思，去想，去琢磨，琢磨得越深，其心思自是越糾纏，越紊亂。等亂到一定程度時，突然當頭棒喝，讓病人豁然開悟，其效果當是最好。

這樣過去多日，一天午後，到了固定的該扎針灸之時，老和尚按時照來，卻是徒著手，挎著一隻背囊，見面就催促陳家鵠出門。「今天天氣晴好，」老和尚說，「我帶你去看看雲海。」路上，老和尚時而誇陳家鵠腳步有力，時而誇他氣色如祥雲，呼吸如自然，總之，是誇他身體好。老是誇，陳家鵠終於在面對茫茫雲海時道：「記得師傅曾說過，我是心病大於身體之疾，如今我身體是日日見好，可爲何不見師傅治我心病？」老和尚覺得時機已到，便笑了笑，緩緩念道：「菩提本無樹，明鏡亦非台。本來無一物，何處惹塵埃。記得我們上路頭一天，在重慶郊外那家小飯館裡，你曾問老衲，人生如戲，戲即人生，我們活著之意義何在？現在老衲可以回答你，人世間事渺渺杳杳，一切所謂之意義，統統皆是無意義。何況你惹的塵埃，輕如浮雲。」

陳家鵠想了想，說：「師傅的話太過深奧，我理解不了。」的確，要讓他視惠子爲「浮雲」，實是強人所難。老和尚似乎看穿他心思，指著自己的心說：「老衲心中女色全無，決非因老衲出家在先，只因女色如浮雲，似彩虹，都是空中樓閣矣，讓凡夫醉生夢死。世間萬物皆爲身外物，你爲一個女流迷頓、輾轉，豈不妄自菲薄？俗家有言，世間唯女流和小人難養；佛家言，性是亂，色即空。男輩女流，陰陽相克，水火不容，乃天地註定，大丈夫自當放下明志。」

陽光和煦，雲海飄飄。

老和尚伸手指著燦爛陽光，道：「要知道，我們生命至深的需要不過如這冬日的陽光一般和煦、簡單，但總有人，太多人，喜歡頂著烈日，化身飛蛾，投向華麗的火焰。殊不知，天地太強大，凡身太弱小，理當卸下所有承載，輕心即輕身，身輕生命才能自在活潑。欲壑難填，欲望是個永遠無法滿足的東西，當你打開一扇門，便是無窮的門。而欲望終歸是沉重的，只會讓你的生活變得複雜，生命變得迷頓，念你之念。老衲今日送你四句偈語。」

「請師傅講。」陳家鵠看他撫鬚不語，催促道。

「由愛故生憂，由愛故生怖；若離於愛者，無憂亦無怖。」

老和尚的這一席話，似有心，似無意，正中陳家鵠內心深處最大的陰影。他不由得皺緊眉頭，一時間，與惠子相識的浪漫、相知的感動、相愛的甜蜜、成婚的溫暖、離別的痛苦、相思的煎熬、背叛的驚駭……過往的點點滴滴，如春水潺潺，緩緩流過心頭；又洞若燭照，所有細節纖毫畢現，酸甜苦辣洪水洶湧，內心泛起大波瀾。

他的心思如何逃得過老和尚的明察？老和尚看著他，念聲佛號，將一件禪事緩緩道來：「曾經，慧可禪師以斷臂之大願力向達摩祖師求道，禪師問曰：『諸佛法印，可得聞乎？』祖師回答：『非從人得。』禪師聞之很是茫然，思量許久，竟覺俗塵繚繞，不得安寧，遂向祖師乞言：『大和尚，我心不安。』祖師淡然一笑問他：『心在何處？我來替你安！』禪師於是頓悟妙法。」

這故事陳家鵠聽得半懂不懂的，但以後日日思，夜夜想，一日夜裡竟如迦葉忽見佛陀拈花，醍醐灌頂妙義入心，始覺今是昨非。這天夜裡，月光如銀，他獨自一人步行至山崖前，觀看四周鬱鬱蒼松，眺望腳下茫茫雲海，長久默不作聲，別時粲然一笑，對著崖下雲海道：

「松間聞道，雲端聽佛，陳某不枉此行矣。」

夜深回歸寺院，遠遠看見小周與小和尚在修行堂內靜心端坐，好似一對志同道合的師兄師弟，也在等待師傅醍醐灌頂。

五

為了讓陳家鵠的身體能夠盡快復原，老和尚不惜血本，拿出最好的野生人參和靈芝等給他進補，同時又讓小周天天領他去山野走走，熱身，散心。小周本是個生性活潑的人，二十出頭，正是好動、好玩的年歲。剛上山時，因陳家鵠臥床不起，沒什麼事，小周天天與小和尚絞在一起，砍柴拾果，探梅尋蘭，遊山玩水，方圓幾十里山野內，漫山遍野都留下了他們的足跡。小周現在正好做陳先生的嚮導，帶他遊玩，何處有路，何方有景，哪裡有險，都在他心裡。帶陳先生出門，安全自然是第一，於是山左一帶就成了他們常走之地。這一帶風景獨好，蒼松傲雪，遠景開闊，有泉有澗。北伐戰爭後，陸續有富甲一方的商人為避戰亂而在此棲居，他們劈山修路，伐木造屋，一家家地遷來，一戶戶地相聚，迄今已經人丁興旺。

這一天，陳家鵠像往常一樣與小周一起，往山左一帶去散心，一邊走，一邊不知不覺聊起老和尚。不知從什麼時候起，陳家鵠發現，只要說起老和尚，小周總是敬從心底生，禮從手上起——雙手會不由自主地合十，默念一句：「師傅在上。」通過小周熱情嘮叨的講述，陳家鵠彷彿看見了另一個老和尚，他天天凌晨四點起床，坐禪兩個時辰，天亮出門掃雪，日出熬藥（眼下多為陳家鵠），一日三次給徒弟講經，睡前習武一個時辰。說到師傅的武功，小周每每發出感歎：

「他兩個指頭就能把我掀翻在地……」

「他練武時走路腳不沾地，簡直像在飄，在飛……」

「有一次我看見他騰空而起，把一隻停在樹上的鳥一把抓在手裡……」

雖然沒有親眼所見，但陳家鵠全然相信，因爲老和尚神奇的一面他早已有領教，從那一支支銀針，到一碗碗草藥，從治他身病，到療他心病，一個赴黃泉路上的人就這麼不知不覺間被他拉了回來，回到了從前。昨天夜裡，他做夢，居然夢見自己在破譯特一號線。這個夢向他透露出太多的資訊，他首先想到的是陸從駿在召喚他，其次他覺得這也說明自己的身體確實是恢復了，再次……他一直想不出來，可總覺得還有什麼。這會兒，他把這事對小周道明，問他有什麼想法。

小周脫口而出：「這不明擺的，你心裡堆積著太多的恨，你恨透了那些特務，你想回去報仇，給那些爲你死去的人雪恨。」

接著，小周又嬉笑著說：「你雖然還沒有眞正走進過黑室大門，但你跟黑室的關係比這山上的金頂還高，而我雖然是黑室的元老，卻還沒有你一半的高。你啊，黑室已經進入到你的生命中了。」

「難道你不是嗎？」

「說眞的，我沒有夢見過黑室。」小周認眞地說，「我倒是幾次夢見悟眞師傅了。」

「我也常夢見悟眞師傅。」

「但你不可能忘掉黑室。」

「難道你忘得掉嗎？」

「你忘不掉它，是因爲它需要你，黑室離不開你。」小周答非所問，「人就是這樣，士爲知己者死，誰把你當寶貝，你就會尊重誰。」

陳家鵠笑了，「人家說，士別三日，刮目相看，你就在我身邊，可我也要刮目相看你了，滿口都是至理眞言。」

小周也笑了，接著又是一句文縐縐的話，「這叫近朱者赤，近墨者黑。」

說話間，兩人已經從山路上下來，來到一個人家聚集的山坳裡。這一帶住的都是來避難的有錢人家，山左正因這些人家的遷居而時興一時。剛進山坳口，便聽見一群人在院子裡吵吵嚷嚷，門口有一些閒人圍觀，指指點點的。陳家鵠和小周不由得有些好奇，便走過去看熱鬧。看了一會兒，明白了端倪。吵架的是某富商的三個兒子，父親前不久去世，昨天正好過了七七四十九日大忌日，今天三個兒子在母親面前分父親留下的錢財，結果分出了爭端。這是無趣的事，兩人看一會便走了。

剛走不遠，小周注意到南邊山坡上的那棟樓裡，有個一臉富態的婦女，正站在曬台上偷偷打量陳家鵠。小周說：「你看，陳先生，那人在看你呢。我敢肯定，她女兒一定也在某個窗洞裡看你。」陳家鵠說：「看我幹嘛？在看你吧，你經常來這裡走動，可能認識你了。」小周說：「看我就說明她瞎了眼。這些天我和你天天來這一帶逛，這裡人也都認識你了，誰看不出來，你是主人，我只是你的隨從，誰會把女兒嫁給一個下人？」陳家鵠一聽這話，就像被冰了一下似的，頓時沉了臉，閉了口，不理他，埋頭朝前去了。

小周心想，你回去還不照樣要面對這個話題。其實，這家人已經托人來跟小周打探過陳家鵠的情況，他們家有個女兒，原來在北平讀書，北平淪陷後一直在家裡待著，可年紀不小，已經二十四歲，沒有對象，讓家裡人很著急。這些天他們常來這兒逛，不知這家的大人還是姑娘本人，看上了陳家鵠，便托人私下找到小周來瞭解陳家鵠的情況。小周知道這是不可能的事，便以「不瞭解他」搪塞掉了。剛才，他陪陳家鵠下山時，看見那個曾經找他來打探陳先生情況的人上山去了他們寺院，估計他一定是去找悟眞師傅打探陳先生的情況去了。陳家鵠在前面走，小周看著他高大、魁梧的背影，心裡禁不住地想，他這人實在太出眾了，往哪裡一站一走，都引人注目，招人喜歡，所以，可想他這一生註定是要被一堆俗事糾纏。這麼想著，小周自然地在心裡念了一句「阿彌陀佛」。眞是近朱者赤啊。

果然，吃罷晚飯，老和尚把陳家鵠叫出去一同散步，說的就是這件事。陳家鵠聽了，苦笑不迭，「這太荒唐了師傅，我剛從火坑裡出來，怎麼可能再往裡面跳？想必師傅一定替我拒辭了。」

「自然是拒掉了。」老和尚說，「但這件事也告訴你，你該下山了，可以回單位去了。」陳家鵠以爲師傅是怕他們來胡鬧，「莫非師傅還怕他們來威迫我？再有錢的人也不至於這麼無恥吧。」

「居士想到哪裡去了，」老和尚笑道，「人家又不是牛角山上的劉三，怎會幹這種蠢事。劉三心裡著魔，打家劫舍，搶婚逼婚也是難免。這人家可是腰纏萬貫之家，有錢固然能壯膽，做出一些狂妄自大之事，但有錢人最重要的是體面，斷不會行這等事。」

「那師傅爲何要因此催促我下山？」陳家鵠還是不解，問。

「你身體已恢復如初，自然該下山。」老和尚說，「試想，倘若你身體有恙，精神不佳，人家怎會看上你？你不過是路過那裡幾次，人家雖跟你有過照面，卻沒有相談過，對你生情滋意，正是看你一表人才，身健體壯，有精神氣，有不凡的風采。所以，這事也是提醒了我，你該下山了。」看陳家鵠思而不語，他接著又說，「決非老衲嫌棄你，趕你走，你生而註定不是廟堂的人。你有智有識，心懷報國之志，身體好了，自當回去盡職。」

陳家鵠思量一會，說：「師傅不是曾說過，人世間事渺渺杳杳，一切所謂之意義，統統皆是無意義。」

老和尚不假思索答道：「這是老衲所見，而你非老衲矣。人世間沒有兩瓢相同的水，更何況人乎？人上一百，形形色色，萬不可張冠李戴，削足適履。老衲雖不知道你究竟是何人，在做何等大業，但你瞞不了你所擁有的那與眾不同的氣質。老衲深信不疑，居士一定替公家肩負著重擔，使命崇高。正所謂『王孫遊兮不歸，春草生兮萋萋』，峨山雖好，非居士淹留之地。你應該比老衲更清楚，戰事需要你，家國百姓需要你。回去吧，回到屬於你的地方去，放下浮雲，輕裝上陣，老衲篤信居士一定能凱旋而歸。」

陳家鵠聽著，直覺得熱血一陣陣往頭上湧，恍惚間，好像已經踏上歸途，騰著雲，駕著霧，飛離峨山，飛抵渝都。這使他再一次深切體會到，自己竟然是那麼渴望回去。這天晚上，陳家鵠輾轉難眠，好不容易睡著又是亂夢紛飛，時而夢見師傅，時而看見陸從駿，進而看見海塞斯和滿桌子的電文，後來居然還夢見了惠子。夢裡的惠子時而猙獰可怖，時而悲傷可憐，時而從天堂巷裡走出來，時而從美國大使館裡走出來……有那麼一會兒，惠子是從抄滿電文的電報紙裡鑽出來的，模樣極其荒誕恐怖，把陳家鵠嚇醒了。醒來，惠子的這個極其荒誕恐怖的頭像一直盤踞在他腦海裡，久久驅不散，趕不走。終於，他明白了，自己為什麼那麼急切地想回去工作，那麼惦念特一號線，是因為惠子——既然她是薩根的同黨，這條線又是薩根掌握的，那些電報裡或許會有關於惠子的內容。這個念頭一旦瓜熟蒂落，他竟變得十二分地想回去了。

所以，早晨一起床，他即去找老和尚，問山下鎮上有無郵局。老和尚剛掃完地，準備回去洗漱，聽陳家鵠這麼說，問他：「想下山給公家拍電報？」得到肯定的答覆後，老和尚道，「不必了，天還沒有亮，我就叫小周去了。不出意外的話，一周之內你即可踏上歸途。」說完，老和尚放好掃帚，雙手向陳家鵠合十，念一聲「阿彌陀佛」，轉身飄然而去。陳家鵠望著他的背影，又抬頭四顧了一下這已漸漸熟悉起來的環境，深深的失落感倏地湧上心頭，令他久久難以平靜。

六

這天正午，陳家鵠坐在禪院外的一棵樹下思考著破解特一號線的事情，漸漸進入物我兩忘之境（這次不是迷症）。就在這時，一個熟悉的聲音從坡下傳來，把他從幽遠的遐想中拉回來。

「陳先生，陳先生！」

是老孫！他身後跟著兩個人，看起來並不認識，仔細再看，只見一個扛著一個箱子，另一個扛著一副空滑竿。無疑，前者一定是老孫的手下，箱子裡裝的也許是防身武器，後者嘛，想必是老孫怕陳家鵠大病初癒，不能走這麼遠的山道，專門爲他雇來的苦力。

老和尚似乎算到老孫今日會上山，竟早在禪房準備好茶水和椅子，迎接老孫的到來。老孫一路走來早已口乾舌燥，入座後也不客氣，一口氣把面前的茶水喝完，然後從手下手上接過箱子，捧到老和尚跟前，一邊打開一邊說道：「大師啊，感謝您治好了陳先生的病。這是我們的一點心意，沒什麼俗物，您一定要收下。」箱子已經打開，裡面裝著一件金線天蠶絲袈裟，幾本宋版經書，還有一套前清宮廷裡的紫金法器——紫金缽、烏木佛珠、金絲楠木木魚等，固非俗物，價值連城。饒是老和尚見識多廣，也被眼前這份厚禮給驚得呆了，過了半晌，方抬頭看了看老孫，笑著說：「居士眞是貴人，出手不凡，老衲今日算是大開眼界了。」

老孫連忙解釋道：「這是我們單位感謝您大師的，不是我個人。我孫某窮夫一個，哪裡會有這種寶貝。」老和尚點頭道：「老衲知道，只是貴單位盛情讓老衲誠惶誠恐。這些都是稀世之寶，老納卻之不恭，受之有愧。」老孫說：「卻之不恭是對的，受之有愧就不對了，您治好了我們陳先生的病，那就是我們單位的大恩人，我們送禮是知恩圖報，這總該沒錯吧大師。您若不收下，那就是我沒有完成差使，回去要受罰的。」

老孫本來話不多，但這會兒說的比誰都多，實爲高興使然。一番推辭後，老和尚終是收下了禮物。得知老孫車子停在山下，不可久留，老和尚遂敦促小和尚快快開飯。飯菜上桌，都坐下準備吃了，老孫突然發現一直沒見著小周，便問陳家鵠：「小周呢，我怎麼沒看見他？」他這麼一說，陳家鵠也回過神來，問小和尚：「是啊，他人呢？今天我一直沒有看見他。」

「他不會還在睡懶覺吧。」老和尚吩咐小和尚去小周住的廂房看看。小和尚說：「不必看了，他已經走了。」去哪裡了？小和尚說他也不知道，但是小周走前有東西留給他，讓他轉交老孫。小和尚回屋去把東西拿來，是一個軍用挎包，包裡有一把手槍、三盒子彈和一本證件，兩把匕首，還有一封信。信很短，卻像兩把匕首一樣，狠狠地扎在了老孫和陳家鵠的心窩上。信是這樣寫的：

孫處長、陳先生：

你們好！

當你們讀到這封信的時候，我已經離開天花禪院，也可以說是離開了你們。是的，對不起，我決意留在山上，找一間小廟剃度爲僧，安度此生。感謝你們曾經對我的關心和照顧，從今後，我將會分秒向佛，日日誦經，祝禱大家永遠平安、幸福。阿彌陀佛……

這太出人意料了！

老孫匆匆把信看完，又氣又急，丟了信往外跑去，只見山巒起伏，白雪耀眼，哪裡有小周的影子？他不死心，呼喊著小周的名字，漫山遍野都是呼喚小周的回聲。回聲在山谷間飄來蕩去，喚醒了山間野猴，喚醒了松巔積雪，卻哪裡喚得回小周那堅若磐石的去意？

其實，這會兒小周就躲在寺院外的一棵松樹上，老孫歇斯底里喊他、找他的樣子，他看得清楚也聽得眞切。他一度差點爲老孫眞誠的心意所感動，想到放棄出家，跟他們一起回到重慶去，繼續並肩爲黑室效力。但終究是一時心血來潮而已，而他決意留下卻不是心血來潮，是日日思、夜夜想了很長的事。他不停地念著「阿彌陀佛」，以此法力來抵抗老孫的呼喚，終是抗過去了，唯一的敗相是兩隻眼眶裡含滿了淚水。這本是他不許的，他希望自己能夠像悟眞師傅一樣，凡事從容不驚，平靜坦然地面對，泰然自若地應接，可他法力有限，沒有做到。他不知那眼眶裡含的熱淚是給老孫的，還是給自己的。

一個小時後，他用矇矓的淚眼默送老孫一行離開。當看見他們一行人鑽入雲海消失不見後，他才走出樹林，與他們揮手作別，然後毅然轉身返回寺院，跪在悟眞師傅面前，乞求出家爲僧。一跪，跪了三天三夜，其執著、堅韌之心終於讓師傅相信他不是心血來潮，而是眞心拜佛，遂親自爲他剃度，並賜法號「了空」。

純屬巧合，當了空小和尚頭頂嶄新的六字眞言，第一次走進神聖的廟堂，第一次手持神聖的法器，爲天花禪院敲響新一天晨鐘的同時，那輛載著陳家鵠和老孫及隨從的美國產越野車，正緩緩駛進陪都地界。

第十四章

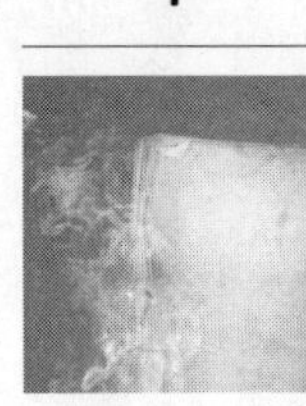

陸從駿幹了一件瞞天過海、偷樑換柱的事，
欺騙的對象包括委員長在內，
其膽大足以包下生死大關。

一

陳家鴿下山的日子是一九三九年一月十九日，回到重慶是二十三日，他離開重慶是一九三八年十二月七日，他吐血的時間是之前九天，即一九三八年十一月三十日晚上。就是說，這口血，這場病，這兩葉破肺，剝奪了他整整五十四個工作日。

有趣的是，這五十四天重慶似乎留不住人，總是在趕人走，有太多的人，你愛的人，恨的人，都在此期間陸續離開了重慶，走出了故事。要不是陳家鴿回來，這個故事都難以維繫下去了。

最先離開的是惠子，她在受陸從駿和老孫惡作劇似的審訊之後，當天晚上便被法院的刑警銬走。所以這麼急弄走她，倒不是急於要叫她死，而是怕她死。這個屋子對女人蠻凶的，曾有一個姑娘（前黑室成員，馮警長的表妹）就在此上吊自殺，成了老孫工作上的一大污點，壓得他長時間抬不起頭來。他怕惠子步人後塵，又在他履歷上抹黑，便連夜通關係找人把她弄走。這一走便去向不知，生死不明。她失蹤了，音訊全無，蹤影不顯，像妓院裡的某個妓女，一夜間消失無影了，既不見人，也不見屍。

是沒人關注吧？

不，有人太關注她了，爲了找她都懸了賞，這人就是相井。他那天下午造訪陳家遭到露骨的怠慢後，估計到惠子一定出了事——至少是被陳家趕出門，要不就是被關在家裡，失去了自由。到底是怎麼回事？相井越想心裡越著急，便連夜召見馮警長打探情況。

「我不知你有沒有陳家鵠妻子的消息，我想見見她。」相井依然沒有道出自己和惠子的關係。

「她？你怎麼見得了。」馮警長不知道他們的眞實關係，大大咧咧地說，「她現在怎麼還找得到，要找到可能也是屍體了。」

「她死了？」

「沒死也在牢裡。」

「爲什麼？」

眞實的事情歷歷在目，但馮警長不可能說的，說了豈不是露餡了。不過，沒關係，只要把時間往前提一下，稍加改動就行。「這說來話長啊，」囉唆一句是爲了找個合適的說法，馮警長思量一會說，「陳家鵠被飛機炸死後，她就被軍方抓走了，他們懷疑她是我們的同黨，是她把黑室地址透露給我們的。」這說法不錯，可以圓過去。

「然後呢？」

「她做了我們的替罪羊，只能是九死一生，我想。」警長說，口氣還是輕輕鬆鬆，甚至還有點得意，爲自己找了個不錯的說法得意。相井聽了久久盯著他看，看得他渾身起雞皮疙瘩。

「怎麼了？龍王。」警長問。

「找到她！」相井斬釘截鐵地說，「你給我想辦法找到她，活要見人，死要見屍，一定要找到她。」

「爲什麼？」

「爲了錢。」相井有意偷換掉警長問的概念，「只要你能找到她，我給你雙份的賞金。」看警長沒反應，又補充說，「不是你那個的雙份，而是我給薩根的那個的雙份，夠你買下這兒的一條街。」

有這麼個誘惑，警長眞的四方去找了，轉眼兩個月過去，打破電話，耗盡人情，跑斷腿：拘留所、監獄、飯店、街頭、刑場、陵園……所有可能藏納法辦人員的地方，都跑了，問了，尋了，找了，沒有，就是沒有。蛛絲馬跡都沒有，一無所獲啊。

這是惠子的情況，她是第一個走出人們視線的。

然後——當然是薩根，他的行程早就定了，飛機來了就走了。當時重慶到香港一禮拜只有一個航班，票很難買，但薩根不愁買不到，因爲誰都希望他早點滾蛋，中方、美方，包括相井。他帶著「陳家鵠已被幹掉」的好消息和一大筆冒領的賞金離開重慶，心情想必是蠻好的。據說他走得很風光，金處長給他派出一干保鏢護送他上飛機。因爲，萬一路上有個三長兩短，美國大使館一定會認爲是中國政府幹的。

怕人栽贓啊。

接下來走的人也是明擺著，就是陳家鵠。可再接下來走的人，是誰也想不到的：是海塞斯！教授怎麼會走？是啊，他怎麼能走？可是，他眞的走了，而且由於他的走，引發了一大批人的走。

二

海塞斯的走，是因爲美女姜把他告發了。

姜姐怎麼會知道他的身分？這說來話長。應該說，海塞斯開始跟姜姐打交道時是比較謹愼的，基本上只是把她當一個性夥伴，帶著色欲來，完事就走，而且來去的路上都有講究和僞裝。但慢慢地，也許姜姐的僞裝更勝一籌吧，教授的警惕性越來越弱，同時，感情越來越深，體現出來的是：他在她身邊滯留的時間越來越長，話也越來越多。有一天晚上——就是陳家鵠吐血的那個晚上，他居然一夜沒走。

天氣冷了，男人身上的那股悶人的狐臭味似乎也薄弱了許多，姜姐在瘋狂之餘也有了纏綿的雅興，她常常完事過後趴在海塞斯的胸前數他的胸毛，一根、兩根、三根……三十根……三百根……那天晚上海塞斯就是被她這麼數著數著，睡過去了。天氣冷了，有女人的被窩留人啊。從那以後，海塞斯經常到渝字樓來跟姜姐過夜，直到有一天被陸從駿發現了爲止。

那段時間，陸從駿被陳家鵠的病折騰慘了，對海塞斯關注得不多。等陳家鵠去了峨嵋山，他自己又生了一場病，重感冒，休息了一個多禮拜。這天晚上，老孫從峨嵋山回來，講起陳家鵠一路上的情況，陸從駿聽了想起一句話：該死不死，必有後福。心情受此鼓舞，便去找海塞斯分享。辦公室裡燈亮著，門口掛著「請勿打擾」的紙牌——這是海塞斯騙人的小把戲，陸從駿便闖進隔壁他弟子郭小冬的辦公室裡。

郭小冬不知道海塞斯門上掛著那紙牌，一句話把他師傅出賣了。「您找教授？」郭小冬見所長進來，殷勤地對他說，「他下樓去了，您坐著等一會吧，我給您泡杯茶。」

「他去哪裡了？」

「不知道。」

「什麼時候走的？」

「半個多小時前。」

「應該回來了吧？」

「沒有，回來我聽得到的。」

陸從駿聽了覺得不對頭，便再去敲海塞斯的門。沒人應。再敲，再敲，還是沒人應。便擰開門看，果然是沒人。人去哪裡了？四處問，最後從門衛那兒得到確切消息：教授一個小時前出去了。

「出去了？」所長一驚，「跟誰一起走的？」

「就他一個人。」門衛說。

所長急了，大聲呵斥道：「你怎麼能放他出去！」

門衛支支吾吾地說：「你……上次不是說……他、可以出去……」

陸所長這才想起，前一段時間因爲他要常去附院見陳家鴿，曾跟老孫打過招呼：只要海塞斯出去，任何人不要過問。命令下了卻忘了取消。可是他會去哪裡呢？老孫立即帶人出去尋找，陸從駿自己則在老孫辦公室裡守著，守啊守，一直守到凌晨五點多鐘，這老兄才慢悠悠地回來。

「你去哪裡了？」回來就好，所長既驚又喜，既喜又氣。

「我在對門院子裡散步。」海塞斯大言不慚地說。

「你撒謊怎麼不臉紅？」

「因爲我沒有撒謊。」海塞斯笑道。

「那你是爬進去又爬出來的？」

「什麼意思？」

「因爲大門鎖著。」

「我有萬能鑰匙。」

「你有通往地獄的鑰匙！」陸從駿開始還沉浸在他回來的驚喜中，還有心情跟他逗逗樂子，看他越說越離譜，便不想囉唆，沉下臉訓斥他，「說，你到底去哪裡了？敵人到處在找我們，你還敢夜不歸宿，不要命了！」

在海塞斯眼裡對方不是老虎，只是一隻貓，發火也嚇不到他的。說到底，不就是搞個女人嘛，有什麼了不得的。海塞斯坦然地說：「恰恰相反，我是在對一個生命負責。我是一個生命，還沒有老朽的生命，你知道嗎，陸先生？」陸從駿這才意識到，他在外面有了女人。是什麼人？妓女？還是相好？

「告訴我，她是誰？」陸從駿說。

「我不會告訴你的，」海塞斯說，「我告訴了你，也就等於失去了她。」

「你要了她，就沒了命。」

「沒這麼可怕。」

「不過你放心，這種可怕的事下不爲例了。」

海塞斯沒聽懂陸從駿說的意思，看著他，聳聳肩，沒說什麼，溜走了。値班室這邊，老孫在批評門衛。陸從駿走過來，勸老孫，「算了，這事他們沒有責任，有責任的是我們，沒有及時通知他們。」但他及時想起了一個人，「我看他做事很盡職的，把他喊過來吧，反正他在那邊也沒事了。」

說的是徐州。

徐州就這麼進了黑室，夢寐以求啊。不費一心一力，出色完成任務，撿了個大便宜啊。當初爲了下山，吃了那麼多苦頭，只進了一個「黑室的對門」，現在稀里糊塗進來了。怎麼回事？徐州想的是，陳家鵠病癒出院了，進了黑室，遂把他「照應」進去。這麼想著，他覺得陳家鵠離他更近了。更稱心的是，鑒於他的形象可怖，有礙觀瞻，老孫安排給他的是個苦差使：只負責守夜，白天他還是回老地方去待著。這多好啊，等於是原來的根據地不丟，可以照常與老錢保持聯絡，同時又進了虎穴。

徐州知道，組織上一定在急盼陳家鵠的最新消息，所以進黑室正院後的頭一個晚上，他便寫好紙條：武松康復回家，且進了正房，我也一同跟進，可望更好開展工作。武松是陳家鵠的代號。紙條一直揣在貼胸的口袋裡，只等見到陳家鵠後便發出去。

可是連值三個夜班，有事沒事東轉、西轉，逛遍前院、後院，見了一大堆陌生人，男的，女的，高的，矮的，胖的，瘦的……就是始終沒見著陳家鵠的身影。最後從洋教授那兒才得知，陳家鵠根本沒進來。

這天夜裡，海塞斯又想出去會姜姐，徐州自然不敢放，這是老孫明確交代過的，要盯緊洋教授，不能讓他夜裡出去。海塞斯有約在先，急於想出去，徐州便跟他玩了一個欲擒故縱的手段，給他感覺是可以爭取的，藉此兩人小聊一會。正是在這小聊中，徐州才得知陳家鵠根本沒進來，至於他在哪裡，病好了沒有，教授也不知道，徐州自是無從知曉。

聊過之後，徐州當然還是不敢放的，為了給自己找台階下，他打電話叫來老孫，讓老孫來當惡人。

怪了，老孫居然放人了！

三

原來，陸從駿責令老孫要盡快查清海塞斯在跟什麼女人來往，可又不准放他出去，這怎麼查？重慶好幾十萬女人呢。唯一的突破口只有一個人，海塞斯的司機。老孫約他喝了一頓下午茶，軟硬兼施，連哄帶騙，司機招了，但好像又沒全招。司機一口咬定他不知道女人是誰，只知道他們約會的地方在渝字樓。既然在渝字樓，自家的地盤，老孫決定放膽一搏，放他出去。

夜長夢多，老孫只給海塞斯兩個小時。

兩個小時後，海塞斯如期回來，姜姐也回家去了。第二天上午，老孫被手下帶著去到市中區中山路附近的一條冷僻小巷裡。一條石板路，拾階而上，一溜木板房，多數是兩層樓，家家戶戶門前屋後掛著紅辣椒。老孫走了一個來回，最後走進一戶人家。

這就是姜姐租住的房子，房東是一對老頭老太，都已年過花甲，老頭吧嘖吧嘖吸著水菸，對人愛理不理的；老太婆坐在堂前在納鞋底，見有人進屋，很賢慧，上來跟老孫打招呼，很客氣很熱心。相談中，老孫知道他們有兩個兒子都在前線，女兒嫁的也是個當兵的，屋子就這麼空了，便把隔壁一間屋出租給人住，現在住的是一個「大美人」。老太婆對姜姐印象十分好，不但誇她人長得好，心眼更好，經常提前支付房租，有時還給老頭子送紙菸。

老孫想知道平時有什麼人跟她來往，老太婆連聲說：「沒有，沒有。」還解釋說她丈夫在部隊上當大官，所以她待人接物很注意影響，住了一年從來不見她帶人回來過。見問不到東西，老孫就很想去隔壁那間屋看看。當然不能硬闖，便來了個緩兵之計。下午，老孫先叫人支走老頭老太婆，安排他們去警備區前線官兵家屬接濟中心領一袋大米。其間，老孫與兩名手下趁機對姜姐租住的屋子實行全面搜查。沒有發現發報機，唯一可疑的，是屋內有一部電話機，而且藏在床頭櫃裡，引起老孫警覺。

回頭，老孫去通信機站核查這部電話，本想辦個手續，登個記，讓機站竊聽這部電話。可一查嚇一跳，這部電話居然是「紅線」，是與汪精衛主席聯絡的專線，要竊聽必須有委員長的手令才行。

陸從駿聞訊著實感到震驚，以為姜姐只是日鬼的蝦兵蟹將，哪知道居然還是條神秘的大鯊魚。大鯊魚固然誘人，但要是抓捕不當，有可能讓你網破船翻。所以，保險起見，陸從駿不得不去請示杜先生。

杜先生聽完彙報，先是久久沉思，後來突然對陸從駿爽朗地笑道：「看來你要立大功了。」陸從駿訴苦說：「我一個人怕沒這個能耐，我想竊聽這電話都沒資格。」這話說得不好聽，接近發牢騷。杜先生斜他一眼，邁出一步，從陸從駿面前走過去，用背脊骨對著他說：「誰說你是一個人，你的意思是這一路走來都是一個人？」

「不，還有你。」陸從駿訕笑。

「就是，至少還有我。」杜先生回過頭來，肯定了他的諂媚。接著，杜先生說，「汪某的降和不是秘密，時下不乏有人說他在與日本人暗中勾結，妄圖顛覆國民政府，但一直苦於沒有實證。」

陸從駿說：「據我所知，汪身邊的人最近在上海、南京等地與日本特務高層組織梅機關接觸異常。」

杜先生說：「是的，委員長對此非常重視。所以，你給我盯緊這條線，沒準可以順藤摸個大瓜出來。」頓了頓，又說，不乏得意地，「你們查，那叫順藤摸瓜，在黨國政治大局來看，這叫敲山震虎。某些人如果能夠懸崖勒馬，知難而退最好，要不然……」說到這裡，杜先生忽然緘口，但眼神和語氣充滿殺氣。這樣的鋒利只轉瞬即過，他很快又恢復了常態，吩咐陸所長，「事不宜遲，你馬上去安排人準備竊聽電話。」

「那手續……」

「讓機站竊聽才要手續，難道你自己不會架台機器？」

意思很明白，讓他自己動手幹。陸從駿回去即給老孫佈置任務。竊聽嘛，多容易的事，切開電話線再接一根線出來的事，小學生都會做。老孫叫上人在姜姐住的這條巷子裡租了一間屋，屋子窗外便是電線杆，爬上電線杆，並連一根線進屋，這巷子裡的所有電話都成他們的囊中物，想偷聽誰的電話，猶如探囊取物一樣容易。

天黑了，姜姐下班回去了。

姜姐回家，職業地東看西察，注意有無人入室的跡象。這一切，她做得自然不刻意，顯然是「每日一課」，已經養成習慣。察看一周，並無異樣，她放心地放開手腳，寬衣丟物，洗手洗臉。諸事妥當，她掏出一紙條，準備打電話。當打開床頭櫃時，她發現了異樣——原來她在話機上蓋著一塊繡花絲巾，雖然絲巾依在，但花的方向反了（本來是倒放的，現在是正的了）。她見此，立即警覺地去找房東問：

「今天有無人來找過我。」

「沒有。」房東老太說。

「你們今天有沒有離開過家？」

「下午我們去了一趟警備區。」老頭子說。

「警備區？幹什麼？」

老頭說：「沒什麼，就問我們家兒子現在在哪裡。」

老太說：「你知道的，我家兩個兒子和女婿都在前線部隊上，他們給我們發了十斤大米。那個長官還說，我大兒子在十九路軍，那是抗日的英雄部隊，等以後趕走了鬼子還要犒勞我們呢。」

老太纏著她還想多說，姜姐根本無心聽，應付兩句就回自己屋裡去。一個小時後，姜姐帶著一身灰燼和一只皮箱出了門。灰燼可能是燒了一些東西吧，皮箱裡是什麼？她要溜嗎？就讓她溜，看她去哪裡，跟著她走也許可以摸到更大的瓜。

夜深了，石板路因爲姜姐敲出的清亮的鞋跟聲而顯得更加清冷，更加靜。

走出巷子，路口停著兩輛人力車，車夫一個是年輕人，一個是中年人。年輕人在抽菸，中年人在打盹。姜姐叫醒中年人，上了他的車。

「快走。」

「去哪裡？」

「重慶飯店。」

車子走後，姜姐不時張望後面，注意有無跟蹤。沒有。拐過一條街，還是沒有。她似乎覺得有點奇怪。後來憑著路燈，她無意間發現車夫彎腰露出穿的衣衫是軍隊的制服衫衣，且側腰處明顯有別槍的跡象，不禁恍然大悟。

姜姐見前方有一個路口，支使車夫道：「前面往右。」

車夫回頭說：「你不是要去重慶飯店，怎麼往右？」

「少廢話，叫你往右就往右。」

「好嘞。」

小巷深深，了無人影。

快行至小巷盡頭時，姜姐突然從身上掏出手槍，向車夫後腦勺連開兩槍，跳下車，鑽進另一條小巷，逃之夭夭。她就這麼跑了，永遠跑出了黑室的視線，直到幾個月後，三號院的人去河內追殺汪精衛時，才在同一賓館發現她，那一天也成了她的末日。

四

重慶有許多大大小小的壩，係江水常年沖積而成。珊瑚壩是渝中區長江水域左岸最大的沙洲，東西長約兩公里，南北寬六七百米，夏季洪水期常被淹沒，冬季枯水期，露出水面的沙洲可達上百萬平方米。一九三三年，時任四川善後督辦的劉湘爲統一川政，下令在此動工修建機場。這也是繼廣陽壩後，重慶的第二座機場。

珊瑚壩機場雖然簡陋，卻留下了中國許多重要歷史人物的足跡。尤其重慶做爲陪都期間，蔣介石、林森、汪精衛、馮玉祥、宋子文、孔祥熙、張群、陳誠及周恩來、葉劍英等，都是這兒的常客，從這裡「飛天」。一九三八年十二月十八日，時令已近大雪，江面上襲來的寒風，比山谷裡鑽出的穿堂風還要陰冷。上午八時，戒備森嚴的機場，突然駛進兩輛小車。

戰時的珊瑚壩機場屬一號院管轄之地，對出入人員有嚴格的檢查制度，但車上下來的人是汪精衛、陳璧君、曾仲鳴、何文杰、陳堂熹、桂連軒和王庚余等一行要員，值班的人不敢造次，只好眼睜睜地看著他們登上飛機。

飛機拔地而起，從而開始了汪精衛的賣國之旅。

次日，汪精衛、周佛海、陳璧君、陶希聖、曾仲鳴一行飛到了越南河內；兩天後，另一位叛國主謀陳公博從成都起飛，經昆明到河內與汪精衛一行會合。二十九日，汪精衛給國民黨中央黨部和蔣介石發出「豔電」，公然打出對日本乞降的旗幟。

這一下，離開重慶的人可多了，明的，暗的，天上飛的，地上走的，先行的，拖後的，加起來至少走了幾百人，都是一群追隨汪賊賣國求榮的貨色。還有不少人想走又沒走成，比如相井、姜姐等等。在原計畫中，他倆都是在走的人的名單裡的，尤其是相井，他來這裡幹嘛？不就是來爲汪一行出走鋪路架橋，現在他們走了，他大功告成，理所當然要跟著走。

但因出現變故，汪一行出逃的時間和方式，跟原計畫有較大變動。本來他們中大部分人要繞道從成都出逃，從重慶走的只有汪精衛和其老婆陳璧君，這樣分頭走，不易引人注目。但因臨時發現姜姐已被黑室盯上（房間被搜查，電話被竊聽，人被盯上），汪精衛擔心他們都已經被盯上，於是搞突然襲擊，連夜收拾東西，第二天早上就行動，比原計畫提前了四天。

他們這次走，連相井都被蒙在鼓裡，直到十九日，一行人到達河內後才發來電報告知情況，並要求他不得輕舉妄動，要靜候待命，處理後事。就是說，他暫時還不能離開重慶，何時離開，另行通知。相井自是惱怒十分，但人家汪大人現在是日本政府熱心收買的大人物，紅得燙手，得罪不起，只有聽之任之，伺候好他，這樣下一輪走的名單中也許就會有自己。相井想，人在屋簷下，不得不低頭啊。

好在汪精衛沒有馬上發「豔電」，汪府雖然暗流湧動，但表面上還是一如既往，軍警還不敢上門搜查，給了相井一個周旋的時間。他把連接汪府後花園的鐵柵欄門用一把鏽跡斑斑的大鐵鎖封了，開了正大門，給人感覺這是一個獨立的寺院。為了招徠信徒，他在門口立起大鐵鍋，連搞好幾天的行善贈粥活動。這事他在上海就幹過，但效果這邊獨好。戰時的重慶，至少有十萬難民，這些人紛至沓來，從早到晚，排成長龍，成了相井及其隨從們最好的保護傘，包括姜姐。姜姐找到了最好的角色，她盤起頭髮，穿上布衣和大頭棉鞋，當上了老媽子，天天燒火熬粥，臉上常常沾滿鍋灰，連性飢渴的男人都不會正眼瞧她。

隨後，汪精衛在河內發表「豔電」的第二天，相井也對宮裡發去一份重要電報，內容如下：

可靠消息，美國著名破譯家讓．海塞斯現在重慶，替支那人破譯帝國軍事密碼。此事萬萬不可，應立即向美國政府提出強烈抗議，勒令其滾出中國。

這電報把黑室攪成了一鍋爛粥！

這一天，陸所長應邀匆匆趕來見杜先生，後者久久盯著他，最後從牙縫裡擠出一句髒話：

「你他媽的闖大禍了！」

這是相井給宮裡去電的第三天，這邊已經有反應，速度之快，力度之大，實屬罕見。美國政府出於自身利益的考慮，直接同蔣委員長私下交涉、抗議，要求中國政府迅速放海塞斯回國。無奈之下，委員長只好忍痛割愛，當然免不了對杜先生大罵「娘希匹」。

陸從駿知情後當然是很震驚，同時他深知現在黑室離不開教授，所以不顧一切要求杜先生通融，一定要去說服委員長收回成命。杜先生聽了，氣不打一處來，惡聲惡氣地對他說：

「你不要再說什麼屁話了，這事已沒有任何迴旋餘地，只有照辦了。我幾次三番告誡你，海塞斯的身分一定要滴水不漏，守口如瓶，最後還是功虧一簣。不要怪誰，你自己釀的苦酒只有你自己喝。現在的問題是，第一給我查清楚，是誰惹的禍，我懷疑你那裡內奸還沒有除盡！第二，讓教授安全登上飛機，順利回國，不要再節外生枝。」

這對陸所長無疑是黑色的一天，但在探尋答案的黑暗面前，他心裡面清澈見底。他堅信黑室內部不會有內奸，事情一定出在海塞斯身上，是他自己把他的身分對姜姐透露了。

五

此時，海塞斯其實還不知道姜姐已經出事，他們下一輪的約會時間還沒有到呢。陸所長沒有把姜姐的眞實情況及時告訴海塞斯，一來，他不想讓海塞斯知道他們在跟蹤他；二來，陸從駿也想看看海塞斯跟姜姐到底會怎麼發展下去。現在看不了了。這女人失蹤了，還給他捅出這麼個大婁子——這當然首先是海塞斯捅的，他嘴巴太爛了！這天，陸從駿從杜先生那裡回來，直闖海塞斯辦公室，他眞想破口大罵。可鑒於之前的隱瞞，罵他還不能直接罵，得繞個彎子。

「告訴我，那個女人到底是誰？」陸從駿闖進來，劈頭蓋臉地朝海塞斯吼，讓海塞斯一下愣了。他還沒見過所長對他這麼嚴肅，發這麼大火。「怎麼了，怎麼了？有話好好說。」海塞斯被他這架勢鎮住，沒有硬碰硬，而是退一步，嬉皮笑臉的。

「別廢話，我再問一遍，她是誰？」陸從駿變本加厲，猛地拍響桌子，「你今天必須說，你的身分已經大白了你知道吧？你的政府跟鬼子現在是一個鼻孔出氣，在逼委員長放你回去！到這個時候你還要隱瞞什麼！這是我們最後一次合作，事關黑室的命運，也事關你的生命！」

海塞斯知情後也大爲驚駭，當即供出姜姐，並回顧了他們交往的過程。「怎麼會這樣？眞的，她是日本特務？」罷了，海塞斯竟失聲地自言自語起來。

「還不是小的，是大傢伙！」

「她現在在哪裡？」

「鬼知道，她跑了。」

海塞斯自知大錯鑄成，後悔莫及，對陸從駿的發問一一如實道來：「我是跟她提起過……我的工作……我想她是渝字樓的人，跟你們大家都很熟，就沒有多在意……」

「都說了些什麼？你該不會是全說了吧？」

「沒有……我只是……偶爾說起過，我在給你們破譯日軍密碼。」

「那還不等於全說了！你還說了什麼？」

「沒有……我沒有說其他的……」

「有沒有說陳家鵠的事？」

「沒有。」

「有沒有說過這兒的地址?」

「沒有，這我可以保證，絕對沒有。」

「她問過嗎?」

「問過，但我絕對沒說。」

「你是什麼時候跟她說你的工作的?」

海塞斯想了想:「那早了，有些時間了。」正因此，他反而覺得好像找到了姜姐不是敵特的證據，「我覺得你們可能誤會她了，你想如果她是間諜的話，她應該早就向上面報告我的情況，然後上面可能也會馬上採取行動，不可能等到今天才來趕我走。」

陸從駿狠狠瞪他一眼，「你到底是天才還是白痴，到這時候還在犯迷糊?她之所以早不說，是因爲她還想從你嘴裡挖更多的情報，現在說是因爲她已經暴露了，挖不了了。」

海塞斯問:「她怎麼暴露的?」見陸從駿氣呼呼地不理他，他低下頭，感歎道，「瘋狂，瘋狂，這世界太無情了。」頭搖得波浪鼓似的，「我真沒想到她會是敵人特務，看上去那麼賢良美麗的一個女人。」

「賢良美麗?美麗是不假，要說賢良，如果她叫賢良，這世上就沒有心狠手辣之徒了。」陸從駿憤憤然地說，「哼，說起來也幸虧她沒殺你，否則我就活不成了。」

「她還殺過人?」

「才殺了我一個部下。」

「天哪，這世界太殘酷了。」

「是你太自大了!」陸從駿看著他說，「這下好了，你走了，黑室就空了，由於你的自大，我從駿說，「讓你走是委員長下的命令。」

「你要是不回國，鬼子就會向貴國政府施壓，你們政府又會把壓力轉嫁到我國政府頭上。」陸從駿說，「讓你走是委員長下的命令。」

「難道我必須回國？」

一切都白幹了。

「什麼時候走？」

「做好隨時走的準備，一有飛機就走。」陸從駿說著，一屁股坐在凳子上，茫然地說，「遲一天都不行，可能就要出事。鬼子已經在上海糾集一些流氓向貴國領事館抗議，我們必須要盡快讓你離開重慶，出現在美國大街上，只有這樣抗議才會結束。」

與此同時，重慶飯店的枱球室裡，黑明威正獨自在練球，啪啪的聲音像加了消音器的手槍的擊發聲。看樣子他狀態不佳，連打幾個臭球，氣得他將球桿丟在桌上，背著身在室內走來走去，似乎恨不得離去。這時，有個身材高大的男子走進來，拿起球桿，趴在桌上，瞄準，啪啪地連擊幾桿。黑明威轉過身看，見來人是馮警長。

黑明威警戒地環視四周，見沒人，上前問：「你怎麼來了？」

馮警長走到黑明威旁邊擊球，悄聲說道：「你姐出事了。」

黑明威裝模作樣地拿起另一根球桿，走到警長身邊準備擊球，「出什麼事了？」

馮警長擊完一球，「暴露了。」

黑明威趴在桌子上瞄準黑球，「你怎麼知道的？」

兩人一邊打球，一邊小聲交流著。

「她給我打電話說的。」

「我怎麼沒接到她電話?」

「她懷疑你的電話被竊聽了。」

「我也暴露了?」

「沒事。」警長說,「她是擔心,因為你們最近接觸比較多。我已經盯你一天多了,看你有沒有尾巴。」

「有嗎?」

「沒有。有了我就不會跟你接頭了。」

「她現在在哪裡?」

「不知道。」

「那怎麼行,」黑明威說,「電台聯絡的頻率表什麼的都在她手上,她從來都是隨身帶的,萬一有事要聯絡怎麼辦?」

「這說明她一定還會找你的。」馮警長說,「這兩天你最好別出門,就在房間待著,她可能隨時會來找你。」

果然,下午姜姐就來找黑明威了。當時黑明威正在心不在焉地練習發報,猛然聽到有人敲門,連忙藏好發報鍵,起身去開門,看見一位包著大紅頭巾的孕婦立在門前,讓他很是疑惑。

「太太,有什麼可以效勞?」

「怎麼?」孕婦推開門闖進來,指指肚皮道,「什麼眼力嘛,塞個枕頭就不認識了。」

孕婦就是姜姐,她的化妝術真是不賴,當燒火老媽子像老媽子,當孕婦像孕婦。這不僅是穿扮的問題，更是心理和演技的問題。畢竟是在上海受特高課專業訓練過的科班生啊，就是不一樣，有兩手。

黑明威左看右看，忍俊不禁，上來想扯掉她的頭巾，「這什麼玩意，一下把個大美人搞得像個醜八怪。」姜姐連退兩步，說：「別，我這身裝扮可是花了不少功夫弄的。」她不想久留，當即打開拎包，取出一包用油紙包著的東西，「吶，這是電台聯絡表和密表本，龍王讓我交給你，今後我不便再來了。」

「這怎麼行？」黑明威說，「這兒還離不開你的嘛。」

「你不會是愛上我了吧。」姜姐上來大方地拍拍他的臉蛋，黑明威臉刷地紅了。姜姐見了，嬉笑道，「你很可愛的，可惜我們沒緣分。你是記者，該知道我們的汪大主席已經跑到越南，宣佈要與日本合作組建新政府，所以最近這邊風聲很緊，你要多加小心。」

「你眞的不來了？」黑明威一時手足無措。

「沒辦法，我已經暴露，不能再出來活動了。」

「可我還不知道怎麼使用密碼呢。」

「怎麼不知道，我不都跟你說了。」

「說是說了，可我還沒有用過。」

「你會用的，很簡單的，就跟用字典差不了多少。」說罷，姜姐連一個「再見」都沒說，便乾脆地掉頭走了，讓黑明威措手不及，一時愣在那兒。後來想追出門去時，她已在外面關住門，匆匆地走了。黑明威打開門，追出去，只聽到一聲比一聲緊湊的鞋跟聲，透出離去的決然。

黑明威站在那兒想，她要去哪裡？我還能見到她嗎？他忽然覺得自己很想跟她在一起。這是他長這麼大第一次對一個女性有這種想法，以前他對女人總是有種莫名的畏懼和抗拒：他的母親還在他的心裡！他是個不幸的兒子，母親給他植入了對女人如對老虎的畏懼心理。他也成了姜姐唯一同事卻沒有同床的男人。不過，以他此刻的心理推測，如果再給他們一段相處的時間，也許他們會有同床的一天的。這麼說，他們確實是沒緣分啊。

六

一個禮拜後，海塞斯聲勢浩大地走了。

確實是聲勢浩大啊，香港的報紙登了，美國的電台播了，以致在峨嵋山上的陳家鵠都可能知道了——事實上不知道，因爲寺院裡沒有收音機。因爲消息不慎走漏，所以海塞斯走的那天，金處長派了一個排的兵力護送去機場，排場比杜先生出門還大。排場再大，陸從駿還是提心吊膽，到了香港，又有一群人接，一群人送，都是陸從駿親自出面安排的。

功夫不負有心人，海塞斯順利回了國，有好事者在紐約第五大道上還給他拍了照，登在香港的報紙上，另有人在美國的電台上也說了，對國民政府深表遺憾的表面下極盡挖苦和嘲笑。不管你懷什麼心，說什麼，只要人安全回了美國，杜先生心裡的石頭就落了地。但話說回來，連一個人走的消息都按不住，說明什麼？陸從駿，你黑室的內賊沒除盡啊。這一天，杜先生又把陸從駿叫到辦公室，說的就是這個話題。

杜先生說：「黑室成立至今，成績斐然，但厄運也不少，各路特務圍著我們轉，就想把我們滅了。樹大招風，樹大更要抗風！楊處長是被一顆八百米外的子彈射殺的，這說明什麼？說明我們身邊的特務不是三腳貓，不是幾個小嘍囉。教授走是絕密又絕密的消息，外界又怎麼會知道，難道你覺得這是敵人掐指算卦算出來的？」

「當然不是。」

杜先生狠狠地瞪他一眼，「陸從駿，我早對你說過，你那裡面不乾淨，你要打掃衛生，徹徹底底地打掃。這次算你運氣好，教授路上沒有出事，否則你的腦袋已經是我的啦。」

陸從駿埋著頭聽訓，一聲不吭。

杜先生接著說：「陸從駿，我可以明確告訴你們，當前是我們最困難的時候，為了配合汪賊的降日計畫，最近鬼子從水上、路上、空中，海陸空三條線源源不斷地輸送特務進來，潛伏在我們身邊，加上汪賊留下的餘孽死黨，我們是身處雷陣啊。你必須要有高度的警惕性，你們那裡的每一個人都是價值千金的，都是敵人的眼中釘，肉中刺……」

從踏進屋子的那一刻起，陸從駿就已經做好挨罵受罰的準備，也許是準備充分吧，他沒有表現出應有的局促和不安。甚至，在杜先生看來，他為部下今天的泰然，為他寵辱不驚的氣度，為他目光裡引而不發的那種力量感到一種不可思議的震驚，好像他的威嚴已經被剝奪。當陸從駿意識到這點後，為了掩飾內心的平靜，也是為了還給首座一份威嚴，他使勁想起遠在峨嵋山上與生死作搏鬥的陳家鵠，想起自己眼下幹的壞事敗露後可能得到的滅頂之災，想起楊處長的死，想起海塞斯工作上的困境……全是一堆鬧心事，想著，想著，他眼睛泛紅了，聲音發顫了，拿菸的手哆嗦了。

這個表現又似乎過了頭，與他過往在首座面前的形象有所不符。不過，杜先生凝神沉思一會，沒有覺得異樣。或者說，他接受了這個異常，因為他覺得陸從駿確實應該痛定思痛，好好總結一下教訓，充分認識到自己工作面臨的困難。他是個忠誠有才幹的人，痛苦會讓他變得更加有才幹的，杜先生這樣想著，為今天的談話感到滿意。

接下來的日子裡，陸從駿絲毫沒有在單位內「打掃衛生」，因為杜先生看到的「那些黑」是他自己抹上去的。說來叫人不敢相信：海塞斯根本沒有走！走的是一個「像海塞斯的人」——他其實並不像海塞斯，可這有什麼關係？海塞斯的標誌是一把大鬍子，天氣那麼冷，圍條大圍巾總是可以的，戴頂大帽子也不是不可以。關鍵是，不管是日本政府還是美國政府，雖然都要求中國政府放海塞斯回國，可誰會來檢查呢？一個人其實經常不是以相貌作憑證的，而是以名字。陸從駿做的主要是文字工作，比如製作假護照，比如虛構上報的材料、新聞稿，比如圖片說明文，等等。

陸從駿幹了一件瞞天過海、偷樑換柱的事，欺騙的對象包括委員長在內，其膽大足以包下生死大關。這是一般人想都不敢想的事，正因為超出一般人的想像，所以他成功了。當然，如果失敗將慘遭殺頭之禍。為了確保成功，陸從駿甚至把五號院的所有人頭都押上了。他幹了一件很絕的事情，瘋狂的事，在一個三更半夜，把五號院的全體人員集中在禮堂內，包括林容容、李健樹、張名程——他們剛結業下山，參加了工作。張名程被海塞斯淘汰，留在機要處當機要員，林容容和李健樹則進了破譯處，做了海塞斯的部下。

在死一樣的肅靜中，在眾目睽睽之下，陸從駿讓老孫用一把削髮如泥的匕首剃掉了一頭已經被黑室折騰得半白但依然茂密的頭髮，並割破指頭，滴了至少半兩血，兌在一斤燒酒裡。隨後，他命令每一個人效法他，割破指頭，滴血入酒。全體八十七人，人湊一份，最後一斤酒差不多盛滿了一隻臉盆。他第一個喝下一杯血濃於酒的酒，然後把海塞斯將走的來龍去脈和他將偷樑換柱的設想對大家和盤托出。最後他這樣說道：

「今天我要以血酒作證，和大家簽訂一個生死盟約，不想簽的人現在可以出列退場，想簽的人留下。」

沒有一個出列的。

一盆血酒就這麼被喝光。

這是一個瘋子的舉動，但陸從駿這麼做卻是出於高度的理智。有一個明顯的事實支持他這樣做：陳家鵠在峨嵋山生死不知，郭小冬來了這麼久毫無建樹，林容容和李健樹初出茅廬，是龍是蟲還不能見分曉，如果海塞斯走了，黑室等於空了。空了還能幹什麼？空了，就是等著人來看笑話，就是坐以待斃，還不如搏一次！

可這賭的是命啊，他敢這麼瘋狂賭命，也許還有一點就是：他認為杜先生應該明白海塞斯走了對黑室的利害關係，心底可能也是希望他這樣做的。他明的不讓你做，暗的希望你做。這是官場的潛規則，是厚黑學。當然這僅是他的猜測，如果猜對了，東窗事發，杜先生會保他的。否則的話，他覺得自己活著也沒什麼意思了，因為很顯然，如果杜先生決意要這麼做，黑室事實上已經被他拋棄了，廢墟而已。

與其在廢墟裡苟活一世，不如搏一次命。

海塞斯就這麼留了下來，跟當初陳家鵠隱居在對門一樣隱居在黑室院內。院內八十七人，天天可以看到他，同吃一鍋飯，同走一條路，同頂一片天，但對外面的人來說，這個人已在美國。海塞斯休想出門，只要不出門，你什麼要求都可以提，都可以滿足你。甚至，陸從駿對他在院內找女人這一點都默認了。院內現有二十七名女性，陸從駿默默掐了一下指頭，有可能被他瞧上眼的大概五個左右。其中林容容首當其衝，是最危險的，年紀、長相都有優勢——也可以說是劣勢，以前是師生關係，現在又在一層樓裡共事，出險的機會最多。他不希望發生這樣的事，可只要海塞斯能給他破掉密碼，他似乎也捨得。

捨不得孩子，套不到狼嘛。

七

海塞斯果然對林容容發起攻擊。

一天晚上，林容容來給他泡茶的時候，他從背後一把抱住了她。林容容會驚慌，嚇得茶杯都掉在地上，這是他想到的。但他沒想到，林容容會強力抵抗，不要命地抵抗。他趁林容容慌亂之際，把手從她衣服下伸進去想摸她胸時，林容容像一隻被摸了屁股的母老虎，在雙手被他箍住的情況下，用頭奮力向後撞擊，不要命地撞，剛好撞到他下巴上，把他牙關都差一點震脫位了。

「教授，你怎麼能這樣！」林容容退到辦公桌那邊，順手抓起菸灰缸，準備進一步還擊。海塞斯痛苦地揉著下巴，「你把我下巴撞壞了。」一邊又朝林容容移過來，「放下東西，我不是你的敵人，我只是想從你身上得到一點靈感。」林容容繼續抓著菸灰缸，說：

「我的身體不是你的。」

「是誰的呢？」

「反正不是你的。」

「你還是處女嗎？」

「你管得太多了。」林容容說，「你應該管管你的密碼。教授，大家把命都搭上了，都希望你早日破開特四號線密碼，把汪賊的行蹤找到，你卻……在想這些事，教授，你不應該這樣。」

「我是人，男人，一個健康的男人，不是囚犯。」海塞斯激動地說，「你們把我關在這裡，門不能出，戲不能看，女人不能碰，你們以為這樣就可以破譯密碼嗎？」

「又不是你一個人這樣，大家不都是一樣嘛。」

「所以，你們都瘋了我看，怎麼能這樣工作呢？」

說一千道一萬都沒用，林容容堅決不讓他碰，求情不行，威逼也不行，摸一下手也不行。最後，林容容像個小偷似的，帶著個菸灰缸趁機溜走，而且以後再也不單獨進他的辦公室，那只菸灰缸也就一直沒有機會物歸原主，後來她把它送給了陳家鵠。

林容容說的特四號線是怎麼回事？以前沒聽說過啊。是這樣的，特四號線是汪賊逃到河內後與相井建立的聯絡電台，上線自然是汪賊，下線就是相井。汪賊出逃重慶是瞞著相井的，逃到河內後他急於要通知相井，到河內的當天即借用特三號線的頻率與相井聯絡。特三號線這邊偵聽處一直有人守著，所以它一出來就被發現了。其實也就出來這麼一次，前後不過半個小時，發了一份電報，如果當班的人馬虎一點，經驗差一些，很容易疏忽掉的。這天值班的正好是蔣微，她的耳朵靈得很，而且經驗豐富，剛呼叫幾下便被她發現是一台新機器——不同的機器電波聲有區別的。

在老頻率上出現新的機器型號，而且發了一份報後再也不出現，蔣微覺得很蹊蹺，引起她深思。如果說從此老機器沒了，新機器一直在那兒，說明對方換機器了，是可以理解的。但現在老機器當天又出現了，而新機器卻一去不返，它像個妓女，來跟三號線會了一下就拜拜了。

這到底是怎麼回事？蔣微想，可能是部新電台，想跟三號線下線聯絡，因不知怎麼通告它，便借用三號線的平台通告它，那份電報可能就是在對它說：我要跟你聯絡，去哪裡吧。換言之，它不是妓女，它是「第三者」，這會兒它們可能在某個秘處幽會呢。隨後幾天，蔣微組織大夥天天尋找這部可能的新電台，一天晚上果然在一個新頻率上找到它。這其實不難找的，因爲雙方的聲音都是現存的，好像拿著照片去人堆裡找人，找到是正常的，找不到才不正常呢，只能說明你太不專業，也不敬業。

海塞斯命名這條新線爲特四號線。由於它出現的特定的時間、聯絡方式、機器型號，蔣微懷疑這是汪賊帶出去的電台。爲此，她寫了一份專題報告，引起陸所長的高度重視。在密電破不開的情況下，如何來證實這是不是汪賊的電台？有一個辦法就是：辨別報務員發報的手法。汪賊出逃後，汪府和二號院陸續消失了一批人，其中有一個姓裘的杭州姑娘，以前在二號院通訊處工作。陸從駿把她以前的三個同事找來一起辨聽特四號線上線報務員發報的手法，他們三人聽過後一致認定，這就是「裘姑娘」的手法。

至此，毫無疑問這就是汪賊身邊的電台。

再說，自汪賊在河內公告「豔電」後，陸從駿知道，三號院已經陸續派出去三批特工去找他，目的是要抓他回重慶接受審判（要麼就地幹掉他）。但河內這麼大，沒有線索怎麼找？現在電台找到了，離找到他們也就只剩一步之遙。就是說，找到電台是個非常重要的線索，蔣微在當中功不可沒，令陸所長對她更是青睞。楊處長犧牲後，陸從駿就曾想讓她出任偵聽處處長，可她太年輕，才二十四歲，委任如此重任，因怕惹人質疑和非議才作罷。現在，人家立了大功，便趁熱打鐵下了命令。

陸從駿為什麼斗膽搏命地要把海塞斯留下來，原因就在此：他不想在抓捕汪賊的歷史大戰中袖手旁觀，他想有大作為，關鍵時候露一手。應該說，他的條件很好，電台找到了，而且電報流量相當大，更是滋長了他的信心。汪賊出逃匆忙倉促，在重慶有諸多事情未了，因而對相井有太多的話要說，經常一天發好幾封電報，讓海塞斯暗自竊喜，覺得這是非常有利的條件。言多必失，事多必亂。破譯電報，最怕「金口難開」，對著一面牆絞盡腦汁，苦思冥想。電報多了，容易露出破綻，發現一個破口子，鑽進去，就有可能升入天堂。

話說回來，最後的「遙遠一步」只有靠海塞斯去走。

每天，當偵聽處給他送來成沓的電文時，海塞斯都隱隱地感到一種衝動，像踏入了一條清澈見底、魚兒亂竄的溪流中，似乎隨時都可以徒手抓起一尾魚。可是，不知是時光的流逝讓他失去了過往超凡的神力，還是異域的天象、地理讓他犯了「水土不服」的毛病，還是林容容的毅然拒絕澆了他楣頭，還是別的什麼原因……總之，海塞斯感到自己的激情顯得雜亂無章，他興奮，可表現的是那麼沒有經驗，手忙腳亂，神魂顛倒，以致每一次出手都是徒勞，每一次碰運氣都撞到南牆。他把基督的神像請入室，掛在正面牆上，祈求主給他帶來好運，但來的還是厄運、厄運……他像個被眾魔詛咒、諸神拋棄的將軍，一次次衝鋒，均以失敗告終。

這是怎麼回事？是我老了嗎？在經歷了重重挫折和無情打擊後，海塞斯比以往任何時候都想念陳家鵠，每到夜晚就想念，清晨醒來也在想念。而且，他可以想像，由於自己的無能和不幸，有一個人比他還在用心地想念陳家鵠，他就是陸從駿。

第十五章

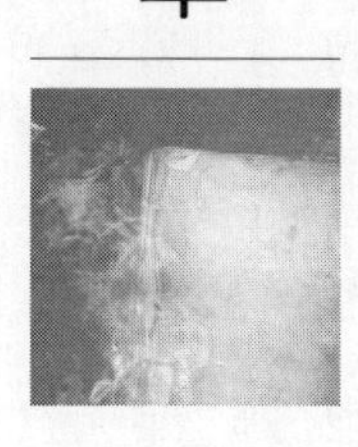

每一次迷症都有可能把病人定格在迷魂中，
那就是永久的失憶，就是靈魂出竅，
就是精神分裂，就是腦子燒壞，像燒掉的鎢絲。

一

有一天，林容容回憶她與陳家鴿的過去時，她覺得他們之間的事情既複雜又簡單，既有人爲的因素，又有某種天意。比如那天陳家鴿從峨嵋山回來，全黑室那麼多人，第一個看到他下車的人恰是她，這就是天意。當時她正在替陳家鴿收拾東西。三個小時前，他們在進入重慶地界後，路過某高炮部隊，老孫有一個戰友在那裡面當參謀長，便進去蹭了一頓午飯，同時給陸所長打來電話，提前報了個到。陸從駿正是接了電話後，帶上林容容過來給他收拾東西的。鬼子的尾巴已經剪掉，難纏的惡病已經祛除，陸從駿可以理直氣壯地請陳家鴿大駕光臨黑室本部——正院。附院的那間屋子空置已久，可以想像一定四處蒙塵結垢，把它打掃乾淨，最多住個一兩天，沒意思，不划算。所以，陸從駿決定讓陳家鴿今天回來直接入住黑室。

如果陸從駿不在那時候去上廁所，第一個看到陳家鴿回來的人應該是他，但恰恰在車子開進院門的前一分鐘，他進了廁所，解大溲。所以，聽到有車子開進院子後，他明知道是陳家鵠回來了，卻無法衝出來迎接。

衝出來的是林容容！

她聽到汽車開過來的聲音，頓時覺得跟地震似的，整棟房子都好像被汽車輪胎輾得在發顫，同時她聽到身體內部發出一陣悲喜交加的響聲，這聲音帶著憂傷和畏懼，在她周身引發了因爲熾熱而冰涼的感覺。她衝出門，站在迴廊上往樓下看時，車子還沒停穩。她想下樓去迎接，卻突然覺得雙膝發軟，以致要扶住欄杆才能站得住。她一動不動、軟弱地站了好一會（其實只一會兒），看見陳家鵠從車子裡鑽出來。她的第一印象是，陳家鵠好像魁梧了許多，其實是因爲穿棉襖的緣故，他們分手時陳家鵠還只穿件單衣呢。

「老同學，你好。」這麼稱呼應該帶著歡喜的情緒，大大方方的，聲音會長著翅膀飛向天空。可她沒想到，自己的聲音是那麼羞怯，那麼緊縮，好像這幾個字是燙的、苦的，把她喉嚨整治得一下子收縮了，乾澀得像要裂開來。她對自己表現出這麼沒有經驗的興奮很失望。

叫她更想不到的是，陳家鵠聞聲後只抬頭看了她一眼，便默然低下頭，沒有回聲，沒有微笑，沒有揮手，連目光都沒有遠彈一下。唯一的變化是，他加快步伐往樓梯口走去，顯然是要上樓去。

很快，陳家鵠在她的視角裡變成一個背影。她默默看著他的背影，卻看見了他孤獨、落落寡歡的神情。當他上了樓，出現在廊道上，向著她走來時，包括後來跟她說話時，她都覺察到他這種孤獨、落寞、寡歡的神情。這是她對他的第二個印象，他神情裡有一種驅不散的孤獨感。以前，他可不是這樣的，以前他即使獨來獨往也不會給人孤獨的感覺，頂多是孤傲吧。

「你怎麼在這兒？」

「我來給你收拾東西。」

「幹嘛收拾東西？」

「你要搬走了。」

「去哪裡？」

「就對門。」

「誰叫你來的？」

「陸所長。」

陸從駿就在這時從廁所裡出來，替她解了圍。是的，林容容有種被解救的感覺，在與他說話時她感到冷，越來越冷。這是她絕沒有想到的。自從那次在醫院相見後，她每時每刻都在想念他，在他跑步的山路上，在教室裡，在他的寢室門前，在結業典禮上，在同學們談論他的時候，在失眠的深夜裡，甚至在紛亂的夢中，她都把他當做一個可能暗戀自己的人，對他有一種非同尋常的思念。但是這次見面，這次談話，讓她一下子明白了，自己的懷疑是正確的：陸所長說他在暗戀自己，不過是一個職業的說辭而已，跟他的心無關，只跟他的病有關；他需要她來扮演那個角色，把他從昏迷中叫醒，僅此而已。這種感受以後被一再地確認、強化，她對自己的恨因此也被一再確認、加強。

東西在他們來之前都收拾就緒，林容容和老孫一件件往樓下搬，陳家鵠和陸從駿在院子裡踱著步談著事，主要話題是小周：這個小王八蛋，居然出家了！這在一定程度上掃了陸從駿今天的興，林容容幾次聽到他在罵娘。

東西不多，兩個來回就搬完，只剩下一包東西，獨立地放在辦公桌上，好像很貴重的樣子。老孫最後把它拿下來時，陸從駿卻說：

「這個就算了吧？」問陳家鵠。

「這是什麼？」陳家鵠問了就後悔，他知道，這一定是有關惠子的東西。

「把它燒了吧，我看。」陸從駿試探地問，看著他說，「燒了好。」

老孫看看陳家鵠，不見他反對，便往一旁走去，準備去燒。陳家鵠沒有上前去阻止，但等火柴劃亮時，卻開了口。

「別燒。」

「一個鬼子的東西有什麼好留的，留著是一種恥辱。」陸從駿說。

「就把它當做恥辱留著吧。」陳家鵠說。

還是老孫聰明，他在兩人僵持中提出一個貌似合乎情理的建議。「我覺得應該把它當紙錢燒給楊處長。」老孫說。「對，這個主意很不錯。」陸從駿熱烈響應，對陳家鵠說，「殺人償命，她害死了楊處長，讓她燒點紙錢還不應該，簡直便宜了她。」陳家鵠聽了沉默一會，冷不丁問陸從駿：

「她現在在哪裡？」

「誰？」

「就是她。」陳家鵠指指老孫手上的東西。

他怎麼知道她還沒死？陸從駿馬上意識到，是自己剛才多嘴，一句「便宜了她」洩露了資訊。該死！他在心裡罵自己一句，知道現在已經沒有退路，索性跟他攤了牌。

「監獄。」陸從駿冷冷地說。

「能活著出來嗎？」

「你知道的，她犯了死罪。」

「判了嗎？」

「快了。」陸從駿說，過了一會，又想套他的話，「怎麼，你希望早一點判決她？放心，法庭不會饒過她的，她必死無疑。」

「但你和杜先生可以饒過她，是不？」聽陳家鵠這麼一說，陸從駿心裡又起了一陣寒意，好像這傢伙眞的什麼都知道似的。「你聽說什麼了？」他笑著問陳家鵠，後者語焉不詳地說：「該知道的我都應該知道，你可以告訴我什麼？」陸從駿說，「當然，你該知道的我都會告訴你。」一邊想，關於惠子的眞實情況我一個字也不會對你說，我對你說的——你聽著——都是我瞎編的，「依我之見，以她犯下的罪，杜先生饒不了她。就算杜先生饒了她，那些被她害死的人的陰魂也不會饒她。」

確實，都是臨時瞎掰的。

二

惠子的「罪」至少可以槍斃三次，因爲她至少害死了三條命。可當法庭傳訊陸從駿去作證時，他卻沒有及時去，而是去了杜先生的辦公室。去了法庭，他不可能提供其他說法，只有一個說法，而這個說法將毫無餘地、絕不遲疑地將惠子送去刑場。去找杜先生，是爲了討教，從某種意義上說，給了惠子一次生的機會。

「惠子怎麼辦？」

「你想怎麼辦？」

「我說有什麼用，只有你才掌握她的生殺大權。」

「我的權力可以下放，這件事上你的意見可以代表我。」

「我還是希望給她留一條活路。」陸從駿小心地發表意見，「畢竟她今天的結局從頭到尾都是我一手操作的，死了，我眞怕她變成厲鬼來找我算賬。但皇天可鑒，我一切都是爲了黨國的利益。」

杜先生聽了，哈哈大笑，「陸從駿啊陸從駿，想不到你的內心居然還有這麼溫柔又怯弱的一面，想不到，想不到，你讓我刮目相看。」聽口氣，是在嘲笑。陸從駿連忙改了口，「我只是胡思亂想，實際上當然應該斃了她，一了百了，免得夜長夢多。」

拍錯馬屁了。杜先生微微搖了搖頭，撫了一下下巴，頗有長者風度地說：「當一個人的生死就捏在你手上時，又何必急於讓她死呢，留著她也許會有後患，但或許也能向上天證明，我們並不是殺人不眨眼的劊子手。」

惠子就這麼從一堆來日不多的死刑犯裡解脫出來，與一群妓女、毒販子、小偷、同性戀、販賣假藥的、盜賣軍用小物資的，等等，總之是一群罪不大惡不極的女流氓阿飛關押在了一起。

這是一所女子監獄。

監獄就在市區，在沙坪壩，其實就在馮警長的眼皮子底下，從警局走路過來也不過十幾分鐘，可以說近在咫尺啊。馮警長找不到惠子，想來眞是有些冤。天知道，他是多麼想找到惠子，因爲可以得到一大筆賞金呢。相井交給中田、讓他轉給薩根的那沓美金他是當場看見的，可以買下幾棟警局大樓啊！何況，如果找到惠子他能得雙份，這是多少錢啊，馮警長被那個巨大的數字激勵著，找到惠子的決心也因此被放大得十分巨大而堅強。

可是他找的思路錯了，或者說，他知道得太多了，太瞭解案犯的命運了。在他看來，惠子這一回作爲他和中田的替罪羊被抓走，犯的是命案，是重犯，一定關押在那些關押重刑犯的監獄裡。所以，他重點找的也是那些監獄。那些監獄多半不在城裡，有些甚至由軍方秘密掌握著，他一所所地找過去，用盡關係，說盡好話，找得好辛苦，好麻煩。好幾次他找煩了，生氣不想找了，可只要想想那個激動人心的數字，他又去找了。最後，大監獄都找遍了，連惠子的一根頭髮都沒找著，把他氣得差點背過氣去。

不過，有一次他差點找著了。一天晚上，惠子所在的監獄有犯人越獄，他作爲把持一方的大警長，不可避免地參與到了抓捕行動中。爲此，他曾兩次來過監獄。他知道，這監獄裡關的都是些「幾個口子」管不好的爛女人，最了不得的重犯，也就是個別串通相好謀害自己丈夫未遂的潘金蓮。所以，他從沒有專門到這兒來找過惠子，不可能的，這是常識。但既然來了，也可以順便問一問，便問了：一個日本女人，名叫惠子，小澤惠子。被問的女法警在名冊上認眞翻看一遍，明確告訴他：沒有這個人。

這是怎麼回事？

其實，惠子被移交到地方法院後，她的名字變成了「魏芝」。這肯定不是誰有意爲之，而是在移交過程中出現的差錯，可能是因爲辦案人員沒想到惠子是日本人，加上惠子發音的問題，一馬虎，就成了魏芝。惠子知錯不改是很可以理解的，如果那些獄友知道她是日本人，鬼知道她要多吃多少苦頭。監獄裡只有少數幾個管事的獄頭才知道她是日本人，至於她更詳細的眞實情況，只有監獄長一人知道。

馮警長沒有去問監獄長，問了就好了，現在他雖然來過兩次，有一次甚至惠子就在他眼前（犯人在球場上列隊受訓），他都無緣發現。看來，警長命裡只有桃花運，沒有發洋財的運。

這所監獄是由以前的一所女子教會學校改造而成的。學校原本就很封閉，石砌牆體顯得堅固厚實，圍牆高築，門少窗小，現在主要是在圍牆上加一道鐵絲網，有點監獄的意思。走進去看，裡面其實一點也不像監獄，柏樹參天，石子小徑，水泥澆築的乒乓球桌，籃球場，大食堂，教學樓，寢室屋，都是學校的感覺。甚至走進教室，晃眼看去，一排排桌子、板凳，黑板上有板書，均是師生滿堂的氣象。只是仔細去看，才發現大不同，一張張桌子是縫紉機桌，板書是衣服的設計圖案、尺寸什麼的。

這裡現在是一家製衣廠，對犯人的改造就是給前線官兵縫製衣服。惠子不會用縫紉機，做的是輔助工，給衣服釘紐扣，一天工作十多個小時，每天經過她的手的紐扣至少可以裝備一個加強排。超負荷的勞動在一定程度上讓她擺脫了時間停滯不前的糾纏和折磨，但尚不能完全擺脫。一天裡總有那麼幾個鐘點，比如早上醒來時，晚上入睡時，單獨如廁時，工間休息時，一個人走過幽暗、潮濕的石子小徑時，圍牆外那位鋼琴教師彈起鋼琴時……這些都是她恐懼的時光，她會情不自禁地哭，有時是喃喃自語，有時是渾身難受，坐立不安，手腳哆嗦，像時間的指針扎進了她身體裡。寢室是間大屋子，住著包括她在內的十六名犯人，她的床鋪在最陰暗的角落，從來吹不到風，也見不到陽光。

進來的頭一個禮拜，每一天她都覺得度日如年，一分一秒，沉重如山，時刻壓迫著她，令她喘不過氣來，看不到將來，死亡的念頭像手裡的紐扣一樣多，一樣不離手：睡覺時摸到冰冷的鐵床想到死，起床看到囚衣上的編號想到死（她的編號是一百七十一號），路過花壇看見油茶樹開出白色的花朵時想到死，被獄友污辱時想到死，吃飯吃出一隻屎殼郎時想到死，看到天上飛過一群大雁時想到死，從灰濛濛的窗玻璃裡看到自己鬼一樣的形象時想到死……有一天晚上，她夢見陳家鵠溫存地撫摸她、親吻她，她在夢中流出了熱淚，激動得號啕大哭。可醒來發現撫摸她的是二十九號獄友，一個嘴上整天掛著「操你媽」的北方佬，她拿著一把從工廠偷回來的剪刀，脅迫她就範。她把剪刀搶過來，往自己的喉嚨刺，幸虧對方奪她的剪刀，偏了方向，只刺破了一層皮。

這件事轟動了監獄上下，獄頭關了二十九號犯人一周的禁閉，對惠子（應該是魏芝）則給予了一定同情，給她換了床鋪，跟她談了話，還特意安排十三號犯人盯著她，怕她再受人欺負，又尋短見。犯人中有兩個地下團夥，一是白虎幫，二是鳳凰幫，十三號正是鳳凰幫的頭目，人稱太后，因惠子長得有點像她已過世的妹妹，不免愛屋及烏心生好感，加以照顧。正是有了「太后」罩著，惠子後來的鐵窗生涯過得相對平靜。

主要是她找到了一件事做——寫日記。

不知是因爲悲傷過頭失了語，還是怕人聽出她的家鄉口音，惠子入獄後幾乎不開腔，別人跟她說什麼，她總是以點頭擺手作答。有一天十三號說她：「你是屬貓的，整天不出聲，不怕憋死啊。」惠子習慣地搖搖頭，不過這一回總算出了點聲，「我想寫點東西。」她說。

就是說，她希望十三號給她搞來紙和筆。

這對十三號來說是小事一樁，便成全了她，弄來的本子還蠻高檔的，套著藍色塑膠皮——用十三號的話說，是防水的。從那以後，惠子才徹底擺脫了想死的念頭，她把所有的苦和痛都消耗在筆記本上，幾乎所有閒暇時間都在孜孜不倦地寫啊寫，獄友們因此也都不叫她「171號」或是魏芝，而改叫她「呆子」了——該是「書呆子」的簡稱吧。

三

從峨嵋山回來的當天晚上，陳家鵠就一頭鑽進破譯樓裡。他的辦公室在海塞斯辦公室的對面，樓上走廊的盡頭，也是雙門大開間，將近四十平方米，以前是圖書資料室。

一個多星期前，老孫出發去峨嵋山接陳家鵠時，陸從駿便開始忙乎陳家鵠的辦公室，叫人把圖書資料都騰到樓下，叫後勤處把牆壁粉刷一新，照著海塞斯辦公室的設施全套佈置：大寫字台、大方形茶几、靠背椅、長沙發、櫥子、書櫃、黑板、保密箱、電話機、盆景植物、雙層窗簾，等等。大東西佈置完後，又叫他們張羅小玩意，茶具、茶葉、咖啡、菸缸、打火機、粉筆、鉛筆、筆筒、圓規、角尺、鎮紙，等等。

與此同時，由林容容一手負責給他安頓寢室，從床單到被褥，從洗臉盆到洗腳盆，從洗衣服的肥皂到洗臉的香皂、擦臉油、牙膏、牙刷，應有盡有，全是簇新的，有牌子的。那時，林容容還把自己當作他可能暗戀的人，一邊佈置一邊滿心歡喜地想，總有一天他會知道，這一切都是我一手操辦的，那時他會有多麼開心。她一心想要讓陳家鵠走進房間時感覺驚喜，所以一再給自己提高要求，把每一個邊邊角角都洗了，擦了，東西一一安放到位，被子疊得跟豆腐塊一樣方方正正，連窗簾拉開到什麼位置都用了心，比了較。可以說，她把什麼都想到了，做到了，就是沒想到——萬萬想不到，陳家鵠最後根本沒進寢室！

林容容又是空歡喜一場。

不僅於此，對林容容打擊最大的是，第二天她作爲陳家鵠的徒弟提著熱水瓶走進師傅辦公室，準備給他泡茶時，陳家鵠板著臉孔問她：

「你來幹嘛？」

「我給你泡茶。」

「沒必要，你走吧。」

「這是我的工作，我現在是你的助手。」

這是組織安排的，林容容和李健樹是新手，需要有師傅帶一下，陳家鵠和海塞斯必須各帶一個。陸從駿出於可以想像的原因，想把他們捆在一起，遭到陳家鵠堅辭。

「那就讓老李來跟我吧。」陳家鵠說。

這件事讓林容容徹底看透了所謂「陳家鵠暗戀她」的本質：大謊言！彌天大謊啊！林容容忍了又忍，終於忍無可忍，斗膽去質問陸所長。在林容容眼淚的催逼下，陸從駿不得不承認事實。

「你爲什麼要這麼騙我？」林容容委屈啊，不理解啊。

「這不明擺的，爲了救他嘛。」這是事實，陸所長答得輕鬆自如。

「那你至少應該事後跟我說明情況啊。」林容容委屈至極，哭得更兇。

「現在說也不遲。」陸從駿恬不知恥地露出可惡的嘴臉，「我看出來了，你對他有意思，這很好嘛，而他現在確實也是孤家寡人一個，你們完全可以合情合理地接觸交往嘛。恕我直言，我個人希望你們能夠結成一對，這對黨國的事業有百利而無一弊，你說呢？」

林容容啞口無言，只有眼淚在默默訴說著什麼。

這是陳家鵠入黑室後的第七天，再過幾天就是大年三十了。

不可思議，這麼多天，除了上廁所，陳家鵠沒有離開過辦公室。辦公室是寢室，也是食堂，也是健身場所。他在辦公室裡重複了病房的生活，一日三餐由人送，一堆人圍著他轉，所有的人都希望他早日結束這種生活。

這是種什麼人的生活啊，沒有生活的生活，不是在床上就是在辦公桌前。他讓人在辦公室裡臨時加設一張鋼絲床，睏了就睡，醒了就起，就工作。與鋼絲床同時搬進屋的，有一個稻草蒲團和一面桃木屏風。蒲團是他打坐用的，每天起床和睡覺前各打坐一次，每次三十分鐘。這是他健身的方式，效果似乎奇好，有時人狀態不好，頭暈目眩，他只要坐上半個鐘頭便精神煥發。屏風是用來掩蔽鋼絲床的，有四屏，可以折疊，打開有兩米多長，剛好把鋼絲床擋在視線外。每一屏正反兩面均印有窈窕的仕女圖案，總共八幅，人人手持桃形扇子，翹著蘭花指，穿著袒肩的紗衣，跣著三寸金蓮，收腹挺胸，顧盼生姿。

以後，辦公室內，每一處可以釘貼紙張的平面：牆上、櫥上、櫃上，甚至天花板上，都將釘貼上電報、地圖、文件、圖標等跟破譯相關的資料。屏風是它們第一個佔領的地方，屏風上畫著仕女的地方又是率先被佔領之處。他心裡已經沒有女人，所有想走進他生活的女人都將被趕走，哪怕是古代的，畫上的。

除了與海塞斯和李健樹在工作上經常有長時間的交流外，他跟其他人很少有交流，有往來，包括陸從駿，以致陸從駿在很久以後都還清晰記得他曾經同他說過的很多句話，以及說話時的表情——就是沒表情，像一隻鐵匣子在說。

「我已經給你浪費太多時間，不想再浪費了。」這是他進黑室的當天決定吃住在辦公室時，對陸從駿說的一句話。

「我不希望你常來看我，我需要什麼會給你打電話的，現在我只需要你告訴我，你最希望我破譯哪條線的密碼。」

「你不該擔心我的身體出問題，你該擔心我的大腦出賣我。」

「什麼時候我破譯了這部密碼，我就把它的屍體當樓梯走下樓去。」

這些話包含著對黨國事業的無比忠誠和赤膽，即使陸從駿自己有時都不一定說得出口，可他張口就來，不遲疑，不含糊，不做作，沒有注解，無須補充，像是一道經過深思熟慮的命令。開始，陸從駿總懷疑這是他陰謀的表面，擔心他也許從哪兒聽說了一些惠子的是非，他要用這種天花亂墜的言詞包裹自己險惡的內心秘密——鬼知道他關在辦公室裡在幹什麼呢，也許整天在壓床板呢，他在用虛假的努力給你製造虛假的信心，以此達到報復你的目的。

可是，海塞斯和李健樹都願意用良心和眼珠子保證，他無時無刻不在努力工作著。他每天與他們開會，每次會上都拋出一大堆問題和設想，你從他提出的問題和設想中可以下判斷，他一個人一天幹的活比他們全處十七個人（包括樓下）加起來的工作量還要大。這肯定不僅僅是因爲他有一目十行和過目不忘的神力，也包含了他廢寢忘食的精神。

大年三十總該破個例，放鬆一下，出來和大家一起吃頓年夜飯。不！他用一個字拒絕了大家的盛情。你不下樓也可以，我們上樓來陪你吧。不！爲此，他還又冒出一句很鏗鏘的話：

「我現在只有一個節日，就是什麼時候我把密碼破了，那時你們再來陪我補吃年夜飯吧。」他這麼說，口氣平靜，像在說一個理所當然的決定。

這餐年夜飯，與他平時的夜飯相比，只有一點變化，就是菜碗裡多了兩隻黃燦燦的大雞腿，而他只吃了一隻。雖然他也想把另一隻吃了，可他怕同時吃下兩隻雞腿，他的胃是滿足了，他的大腦卻可能因爲胃裡滯留過多的血導致腦部供氧不足，而提前向他發出就寢的訊號。

年三十都在爲黨國效勞，這成了陸從駿教育大家的活教材。其實，以前五號院裡的大部分人都不知道破譯樓裡有這麼一個人，這個夜晚，由於陸從駿在舉杯向大家慶賀新年吉祥之際，對著一張空椅子說了一大通誇獎陳家鵠和勉勵大家的話，使大家得以知道他的存在，並對他充滿了敬意和好奇。從那以後，這個院裡的每一個人，包括老孫手下的那隻巴伐利亞牧羊犬，都開始默默地爲陳家鵠祈求星辰之外的運氣降落在他身上，好讓他早日結束監禁生活，從樓裡走出來，與大家吃一頓年夜飯。

不僅如此，連他的敵人，上清寺裡的那些人，似乎也被感動得失去理智，開始暗暗地佑助他。這天晚上，姜姐盤起頭髮，穿扮老式，戴上一頂斗笠，腋下夾著一把雨傘，手上戴著一挽黑紗，匆匆上路了。

其實，好幾天前，河內方面就發來電報，同意她離開重慶去河內過年。她一直拖到這天夜裡才走，非她本意，實是相井出於討好她的目的而幹的好事。河內沒有同意任何人走，包括相井本人，獨獨只給她一個人亮了綠燈，相井因此明白了一個道理：她是汪精衛床上的女人！換言之，馮警長不過是她的玩伴，而玩她的人是汪主席。這個驚人的發現讓相井後悔莫及，因爲此時汪大人的未來已經昭然若揭。他極力挽留她，是爲了臨時抱佛腳，爭取一點向她獻殷勤的機會。他以安全爲由建議她年三十晚上走，被她接納，於是爲自己取悅她贏得了一點時間。在接下來的幾天時間裡，他把她當女皇一樣伺候，竭盡全力給她編織一些美好的記憶，以便日後她在汪大人面前美言他，讓他早日脫離這個鬼地方，有個騰雲駕霧的燦爛明天。

包括她最後以這身裝扮走，也是相井獻計獻策的結果。這是奔喪的樣子，很高明的一招。年三十，家裡死了人，眞是個可憐的人啊。年三十，值班的軍警都偷偷喝酒去了，誰管誰的事啊。相井爲姜姐這次出逃眞是費盡心機，一定程度地註定了她一路上會萬無一失的。

果然，姜姐一路順利過關，十多天後安全到達河內。殊不知，這恰恰爲後來陳家鵠破開四號線密碼提供了一個非常難得的契機。

四

陳家鵠說：「現在我只需要你告訴我，你最希望我破譯哪條線的密碼。」

陸從駿答：「當然是四號線。」

海塞斯說：「正如你黑板上寫的，現在我們偵控的敵台共有九條線，其中軍事線五條，特務線四條。戰爭已經進入拉鋸階段，加上我們破譯人手不夠，連你在內總共只有五個人，上面決定暫時放棄軍事密電的破譯，當務之急就是要破譯特務台，其中特四號線又是重中之重。」

海塞斯說：「現在已經確認，特四號線是汪精衛出逃到河內後與重慶地下潛伏分子聯絡的一條線路，其下線就是特三號線的下線。這兩條線現在電報流量是四號線明顯多於三號線，四號線出來後電報流量一直很大，幾乎每天都有往來的電報，而且電文都在中長之上。三號線剛出來時也是這樣，但是後來減少了，最近有所增加，但不是很多，有的也都是一些短電報。」

海塞斯說：「至於特二號線，最近一個月很少聯絡，電報更是少，可以說幾乎處於半冬眠狀態。你曾經懷疑它是敵特空軍的氣象預報台，現在我認爲可以肯定，就是。這條線，現在事實上暫時也是可以置之不理。最後要說的是特一號線，它是在特三號線出現之後不久恢復聯絡的，報務員和密碼都換了，唯一沒變的是機器，還是那台薩根用過的機器。薩根已經回國，電台的復活讓我們可以想見他後繼有人啊。」

這是陳家鵠回來後，海塞斯第一次跟他介紹工作情況。「最後我來說明一下爲什麼說首當其衝要破譯四號線，因爲——」說到這時，海塞斯突然發現陳家鵠呆若木雞，似乎根本沒在聽他講，便揶揄地叫喚他，「嗨，陳先生，你在想什麼？」見他沒理會，又喊，「嗨，你聽見我說的嗎？」

陳家鵠這才有反應，「聽見了，你繼續說，我聽著呢。」

海塞斯問：「我剛才說什麼了？」

陳家鵠說：「你說上面做了這個決定那個決定，我還正想問你，你說的上面是指誰？」

海塞斯一聽即明白，他只聽了個開頭，後面根本沒聽，便沒好氣地說：「你的上面是我，我的上面是陸所長，陸所長的上面自然是杜先生，而杜先生的上面應該是委員長，我想這決定應該是出自你們委員長的。就是說，委員長給我們下達的任務是反特，把特務揪出來，讓重慶太平。但你的心思我看還留在峨嵋山上沒回來，這怎麼行？時間很緊迫啊，你們委員長還指望我們盡快破譯四號線，從而尋到汪精衛的行蹤，把他抓回來呢。」

陳家鵠埋頭思索一會，抬頭誠懇地說：「剛才我好像走神了。」

海塞斯說：「不是好像。你完全走神了。」

陳家鵠說：「可我好像又想到了什麼，是什麼呢？」

海塞斯毫不掩飾心中的不滿，「是峨嵋山上的雪景吧。」

陳家鵠好像沒聽見教授的嘲弄，仍舊痴痴地喃喃道：「什麼？它是什麼？怎麼回事，它就在我眼前，我怎麼就想不起來？」抬頭乞求地望著海塞斯，「眞的，我好像發現了什麼，可就是想不起來，眞見鬼。」

海塞斯說：「那你就好好想吧。」便走了，氣呼呼地。他覺得這人有點讓他陌生，或者說他以前的獨特性不見了，變得像他身邊的其他中國人一樣不誠實，愛裝腔作勢，不肯承認自己的錯誤。換言之，他覺得陳家鵠這種樣子是裝出來的，不過是騙人的把戲。

其實，陳家鵠是又犯了他的老毛病：迷症。也許跟那次頭部受傷有關係，也許跟他當下求勝心切的心理有關，或者別的什麼原因，總之，現在他的迷症老毛病似乎加重了，病發的機率在明顯增加。以前，他一兩個月才會犯一次，現在幾天就會來一次。迷症犯時，記憶和時光都是被切掉的，這是一種病，現在陳家鵠和海塞斯都還沒有意識到。

接下來的日子裡，陳家鵠經常出現這種症狀：教授在說，他在聽，可聽著聽著就走神了，回過神來又總是說剛才好像想到了什麼，試圖極力想把它們搜索回來，卻常常搜得痛苦不堪又一無所獲。有一次，很奇特，他走神時，嘴裡念念有詞的，好像是在念一首詩，反覆念。念到第三遍時，海塞斯終於把它聽清並記錄下來，如下：

全身有骨二零六，

配布四肢一二六。

上比下肢多兩塊，

餘下八十在中軸。
面顱十五腦顱八，
每側鼓室藏著仨，
加上軀幹五十一，
中軸八十剛好齊。

他醒來後照舊沒有記憶，好在這回有東西。海塞斯把記下的東西給他看，並試圖幫助他搜索這首所謂的詩可能附有的深層意思。因爲這裡出現了很多數字，海塞斯覺得這裡面可能藏著某個破譯靈機。可他費盡努力搜索，依然無果，爲此甚至痛苦得抱著頭亂打轉，讓海塞斯看得都同情了。如是反覆再三，也引起海塞斯的重視，他覺得這可能是陳家鵠的一種天才怪異現象，走神的表象之下，大腦其實在經歷著極速運轉，正如悲到極限時常常呆若木雞一樣。

海塞斯之所以這麼想，是因爲他自己身上也曾有過這種怪狀，年輕時他經常是在與女人做愛時——在高潮來臨時——在渾身痙攣、大腦被燃燒的血燒得要爆炸時——獲得破譯的靈感。按說，這時大腦是一片空白，可好幾次他都在這期間聽到天外之音——像天空被閃電撕開口子，像山崩地裂，像火山爆發，謎底就這樣在劇烈的黑暗和陣痛中迸發、顯現。爲什麼他那麼迷戀女人？他是在冥冥地祈求靈感呢。這說來是一件荒唐的事情，可世上哪有比密碼更荒唐的事？一群天才聚在一起，用天文數字在做藏貓貓的遊戲，聽上去很荒謬，很好玩，然而很多天才就因此而瘋掉，更多的天才是被活活憋死。

密碼！

該死的密碼！

荒謬的科學！

該死的遊戲！

當海塞斯意識到陳家鵠的走神有可能是一種天才接近天機、醞釀靈感的異象時，他開始有意識地引導他進入這種狀態，期待能夠出現一次奇蹟，讓他把失去的記憶——也許是一個至珍的靈感——從黑暗中收拾回來。引導的方式其實很簡單，就是你跟他滔滔不絕地談事，最好談那些他可能熟悉瞭解的事，他聽著覺得有趣又不要太有趣，太有趣了你講的東西把他迷住了不行，太無趣你讓他煩了也不行，必須要介於有趣和無味之間，要讓他坐得住又分得了心，走得進去又走得出來，像在重溫一冊好書、一部好電影。海塞斯天真地想，就陪他玩玩吧，他身上有太多神奇的一面，多一個奇蹟也不是不可能的。

就這樣，海塞斯像個催夢師一樣，一次次把陳家鵠引入迷症中，他不知道這有多麼危險。事實上，每一次迷症都有可能把病人定格在迷魂中，那就是永久的失憶，就是靈魂出竅，就是精神分裂，就是腦子燒壞，像燒掉的鎢絲。打個比方說，迷症中的人，猶如電壓急驟升高的電燈，亮度會增加，但如果太亮，持續的時間太久，鎢絲隨時都可能燒掉。正確的做法是，每當人犯迷症時，要及時、巧妙地引導他出來，既不能突然斷喝，猛然把他叫醒，又不能袖手不管，最好是放一點病人平時愛聽的音樂，或者讓病人的親人、朋友，總之是病人平時熟悉的聲音，慢慢引導他出來。可想，海塞斯一次次把陳家鵠引入迷症中是多麼無知又危險，何況陳家鵠大腦才受過傷。

然而，有道是，大難不死，必有後福。死神是個大鬼，病魔不過是個小鬼，陳家鵠能把那麼強大的死神逼退、擊敗，那些小鬼似乎都不敢沾惹他了。所以，一次次迷症，雖然來得那麼頻繁，他都涉險而過：因爲無知，如履薄冰，變成了如履平地。然後，有一天奇蹟降臨也就不足爲怪，正如亂劍殺人一樣，有點亂中取勝的意思。

五

奇蹟是在元宵節的前一天降臨在特一號線上的。

陳家鵠回來後，陸從駿曾召集破譯處全體人員開過一個動員大會，給他們吹衝鋒號。會後，海塞斯又把陳家鵠、郭小冬、李健樹、林容容叫到一起，在樓上開了一個小會，明確了一下分工。五個人，四條線，陳家鵠全權負責最重要的四號線；二號線最次要，暫時要破譯的條件也不成熟，但又不能完全放棄它，得有人盯著、養著它，這個任務交給了郭小冬；海塞斯全權負責一號線；林容容和李健樹合力負責三號線——因爲兩人還需要師傅領路，所以這條線其實也可以說是由海塞斯和陳家鵠兩人共同負責。對此，陳家鵠曾有不同意見，他建議海塞斯單獨來負責三號線，理由有二：一，這條線出來之初海塞斯就在高度關注，深入研究，而對陳家鵠來說完全是新的，一點不熟悉，要介入進去會耗很大精力，不划算；二，一號線是復出的，當初的密碼也是陳家鵠破的，他相對比較熟悉，容易做指導（其實另有隱情）。這個相對合理的建議，最終沒有被海塞斯採納，也許正是因爲他深入研究過三號線，知道它的厲害，不想去啃硬骨頭。說眞的，他現在需要成果，否則就眞成了「眼高手低」的大師了。

陳家鵠太想介入到一號線密碼的破譯中去，因爲這條線以前是薩根的，他想從中捕捉惠子的資訊——這就是隱情。所以，他一直在悄悄關注它，不時主動跟海塞斯提起。這一天，他又說起來，問海塞斯最近有什麼新進展。

海塞斯說：「我擔心它可能會啓用完全跟老密碼不相干的新密碼，因爲中間這條線靜默了將近半個月，如果啓用老密碼的備用密碼，也就是我們通常說的B本密，不應該靜默這麼長時間。你覺得呢？」

陳家鵠說：「我不知道。但我知道，當初你堅決不想讓我插手這條線時，我就知道你在這樣想，你擔心我會落入A本密的老思路中，陷入泥潭，不能自拔。」

海塞斯說：「擔心是眞的，但不是擔心你陷入泥潭。是的，一部密碼研製出來後都分主本和副本，俗稱A本和B本。如果A本在使用過程中被損壞，啓用B本是毫無疑問的，但這次敵人明知我們已經破譯A本，而且中間電台又靜默這麼長時間，我確實擔心他們是啓用了全新的密碼。」

陳家鵠說：「有理。」

海塞斯說：「如果我的擔心屬實，一號線遠還沒有到實質破譯階段，因爲電報流量還不夠，我先給你做些鋪墊工作，等你破掉四號線後回頭再來對付它時可能會順利一些，絕不是怕你陷入泥潭不能自拔。你有蓋世神力，怎麼可能陷入泥潭？」

陳家鵠說：「你給我上麻油呢。」

海塞斯說：「你聽我說完，我現在其實有新想法。確實，正常情況下一號線啓用老密碼B本的可能性很小，但現在的情況並不正常。第一個不正常，一號線復出後電報流量銳減，還沒有以前三分之一的流量。第二個異常，這條線原來掌管電台的薩根已經出問題，身分暴露，而且人都已經走了。掌管電台的人一般是小組老大，老大出了問題，敵人對這個小組可能會另眼相看，不信任。對一個不信任的小組，上面還會不會給他們一部全新的密碼？我認爲不會。可是拋棄它吧又會覺得可惜，這種情況下，我覺得上面很有可能給一部老密碼的B本，吊著它。你看呢？」

陳家鵠說：「我覺得你有點一相情願。因爲薩根身分暴露就把整個小組看成二等公民，這想法太牽強。薩根身分雖然暴露，可由於他有外交官的特殊身分，我們既不能抓他也不能審他，實際上對這個小組沒有根本性的傷害，憑什麼懷疑整個小組？何況薩根現在已經走了，連後顧之憂都沒了。我倒在想，一號線復出後電報流量減少，可能跟三號線的冒出來有關。你以前也說過，一號線復出後，三號線的電報流量也變小了。所以，我想兩條線可能在一個小組內，之所以設兩條線，是想迷惑我們。」

海塞斯說：「我也這樣想過。」

陳家鵠說：「所以，你不妨把一號線的電報也拿來給我看看。」

當天，海塞斯把一號線復出後的總共三十七份電報和相關偵聽日誌都抄錄一份，交給了陳家鵠。後者連夜看，最後對其中一份電報產生了極大的興趣，他總覺得這份電報有點怪，感覺像一堆人當中，其他人都著西裝革履，穿得十分周正，獨獨一個人穿得怪誕，好像沒穿外套，顯得很不協調。至於爲什麼會這樣，他一時也想不清楚。反覆研究偵聽日誌，他也注意到這部電台的下線有兩個報務員：一個手法嫻熟，是老手（姜姐），一個生疏，是新手（黑明威），而且後來老手不見，全由新手在作業。但這並沒有給他什麼啓發，從某種意義上說，一個新人剛上機作業由師傅帶一段時間，這是很正常的，就像他現在帶老李一樣，帶一段時間後新人自然要獨立工作。

思而未果，他帶著疑問上床睡覺了。

第二天，海塞斯照例來跟他交流，指望又把他引入迷症中去。陳家鵠正在繼續思考昨天夜裡沒有想通的問題，便把這份電報找出來給海塞斯看，並將自己的疑問拋出來，向他討教。

海塞斯說：「你說的這個情況我也注意到了，但我想這不外乎兩個原因，一是發報的人因為獨立工作不久，手生，加上當時可能精力不集中，發報的錯碼率很高。另一種情況是我們的偵聽員在抄收時由於信號不好，或者精力不集中，或者水準的問題，抄收的錯碼率太高。錯碼率太高，給我們感覺就有點怪，四不像了。」

海塞斯說：「你也許會說，我們現在還沒有破譯電文，怎麼可能感覺得出來錯碼的多和少？其實這道理很簡單，打個比方，我現在不懂越南語，但由於我反覆研看，我對越南語的字形已經有基本的熟悉度，如果在一堆越南語中突然冒出一些四不像的怪字元出來，比如冒出韓文，我雖然不明其意思，但照樣可以感覺出怪誕來的。所以，我認為你提出的這個問題，就是這兩個原因造成的，錯碼太多。」

海塞斯說：「我認為，要破譯一號線，我們只能從一個角度進入，就是這些電報中會出現一些固定的詞，比如薩根的名字，他走了，回國了，下面應該會向上面報告；還有我的名字。」說到這裡，海塞斯把他曾跟姜姐相好後鬧出的一堆麻煩事向陳家鵠一一說了。

就在說這些時，海塞斯發現陳家鵠又進入迷症狀態。為了讓他沉醉其中，海塞斯繼續找話說：「我的名字將不止一次出現在這些電文中，從最初向上面舉報我在這裡，到後來我被逼走成功，他們肯定也會向上面彙報。這些名字在幾份特定電報中的固定存在，猶如黑屋子的天窗，也是我們現在唯一可以鑽的空子，找到天窗就可以破窗而入……」

這時，海塞斯聽到呆若木雞的陳家鵠突然痴痴地說：「密表……密表……密表……」連說好幾遍，且聲音越來越大，直到最後把自己吵醒。醒來後，陳家鵠依然不記得剛才在想什麼。海塞斯提醒他說：「你剛才不停地在嘀咕，密表，密表，我想你是不是……」話音未落，陳家鵠騰地從沙發上跳起來，大吼一聲：「我想起來了！」

這次記憶沒有丟失！後來，正是靠著這個危險又珍貴的記憶，他們成功破開了一、三號線的密碼，包括四號線其實也破了，只是由於……怎麼說呢，成果暫時還不能享用，要等待另一個契機來把它啓動。

六

話說回來，那一天，姜姐喬扮成孕婦來同黑明威見最後一次面時，交給黑明威一包東西，其中有一樣東西是一號線密碼的密表。所有密碼都由密本和密表兩部分組成，密本是主體，體積大（少說有幾本大字典那麼多），一般都專門配有一只箱子。這麼大的東西，姜姐不可能天天隨身帶著，所以平時就放在黑明威的房間裡。但密表只有一冊書那麼大，完全可以隨身帶，姜姐就是這樣的，爲了安全起見，密表她是一直隨身帶著。這樣既可以制約黑明威私自亂發電報，同時，萬一黑明威被捕，房間遭搜查，密本被繳獲，至少還有密表可以最後擋一下，是最後一條防線的意思。姜姐身分暴露後，不便再經常出來露面，便把密表交給黑明威，讓他一手負責電台。

此時，黑明威已經學會如何操作電台，如何使用密碼理論上也已經知道，但畢竟還沒有實踐過——這是後來他用錯密碼的原因之一。原因之二是，姜姐把密表本交給他時親昵地拍了一下他的臉蛋，這個挑逗性的小動作一下把他推到從未有過的意亂情迷的狀態。姜姐哪裡知道，他還是一個絕對的處男，還不曾被女人這麼挑撥過。隨後，姜姐走了，他順手把密表本一丟（丟在書架上）惶惶地追出去，後來又惶惶地回來，心裡全是姜姐的影子，那本密表本被擱在書架上，當時根本沒放心上，後來要發報時也沒有想起來。

當然，那只放密碼本的箱子他是不會忘的，這是他房間裡最需要保密和保護的東西，平時放在床底下，每次發報前姜姐總是把它拿出來，對著它譯報。譯報很簡單的，用他師傅（姜姐）教他的話說：就跟查字典一樣。正因爲簡單，他第一次實踐也沒有遇到任何麻煩，很快對著密本把文字都譯成了電文。可他忘了這只是程序之一，之後還要給這些電文用密表再打扮一下，形象地說，就是還要給它加穿一套外衣。

電報就這麼發了出去！

這就是那天晚上令陳家鵠覺得十分怪異的那份電報，沒穿外套的，而陳家鵠在迷症中恰恰是想到了這點：報務員在譯電時忘了加用密表。至於爲什麼忘，是因爲馬虎，還是不懂，還是什麼原因，陳家鵠並不知道，也不需要知道，關鍵是他想到造成這種怪異的原因可能跟漏用密表有關，這就夠了。

那麼這想法對不對呢？

可以馬上驗證的。如果確實如此，上線在收到這份「裸電」後必將立即給下線回電，提醒這個問題，一般這份電報會短。就是說，只要查一下偵聽日誌，看一看這份裸電發送成功之後，上線是否立刻給下線發短電一封。一查，果然如此，四分鐘後上線即回覆一封只有七個字的短電。

那麼這封短電會說什麼呢？這個意思就非常侷限，肯定是在提醒或者罵下線漏用密表。只有七個字，又是那麼侷限的意思，要對上去不會太難的。海塞斯當即把樓下的四位分析師喊上樓，一起來「排句」。所謂排句，就是根據特定的意思（即提醒或罵下線漏用密表）和要求（七個字）造句，把相關的句子全排列出來。因爲字數少，意思又這麼明確、侷限，可以造的句子數量也是有限的，幾個人絞盡腦汁，搜腸刮肚，最後也只羅列出一百多句。然後，把這些造句請演算師一一去演算，如果哪句話的演算出現歸零，就說明對上了，就是它了。最後，演算證明這句話是：

笨蛋你沒加密表

千里之堤，潰於蟻穴。這行傻乎乎的「七律詩」，便是這部密碼的蟻穴，裂縫，破綻，斷口，天窗……至此，這部密碼告破已是指日可待。三天後，在破譯處全體人員夜以繼日拚命搗鼓下，一號線的「密碼大廈」轟然坍塌。再說，本來陳家鵠和海塞斯都在懷疑一號線和三號線是同一個組織，現在密碼在手，自然要去試探一下——不是舉手之勞嘛。

一試，呵呵，沒錯的，就是一回事，它們是個連體人，心連心，手挽手，生死與共。對黑室來說，一槍撂倒倆傢伙，開心啊，快活啊，爽啊。可能是爽過了頭，不論是海塞斯，還是陳家鵠，還是陸從駿，還是……總之，所有的人，都沒有想到，這個「連體人」居然還連著一個人，就是四號線。如果有人想了，那眞是要爽死人，不就是再舉一下手嘛，四號線就完蛋了。事實上，此時它已經完了蛋，可由於根本沒人去這樣想，暫時尙能苟延殘喘一陣子。

爲什麼沒人去想？當然不是因爲得意忘形，高興得昏了頭，甚至恰恰相反，是因爲太清醒，太明白一些規矩、常識。試想，汪精衛是什麼人嘛，人上人，馬上又是要當總統的大人物，日帝國眼裡的心肝寶貝，大紅人，怎麼會那麼賤，那麼卑微，要跟人合用一部密碼？問題就在這裡，大家把他想高了，把一隻青蛙當做了老虎。確實，當時包括蔣介石在內都沒有想到，汪精衛寄人籬下的境況會那麼慘，基本上就是個癟三貨色。

話說回來，既然四號線還「活」著，陳家鴿肯定還得忙，海塞斯作爲他尋覓靈感的搭檔，自然也閒不下來。由於剛嘗過迷症的甜頭，這下兩人都迷上了這玩意，他們不知道這遊戲的危險性，無知而無畏，一時間簡直瘋狂地玩上了。好在陳家鴿有鴻運罩著，常在河邊走，就是不濕腳。鴻運也包括姜姐無意中的鼎力支持，要不是她及時出現，危險的遊戲老這麼玩下去，保不準哪天就出了事，濕了腳——一失足成千古恨。所以，歸根結底，陳家鴿的平安無事，得對姜姐的及時出現鞠一個躬。

姜姐是正月十三，也就是陳家鴿從迷症中捕捉到珍貴記憶的前一天，到達河內的，她錯過了與汪大人一起吃年夜飯的機會，但趕上了過大年，正月十五，鬧元宵，吃湯圓。沒有一錯再錯，還算是不錯。人在客鄉，東躲西藏，日子其實並不好過，孿煎熬的。但因有似錦的前程鼓勵著，有盼頭，他們還熬得住，苦中有樂啊。但有人熬不住，生病了。誰？就是最先跟汪大人出來的報務員，那個姓裘的杭州姑娘，重感冒，發高燒。發高燒怎麼工作？這不，汪大人有急事要跟相井聯繫，怎麼辦？

沒事，姜姐不是會嘛，頂一下吧。

就頂了。

其實也就是忙乎了半個鐘頭，發了一份並不長的電報。可他們哪裡想到，姜姐的中指頭剛用上功，屬於是試音性質地剛敲了幾下發報鍵，這邊的蔣微就用耳朵把她「認」出來了。

一個原來一號線下線的報務員突然出現在四號線的上線上，在汪賊身邊！至此四號線終於活到頭。如果說之前誰都沒想到它們是「三連體」，那麼這時候誰都會這麼去想。

想了就好，試一下吧。

一試，呵呵，歷史重演了！

就這樣，從此，汪賊一行的足跡逐漸暴露出來。一九三九年三月二十一日子夜時分，河內高朗街二十七號洋樓內槍聲大作，一場蓄謀已久的刺殺汪精衛的行動精彩上演，死傷者的血從三樓一直流到花園裡，鑽入泥土，其中一定有一個美女告別人世的血，那便是姜姐。一度懷疑也有汪精衛的斷魂血，但事後證實，這是個謠傳。那天晚上，汪精衛臨時與曾仲鳴換床而睡，曾替汪而死，汪賊僥倖不死，似有天意。

老天註定他還要臭上加臭，臭名昭著，遺臭萬年。

雖然殺賊行動告敗，但這並不影響陳家鵠的聲名秘密地遠播和身價大漲，這個把死神趕走的年輕人眼下正紅得發紫，從頭到腳都紅彤彤的，雖然他深愛的女人生不如死，雖然他的目光裡飽含孤獨的神情，雖然他的生命遭受著可怕迷症的威脅，雖然延安的同志對他念念不忘、情有獨鍾，雖然他至今尚不是黨國的人，雖然——雖然——但是，不管怎麼樣，從五號院到三號院，乃至一號院，凡是該知道他的人都對他滿懷敬意，凡是該有的榮譽都對他毫不吝嗇，凡是該給他的特權都對他全面開放，而他在性情包括信仰上存在的這個缺點那個瑕疵，凡是該原諒的一概原諒不究。總之，他有點像神了。

二〇〇八年五月二十一日開工，於成都羅家碾
二〇〇九年八月二十三日完成全書初稿，於杭州青園社區
二〇一〇年九月十日修改
二〇一〇年十二月三日改完本部，於北京銀行杭州分行會所

INK PUBLISHING 文學叢書 305

風語 II

作　者　麥　家
總編輯　初安民
責任編輯　何宇洋
美術編輯　林麗華
校　對　何宇洋

發行人　張書銘
出　版　INK印刻文學生活雜誌出版有限公司
新北市中和區中正路800號13樓之3
電話：02-22281626
傳眞：02-22281598
e-mail：ink.book@msa.hinet.net
網　址　舒讀網http：//www.sudu.cc

法律顧問　漢廷法律事務所
劉大正律師
總代理　成陽出版股份有限公司
電話：03-2717085（代表號）
傳眞：03-3556521
郵政劃撥　19000691 成陽出版股份有限公司
印　刷　海王印刷事業股份有限公司

出版日期　2011年11月 初版
ISBN　978-986-6135-62-0

定　價　380元

國家圖書館出版品預行編目資料

風語 II / 麥家著.
--初版. --新北市中和區：INK印刻文學，
2011.11　面；　公分.--（文學叢書；305）
ISBN　978-986-6135-62-0（平裝）

857.7　　100021804